SAM CHRISTER

CIENIE ŚMIERCI

Z języka angielskiego przełożył
Paweł Cichawa

WYDAWNICTWO
SONIA DRAGA

Tytuł oryginału:
THE HOUSE OF SMOKE

Copyright © Sam Christer 2016
Copyright © 2018 for the Polish edition by Wydawnictwo Sonia Draga
Copyright © 2018 for the Polish translation by Wydawnictwo Sonia Draga

Projekt graficzny okładki: Mariusz Banachowicz
Zdjęcie autora: © Armando Rotoletti

Redakcja: Mariusz Kulan
Korekta: Magdalena Mierzejewska, Izabela Sieranc, Iwona Wyrwisz

ISBN: 978-83-8110-272-8

WYDAWNICTWO SONIA DRAGA Sp. z o.o.
ul. Fitelberga 1, 40-588 Katowice
tel. 32 782 64 77, fax 32 253 77 28
e-mail: info@soniadraga.pl
www.soniadraga.pl
www.facebook.com/wydawnictwoSoniaDraga

Skład i łamanie: Wydawnictwo Sonia Draga

Katowice 2018. (N118)

Książkę wydrukowano na papierze CREAMY 70g, vol. 2,0
dostarczonym przez Zing sp. z o.o.

ZiNG
www.zing.com.pl

CIENIE ŚMIERCI

Nakładem Wydawnictwa Sonia Draga
ukazały się następujące powieści tego autora:

Bractwo Camelotu
Dziedzictwo Stonehenge
Tajemnica Całunu Turyńskiego

Droga Mylo.
Niech życie, które dopiero przed Tobą, będzie piękniejsze
od wszystkich historii napisanych przez człowieka.

CZĘŚĆ PIERWSZA

Szukałem śmierci, choć była w moim łonie,
Szukałem życia, choć było tylko cieniem,
Po własnym szedłem grobie, gdym okrążał ziemię.

Elegia, Chidiock Tichborne

LONDYN, 31 GRUDNIA 1899 ROKU

Sylwester. Niezwykła noc.

Spędziłem tę noc samotnie w miejscu najgorszym z możliwych. Nigdy bym nie przypuszczał, że akurat tam upłyną mi ostatnie godziny dziewiętnastego stulecia – w trzydziestym szóstym roku mojego życia. Na więziennej pryczy w cuchnącej celi.

Zamknąłem oczy, próbując zapomnieć o czekających mnie potwornościach. Nawet jednak w mrocznych zakamarkach umysłu nie znajdowałem wytchnienia. Bo czaili się w nich oni.

Ci, których zabiłem.

Młodzi i starzy. Kobiety i mężczyźni. Ich twarze pojawiały się i znikały jak płatki śniegu opadające za kratami w moim oknie. Zabici nożem. Zabici garotą. Zabici gołymi rękami.

O północy w całym Londynie uderzono w dzwony. Wyobrażałem sobie ludzi w różnym wieku całujących się i życzących sobie wszystkiego dobrego. Hołubiących nadzieję na lepsze jutro. Podejmujących noworoczne postanowienia.

Głupcy! Ludzkiej natury odmienić się nie da. Bóg wie, że próbowałem! Potrafimy w najlepszym razie sterować naszymi nawykami i instynktami, a nawet przez jakiś czas nad nimi panować, co pozwala ukryć albo przynajmniej zamaskować stare słabości. W końcu jednak i tak weźmie górę nasze prawdziwe ja. Okaże się, kim jesteśmy naprawdę.

Ja jestem mordercą. Odbieram ludziom życie. To właśnie definiuje mnie i sprawia, że chcę się wyrwać z tej potwornej nory. Nie zaznam spokoju, dopóki nie dokonam bezlitosnej zemsty na człowieku, który skrzywdził moich najbliższych i zrujnował mi życie.

Oskarżonego skazuje się na karę śmierci przez powieszenie.

Wyrok zapadł w sądzie Old Bailey, a słowa sędziego dźwięczały w moich uszach głośniej od londyńskich dzwonów. Bez cienia emocji ten stary łajdak wyznaczył datę i miejsce mojej egzekucji, czym wywołał oklaski publiczności na galerii, uśmiech na twarzy Sherlocka Holmesa oraz grymas złości na twarzy Jamesa Moriarty'ego, największego antagonisty sławnego detektywa.

O świcie osiemnastego dnia stycznia roku Pańskiego tysiąc dziewięćsetnego wyrok zostanie wykonany na szubienicy w więzieniu Newgate.

Zostało mi więc trochę ponad siedemnaście dni. Czterysta osiem godzin. Niewiele, ale musi wystarczyć. Znajdę sposób, żeby się wyrwać poza te cholerne mury, a wtedy krwią spłynie i słońce, i księżyc. Przysięgam, że tak będzie!

Przepraszam za szpetny język i ten nieelegancki wybuch. Nie w takim świetle chcę się postawić. Nie taki obraz siebie pokazać światu.

Nazywam się Simeon Lynch. W dniu aresztowania policja określiła mój wzrost na sto osiemdziesiąt centymetrów, a wagę na osiemdziesiąt kilogramów i trzysta siedemdziesiąt gramów, opisując mnie jako „mężczyznę muskularnej budowy ciała o ciemnych włosach i brązowych oczach".

Ci, którzy znali mnie jako dziecko, określiliby mnie mianem „łobuza z robotniczych slumsów". Okoliczności sprawiły, że w wieku dwudziestu paru lat zyskałem wykształcenie i ogładę. Nabrałem manier oraz zacząłem się poprawnie wysławiać, dzięki czemu mogłem uchodzić za człowieka życzliwego, uprzejmego i solidnego.

Ale powiem bez ogródek, kim jestem.

Mimo najszczerszych wysiłków jestem dzieckiem ciemności. Groźnym cieniem, który się kładzie na ludzkiej drodze. Dłonią niespodziewanie opadającą na ramię. Dreszczem, od którego krew się w żyłach ścina.

Jestem posłańcem Śmierci.

17 DNI DO EGZEKUCJI

LONDYN, 1 STYCZNIA 1900 ROKU

Noc odeszła w ciszy, zabierając ze sobą resztki starego roku. Ani się obejrzałem, jak za oknem mojej nędznej celi nastał dziewiczy świt dwudziestego wieku. Więzienie Newgate jest tak samo zdradzieckie jak przestępcy, którzy do niego trafiają. Na pierwszy rzut oka, zupełnie jak ja, wydaje się szacowne i miłe. Przyodziane w szarość marmurów, zdobne posępnymi rzeźbami stoi o rzut kamieniem od kopuły katedry Świętego Pawła – niczym morderca, który w najlepszym ubraniu wmieszał się między wiernych podczas niedzielnej mszy.

Wewnątrz jednak znikają wszelkie pozory ogłady i ucywilizowania. Spod maski wyłania się prawdziwe oblicze, przed którym kaci wrzucali ścięte głowy do kotłów wrzącej kamfory. Oblicze, które nadal patrzy, jak skazańcy gniją w piekielnych czeluściach.

Tak wielkie było ostatnio zapotrzebowanie na katowskie usługi, że stary zakamarek więzienia, zaniedbany i śmierdzący bardziej jeszcze od całej reszty, przywrócono do użytku. Zrobiono to specjalnie na moją cześć.

Przemierzałem tam i z powrotem zatęchłą, przyprawiającą o klaustrofobię celę, przesuwając palcami po wilgotnych murach. Łuk sklepienia przecinała ściana, co kazało mi sądzić, że pomieszczenie było kiedyś obszerniejsze. Niewiele więcej dało się zobaczyć: wiadro na odchody, zakratowane małe okno wysoko nad podłogą, zamknięte na mocny zamek drzwi.

Oględziny potwierdziły, że mimo opłakanego stanu stara część więzienia miała wszelkie cechy współczesnej fortecy. Architekci dobrze się postarali, żeby więźniom utrudnić ucieczkę. To jednak nie mogło mnie zniechęcić. Moje życie do łatwych nie należało, a zdarzało mi się już pokonywać przeszkody trudniejsze od stert spojonych zaprawą murarską cegieł pilnowanych przez tłustych i leniwych dozorców.

Nie przejmując się brudem ani karaluchami, usiadłem na podłodze, żeby zerknąć na chmury przemieszczające się po szarym porannym niebie. Światło i Mrok zawsze dopomagały mi w morderstwie, miałem więc nadzieję, że nie inaczej się stanie teraz. Mniejsza liczba dozorców więziennych nocą oznaczała mniejszą liczbę ludzi do zabicia, a wraz ze światłem dnia pojawiały się sposoby na szybką ucieczkę – automobile, pociągi i statki, które przez pół świata potrafią przejechać nieledwie w tydzień. Wiele się zmieniło od dnia, kiedy pierwszy raz przelałem ludzką krew i musiałem uciekać z Londynu.

MANCHESTER, JESIEŃ 1884 ROKU

Nie ukończyłem jeszcze dwudziestego roku życia, kiedy przeszedłem na drugą stronę – przekroczyłem krwistoczerwoną granicę między światem ludzi przyzwoitych a tych, którzy się targnęli na czyjeś życie. Ale zdziczałem już wcześniej.

Popełniłem morderstwo, choć go nie planowałem. Krew przelana w ułamku sekundy splamiła moją duszę na całą wieczność. Przyjdzie jeszcze czas, żeby to wszystko opisać w szczegółach, spojrzeć na moje życie z dystansu, teraz jednak poprzestańmy na stwierdzeniu, że popełniwszy ten potworny czyn, czmychnąłem ze stolicy, jak zaszczute zwierzę przedarłem się przez środkową część Anglii, aż w końcu dotarłem na północny zachód, gdzie mogłem odetchnąć poza zasięgiem metropolitalnej policji.

Podróż była długa. Zanim pojawiłem się na przedmieściach Manchesteru, angielskie drzewa zamieniły zieloną szatę na odzienie w kolorach miedzi, złota i cyny. Pierwsze jesienne podmuchy przywiały ze sobą chłód. Nadchodziła zima i życie pod gołym niebem robiło się coraz bardziej nieznośne.

W olbrzymim gospodarstwie rolnym, do którego zaszedłem, zatrudnienia nie znalazłem. W pobliskiej kopalni także nie. Pracownika nie potrzebowali w fabryce kół i łożysk, ani u cieśli, ani u stolarza, ani nawet u przedsiębiorcy pogrzebowego, choć z kartki w witrynie jego zakładu wynikało wręcz odwrotnie.

Wszyscy odprawiali mnie z tego samego powodu: byłem obszarpany, brudny i zawszony. Widziałem swoje odbicie w oknach powozów, domów oraz sklepów. Wyglądałem na dzikusa. Jeśli miałem znaleźć uczciwe zajęcie, to musiałem się ostrzyc, ogolić i umyć, a także wyprać ubranie, które cuchnęło tak bardzo, że ludzie się krzywili, ilekroć podchodziłem bliżej.

Płynąca na uboczu rzeka obrzeżona szpalerem dębów i klonów dała mi okazję, żeby się umyć. Zdjąłem ubranie i powoli zanurzyłem się w zimnej, orzeźwiającej wodzie, żeby wyszorować włosy i twarz. Unoszące się na powierzchni nenufary zastąpiły mi gąbkę, dzięki nim udało mi się usunąć smród ze skóry. Wróciłem na brzeg, gdzie drżąc z zimna, wycierałem się do sucha trawą i liśćmi.

Byłem na wpół ubrany, kiedy męski głos sprawił, że odwróciłem głowę.

– To niebezpieczne miejsce na kąpiel. – Mężczyzna mówił nosowo, z wyraźnym północnym akcentem. – Wygląda spokojnie, ale prądy pod powierzchnią wody mogą porwać i pociągnąć za sobą aż do samej tamy.

Był niski i krępy. Co najmniej pięć lat starszy ode mnie. Miał brodę i duże brązowe oczy, które pasowałyby do niedźwiedzia bardziej niż do człowieka, i długie kręcone czarne włosy. Na palcach dłoni nosił pierścienie, o które ocierały się smycze dwóch zaślinionych czarnych buldogów.

– Co panu do tego, gdzie się kąpię? – Sięgnąłem po koszulę i wciągnąłem ją na grzbiet.

– Nic. – Pozwolił psom podejść bliżej mnie. – Ale wolałbym, żeby w okolicy nie zaroiło się od gliniarzy, kiedy trzeba będzie wyciągać z wody ciało. – Podszedł na tyle blisko, że psy mogły mnie obwąchać. – Mam na imię Sebastian.

– No i dobrze – odparłem, odpychając od siebie jego kundle.

– Ludzie mówią na mnie Żyd Sebastian.

– Też nieźle.

– Moje imię z niczym ci się nie kojarzy?

– Może trochę z Żydami. – Zapiąłem ostatnie guziki koszuli. – To pańska żydowska banda? – Skinieniem głowy wskazałem grupę młodych ludzi zbierających się za jego plecami.

Obejrzał się przez ramię.

– I tak, i nie. Należą do grona moich znajomych, ale Żydami nie są.

– Grono znajomych! – powtórzyłem sarkastycznie. – Zamierza pan kazać temu gronu się ze mną bić? – Podwinąłem rękawy i zacisnąłem pięści, aż kości strzeliły jak łamany patyk. – Czy może mają pozbierać to, co po mnie zostanie, kiedy spuści pan psy, żeby się mną porządnie zajęły?

– Te psy? – Zaśmiał się i pociągnął za smycze. – Dee i Dum mogą co najwyżej porządnie wylizać.

– Dziwne imiona dla psów.

– Bo i psy są dziwne. Są braćmi, jak Tweedledee i Tweedledum. Wyglądają tak samo, ale bardzo się różnią. Jeden jest leniwy, a drugi nigdy nie odpoczywa. Wspólne mają tylko to, że szczeknąć groźnie nie potrafią, a co dopiero ugryźć. – Wzrokiem taksował mnie jak farmer bydło, które zamierza kupić na targu. – Intrygująca jest ta blizna na policzku.

– Trzeba chyba mieć bardzo nudne życie, żeby się zainteresować taką blizną.

– Racja, gdyby chodziło o samą bliznę. Ale widzę tu znacznie więcej. Opalona na brąz skóra świadczy o tym, że nie pracowałeś w żadnej z tutejszych fabryk i mieszkałeś pod gołym niebem. Buty masz pościerane, a to oznacza, że nogi do kolan uchodziłeś. Twoje ubranie śmierdzi gorzej niż dupy moich kundli, a w dodatku mówisz z nietutejszym akcentem. Całkiem nietutejszym. Jak więc widzisz, mam kilka powodów, żeby się tą blizną zainteresować.

Sięgnąłem po buty, patrząc na niego podejrzliwie. Nie należał do wyższych sfer, ale też nie był zwyczajnym zbirem bez pomyślunku i charyzmy. Za jego plecami stawali kolejni członkowie gangu, gapiąc się na mnie złowieszczo. Było ich już ośmiu, może dziesięciu – nie miałem pewności, ponieważ ciągle się przesuwali i nie mogłem ich policzyć.

– To racja, że dużo podróżuję ostatnio. A to dlatego, że szukam pracy i pożywienia.

– Mogę dać ci pracę. Z zamieszkaniem. – Przyklęknął, żeby potarmosić psa za ucho. Spojrzał mi w oczy. – Dach nad głową, ciepłą strawę, a nawet czyste ubranie.

– A to niby dlaczego?

– Ponieważ człowiek, który ucieka przed konsekwencjami czegoś, co zostawiło na jego twarzy taką bliznę, mógłby mi się przydać. – Wyszczerzył zęby w uśmiechu i dodał: – W zamian wymagam ciężkiej pracy i nie toleruję stawiania się ani pijaństwa.

– Nie upijam się, jestem zdyscyplinowany i nie boję się uczciwej pracy.

– Uczciwa praca? To ostatnie, czego mi trzeba. – Spojrzał na swoich ludzi. – Słyszeliście, chłopcy? On chce pracować uczciwie.

Rozległy się śmiechy, nikt się jednak nie odezwał. Znali swoje miejsce. Szefowi się nie przerywa. Należy się trzymać blisko niego i czekać na wezwanie.

Dwóch z nich zwróciło moją uwagę: drugi z lewej i ostatni z prawej strony. Prawdziwi twardziele. Tacy, którzy nie muszą się nadymać i krzyżować ramion, żeby groźnie wyglądać. Nie muszą niczego udowadniać.

Sebastian wyciągnął do mnie rękę.

– Uściśnij moją dłoń i dołącz do nas albo się wynoś. A jeśli odrzucisz moją gościnę, to pamiętaj, żeby się trzymać z daleka. To nasz teren i łatwo możesz się przekonać, że dla obcych mili nie jesteśmy.

Chwyciłem jego rękę. Była miękka i delikatna. Nie nawykła do pracy cięższej niż ściskanie psiej smyczy.

– Terry – przedstawiłem się, podając pierwsze imię, które przyszło mi do głowy. – Terry Perch. Kim jesteście, jeśli wolno zapytać?

– My? – Uśmiechnął się swobodnie. – Nie mam najmniejszych wątpliwości, że jesteśmy najlepszymi facetami w całej Anglii.

Szarpnął węszące psy i ruszył wolnym krokiem wzdłuż brzegu rzeki, a ja za nim, cały czas myśląc o grupce mężczyzn za naszymi plecami. Zastanawiałem się, czy może mnie spotkać coś gorszego niż tylko solidne cięgi.

Przystanęliśmy na tyłach dużej fabryki z czerwonej cegły. Przez ciągnące się bez końca rzędy wysokich okien widziałem szkielety mechanicznych krosien, pajęczą sieć wielokolorowej przędzy, bele bawełny oraz armię zapracowanych kobiet.

W chłodnym cieniu budynku Sebastian przedstawił mnie swoim ludziom. Niemal wszyscy byli w moim wieku lub młodsi i nosili imiona, które natychmiast zapomniałem – z wyjątkiem tych dwóch stojących najbliżej szefa. Danny był mojego wzrostu oraz wagi, ale miał jasne włosy i zielononiebieskie oczy. Często głaskał dłonią swoją rzadką woskowaną bródkę, a gest ten najwyraźniej go uspokajał. Drugi był niski, nerwowy i mówili na niego Moneta, chyba dlatego, że nieustannie obracał między palcami półpensówkę, która zawsze wędrowała od małego palca do wskazującego, po czym Moneta łączył dłonie, by z taką samą wprawą przekładać półpensówkę palcami drugiej ręki.

– Na dole mamy swoje pomieszczenia – oznajmił Sebastian. Odpiął psom smycz, a te natychmiast puściły się wielkimi susami po stromym, porośniętym trawą brzegu rzeki. Wskazał na czarne żelazne schody. – Tędy będzie chyba bezpieczniej.

„Pomieszczenia" okazały się niczym innym niż nieużywaną i niezagospodarowaną przez fabrykę częścią podpiwniczenia. W przeciwległym końcu ustawiono rzędy piętrowych łóżek, a pośrodku otoczone ławami stoły z surowego drewna, przy których ludzie Sebastiana zbierali się na posiłki, grali w karty albo rozmawiali. W tylnej ścianie znajdowały się lakierowane dębowe drzwi strzeżone przez młodego, dobrze zbudowanego mężczyznę.

– Tam mieszkam ja – wyjaśnił Sebastian, podążając wzrokiem za moim spojrzeniem. – Ty i reszta moich ludzi macie dla siebie to pomieszczenie, ale nic poza nim. – Dźgnął się kciukiem w pierś. – Pomieszczenia na tyłach i wszystko to, co jest w nich przechowywane, należą do mnie. Nie wolno ci tam wchodzić, chyba że cię zaproszę. To kolejna zasada.

– Dużo tych zasad – odparłem, przebiegając oczami po wysokich zimnych ścianach i ogromnej podłodze.

– Tylko jedna – zaprzeczył. – Rób, co ci każę. Jeśli się zastosujesz do niej, to nic ci nie grozi.

– A jeśli się nie zastosuję?

Jego oczy zrobiły się wielkie od ekscytacji.

– Wtedy, mój nowo znaleziony przyjacielu, będziesz miał szczęście, jeśli ujdziesz z życiem.

17 DNI DO EGZEKUCJI

PIĘTNAŚCIE LAT PO ostrzeżeniu, które padło z ust Żyda Sebastiana, zastanawiałem się nad nim w samotności mojej celi.

Nieczęsto miałem w życiu szczęście, a już na pewno nie za sprawą Sebastiana. Gdybym znał jego prawdziwą naturę w dniu, w którym go spotkałem, to przysięgam, że odszedłbym znad rzeki i nigdy więcej się nie pojawił na jego terenie.

Gdybym tak postąpił, to moim pierwszym gościem w tym nowym roku mogłaby być jakaś piękna niewiasta. Niestety. Odwiedził mnie więzienny strażnik w średnim wieku z czerwonym nosem i gęstą czarną brodą, która pięła się po jego szczupłej twarzy tak wysoko, że niemal docierała do wklęsłych orbit jego bezdusznych oczu. Z hukiem otworzył skrzypiące na zardzewiałych zawiasach drzwi, po czym wszedł do celi wyraźnie dumny ze swojego wielkiego entrée.

Przystanął przy mojej pryczy, kopnął mnie w stopę i wrzasnął:

– Wstawaj, Lynch! Odwróć się twarzą do ściany i oprzyj o nią swoje brudne łapy, podły skazańcu!

W jednej chwili byłem na nogach. Nie z posłuszeństwa, ale ponieważ dostrzegłem okazję, żeby go obezwładnić. Niewątpliwie stał wysoko w więziennej hierarchii, mógł więc mieć przy sobie klucze, które umożliwiłyby mi ucieczkę.

Myliłem się. Brodacz nie przyszedł sam. Tuż za nim wpadła do celi banda niższych rangą strażników. Jak tylko oparłem dłonie o ścianę, pałka jednego z nich uderzyła mnie w nogi.

Opadłem na kolana i przez zaciśnięte zęby rzuciłem:

– Zdaje się, że nie przyszliście z noworoczną wizytą? Chociaż może macie tam, chłopcy, jakieś piwo i drobne prezenty?

– Stul pysk! – wrzasnął mój nieproszony gość. Ciężkie dłonie przycisnęły moją twarz do ceglanej ściany. – Nazywam się pan Tobias Johncock i jestem zastępcą dozorcy tego więzienia, albo wicezarządcą, jak chcą moderniści. – Ostatnie słowo wymówił z wyraźną pogardą. – Odwróćcie go. Miejmy to już za sobą.

Nie podnosząc mnie z kolan, strażnicy obrócili mnie twarzą do niego.

Johncock podszedł bliżej i złośliwie się uśmiechnął.

– W ramach służbowych obowiązków będę miał przyjemność zorganizować twoją egzekucję. – Szeroko rozłożył ramiona, po czym zwrócił się do podkomendnych. – To ja zlinczuję pana Lyncha.

Spełnili jego oczekiwania, reagując gromkim śmiechem.

– Zaprowadziłem na szubienicę więcej drani i szubrawców niż którykolwiek inny klawisz w Londynie – przechwalał się. – Potrafię wyliczyć wszystkich katów do czternastego wieku wstecz, począwszy od Thomasa de Warblyntona, włącznie z tym partaczem Jackiem Ketchem, który zniesławił księcia Monmouth tępym toporem. W historii zdarzały się różne problemy, a ja problemów nie lubię, Lynch. Bardzo ich nie lubię.

Spuściłem głowę. Karaluchy zebrały się wszystkie w jednym rogu celi, jakby Johncock je wystraszył. Rozbawiła mnie ich reakcja. W innych okolicznościach wykończyłbym tego chełpliwego głupca szybciej niż karaluchy.

– Patrz na mnie! – krzyknął.

Ludzie Johncocka szarpnęli mnie za włosy i nie miałem wyboru: musiałem spojrzeć mu w oczy.

– Kiedy trzeba założyć stryczek takiemu podwójnemu mordercy jak ty, kaci ostro między sobą rywalizują. – Sięgnął do kieszeni bluzy mundurowej i wyjął z niej całkiem ładną fajkę. – Najrozsądniej byłoby postawić na Jamesa Billingtona, choć ja prędzej sam bym się powiesił, niż pozwolił to zrobić katowi z północy kraju. – Z uśmiechem uniósł brew. – To właśnie Billington obsługiwał tę sukę Amelię Dyer, Producentkę Aniołków, jak ją nazywali. Poszła na stryczek tylko za jedno morderstwo, ale mam przyjaciół w policji, którzy twierdzą, że zabiła setki niemowląt. Setki, do jasnej cholery!

Johncock wyjął kapciuch i napełnił tytoniem główkę fajki.

– Potem odbyła się egzekucja Rozpruwacza. Był lekarzem i nosił nazwisko Thomas Cream. Stanął na zapadni w tym samym miejscu, w którym ty będziesz się trząsł ze strachu. – Wyciągnął ramię w geście ilustrującym następny fragment jego opowieści. – Billington ciągnął za dźwignię, kiedy Cream krzyknął: „To ja jestem Kuba…". Wtedy trach! Zapadnia opadła z trzaskiem i Cream zadyndał. Nie dane mu było wypowiedzieć tych słów do końca. Gdyby wyrzekł całe to zdanie, być może padłoby wyznanie stulecia.

Przerwał, żeby potrzeć zapałką o draskę. Kwaśny zapach siarki pozwolił na chwilę zapomnieć o panującym w celi smrodzie. Johncock kilka razy szybko się zaciągnął, żeby powiększyć żar w kominie fajki, wypuścił dym i oznajmił:

– Słyszałem, że jesteś niesforny, Lynch. Że masz niezły temperament. To nie jest pożądane u więźnia. Oj, nie jest. – Sprawdził, czy tytoń nie zgasł, po czym dodał: – Uznałem, że dla wzajemnej korzyści złożę ci wizytę i zapoznam cię z moim regulaminem. Jest bardzo prosty i ma tylko jeden punkt: ty nie sprawiasz mi kłopotów, to ja nie spuszczam ci manta. A możesz być pewien, że każde manto zaboli cię dwa razy bardziej, niż mnie dopieką problemy, które spowodujesz.

Skinął na swoich podwładnych i ruszył do wyjścia. Uniósł się nad nim obłok dymu tytoniowego, kiedy dochodził do drzwi. Jeszcze zanim wyszedł przez nie na korytarz, jego ludzie zaczęli mnie okładać. Kolano któregoś z nich trafiło mnie w skroń. Zaraz potem but wylądował na moich żebrach, a pałka rozpaliła ogień bólu w moich plecach.

Nie mogłem wstać z klęczek, chwyciłem więc za pierwszą lepszą nogę i przewróciłem jednego z napastników. Jego koledzy zasypali mnie ciosami. Ja z kolei sprawiałem jak największy ból temu, którego obaliłem na podłogę. Jego śmiertelne wrzaski zaalarmowały Johncocka, który natychmiast zagwizdał, żeby wezwać posiłki.

Wpadli do celi, na oślep wymachując pałkami. Wiedziałem, że zostało mi niewiele czasu, zanim mnie obezwładnią. Nie miałem najmniejszej szansy, żeby ich wszystkich pokonać.

Poderwałem się, stanąłem na palcach, ale wgnietli mnie w ścianę. Czyjaś dłoń chwyciła za nasadę mojej. Ktoś szarpnął mnie za nogę tuż nad stopą. Ciężkie buciory zaczęły mnie kopać po brzuchu i genitaliach. Potem któryś z napastników wykręcił mi ramię za plecami. Inny uderzył mnie w twarz głową.

– Cofnijcie się! Zostawcie go już! – rozkazał Johncock. – Chętnie zatłukłbym tego łajdaka, ale musimy zostawić tę przyjemność katu. Wokół mnie rozległy się głosy. Stopy uderzały o kamienną podłogę. Zabrzęczały klucze.

Ogarnęła mnie ciemność, potem czas się cofnął i powędrowałem do lat mojej młodości, kiedy byłem wolny, a dopiero co poznany Żyd Sebastian ostrzegał mnie, że mogę nie ujść z życiem.

MANCHESTER, 1884 ROK

Z LUDŹMI SEBASTIANA DOGADYWAŁEM się bez trudu, szybko więc odkryłem, że ich banda różni się od wszystkich, które wcześniej spotkałem na mojej drodze.

Żyli z kradzieży, co oczywiście wcale mnie nie zdziwiło. Potrafili z zimną krwią stosować najokrutniejszą przemoc, ale to też nic nadzwyczajnego. Od innych gangów odróżniał ich Sebastian. Był metodyczny. Opanowany. Spokojny. Doświadczenie uczyło mnie, że przywódca bandy jest w niej najtwardszy i najgłośniejszy, najsilniejszy i najbardziej brutalny, najbardziej zarozumiały i najagresywniejszy.

Sebastian do tego opisu nie pasował.

Wątpię, czy kiedykolwiek kogoś uderzył. Przywództwo zdobył dzięki inteligencji i przebiegłości. Mówił cicho, ale zawsze zyskiwał pełną uwagę wszystkich słuchaczy.

Niedługo musiałem czekać, żeby się przekonać o naturze władzy, którą piastował ten nieduży facet. Zaraz po moim przybyciu wyszedł wcześnie rano, nie zabierając ani swoich psów, ani żadnego ze swoich ludzi. Kiedy wrócił około południa, promieniał radością. Był elegancko ubrany w szary kraciasty tweed i wypolerowane brązowe kamasze. Pod pachę miał wetknięty długi, przewiązany wstążkami beżowy rulon, który podtrzymywał dłonią.

Udał się prosto do swojego pokoju, gestem przyzywając Monetę i Danny'ego, a oni posłusznie podążyli za nim. Resztę popołudnia spędził za zamkniętymi drzwiami z nimi dwoma oraz innymi, których jednego po drugim wzywał do swojego sanktuarium.

Przed wieczorem w dużym pomieszczeniu zostałem tylko ja i niezbyt rozgarnięty chudzina imieniem Zack.

– Co tam się dzieje? – zapytałem.

– Nie wiem. – Wzruszył ramionami. – Nikt mi nic nie mówi.

Mówili mu wiele, ale nie były to słowa, które Zack chciał słyszeć. Miał za zadanie sprzątać. Opróżniał wiadra na mocz. Przepychał kible. Zamiatał podłogę. Zmywał naczynia i sztućce.

– Ale ja pytam o twoje zdanie – naciskałem. – Oni coś planują, tak?

– Pracę – odpowiedział. – Szykują się do pracy.

Domyśliłem się, że chodzi o jakiś skok, którego szczegóły prawdopodobnie zawiera beżowy papier przyniesiony skądś przez Sebastiana.

Po chwili w drzwiach stanął Danny.

– Terry, jesteś nam tu potrzebny – oznajmił.

Szybko podniosłem się z krzesła i kilkanaście metrów dzielących mnie od drzwi do kwatery Sebastiana pokonałem niemal biegiem.

Zobaczyłem wnętrze eleganckie, ale niemal całkiem ciemne, jeśli nie liczyć snopów światła rzucanych do góry przez lampy gazowe. Choć w całym budynku ściany były z gołej cegły, tutaj przykrywała je tania dębowa boazeria, a gdzieniegdzie zdobiły nawet obrazy olejne przedstawiające sceny polowania. W małym otwartym kominku palił się świeżo dosypany węgiel, a po obydwu stronach długiego stołu na kozłach ustawiono ławki, które wyglądały na kradzione z kościoła.

– Czas, żebyś zapracował na swoje utrzymanie – oznajmił Sebastian. – Dołącz do nas.

Usiadłem w kręgu żółtawego światła kopcących lamp.

– Może tak byście odsłonili? – skarcił swoich ludzi.

Jeden po drugim cofnęli dłonie, fajki i łokcie, żebym mógł obejrzeć rozłożony na stole plan.

– To rezydencja Goddard Grange – wyjaśnił Sebastian. – Aż po spróchniały dach wypchana perskimi dywanami, holenderskimi olejami, rzymskim srebrem stołowym i indyjskimi klejnotami.

– To bardzo miło – rzuciłem.

– Bardzo pięknie – poprawił mnie Sebastian. – Właściciel rezydencji, niejaki pan Wilberforce Singleton, handluje antykami. Za kilka godzin w Southampton wejdzie na pokład statku, który przywozi mu cenne etruskie artefakty. W tym samym czasie my wejdziemy w posiadanie wszystkiego, co ma jakąkolwiek wartość w tym przepysznie urządzonym domu, którego plan widzisz przed sobą.

Wszyscy wpatrywaliśmy się w olbrzymi rysunek, na którym krzyżykami zaznaczono miejsca przechowywania rodzinnych sreber, biżuterii, obrazów i rzeźb.

– Czego ode mnie oczekujesz? – zapytałem.

– Dziś wieczorem będziesz tragarzem – odparł Sebastian. – Joel, wytłumacz naszemu młodemu przyjacielowi, na czym będą polegały jego obowiązki.

Krępy mężczyzna z rzednącymi brązowymi włosami odkaszlnął i zaczął mówić, nerwowo szurając stopami.

– Czekasz na zewnątrz przy oknie, a kiedy ładowacze przekażą ci pakunki, weźmiesz je i zaniesiesz do powozów. – Odkaszlnął jeszcze dwukrotnie, po czym kontynuował instruktaż tonem kogoś, komu całą procedurę tłumaczono wiele razy. – Robisz to szybko, ale ostrożnie. Żadnego biegania. I nie możesz się potknąć ani przewrócić. Nie wolno upuścić worków ani nigdzie ich zostawiać, chyba że się pojawią gliny i będziesz musiał dać nogę.

Jego ostatnie słowa rozbawiły wszystkich obecnych. Kiedy śmiech ucichł, Sebastian spojrzał na mnie z przenikliwością, jakiej nie widziałem w jego oczach od naszego pierwszego spotkania nad rzeką.

– Zrobisz to, Terry? Czy to zadanie mieści się w twoich możliwościach i w twojej definicji uczciwej pracy?

– Zrobię nawet więcej, jeśli będzie trzeba.

– Owszem, ale nie dziś wieczorem. Zaczniesz od rzeczy najprostszych.

Nadszedł wieczór.

Wyruszyliśmy z niemal wojskowym drylem. Ponad tuzin krytych wozów wytoczyło się z naszej nadrzecznej bazy, uwożąc nas w gęstniejący mrok. Jechałem na końcu konwoju i zauważyłem, że każdy woźnica od swojego poprzednika utrzymywał odległość, której pokonanie zajęłoby dobre dwie minuty, prawdopodobnie po to, żeby niepotrzebnie nie przykuwać niczyjej uwagi. Po zrytych koleinami nieoświetlonych drogach i krętych górskich ścieżkach podróżowaliśmy kilka godzin.

Konwój zatrzymał się z tą samą precyzją, z którą jechał. Przez dobre dwadzieścia minut czekaliśmy bezczynnie w uciążliwym milczeniu. Tylko od czasu do czasu rozlegał się tłumiony dłonią kaszel. Wymagało to cierpliwości najwyższej próby.

W końcu wrócili zwiadowcy i szeptem przywołali nas do siebie. Wygramoliliśmy się z wozów, bezgłośnie zeskakując na ziemię i trawę. Instrukcje nie były konieczne. Każdy dobrze wiedział, co ma robić. Działaliśmy spokojnie, ale szybko.

W świetle księżyca, pochyleni nisko nad ziemią, stąpaliśmy ostrożnie po dywanie darni ścielącej się wokół dużego domu.

Zgodnie z instrukcją czekałem przy wschodnim skrzydle na sygnał latarnią. Kiedy go dostrzegłem, puściłem się pędem obładowany jutowymi workami do przenoszenia obrazów, przepastnymi torbami, w których kule zmiętych gazet tłumiły brzęk srebrnych kielichów, popielnic i talerzy, oraz uszytymi z miękkiej tkaniny sakiewkami na biżuterię pełnymi pierścieni, bransolet i naszyjników.

Zaatakowaliśmy jak szarańcza.

W ciągu godziny doszczętnie ogołociliśmy dom.

Kiedy załadowaliśmy ostatni wóz, płuca paliły mnie żywym ogniem, a nogi miałem jak z waty. Z twarzą błyszczącą od potu pokonałem półtora kilometra do rozdroża, miejsca zbiórki przed drogą powrotną.

Czekał tam już na nas Joel przy powozie ciągniętym przez cztery duże czarne konie. Wręczył nam piwo, po czym wspiął się na górę i usiadł obok woźnicy, a my czterej weszliśmy do środka, gdzie z ekscytacją rozmawialiśmy o skończonej robocie.

Kiedy wróciliśmy do fabryki, czekało na nas tyle piwa, że można by na nim zwodować okręt. Stoły w naszej siedzibie uginały się od potraw. Były zastawione wielkimi połciami wołowiny i wieprzowiny, olbrzymimi gomółkami sera oraz koszami owoców i chleba.

Były też kobiety. Blondynki. Brunetki. Rude. Młode. Stare. Wysokie i niskie. Czułem się zbyt zażenowany, żeby z którąś pójść. Zbyt skąpe sukienki i zbyt obfita seksualność odrzucały mnie raczej, niż podniecały.

Z każdym kolejnym kuflem świętowanie stawało się hałaśliwsze. Gdy po kilku godzinach zaczęły się śpiewy, ludziom Sebastiana puściły wszelkie hamulce. Zmaltretowali wiele przebojów wodewilowych na zmianę ze sprośnymi szantami. Kilka razy wykrzykiwali na całe gardło rymowankę, którą pamiętałem jeszcze z Londynu:

I tu, i tam, od miasta bram.
Tak pieniądz chodzi po ulicy.
Z gospody Pod Orłem i wprost do lombardu.
Poszło dziś futro ze starej łasicy.

Przy ostatnim wersie metalowe kufle wędrowały w górę i stukały o siebie ze szczękiem. Trzeba je było opróżnić za jednym razem, po czym następowały nieznośne wrzaski. Brakowało tylko jednego głosu: Sebastiana.

Nie słyszałem go także następnego ranka, kiedy nawet ćwierkanie ptaków wydawało się nam zbyt głośne.

Wrócił dopiero późnym popołudniem, kiedy wytrzeźwieli już najwięksi pijacy. Widząc go, starsi mężczyźni poderwali się z miejsc i ruszyli ku niemu jak ćmy do światła. On z kolei zaprosił ich do ciepłego wnętrza swojej strzeżonej kwatery.

Liczyłem czas, po którym jeden za drugim wracali do wspólnego pomieszczenia – upłynęło ledwie kilka minut. Wszyscy się uśmiechali. Następnie do środka zaproszono młodych. Wyszli tak samo uradowani. Nikt się nie afiszował z pieniędzmi, które otrzymał, ale ich zachowanie wyraźnie świadczyło o tym, że za wykonaną pracę dostali sowitą zapłatę.

Ja wynagrodzenia nie dostałem. Ani grosza. W ogóle mnie nie wezwano do kwatery szefa.

Wynagrodzeni długo w nocy dyskutowali o tym, na co wydać świeżo otrzymany grosz. Ubrania czy kobiety? Spłacać długi czy gonić marzenia?

Położyłem się na łóżku, rozmyślając nad tym, co się wydarzyło. Nie obszedł mnie zbytnio fakt, że zostałem pominięty przy zapłacie. Zakładałem, że to część mojej inicjacji, że muszę się wkupić.

Niech tak będzie.

Nie to zajmowało moje myśli.

Zastanawiałem się nad tym, jak łatwy był nasz sukces i jakie pytania rodziły się w związku z tym.

Skok ułatwił nam plan architektoniczny budynku oraz precyzyjna informacja, w jakich godzinach nie będzie w nim nikogo oprócz starego zniedołężniałego kamerdynera, zaspanego kucharza i młodej pokojówki, którzy posłuchali zdrowego rozsądku i nie próbowali stawiać oporu. Zdziwiło mnie, że właściciel nie zostawił na straży swojego majątku żadnych osiłków. Doszedłem do wniosku, że albo Sebastian uciekł się do przekupstwa, albo posłał ludzi, którzy pozbyli się wartowników w inny sposób przed naszym przyjazdem.

Nikt z nas, oprócz Sebastiana i może Danny'ego, nie znał przewożących nas woźniców, a mimo to pozwolono im odjechać z całym łupem w środku nocy. Dokąd go zawieźli? Do jakichś magazynów przemysłowych, szop przy nabrzeżu czy budynków gospodarczych gdzieś na farmie? Tego nie wiedziałem. Czy oprócz nas dla Sebastiana pracował ktoś jeszcze? Inni ludzie niż ci, z którymi jadłem i nocowałem? A może to on pracował dla kogoś? Niemal na pewno tak właśnie było, choć nie mogłem wykluczyć jeszcze jednej ewentualności.

Może nic nie zostało ukradzione. Wszystkie te rzeczy zostały po prostu przewiezione w inne miejsce, a Sebastian opróżnił rezydencję z kosztowności na zlecenie właściciela, który następnie wyłudzi pieniądze od którejś z dużych londyńskich firm ubezpieczeniowych.

Prawdziwego motywu kradzieży nigdy nie poznałem. W kolejnych miesiącach dostałem godziwy udział w zyskach, kiedy z tragarza awansowałem na ładowacza, z ładowacza na selekcjonera, a z selekcjonera na włamywacza. W końcu trafiłem w szeregi zwiadowców, którzy pod nadzorem Danny'ego koordynowali wszystkie działania w terenie, organizowali transport i zarządzali ludźmi. Dzięki temu mogłem nareszcie używać bardziej mózgu niż pięści. Bałem się jednak, że zmięknę, że utracę siłę, a wraz z nią ochronę, jaką dawały mi mięśnie.

Co rano ćwiczyłem w pocie czoła. Jak tylko światło dnia zaczynało się przebijać przez wielkie fabryczne okna, zaczynałem dwugodzinny trening. Początkowo obejmował tylko bieganie oraz podnoszenie ciężkich kamieni i przysiady z nimi.

Jako chłopak boksowałem w londyńskim sierocińcu, zawsze więc kończyłem treningi zaciekłą walką na pięści z cieniem. Moi współmieszkańcy najpierw się ze mnie śmiali, potem jednak chcieli do mnie dołączyć. Sebastian kupił nam rękawice i zaczęliśmy sparingi. Pojawił się nawet pomysł, żeby zorganizować mecze i przyjmować zakłady, ale z powodów, które niebawem staną się oczywiste, odmówiłem uczestniczenia w tym przedsięwzięciu.

Często kąpałem się w rzece za fabryką, w której mieszkaliśmy. Pływać nauczyłem się po ucieczce z Londynu, kiedy odważałem się coraz głębiej zapuszczać w strumienie, rzeki i kanały, by potem w panice wracać na brzeg, na przemian topiąc się i rozpaczliwie machając ramionami.

Pewnego dnia wychodziłem z porannej kąpieli, kiedy zobaczyłem Sebastiana na spacerze z psami. Nieczęsto zdarzało mu się wychodzić o tak wczesnej porze.

– Dzień dobry! – krzyknąłem, ociekając wodą, bo dopiero sięgałem po ręcznik.

W podobnej sytuacji zwykle miał dla mnie uśmiech, teraz jednak tylko spojrzał na mnie twardym wzrokiem.

– Ubierz się, a potem przyjdź do mnie.

Odwrócił się, szarpiąc smycz psów, żeby poszły za nim. Dee i Dum skomleniem oprotestowały tak gwałtowne przerwanie oczekiwanego spaceru.

Wytarłem się do sucha i poszedłem za Sebastianem. Jego kwatera była jak zawsze pogrążona w ciemności, którą rozcinał tylko wąski strumień światła wpadający do środka między zasłonami. Sebastian siedział w fotelu z zagłówkiem, przez szparę wpatrując się we wstający dzień.

– Musisz się spakować i wyjechać, Terry. Natychmiast.

– Dlaczego?

– Bo ja ci tak mówię.

– Co zrobiłem nie tak?

Na moje pytanie odpowiedział mi obcy głos.

– Nic.

Dobiegał z głębi pomieszczenia.

– Co się dzieje?

Ruszyłem w stronę Sebastiana, ale on mnie powstrzymał, kręcąc głową.

– Dzieje się to, że stąd wyjeżdżasz, żeby pracować dla mnie – ciągnął nieznajomy. Po jego wymowie nie umiałem określić klasy społecznej ani regionu. Zdawało mi się, że słyszę obcy akcent, nie potrafiłem jednak go umiejscowić.

– To ja wybieram, dla kogo pracuję – zaoponowałem.

Mężczyzna częściowo wysunął się z cienia.

– Już nie.

Zamilkłem. Nieznajomy powoli wszedł w smugę światła. Był tylko trochę niższy ode mnie. Dałem mu czterdzieści lat, choć mógł być starszy. Miał brązowe włosy, oczy w kolorze pieczonych kasztanów, ciemną brodę z siwymi pasemkami, przystrzyżoną na tyle starannie, że widać było delikatne kości policzkowe i mocną szyję. Szyty na miarę garnitur z wełny w brązową kratę spływał z szerokich ramion, zwężając się w pasie, który kiedyś był pewnie tak samo silny jak ramiona, teraz jednak zdradzał niedostatek ćwiczeń fizycznych oraz nadmiar jedzenia.

W dłoni trzymał zdobioną srebrem krótką fajkę z jakimś herbem na główce. Kciukiem wepchnął do niej tytoń, po czym się uśmiechnął.

– Chyba będę się do ciebie zwracał per Simeon. Simeon Lynch. W końcu tak brzmi twoje prawdziwe nazwisko.

Odwróciłem się i zacząłem biec.

Drzwi, przez które wszedłem, były teraz zamknięte. Gałka obracała się beznadziejnie pod moimi palcami, nie chciała się jednak przekręcić. Puściłem się pędem do okna – w razie konieczności wyskoczyłbym nawet przez zamknięte.

Sebastian podniósł się z fotela. Wystarczyło, by raz pociągnął za smycz, a spokojne dotychczas psy warknęły groźnie, szarpiąc się na uwięzi. Nieznajomy spokojnie podpalił fajkę. Białe spirale uniosły się i zaczęły wirować. Za jego plecami pojawili się kolejni mężczyźni. Nadzieja na ucieczkę prysnęła.

Kasztanowe oczy obserwowały mnie zza chmury świeżo wydmuchanego dymu.

– Nie przysparzaj nam już kłopotu, biegając tam i z powrotem, Simeonie. To tyleż bezskuteczne, co dziecinne.

– Nazywam się Perch – brnąłem. – Terry Perch. Z kimś mnie pan pomylił. Ten cały Simeon to nie jestem ja.

Cmoknął z niezadowoleniem, pokręcił głową i podszedł bliżej.

– Dobrze wiem, kim jesteś, młody człowieku. Lepiej nawet niż ty sam. – Jego dłoń chwyciła moje ramię i ścisnęła jak imadło. – Urodziłeś się w obskurnej ruderze w Londynie, a twoja matka, tamtejsza ladacznica, umarła, wydając na świat twoje nędzne istnienie.

Starałem się ukryć strach. Było w nim coś, co mnie mroziło. Paraliżowało mi język.

– Mam mówić dalej, Simeonie? O niej? O tobie? O tym, co zrobiłeś i dlaczego uciekłeś z Londynu?

– Nie! – warknąłem. Dotychczasowe rewelacje wystarczyły, żeby przyśpieszyć bicie mojego serca. Nie miałem pojęcia, skąd wiedział to wszystko, ale sam fakt, że dysponował taką wiedzą, sprawiał, że czułem się zagrożony.

– Mądry wybór – pochwalił, puszczając moje ramię. – Są w twoim życiu rzeczy, o których najlepiej nie mówić.

– Co to za jeden? – zapytałem Sebastiana.

– Nie jest gliniarzem – odpowiedział uspokajającym tonem. – Szpiclem też nie.

– Z całą pewnością – potwierdził nieznajomy. – Nazywam się Moriarty. Profesor Brogan Moriarty.

16 DNI DO EGZEKUCJI

NEWGATE, 2 STYCZNIA 1900 ROKU

Kiedy odzyskałem przytomność, poczułem skutki razów, których nie żałowali mi podwładni Johncocka.

Uświadomiłem też sobie, że zostałem przeniesiony do innej celi. Założono mi opatrunki – niezbyt starannie, mógłbym dodać. Jeden z bandaży się zsunął, niemal całkowicie zasłaniając mi lewe oko, przez co mrugałem co chwila, ponieważ materiał ocierał o powiekę, co drażniło rzęsy. Ramiona wydały mi się dziwnie ciężkie, nie zaskoczył mnie więc fakt, że wokół nadgarstków i kostek mam łańcuchy. Tylko się domyślałem, że są przyczepione do masywnych obręczy w podłodze, widziałem bowiem ledwie kawałek sufitu oraz przeciwległej ściany. Leżałem na plecach z rozłożonymi ramionami i nogami, a w gardle piekło mnie tak, jakbym się napił gorącej smoły z tłuczonym szkłem.

Przez resztę dnia na zmianę odzyskiwałem i traciłem przytomność. Zdaje się, że mój umysł przebywał gdzieś w amorficznej przestrzeni między światami, kiedy usłyszałem zgrzyt klucza w zamku i pisk otwierających się drzwi.

Nastawiłem się na kolejne przykrości. Pewnie nowi strażnicy chcieli się na mnie wyżyć. Albo może więzienni lekarze zamierzali wypróbować na mnie jakieś leki, bo wiele razy słyszałem, że tak robią ze skazańcami. Ale usłyszałem odgłos stóp w miękkich butach, nie więziennych kamaszach. W głosie, który się odezwał, usłyszałem ogładę i wrażliwość niespotykaną u zwykłego klawisza.

– Wierzę, że nie jest pan człowiekiem pozbawionym inteligencji. Że za pańskim okrucieństwem kryje się cywilizowany umysł. Zdolny do logicznego rozumowania.

Zmusiłem oczy, żeby się otworzyły. W moim ograniczonym polu widzenia mignęła ludzka głowa. Łańcuch krępujący moją prawą rękę niespodziewanie się napiął, po czym zrobił się luźny. Kilka sekund później to samo wydarzyło się po lewej stronie.

– Może pan usiąść – dodał cień. – Poluzowałem łańcuchy, żeby umożliwić panu poruszanie się. Ale proszę to zrobić powoli, bo inaczej niemal na pewno pan zemdleje.

Uniosłem ręce. Łańcuchy ślizgały się po mojej skórze jak ciężkie, zimne węże. Z trudem usiadłem. Ból w klatce piersiowej był nie do zniesienia. Krew uderzyła mi do głowy. Byłem jak zamroczony. Ale przynajmniej jedno się wyjaśniło: rozpoznałem mojego gościa.

Sherlock Holmes.

– Simeon Lynch – rzekł poważnym tonem. – Zatrzymany, postawiony przed sądem za dwa morderstwa i skazany na śmierć.

– Idź do diabła, Holmes!

Patrzyłem na niego badawczo, myśląc o tym, jak niewiele brakowało, żebym zabił tego legendarnego mistrza dedukcji. Moriarty posiadał kamienicę naprzeciwko skromnego mieszkania przy Baker Street, które zajmował Holmes. Przez trzy tygodnie zajmowałem pokój z widokiem na numer 221b, by na polecenie Profesora śledzić każdy krok detektywa oraz jego pochlebczego biografa i kochającej gospodyni.

Mądry jak sowa i tak samo jak ona kochający noc detektyw niemal doszczętnie pozbawił mnie wtedy snu. W końcu wyśledziłem zarówno jego głównego dostawcę kokainy, jak i kobietę, z którą spędzał upojne noce w burdelu o nie najlepszej reputacji, mieszczącym się przy West Street. Odnotowałem wszystkie jego słabe punkty i gdybym tylko dostał takie polecenie, wywiązałbym się z obowiązku.

– Kilka razy mogłem pana zabić – rzuciłem.

– Cóż za niedorzeczność! – odparł z takim rozbawieniem, jakbym mu opowiedział śmieszną historyjkę. – Wiem, że pan mnie śledził, chodząc za mną krok w krok. Kryjąc się w cieniu albo gapiąc się przez okno, kiedy pracowałem i kiedy szukałem wytchnienia. Nigdy jednak, drogi panie, nie mógłby pan być kimkolwiek więcej niż tylko podglądaczem.

– Czego pan chce, Holmes? – Nie okazywałem zainteresowania, ale mój umysł pracował na najwyższych obrotach, starając się ustalić, po co detektyw do mnie przyszedł i jaką korzyść mógłbym z jego obecności odnieść.

– No cóż – zaczął zamyślonym głosem, podchodząc do mojej pryczy od strony, z której leżały nogi bezpiecznie unieruchomione przyczepionymi do podłogi łańcuchami. – Zadał mi pan dwa pytania, dlatego wymagają one dwóch różnych, choć powiązanych ze sobą odpowiedzi. Jak większość przyzwoitych ludzi chcę widzieć pana na szubienicy. Niestety, moim zadaniem jest przedstawienie oferty, która pozwoli panu uniknąć stryczka.

Przerwał, żeby ocenić moją reakcję, ale niczego po sobie nie pokazałem. Wpatrywałem się w średniowieczne żelazne kajdany, w które mnie zakuto. Z pewnością były zbyt mocne, żeby je rozerwać bez pilnika i ciężkiego młota. Nie miałem szansy zaatakować Holmesa, wziąć go do niewoli ani jakkolwiek inaczej wykorzystać, żeby umożliwić sobie ucieczkę.

– Popełnił pan wiele zbrodni – ciągnął Holmes. – Tego jestem pewien. Podejrzewam jednak, że robił to pan wyłącznie na rozkaz Moriarty'ego. Ale to pan siedzi teraz samotnie w celi, a ten diabeł wcielony cieszy się na wolności urokami życia bogacza.

– Proszę przejść do rzeczy albo jeszcze lepiej od razu stąd wyjść. O ile mi wiadomo, nie mam aż tyle czasu, żeby go trwonić.

– Niech pan zostanie świadkiem koronnym. Jeśli ze szczegółami opowie pan policji o przestępczych działaniach tego drania, minister spraw wewnętrznych uruchomi procedurę ułaskawienia. Kara śmierci zostanie zamieniona na dożywotnie więzienie, a potem, jeśli pańskie zeznania doprowadzą do skazania Jamesa Moriarty'ego, będzie pan zapewne ułaskawiony.

Tylko mnie rozśmieszył. Nie miał pojęcia, jak wielkimi możliwościami dysponuje Brogan.

– Chce pan, żebym zeznawał przeciwko Jamesowi Moriarty'emu?

– Tak. Chcę tego z całego serca.

– Niepotrzebnie zdziera pan gardło.

– Mogę sobie na to pozwolić. W odróżnieniu od pana mam jeszcze wiele czasu, żeby je potem wykurować.

– Ależ pan ma cięty dowcip!

Opadłem z powrotem na pryczę i patrzyłem w sufit. W przeciwległym rogu pająk uplótł cienką, naprężoną sieć. Niedawno schwytana mucha jeszcze się w niej miotała. Walka była bezcelowa, ale ona się nie poddawała. Drapieżca podchodził do niej powoli. Niebawem zada jej śmierć. Ten rytuał znałem aż za dobrze.

– Daję panu szansę ocalenia życia. Może pan oczyścić swoją kartotekę i zacząć od nowa.

– Ma pan na myśli deportację?

– Niekoniecznie. Mamy też różne możliwości na ojczystej ziemi. Ale nawet życie na obczyźnie byłoby chyba lepsze niż śmierć?

Spojrzałem na Holmesa, zastanawiając się, kto jest pająkiem, a kto muchą. Łudził się, że złapie mnie w swoją sieć, ja jednak oceniałem sytuację inaczej. Byłem potrzebny. Niezbędny wymiarowi sprawiedliwości. Mogłem więc bezpiecznie odrzucić jego ofertę, przynajmniej na razie, ponieważ byłem pewien, że wróci złożyć ją ponownie, a podczas kolejnej wizyty mogła się nadarzyć okazja ucieczki bez konieczności składania wiarołomnych zeznań. Podjąłem decyzję.

– Proszę stąd wyjść, panie Holmes, i zabrać ze sobą pańską desperację.

Spojrzał na mnie gniewnie, po czym podszedł do drzwi i uderzył w nie pięścią, żeby wezwać strażników. Zanim nadeszli, dodał:

– Na koniec muszę pana o czymś jeszcze poinformować. Założyłem się mianowicie z moim przyjacielem doktorem Watsonem. To wojskowy, jak pan zapewne wie, i twierdzi, że ludzie pańskiego pokroju zachowują się po wojskowemu.

– Proszę wyjść!

– Jest przekonany, że wiedzę o Moriartym, jego zbrodniach oraz jego bandzie zabierze pan do grobu. Ja obstawiam przeciwnie. Jest pan mordercą, Lynch. Śmiercią zajmuje się pan zawodowo, dlatego zna pan wartość swojego życia, która oczywiście jest dla pana większa od lojalności wobec kogokolwiek. Postawiłem więc dwadzieścia funtów na to, że po wstępnym wahaniu i tworzeniu pozorów przyjmie pan w końcu moją ofertę z zapałem początkującego złodzieja zostawionego bez nadzoru w szatni.

Drzwi się otworzyły i strażnik zapytał:

– Czy już, panie Holmes?

– Tak, właściwie tak – odpowiedział, po czym rzucił ostatni komentarz w moją stronę: – Jeszcze się te drzwi nie zdążą za mną zamknąć, a już zacznie pan rozważać moją propozycję, bo wie pan, że jest atrakcyjna. Niech pan użyje rozumu zamiast pięści, Lynch, a być może ocali pan głowę.

Drzwi zamknęły się z hukiem. Klucz zgrzytnął w zamku i znów byłem zamknięty.

Odwiedził mnie sam Sherlock Holmes, żeby osobiście złożyć mi propozycję. Czyż to nie było coś?

Pod sufitem pająk już pożerał muchę. Uśmiechnąłem się na ten widok. Kiedy stąd ucieknę, być może odwiedzę Sherlocka Holmesa z moją własną propozycją. Woli zginąć od noża? Czy może mam go zabić gołymi rękami?

MANCHESTER, 1885 ROK

Brogan Moriarty.

Nazwisko to nic mi nie mówiło, kiedy tamtego poranka w półmroku kwatery Sebastiana wypowiedział je mierzący mnie stalowym wzrokiem mężczyzna. W innym razie walczyłbym do upadłego, żeby tylko stamtąd uciec. Ale byłem młody, głupi i arogancki, błędnie więc uznałem, że jeśli poczekam na właściwy moment, to bez trudu, kiedy przyjdzie mi na to ochota, wymknę się temu człowiekowi i jego ludziom.

W dziennym świetle, już poza murami manchesterskiej fabryki, pierwszy z kompanów Moriarty'ego okazał się dobrze zbudowanym przystojnym mężczyzną w wieku około dwudziestu pięciu lat. Wyglądał na przedstawiciela jakiegoś szanowanego zawodu, na przykład wyższego urzędnika. Miał czarne włosy do ramion, szare oczy i garnitur z niebieskiego diagonalu skrojony tak samo perfekcyjnie jak uśmiech. Towarzyszył mu niższy, szczuplejszy kolega ubrany raczej przeciętnie – w zbyt obszerną szarą marynarkę, która wisiała na nim jak worek, zniszczoną brązową kamizelkę i postrzępione spodnie oraz kaszkiet o wiele za duży na jego zarośniętą głowę. Podejrzewałem, że jest chłopcem na posyłki trzymanym zawsze pod ręką, żeby biegać to tu, to tam, zależnie od woli pryncypała.

Wszyscy czterej wsiedliśmy do największej karety, jaką w życiu widziałem. Błyszczący czarny pojazd miał na drzwiach herb, a na przedzie lśniące mosiężne lampy. Nienagannie ubrany woźnica siedział na koźle wyprostowany jak struna, trzymając na wodzy cztery białe konie. Usadowiłem się tyłem do kierunku jazdy, naprzeciwko Moriarty'ego i obszarpanego chłopca na posyłki, podczas gdy elegancki mężczyzna zajął miejsce obok mnie. Wiedziałem już, jak sprawy stoją. Postanowiłem, że gdy tylko pojazd z jakiegokolwiek powodu się zatrzyma, otworzę drzwi, wyskoczę na zewnątrz i zniknę.

Profesor uchwycił moje spojrzenie.

– Chociaż dosyć często korzystam z kolei parowej, doceniając jej szybkość i wygodę, to jednak stare, dobre karety zapewniają mi prywatność, a ta jest nieoceniona. – Z dumą przesunął dłonią po panelu drzwi od swojej strony. – To dawny wóz pocztowy, dlatego mam w nim dość miejsca. Ale resory kazałem poprawić francuskiemu mechanikowi, ponieważ tylko Francuzi rozumieją, jak ważny jest komfort podróży.

– Skąd pan pochodzi? Mówi pan jak osoba z wyższych sfer, ale ma pan akcent, jakiego nie słyszałem nigdy wcześniej.

Kompani Profesora wybuchnęli gromkim śmiechem, ale przez jego usta przebiegł tylko dyskretny uśmieszek.

– Jestem Anglikiem tak samo jak ty, chłopcze, ale przez długi czas prowadziłem interesy w Ameryce, która jest dla mnie drugim domem. Dopiero co stamtąd wróciłem, dlatego słychać jeszcze amerykański akcent, którego nabyłem, spędzając tam znaczną część mojego dzieciństwa.

Nudziła mnie jego opowieść, błądziłem więc oczami po wnętrzu karety. Wypatrzyłem zestaw kryształowych szklanek i karafek umieszczony w wykładanym aksamitem pudełku przymocowanym skórzanymi pasami do schowka w drzwiach. Natychmiast przyszło mi do głowy, że znam wiele złodziejskich melin, w których za takie świecidełka zapłaciliby mi niezłą sumkę.

– Orzeźwimy się za chwilę – oznajmił Profesor tonem, jakby karcił mnie za to spojrzenie. – Najpierw jednak prezentacja. To panna Surrey Breed. – Oparł prawą dłoń na lewym kolanie siedzącego przy nim obdartusa, po czym się uśmiechnął. – Całkiem niezwykła młoda dama.

– Dama? – rzuciłem.

– A żebyś wiedział, że dama – odburknęła żulowskim żargonem z wyraźnym szkockim akcentem. – Nie udawaj pan głupiego i lepiej to sobie dobrze zapamiętaj! – Zdjęła za duży kaszkiet, wypięła z włosów szpilkę i wodospad czarnych loków spłynął na jej szczupłe ramiona. Teraz wyglądała bardzo kobieco i stwierdziłem, że jest niewiele starsza ode mnie. Z kokieterią odchyliła głowę, w jednej chwili odmieniając wyraz twarzy, głos i status społeczny. – Niechże pan przyzna, panie Lynch, że pierwsze wrażenie bywa niebezpiecznie złudne. – Teraz mówiła z nienagannym akcentem. – Trzeźwemu osądowi sytuacji nie sprzyjają założenia na temat czyjegoś statusu społecznego, a nawet płci, jeśli czynimy je tylko na podstawie pobieżnej obserwacji.

Profesor się zaśmiał.

– Panna Breed jest kulturalnym kameleonem, stworzeniem wręcz nieocenionym, zważywszy na pompatyczność czasów, w których żyjemy. – Skinieniem głowy wskazał mężczyznę siedzącego obok mnie. – To pan Sirius Gunn. Proszę nie dać się zwieść dobrym manierom, które od czasu do czasu prezentuje, ani też nienagannemu wyglądowi. Za tą uroczą maską kryje się diabeł, który zawstydziłby samego Szatana.

Gunn obojętnie uniósł kapelusz, ale się nie odezwał. Jednym przelotnym spojrzeniem wyraźnie dał mi do zrozumienia, że mu na mnie nie zależy. Odpowiedziałem wzrokiem, który nie pozostawiał wątpliwości, że gdybym tylko mógł, stłukłbym go na kwaśne jabłko i obrabował ze wszystkiego, co ma.

Spojrzałem za okno. Drzewa i pola umykały coraz szybciej, kiedy wspaniałe konie nabierały tempa. To znaczyło, że niebawem zostawimy Manchester daleko za sobą. Spojrzałem na Moriarty'ego.

– Dokąd jedziemy, panie Profesorze?

– O tym pomówimy za chwilę. Teraz jednak przyszła chyba pora, żeby się czegoś napić. – Odchylił się nieco w lewo, wyjął z uchwytów trzy szklaneczki i rozdał je. Sięgnął po kryształową karafkę i dodał: – Nieco *aqua vitae* zdecydowanie wzmocni determinację w podróży.

Wyjął korek z karafki, żeby wlać do mojej szklanki sporą ilość płynu w kolorze jasnego bursztynu.

– Proszę spróbować. – Zachęcająco skinął głową w moim kierunku. – Ciekawi mnie, jak oceni pan jakość trunku. – Nalał podobną ilość pozostałym dwojgu i sięgnął po szkło dla siebie.

Uniosłem szklankę do nosa, żeby powąchać zawartość. Jeszcze w sierocińcu nauczyłem się na własnej skórze, że potraw i napojów o złym zapachu najlepiej unikać, jeśli się nie chce spędzić reszty tygodnia w ubikacji. Potrafiłem jedynie ustalić, że czuję coś mocniejszego.

– Co to za alkohol?

– Whisky – odparła panna Breed, wracając do szkockiego akcentu. – Nie bądź głupi, tylko sobie łyknij, jak dają.

Wypiłem prawie wszystko jednym haustem niczym lekarstwo.

– *Aqua vitae* – dodał Profesor, z zadowoleniem wąchając swoją szklankę – to po łacinie „woda życia". Terminem tym określa się także alkohole destylowane, a szkoccy gorzelnicy nazywają tak whisky. Zmieszana z wodą lub innymi płynami może zmieniać fizjologię.

Nie byłem pewien, o co mu chodzi, ale chciało mi się pić, wlałem więc w siebie resztkę alkoholu.

– Weźmy taki przykład – kontynuował. – Mózg wysyła teraz sygnał, że właściwie ugasił pan pragnienie. To przyjemne uczucie, prawda?

Skinąłem głową. Miał rację. Upłynęło sporo czasu, odkąd czegokolwiek się napiłem, a po porannych ćwiczeniach chciało mi się pić.

Moriarty miał zadowoloną minę.

– Jeszcze trochę?

Wyciągnąłem dłoń ze szklanką. Tym razem polał oszczędniej. Zatkał karafkę i wsunął ją z powrotem do uchwytu w pudełku, kiedy piłem.

– Teraz odprężasz się w przekonaniu, że organizm został nawodniony. To dlatego, że woda stanowi znaczną część naszego ciała, ściślej rzecz biorąc, ponad połowę, może nawet trzy czwarte.

Nie umiałem sobie tego wyobrazić, ale znów opróżniłem szklankę.

– Lepiej?

– Tak. Wydaje mi się, że jestem prawie całkowicie... Jak to było?... Nawodniony?

– Doskonale! – Uśmiechnął się, a następnie przysunął się trochę bliżej mnie i zaczął uważnie studiować moją twarz. – Źrenice już się rozszerzyły. Podejrzewam, że kręci ci się w głowie i czujesz się nieco osłabiony?

Nie zwróciłem uwagi na te odczucia, dopóki o nich nie wspomniał, ale znów miał rację.

Moriarty wyjął mi z dłoni szklankę.

– Już ją zabiorę. Jest droga i byłbym niepocieszony, gdyby się rozbiła. Bo widzisz, podałem ci środek uspokajający i właśnie teraz tracisz świadomość.

– Co?

– Do whisky dodałem toksyczny miód, zwany nektarem z rododendrona. Obniża ciśnienie krwi do poziomu, w którym odczuwa się silne zawroty głowy i traci przytomność. Taki prymitywny anestetyk.

Niemrawo przesunąłem się do drzwi.

Gunn ramieniem przygwoździł do oparcia moją klatkę piersiową. Próbowałem podnieść ręce, żeby z nim walczyć, ale kończyny miałem całkiem zdrętwiałe. Zsunąłem się z siedzenia.

– Nie ma co z tym walczyć – poradził Moriarty. – Teraz zaśniesz. Kiedy się obudzisz, będziemy już na miejscu.

Środek uspokajający zasznurował mi powieki. W ciemności nasz powóz uniósł się nad ziemię. Konie galopowały po chmurach. Powietrze zrobiło się rzadkie i zimne. Znaleźliśmy się wysoko w niebie, a wszystko pod nami sczerniało. Potem pojawiły się obrazy.

Tawerna. Sprośni mężczyźni stukający się kuflami, grający w karty, spierający się o wygraną. Ordynarne kobiety narzucające się z wulgarnym śmiechem. Ogłuszający hałas.

Nagle zapanowała cisza. Jedna z kobiet upadła, krzycząc z bólu, a jej twarz wykrzywiało cierpienie. Mężczyźni zaczęli się z niej śmiać. Kilka kobiet szarpało ją za ubranie. Wszędzie była krew. Wszędzie.

To była moja krew. Pępowinowa.

W wywołanym środkiem uspokajającym sennym koszmarze słyszałem krzyki mojej matki. Widziałem, jak jej oczy nieruchomieją i stają się martwe. Patrzyłem, jak wynoszą ciało z tawerny i rzucają na wóz. Potem koła zaturkotały na bruku, wioząc zwłoki mojej matki do zbiorowego grobu, w którym gniły zrzucone na stertę ciała nieznajomych, przysypane ziemią. Usłyszałem swój własny niemowlęcy krzyk. I głos pochodzący z teraźniejszości, nie z przeszłości.

– Obudź się! No, już! Otwórz oczy!

Kobieta o postaci obdartego chłopca na posyłki poklepywała mnie po policzku.

Otworzyłem oczy.

Kołysała się nade mną latarnia.

– Odzyskuje przytomność – powiedziała.

– Wynieście go z karety! – rzucił Moriarty z bardzo daleka.

– Uważajcie na głowę! – dodała ona.

Czyjeś silne dłonie wyniosły mnie z karety na rześkie powietrze. Potem moje pięty uderzyły o stopień karety i poczułem, jak zdrętwiałe od toksyny nogi ciągną się po żwirze.

– Wnieście go do domu! – polecił Moriarty. – Do pokoju na dole. Niech odeśpi.

Poczułem kolejne dłonie. Chwyciły mnie za nogi. Podniosły. Znów płynąłem w powietrzu. Niżej, niżej, niżej. Mrugające lampy. Stopy uderzające o kamienne schody. Zatęchłe powietrze. Moje ciało uniosło się i opadło. Poczułem różne zapachy: zapałka, wosk. Zaskrzypiały drzwi.

– Tutaj. Trzymajcie go tutaj do rana.

Bezruch. Płaska powierzchnia. Pojękiwania i westchnienia ulgi mężczyzn, którzy nie musieli już mnie nieść. Po chwili zniknęły ich dłonie. Światło przygasło. Chłodna pościel otuliła moją twarz. Znów ogarnęła mnie ciemność.

15 DNI DO EGZEKUCJI

CIEMNOŚĆ.

Aż za dobrze wiedziałem, co potrafi. Jest prawdziwym sztukmistrzem. Demonem. Kochanków przykrywa pościelą, a trupy ziemią. Tutaj, w więzieniu, noc jest zatrudniona jako najokrutniejszy z oprawców.

Zasłaniając światło, pomaga strażnikom łamać nasz opór, a nam utrudnia identyfikację dróg ucieczki.

Także w tej nowej celi, gdzie dochodziłem do siebie po pobiciu. Ciemność trzymała wartę od ostatniego obchodu do pierwszych przebłysków poranka między kratami w oknie.

We śnie albo marzyłem o ucieczce, albo na powrót stawałem się dzieckiem. Ponownie zaprzyjaźniałem się z Mariem, włoskim kataryniarzem pracującym na rogu ulicy, przy której się urodziłem i gdzie bawiłem się co dzień z wyjątkiem niedziel. Znów wyciągałem ręce po owinięte w gazetowy papier łakocie albo bawiłem się drewnianymi zabawkami, z których starsi chłopcy już powyrastali. Oglądałem twarze ojca i matki, których nigdy nie znałem. Dorastałem z nimi. Starzałem się z nimi. Wkładałem wnuki w ich kochające objęcia.

Pierwsze, przepełnione ciemnością i chłodem godziny trzeciego dnia nowego wieku przyniosły mi sen tak sugestywny, że kiedy się obudziłem, wciąż widziałem obok siebie występujących w nim ludzi. Miałem wrażenie, że wyłaniają się z zakamarków mojej wyobraźni, trochę przy tym hałasując. Potykali się zdezorientowani, pokonując mrok celi.

Ich stopy szurały po kamiennej podłodze. Poczułem zapach potu i tytoniu.

To nie był sen.

Mój umysł szybko przeanalizował dostępne informacje. W zamku nie zgrzytnął klucz. Żaden wartownik nie przerwał mojego snu swoimi wrzaskami. Żaden lekarz nie żądał światła, żeby zbadać pacjenta. Nie podniosłem się ani nie krzyknąłem. Ktokolwiek się skradał do mojej pryczy, nie mógł więc wiedzieć, że nie śpię i zdaję sobie sprawę z jego obecności. Palce mojej prawej dłoni powoli sięgnęły po łańcuch krępujący nadgarstek.

Usłyszałem szept.

Jeden szept oznaczał dwie osoby albo niebezpiecznego kretyna, który po ciemku rozmawia sam ze sobą.

Poczułem, jak o moją dłoń ociera się tkanina. Niewidoczny intruz stał więc tuż obok.

Usiadłem na pryczy.

Rozpaczliwym gestem cisnąłem pętlę z łańcucha przy prawej ręce w kierunku, z którego wcześniej dobiegł szept. Metal szczęknął o kość i rozległ się krzyk mężczyzny.

Gwałtownie szarpnąłem łańcuch. Usłyszałem rzężenie.

Poczułem przy pięści ludzkie ciało. Łańcuch owinął się wokół szyi. Moja ofiara się dusiła.

Gdzieś w pobliżu szczęknął metal i ktoś krzyknął. Drugi napastnik potknął się o kubeł na odchody.

Silniej chwyciłem utworzoną z łańcuchów pętlę. Schwytany mężczyzna rzęził. Ciągnąłem, aż wsunął się na pryczę. Leżał na plecach w poprzek mojej klatki piersiowej. Desperacko próbował mnie chwycić. Zmienił pozycję, a jego plecy wygięły się w łuk.

Szarpnął się jeszcze raz, po czym przestał walczyć.

Jego mięśnie zwiotczały.

Drzwi się otworzyły i celę zalało żółtawe światło z korytarza.

Poluzowałem łańcuch i patrzyłem, jak głowa napastnika zsuwa się ze mnie, żeby bezwładnie opaść na podłogę.

Wyczerpany osunąłem się na pryczę.

Najwyraźniej nie odzyskałem jeszcze sił po laniu, które sprawili mi ludzie Johncocka. Upływały kolejne sekundy. Minęła minuta, może nawet więcej.

Dlaczego nie pojawili się strażnicy? Przecież snop światła wpadł do mojej celi po tym, jak jeden z nich otworzył drzwi?

Ale to był błędny wniosek. Martwy mężczyzna leżał tak, że cień przesłaniał jego twarz, widziałem jednak dość, żeby stwierdzić, że to nie ja go zabiłem. W miejscu, w którym pierś przebił metalowy pręt, krew wypływała z niego jak woda z górskiego źródła. Pręt niewątpliwie wbiłby się w moje serce, gdybym przypadkiem nie wciągnął czającego się intruza na pryczę, kiedy zahaczyłem go łańcuchem.

– Otwarte drzwi! – krzyknął w panice któryś ze strażników. – Cela numer pięć otwarta!

Rozległy się gwizdki. Przygotowałem się na najgorsze.

Bo za chwilę miało się rozpętać prawdziwe piekło.

DERBYSHIRE, REZYDENCJA MORIARTY'EGO, 1885 ROK

Pierwszego ranka w domu Brogana Moriarty'ego otworzyłem oczy w pomieszczeniu niezwykle okazałym – czegoś podobnego nie widziałem nigdy wcześniej. Głupota jednak nie pozwoliła mi zrozumieć, że znalazłem się w komfortowo umeblowanym więzieniu, gdzie jestem tylko rozpieszczanym przez dozorców więźniem.

– Dzień dobry – powiedział męski głos dobiegający spoza mojego pola widzenia.

Uniosłem głowę z poduszki. Jak tylko to zrobiłem, zabolała tak, jakby ktoś zdzielił mnie pięścią. Zmiąłem w palcach wyprasowaną białą pościel. W przeciwległym rogu pomieszczenia dostrzegłem elegancką drewnianą komodę, a na niej lusterko, emaliowaną miskę do mycia i duży, ozdobiony wzorem w wierzby dzbanek na wodę.

– Czuje pan mdłości albo zawroty głowy? – zapytał starszy mężczyzna, pojawiając się w zasięgu mojego wzroku. Lekko przygarbiony, w okularach, miał siwe włosy, starannie przystrzyżoną siwą bródkę, pomarszczoną twarz i dobre oczy. Był ubrany w kamizelkę w brązowo-czerwoną kratę i brązowe spodnie. Rękawy białej koszuli podwinął aż do kościstych łokci.

Usiadł na łóżku i przedstawiając się, z zaciekawieniem patrzył mi w oczy.

– Jestem doktor Reuss. Muszę pana zbadać. – Sięgnął do mojego nadgarstka, po czym szybkim ruchem wyjął z kieszeni kamizelki złoty zegarek. – Proszę się odprężyć. Wsłucha się pan w tykanie zegarka, a ja tymczasem sprawdzę, jak bije pańskie serce.

Przez dobrą minutę obserwowałem, jak on obserwuje swój zegarek.

– Nic panu nie jest – oznajmił wreszcie, wsuwając zegarek z powrotem do kieszeni. Bez dalszych komentarzy podniósł się i wyszedł. Słuchałem odgłosu jego kroków. W korytarzu dołączyło do nich czyjeś lżejsze stąpanie. Ściszone głosy nakładały się na siebie. Potem poufna rozmowa zamieniła się w ciche pomruki. Wysilałem słuch, ale nie potrafiłem zrozumieć, o czym rozmawiają.

Niepewnym krokiem podszedłem do miski i dzbanka. Nalałem wody. Sprawdziłem, czy dziwnie nie pachnie, a następnie pochyliłem się, żeby obmyć twarz. Rozpryskiwane całymi garściami chłodne krople przyniosły ulgę piekącym oczom i bolącej głowie. Resztę wody z dzbanka wypiłem.

Dosyć szybko ćmiący ból głowy ustąpił. Zdjąłem z mosiężnego wieszaka biały ręcznik i wycierając się, wyglądałem przez duże okno. Trawa. Niekończąca się trawa. A na niej ogrody w ogrodach. Labirynty strzyżonych żywopłotów oddzielały róże od drzew owocowych, żwirowanych ścieżek, fontann, sadzawek, altan, grządek warzywnych i trawników. Trawniki rozciągały się dalej, niż mogłem sięgnąć wzrokiem. Cały horyzont za to zajmowały najróżniejsze wzgórza – duże i małe, łagodne i urwiste. Nigdzie jednak nie zauważyłem żadnych domów, fabryk ani buchających dymem kominów.

Nie było to więc najgorsze miejsce pobytu. Z pewnością nie. Uznałem, że kiedy lepiej się rozejrzę i być może też wypcham jakiś worek kradzionymi dobrami na sprzedaż, to wyjadę stamtąd bogatszy o jeszcze jedno doświadczenie.

Różne myśli zaczynały mi błądzić po głowie, kiedy w drzwiach stanął Sirius Gunn.

– Widzę, że już wstałeś – oznajmił z uśmiechem na gładko ogolonej twarzy. – Nasza Różyczka obudziła się ze snu.

– Różyczka?

– To imię baśniowej księżniczki, która spała przez sto lat.

– Daleko mi do księżniczki. Do bajek też. Gdzie ja jestem?

– W hrabstwie Derbyshire. Ściślej rzecz biorąc, na wyżynie

o wyjątkowo pięknym krajobrazie znanej jako Peak District. A teraz zbierz całą swoją ignorancję i chodź za mną.

Wyszedł. Chciałbym mieć dość siły, żeby go dopaść i złamać mu ten idealny nos. Ale nie miałem. Byłem słabszy niż nowo narodzony koziołek. Tylko z wielkim bólem mogłem poruszać nogami. Moje mięśnie się zbuntowały, a stopy wlokły się kulawo.

Zanim minąłem korytarz i wspiąłem się po kamiennych schodach, moja twarz lśniła od potu. Za rogiem oparty o ścianę czekał Gunn z uśmieszkiem przyklejonym do twarzy.

– Może cię wziąć na ręce, chłopczyku?

– Mam nadzieję, że zdechniesz i pójdziesz do piekła! – Klepnąłem w ścianę ręką powoli odzyskującą sprawność.

– Do piekła? – Zaśmiał się sarkastycznie. – I ty, i ja już jesteśmy w piekle. – Postawił krok w moją stronę. – Nie wiesz, po co tu trafiłeś, Lynch? Kim jest Moriarty? Dlaczego akurat ty zostałeś wybrany?

– Jestem tutaj, ponieważ... – Z trudem łapałem oddech. – Ponieważ ty i ten amerykański bydlak dodaliście mi czegoś do alkoholu i nie miałem wyboru.

– On nie jest Amerykaninem, ty idioto! Jego matka była Amerykanką, a on ten cholerny kraj kocha. Ale jest Brytyjczykiem. A teraz idziemy dalej, ignorancie.

Odszedł, a ja krzyknąłem za nim.

– Nazwij mnie tak za kilka dni, ty fircykowata cioto, a daję słowo, że nie będziesz potem taki przystojniutki.

Zatrzymał się i cofnął kilka kroków.

– Niebawem rozpocznie się twoja edukacja, Simeonie Lynchu. Wybijemy ci z głowy takie brutalne pomysły i wygładzimy zgrzebny charakterek, żeby choć przypominał coś przyjemnego. A teraz chodź ze mną! I odzywaj się uprzejmie albo każę wypłukać karbolem tę twoją wulgarną gębę.

Potrzebował niecałych dwudziestu kroków, żeby dojść do ciemnych dębowych drzwi, otworzyć je i zniknąć w jakimś pomieszczeniu. Walcząc z bólem, ruszyłem jego śladem.

Gunn rozmawiał już z Surrey Breed i kilkoma innymi osobami, kiedy doczłapałem do progu. Za nim rozciągało się przestronne pomieszczenie z czarno-białą marmurową szachownicą na podłodze, najbardziej jednak zaskoczył mnie fakt, że całe było ze szkła. Jeśli nie liczyć niskiego, najwyżej sześćdziesięciocentymetrowego murku, nachodzące na siebie szklane płyty opierały się tylko na metalowych ramach. W pomieszczeniu rosły kwiaty i drzewa owocowe. Było ich dużo, wyglądało to tak, jakby ktoś zaciągnął pod dach cały ogród.

Zauważyłem Moriarty'ego. Miał na sobie eleganckie czarne ubranie, białą koszulę z wysokim kołnierzykiem i czerwoną muszkę. W jednej dłoni trzymał szklankę z wodą, a drugą gładził swoją nienagannie przystrzyżoną brodę. Stał z władczą miną przy długim, przykrytym białym obrusem stole uginającym się od jedzenia. Umieszczono na nim wielkie szklane dzbany z mlekiem, wodą i sokami owocowymi, kosze chleba, półmiski mięsa, sera oraz ryb.

Stojący obok Moriarty'ego mężczyzna całkiem do niego nie pasował: duży, łysy, z szerokimi barami czterdziestokilkulatek ubrany w niezbyt elegancką szarą koszulę, luźne spodnie i niewypolerowane buty. Przypuszczałem, że kiedyś był atletą, ale tamte czasy minęły. Biceps obwisł, a silny tors zamienił się w beczkę na piwo. Ale sylwetka eksatlety nie zatrzymała mojej uwagi na dłużej, ponieważ naprzeciwko niego stała najpiękniejsza kobieta w całym chrześcijańskim świecie.

Była wysoką trzydziestoparolatką o niebieskich oczach i jasnorudych włosach związanych do tyłu pod kapeluszem z szerokim rondem, do którego przypięła kwiaty. Niebieska sukienka podkreślała jej wąską talię oraz bujne piersi, po czym opadała do podłogi kaskadą falban i plis.

Patrząc na nią, miałem wrażenie, że po moim sercu galopuje tabun dzikich koni. Nigdy wcześniej nie doznałem podobnego odczucia. Takie rozemocjonowanie było mi obce.

– Chan! – krzyknął Moriarty do łysego mężczyzny. – Ten cholerny intruz wpędzi mnie do grobu! – Jego głos kipiał od złości i frustracji. – Gad oślizgły! On i ten jego ohydny synalek pozwalają sobie na zbyt wiele!

Zanim łysy mężczyzna zdążył odpowiedzieć, kobieta przysunęła się do Moriarty'ego, szepnęła mu coś i zerknęła w moją stronę. On także na mnie spojrzał i natychmiast przywołał mnie do siebie gestem wolnej dłoni.

– Simeonie, podejdźże tutaj! Dokonamy prezentacji.

Ruszyłem w głąb pomieszczenia, starając się najlepiej, jak potrafiłem, ukryć narastającą we mnie obawę.

– Cieszę się, że widzę cię na nogach.

Chwycił mnie za ramię i sprawnym ruchem odwrócił mnie przodem do towarzyszącej mu kobiety.

– Elizabeth, moja droga, to jest Simeon Lynch, nasz nowy towarzysz, o którym ci mówiłem. Simeonie, ta niebiańska istota to lady Elizabeth Audsley. To ona zajmie się pańską edukacją kulturalną.

Z pewnością nie był to odpowiedni moment, żeby pytać o to, co się dzieje, ani przekonywać, że nie potrzebuję żadnej edukacji. Chciałem tylko wykorzystać mój pobyt w tym domu, żeby go okraść, a potem się wynieść.

– Simeonie! – skarcił mnie Moriarty.

Nigdy wcześniej nie poznałem damy. Nie zareagowałem więc, kiedy wyciągnęła do mnie dłoń. Moriarty krzyknął, ująłem więc ją, uścisnąłem i potrząsnąłem tak silnie, że kobieta pisnęła jak kopnięte szczenię.

– Nie tak mocno, drogi panie, bardzo proszę!

Cofnęła rękę i rozmasowała palce.

Moja twarz poczerwieniała.

– Musi się wiele nauczyć – stwierdził Moriarty, usprawiedliwiając moje zachowanie. Chwycił mnie za ramię i odwrócił mnie twarzą do nieodpowiednio ubranego mężczyzny stojącego po drugiej stronie. – To jest pan Michael Brannigan, który się zajmie pańskim rozwojem fizycznym. Jego dłoń może pan potraktować w dowolny sposób, ponieważ Michael jest byłym mistrzem w zapasach, ale nawet teraz jest silniejszy niż my wszyscy tutaj razem wzięci.

Łysy mężczyzna postawił krok naprzód i wyzywająco podał mi rękę.

Wszyscy obecni się roześmiali.

Uścisnąłem wyciągniętą dłoń, wiedząc, że łysy siłacz będzie chciał ukarać mnie za moją niezręczność, miażdżąc moje kości tak silnie, żebym poprosił go o wytchnienie.

Tak też się stało. Palce Brannigana zacisnęły się niczym szczęki stalowego imadła na kawałku miękkiej deski.

Tylko że ja nie byłem miękki.

Patrzyliśmy sobie w oczy. Moja dłoń odwzajemniła jego uścisk z taką samą siłą, jeśli nie większą. Żyły na jego ramionach nabrzmiały krwią. Jego twarz poczerwieniała, kiedy ściskał moją dłoń najmocniej, jak potrafił. Brannigan odwrócił głowę do obserwujących nas ludzi.

– Ten młodzik ma siłę mężczyzny – oznajmił, uśmiechając się do nich. – Zastanawiam się, czy ma taką samą odwagę.

Zamachnął się wolną ręką, udając, że chce uderzyć mnie pięścią w twarz. Niestety nie uznałem tego za żartobliwy podstęp, choć taka była jego intencja. Odepchnąłem jego pięść przedramieniem i natychmiast się pochyliłem, żeby uderzyć go głową w twarz.

Stary wyga szybko uskoczył, po mistrzowsku unikając mojego ciosu. Zrobił wielkie oczy.

– Ojej, on naprawdę jest dziki, panie Profesorze!

– Postępuj z nim ostrożnie, Michaelu – spokojnie odpowiedział Moriarty. – Raz już zabił i jestem przekonany, że gotów jest zrobić to znowu.

Spojrzałem w oczy lady Elizabeth. Ku swojemu zaskoczeniu nie zobaczyłem w nich szoku. Wstrętu i potępienia też nie. W tej sekundzie nabrałem pewności, że jej opinia o mnie jest jedynym, co się dla mnie liczy.

Brannigan dźgnął mnie palcem w pierś.

– Jutro rano, i to wcześnie, trochę potrenujemy i się okaże, jak twardy jesteś naprawdę.

Ponownie zmierzyłem wzrokiem starego zapaśnika. Mimo wieku i wagi było w nim coś niepokojącego. Coś, czego nie dało się zauważyć w jego postawie ani głosie. Miał jakąś tajemnicę. Mroczną i niebezpieczną.

Profesor odwrócił moją uwagę.

– Jest jeszcze jedna osoba, którą chcę panu przedstawić, Lynch. – Odsunął się na bok, odsłaniając siedzącego na krześle mężczyznę. Najpierw dostrzegłem, że po obydwu stronach krzesła są oparte kule, a dopiero potem zauważyłem, że mężczyzna ma tylko jedną nogę. Był tak samo młody i przystojny jak Sirius, ale utrata nogi tuż pod kolanem nadała jego twarzy wyraz, który uznałem wtedy za cierpienie.

– To mój bliski przyjaciel Alex – ciągnął Moriarty ciepło. – Pan Alexander Rathbone z Bostonu w stanie Massachusetts.

Lady Elizabeth szturchnęła mnie delikatnie.

Przypomniałem sobie o dobrych manierach, podszedłem do krzesła i wyciągnąłem rękę.

– Simeon Lynch, proszę pana.

Alexander uścisnął ją. Jego orzechowe oczy patrzyły na mnie tylko tak długo, jak było to konieczne, po czym wróciły do introspekcyjnego obserwowania podłogi.

Moriarty zaprowadził mnie z powrotem do stołu skrzypiącego od ciężaru potraw.

– Wiem, że ma pan pytania, i obiecuję, że nie pozostaną one bez odpowiedzi. Ale teraz proszę się posilić. Musi pan w końcu odzyskać siły.

Chwyciłem mały bochenek i oderwałem spory kawałek. Zapach świeżo pieczonego pieczywa sprawił, że zaburczało mi w brzuchu. Już miałem odgryźć kęs chleba, kiedy Moriarty chwycił mnie za przegub dłoni.

– Nie widzi pan ani służących, ani talerzy?

Zerknąłem na koniec stołu, gdzie dwóch młodych mężczyzn w czarnych marynarkach stało z serwetkami przerzuconymi przez przedramię. Jeden z nich postawił krok do przodu i zapytał:

– Co mam podać, proszę pana?

Odłożyłem chleb na talerz.

– Jeszcze więcej chleba. I tyle mięsa, ile się zmieści.

Skinął głową i zabrał się do pracy.

– Usiądźmy. – Moriarty gestem zaprosił do innego stołu, na którym nakryto do posiłku. – Zawsze jemy śniadanie w oranżerii – wyjaśnił, kiedy zajęliśmy miejsca. – Uważam, że to najważniejsze pomieszczenie w całym domu. Potrafi pan zgadnąć dlaczego?

– Ponieważ są tu służący z jedzeniem?

– Nie, nie – zaśmiał się. – Ponieważ wszystko tu rośnie. Trafiające tu rośliny są drobne i brzydkie. Wtedy to ledwie małe sadzonki i korzenie. Pielęgnujemy je, korzystając z naszej wiedzy i umiejętności. Pozwalamy im osiągnąć ich pełny potencjał.

Kelner postawił przede mną kopiasty talerz jedzenia. Moja dłoń znów sięgnęła po chleb. Moriarty pozwolił mi przełknąć kilka kęsów, zanim dodał:

– Mam w Bostonie przyjaciela, który twierdzi, że ryby, mięso i napoje są dla nas tym, czym słońce, woda i dobra ziemia dla roślin. – Pochylił się nad stołem. – Jest pan jedyny w swoim rodzaju, Simeonie. Należy pan do bardzo cennego gatunku młodych ludzi. Jak mawiają moi amerykańscy przyjaciele, jest pan prawdziwą okazją. Zapewniam, że wyhoduję tkwiący w panu potencjał.

Jego słowa wzbudziły we mnie gwałtowny sprzeciw, wybełkotałem więc z ustami pełnymi jedzenia:

– Żeby pan wiedział, że nie jestem jakąś cholerną roślinką!

Jego oczy zrobiły się granitowoszare i uderzył mnie w twarz na odlew.

Gwar za naszymi plecami ucichł.

Moriarty wpatrywał się we mnie wyzywająco. Rozwścieczony skoczyłem na równe nogi. Moje krzesło zapiszczało przeraźliwie, przesuwając się po marmurowej podłodze, po czym upadło z głośnym stukotem.

– Siadaj! – rozkazał.

Moje dłonie zwinęły się w pięści. Złość we mnie kipiała.

– Wygląda pan głupio, Simeonie. Proszę podnieść krzesło i usiąść przy stole, zanim ktoś uzna pana za prawdziwe zagrożenie i zastrzeli.

Rozejrzałem się dookoła.

– Nie widzę tu żadnej broni.

– To nie znaczy, że jej nie ma. Proszę już usiąść i dokończyć posiłek.

Niechętnie podniosłem przewrócone krzesło i wróciłem do stołu.

– Nie przeszkadzajcie sobie! – krzyknął Moriarty do reszty obecnych.

Goście kontynuowali pogawędkę, ja natomiast podjąłem atak na wyładowany jedzeniem talerz.

– Będziemy udawali, że ten drobny incydent się nie wydarzył. – Świdrującym wzrokiem patrzył mi w oczy, zadając w ten sposób więcej pytań, niżby przekazały słowa.

Bawiąc się brodą, obserwował, jak pożeram jedzenie, a ja się zastanawiałem, jakie myśli ukrywał za tymi zimnymi, wytrącającymi z równowagi oczami.

Jadłem łapczywie palcami, nie próbując nawet sięgnąć po wykwintny nóż i widelec z obawy, że lada moment talerz zostanie zabrany. Kiedy w końcu go opróżniłem, miałem w ustach tak dużo, że potrzebowałem wieczności, żeby całe to jedzenie przeżuć i połknąć.

Moriarty patrzył na mnie z mieszaniną zdumienia i odrazy.

– Posilił się pan i na tym dzisiaj zakończmy – oznajmił. – Proszę wrócić do swojego pokoju. Odpoczywać. Przemyśleć wszystko, co zostało powiedziane. Zastanowić się nad nowym sobą, który właśnie dostał szansę, żeby wyrosnąć ze starego ja.

Podniosłem się, wciąż przeżuwając kawałki mięsa, które utkwiły mi między zębami, i uprzejmie skinąłem głową.

Kiedy wychodziłem z oranżerii, obecni odwracali głowy z dezaprobatą malującą się na twarzy. Pomyślałem, że to nie jest miejsce dla mnie. Ta cała Elizabeth była do bólu piękna, ale przysiągłem sobie, że jak tylko wrócę do sił, to natychmiast zwieję stamtąd szybciej niż lis na widok myśliwego ze strzelbą.

Po powrocie do pokoju, w którym odzyskiwałem przytomność, zastałem posłane pod moją nieobecność łóżko, a także opróżnione nocnik i miskę oraz świeże mydło i wodę w dzbanku.

Na stole leżała książka. Podejrzewałem, że to jakieś amerykańskie nonsensy, które kazał mi podrzucić Moriarty. Na wierzchu zauważyłem kartkę z odręcznie napisaną notką, którą umiałem odczytać dzięki skromnemu wykształceniu, jakie odebrałem w dzieciństwie.

Simeonie,

czytaj, co możesz i kiedy możesz. Każdy dzień bez czytania jest dniem Twojego upadku.

Elizabeth

Odwróciłem kartkę, rozpaczliwie pragnąc znaleźć więcej słów pisanych jej ręką, ale była pusta. Pod spodem była tylko książka z tytułem na okładce: *Królowa Mab: poemat filozoficzny.* Percy Bysshe Shelley.

Wystarczyło jedno spojrzenie, żebym wpadł w rozpacz. Byłem przyzwyczajony do rymów i prostych historyjek; fragmentów Biblii i modlitw. Ale nie do czegoś takiego! Od długich, rozemocjonowanych wywodów aż mi się zakręciło w głowie. Każde kolejne słowo albo zwrot, którego wcześniej nie słyszałem, były jak intelektualny policzek: zbezczeszczona mogiła… różany brzask… niebiańskie wierzchowce.

Rzuciłem książkę na łóżko. Nie miałem pojęcia, czy spróbuję do niej wrócić. Może tak, a może nie. Wiedziałem, że jeśli jeszcze po tę książkę sięgnę, to tylko po to, żeby zadowolić Elizabeth. Sprawić, żeby życzliwie o mnie myślała.

15 DNI DO EGZEKUCJI

NEWGATE, 3 STYCZNIA 1900 ROKU

– OTWARTE DRZWI! CELA numer pięć otwarta!

Przeraźliwy krzyk strażnika przywołał tabun innych, którzy głośno tupiąc, zbiegli się z całego skrzydła dla skazanych na karę śmierci. Rozległy się gwizdki. Krata oddzielająca tę część od reszty więzienia zatrzasnęła się z hukiem, po czym została zamknięta na klucz.

Najpierw myśleli, że uciekłem, potem głowę do mojej celi wsunął jakiś młody strażnik, jednak zauważył tylko leżące na podłodze zwłoki napastnika i krzyknął:

– On nie żyje! Lynch nie żyje! Ktoś go wykończył!

Biedny głupiec omal nie umarł ze strachu, kiedy przemówiłem ukryty w półmroku otaczającym moją pryczę.

– Otóż ja jestem żywy, jak najbardziej. Te zwłoki należą do kogoś innego.

Strażnik uciekł przerażony. Powinienem się domyślić, że jego kolejne założenie także będzie błędne i poinformuje kolegów o trupie, który znalazł się w mojej celi wskutek jakiegoś śmiałego planu ucieczki, na szczęście nieudanego. Natychmiast przybiegli starsi, lepiej zbudowani strażnicy, operujący pięściami i pałkami znacznie sprawniej niż rozumem.

– Jestem skuty! – krzyknąłem, podnosząc ręce, żeby mogli zobaczyć łańcuchy.

To uchroniło mnie przed ich pałkami, ale i tak zepchnęli mnie na podłogę twarzą do ziemi, a następnie przyciskali kolanami, dopóki nie sprawdzili, że łańcuchy są całe, nie stanowię więc dla nich żadnego zagrożenia. Zaraz potem rozległ się głos Johncocka, który tym razem przyniósł mi ulgę.

– Boardman, Baker! Zejdźcie z niego! Posadźcie tę kanalię, żeby mógł się wytłumaczyć.

Ciężar przestał przygniatać moje plecy i nogi. Boardman, klawisz po trzydziestce z twarzą okoloną płomieniami rudych bokobrodów, przewrócił mnie na plecy i posadził. Ramiona miał owłosione jak szympans, dlatego zapamiętałem, że między innymi on bił mnie w poprzedniej celi. Rozpoznałem też młodszego klawisza. Baker był żylasty i chudy, oczy miał jak szczur, a śmierdział jak skunks. Szarpnął silnie krępującymi mnie łańcuchami i zameldował Johncockowi:

– Kajdany są nienaruszone. Nie były rozpinane.

Johncock podniósł nogę i uważnie obejrzał podeszwę swojego kamasza.

– To mamy problemy – oznajmił, krzywiąc twarz. – Problemy, problemy, problemy. – Wytarł podeszwę o podłogę, a następnie o koc na mojej pryczy. – Pokaż mi twarz trupa, Baker.

Młodszy klawisz odwrócił w stronę swojego dowódcy głowę zmarłego, ja jednak nie zwróciłem na nią uwagi. Nie słyszałem też nazwiska, które wymienił głośno Johncock. Skupiłem się tylko na tym, że zabity więzień nie miał skutych ani rąk, ani nóg, co oznaczało, że należał do grupy zaufanych. To im strażnicy zlecali sprzątanie, opróżnianie wiader na odchody oraz inne uciążliwe prace, których sami nie mieli ochoty wykonywać.

W końcu Johncock zwrócił się do mnie:

– Co ten gość robił w twojej celi, Lynch? Co się tu wydarzyło?

– Nie wiem. Obudziłem się, kiedy stał obok mojej pryczy. Był z nim jeszcze jakiś jeden. – Ruchem głowy wskazałem trupa. – Ten mnie zaatakował. Broniąc się, chwyciłem go i przycisnąłem do siebie. Przypuszczam, że jego towarzysz zabił go przypadkiem, a następnie stąd uciekł.

– Och, tak przypuszczasz? – Zarechotał. – I pewnie też przypuszczasz, że się wyrażasz jak dżentelmen? – Przeskoczył przez kałużę krwi i kopnął mnie w nogę. – No więc ja przypuszczam, że nie było tu nikogo innego. Byłeś tylko ty i ten biedak, z którym zaplanowaliście ucieczkę, tylko coś poszło nie tak i sprawa miała dramatyczny koniec. – Oparł podeszwę buta o moje posiniaczone żebra i przycisnął. – Albo sam powiesz mi prawdę, Lynch, albo, przysięgam na Boga, że wyduszę ją z ciebie kopniakami słowo po słowie!

– Naprawdę pan uważa, że nadal siedziałbym w tej śmierdzącej norze, gdybym znał więźnia, który potrafi otworzyć drzwi mojej celi? – Skrzywiłem się z bólu, po czym dodałem: – Gdybym miał taki pręt i choć trochę lepszą kondycję, to zaręczam panu, że wbiłbym go w pierś któregoś z pańskich ludzi, a nie w tego martwego imbecyla, i teraz byłbym już na wolności.

Johncock patrzył na mnie gniewnie. Wiedział, że mówię prawdę. Gdybym miał więcej siły, a ten młody strażnik zajrzałby do mojej celi pięć minut później, to na podłodze byłoby znacznie więcej krwi niż ta odrobina, w którą właśnie wdepnął.

– Zabierzcie go stąd! – Wychodząc, zastępca dozorcy więzienia uderzył mnie w twarz kolanem. Przystanął w progu, żeby poinstruować swoich podwładnych. – Zaprowadźcie go z powrotem do poprzedniej celi, dość już tego cackania się z nim. Potem zamknijcie te drzwi. Nie ruszajcie trupa, dopóki nie wyjaśnię, co naprawdę się tu wydarzyło.

DERBYSHIRE, WRZESIEŃ 1885 ROKU

Siwy kompan Moriarty'ego, tłusty i stary zapaśnik Michael Brannigan, przyszedł po mnie tuż po świcie. Zgodnie z moimi przewidywaniami. Tacy ludzie jak on wiedzą, że zaskoczenie daje przewagę.

Ja jednak byłem przygotowany na taką ewentualność. Wstałem dobrą godzinę wcześniej, umyłem się i przebrałem w ubranie, które zostawiono dla mnie w pokoju, i siedziałem na łóżku cały w uśmiechach.

Otworzył drzwi i uśmiechnął się drwiąco.

– Czyli potrafisz samodzielnie się ubrać. To już coś! Gotów jesteś trochę teraz popracować.

– A ty?

– Rozsądniej byłoby okazywać mi trochę szacunku.

– Naprawdę? Nawet taki młody i głupi jak ja wie, że szacunku się nie dostaje, tylko trzeba na niego zasłużyć.

Wyszedł z mojego pokoju, a ja ruszyłem za nim, czując się znacznie silniejszy niż wczoraj. Poprzedniego dnia dobrze się najadłem, nie piłem piwa ani wina i jeśli nie liczyć rozgorączkowania wywołanego marzeniami o lady Elizabeth, spokojnie spałem przez siedem godzin.

Brannigan poprowadził mnie obok magazynów i spiżarń do wyjścia dla dostawców, za którym minęliśmy drzwi do składu węgla oraz chłodni, gdzie właśnie wnoszono świeże produkty żywnościowe. Szybkim krokiem szliśmy obok domu, który po raz pierwszy oglądałem z zewnątrz. Wspaniała, trzypiętrowa jakobicka rezydencja o ścianach z szaroniebieskiego kamienia ze złotobrązowymi elementami nadproży i schodów. Starannie utrzymywany bluszcz zapewne wspiąłby się znacznie wyżej, pilni ogrodnicy przycięli go jednak na wysokości sypialni. Nad wysokimi oknami przycupnęły ponure gargulce, z nieustannie otwartymi oczami pilnując olbrzymich terenów przed sobą.

Po chwili znaleźliśmy się w zniszczonej stodole z dziurawym dachem, przez który w wielu miejscach było widać niebo. Na zarzuconej słomą kamiennej podłodze leżały zwinięte jak węże skakanki. Za stertą snopków siana zauważyłem wydzielony luźno wiszącymi linami ring.

Brannigan uchwycił moje spojrzenie, odwrócił głowę w tamtą stronę i wybuchnął głośnym śmiechem.

– Nawet o tym nie myśl, jeśli nie chcesz umrzeć przed śniadaniem.

Podszedłem bliżej ringu.

– Jestem młodym i w pełni sprawnym fizycznie bokserem, a pan jest grubym i starym zapaśnikiem. Znam kobiety, które stłukłyby pana równie łatwo jak bieliznę kijankami.

Zmierzał już do wyjścia, ale odwrócił się i podszedł do mnie.

– Nie powiedzieli ci, kim jestem, prawda?

– Co takiego mogliby mi powiedzieć, czego nie mówi mi pański tłusty brzuch i wychudłe ramiona? Wiek zrobił swoje i nie jest już pan nawet w połowie taki dobry jak kiedyś. Czy mam rację?

– Jesteś kurewsko bezczelny, tyle ci powiem. – Zmierzył mnie wzrokiem od stóp do głów. – Bokserem? Chyba samoukiem.

– Trenowałem pod okiem jednego z najlepszych.

– Skąd taki gnojek miałby takiego trenera?

– W przytułku szkolił mnie wielki bokser afrykańskiego pochodzenia.

– Afrykańskiego pochodzenia? To chyba jakiś dowcip, do cholery! – Brannigan splunął na ziemię. – Ja jestem Romem. – Z dumą uderzył się pięścią w pierś. – To sprawia, że jestem twardszy od jakiegoś cholernego Afrykanina, a już na pewno od takiego pyskatego londyńskiego gówniarza jak ty.

– Zobaczmy. – Wskazałem na ring. – Czy może wstaliśmy dziś tak wcześnie, żeby się obrzucać wyzwiskami?

– Wstaliśmy wcześnie, żeby cię szkolić i tym właśnie się zajmiemy. – Lekceważąco machnął na mnie ręką. – Nie jesteś gotowy, żeby ze mną walczyć. Tak się składa, że raczej nigdy nie będziesz.

Odwróciłem się na pięcie.

– Wchodzę na ring. Niech pan stanie do walki albo idzie już napchać ten swój tłusty bebech, tylko żebym nie musiał na to patrzeć.

Żadnej reakcji.

Zmusiłem go do pokazania kart. Byłem młody i sprawny, a on najwyraźniej nie miał tego ranka ochoty się bić.

Bawiłem się liną ogradzającą ring, kiedy Brannigan kopniakiem podciął mi nogi, a zaraz potem jego wielkie stare ciało niczym worek żwiru przygwoździło moją klatkę piersiową do ziemi. Powietrze ze świstem uszło z moich płuc.

Posadził mnie szarpnięciem. Chwycił jedną ręką za gardło, a drugą za jądra i uniósł mnie nad głowę, jakbym był workiem mąki. Zabolało nieznośnie, ale po chwili miałem się przekonać, że ból może być jeszcze potworniejszy, kiedy cisnął mną o słupek w narożniku ringu.

Bałem się, że złamał mi kręgosłup. Próbowałem ustalić, jak bardzo mnie poturbował, kiedy sięgnął, chcąc złapać mnie za nadgarstek.

Wyszarpnąłem dłoń i wturlałem się na ring.

Brannigan przeszedł pod liną.

Podniosłem się na kolana.

Próbował kopnąć mnie w głowę.

Złapałem but i z całej siły wykręciłem stopę.

Brannigan obrócił się i upadł.

Stanąłem na nogi wcześniej niż on. Ale tylko chwilę.

Podniósł się i ruszył biegiem, atakując mnie z pochyloną głową.

Trafiłem go hakiem, który powaliłby słonia.

On nawet się nie zachwiał. Rąbnął we mnie z całej siły i przepchnął mnie na drugi koniec ringu.

Kiedy wpadliśmy na liny po przeciwległej stronie, Brannigan tupnął, przeniósł ciężar ciała i z całej siły rzucił mną o ziemię.

Mimowolnie wydałem z siebie okrzyk, choć nic nie zdołałoby oddać potwornego bólu, który poczułem.

Brannigan postawił mnie na nogi, objął mnie, zaplatając dłonie za plecami, i ścisnął ramiona. Tylko tyle. Ale uścisk był taki silny, że nie mogłem oddychać. Podniósł mnie trochę wyżej, chwycił wygodniej, zwiększając jeszcze siłę nacisku. I ból.

Wyrwałem jakoś ręce i z całej siły zdzieliłem go łokciami w głowę. Upuścił mnie na ziemię.

Zgiąłem się w pół. Wdychałem powietrze, póki mogłem. Tak silny cios w czubek głowy powinien pozbawić go przytomności, ale nie pozbawił.

Brannigan znów biegł w moją stronę.

Tym razem zrobiłem unik. Byłem skupiony.

Odwrócił się. Zmierzył mnie wzrokiem.

Ruszyłem do przodu i wymierzyłem cios prosto w jego twarz.

Szczękę miał niczym z granitu; potarł podbródek i wyszczerzył zęby w uśmiechu.

Odskoczyłem w prawo i lewym sierpowym uderzyłem go w skroń. Na jego twarzy nie zauważyłem oznak bólu.

Prawą ręką wymierzyłem mu jeszcze dwa ciosy, po czym poprawiłem z lewej ręki uderzeniem, które zmiażdżyłoby kamień. Jego wargi trysnęły czerwienią niczym upuszczony pomidor, ale Brannigan nawet się nie zachwiał.

Rozkrzyżował ramiona. Splunął krwią przez zęby.

Podskakiwałem, utrzymując równowagę.

Rzucił się na mnie.

Obszedłem go.

Spróbował mnie chwycić. Chybił.

Wyprowadziłem cios w jego twarz.

Drugi trafił go w skroń. Trzeci – w zakrwawione wargi i zęby.

Stary zapaśnik konsekwentnie zmniejszał dzielący nas dystans.

Obróciłem się, żeby mnie nie chwycił, i lewą pięścią zdzieliłem go w policzek.

Dopadł mnie. Najpierw dostałem z główki w nos, a zaraz potem jego olbrzymie dłonie znów się splotły za moimi plecami.

Tym razem unieruchomił moje ramiona. Z oczu popłynęły mi łzy, a z nosa krew. Ból, który potem nastąpił, był nie do zniesienia. Mogłem tylko wstrzymać oddech i mieć nadzieję, że Brannigan szybko opadnie z sił.

Nie opadł.

Ból paraliżował mi ramiona i pierś. Wypuściłem z ust bezcenne powietrze, a wtedy uścisk Brannigana zamknął ostatnią wolną przestrzeń w moich płucach.

– Mam cię udusić? – szepnął mi do ucha. – Czy przegryźć ci gardło i poczekać, aż się wykrwawisz niczym zarżnięty kurczak? Szarpałem się. Wierzgałem nogami.

– Chyba jednak wybiorę uduszenie. Jest pewniejsze.

Płuca paliły mnie jak ogniem. W gardle czułem płomienie. Potem zobaczyłem, jak sinieje mi wewnętrzna strona powiek, i straciłem przytomność.

Moje ciało bezwładnie upadło na ziemię i nie miałem pojęcia, co się ze mną dzieje, dopóki nie przywróciło mnie do życia wiadro zimnej wody wylanej na twarz. Krztusząc się, podniosłem głowę i zobaczyłem, że ocucił mnie pan Gunn. Kolejne wiadro opróżniła na mnie panna Breed.

Łapczywie chwyciłem powietrze. Zakryłem twarz dłońmi, wciąż się krztusząc.

Kiedy odjąłem dłonie od twarzy, stał nade mną Brannigan i oddawał mocz na moje nogi.

– Jesteś mi winien życie, ty mały sukinsynu. Życie i szacunek.

Nawet nie próbowałem się odsunąć. Brannigan miał rację. Zasługiwałem na to, żeby mnie oszczać. Ten gruby i stary facet bez mrugnięcia okiem przyjął moje najsilniejsze ciosy. Przełknął ból, jakby połykał coś słodkiego, i bez wysiłku mógł mnie zabić.

– To prawda – wydusiłem z siebie głosem zachrypniętym od bólu. Potem dodałem słowa, które chciał ode mnie usłyszeć: – Proszę pana.

Strząsnął na mnie ostatnie krople gorącego moczu, zapiął spodnie i się cofnął.

– Zejdź mi z oczu i doprowadź się do porządku! Obrzydzenie bierze, jak się na ciebie patrzy.

Łatwo mu było powiedzieć. Miałem wrażenie, że moje żebra zostały zmielone na proszek. Z wielkim wysiłkiem zdołałem tylko uklęknąć.

– Niczego ci nie połamałem – kpił Brannigan. – Dostałem polecenie, żeby zbytnio cię nie poturbować. Profesor ma do ciebie słabość. Dobrze mówię, Sirius?

– Tak wielką, jak pańskie serce, panie Brannigan. – Gunn spojrzał na mnie. – Albo po prostu nie chce sobie robić kłopotu z usuwaniem wstrętnego, bezużytecznego ścierwa.

– Proszę go zignorować – powiedziała panna Breed, pomagając mi stanąć na nogach. – Raz jest uosobieniem wdzięku i czaru, a innym razem nienawiści. Między tymi dwiema skrajnościami w panu Gunnie nie ma zupełnie nic.

Gunn uchylił kapelusza w naszą stronę i odszedł w kierunku Brannigana, który też już się odwrócił i był dobrych kilka metrów od nas.

– Odprowadzę pana do domu.

Oparła moją rękę na swoim ramieniu tak, że mogłem się na niej wesprzeć. Ku mojemu zażenowaniu nie tylko towarzyszyła mi do mojego pokoju, ale też położyła mnie do łóżka. Jęknąłem z bólu, kiedy siadałem na materacu i powoli kładłem się na plecy. Podniosła i ułożyła moje stopy na łóżku, zdjęła mi buty i pociągnęła za przesiąknięte moczem mankiety moich spodni.

– Nie! – zaprotestowałem. – Sam sobie z tym poradzę!

– Nie sądzę. – Uśmiechnęła się, po czym jednym szarpnięciem mnie rozebrała.

Zażenowany chwyciłem za kołdrę. Najwyraźniej ją to rozbawiło.

– Być może poczuje się pan lepiej, wiedząc, że Siriusa pan Brannigan obsikał od góry do dołu w pierwszych dniach ich znajomości.

– Wcale mnie to nie pociesza.

– Ale w końcu pocieszy. – Rzuciła spodnie pod okno. – Jeśli pan chce, to zrobię panu kataplazm.

– Kataplazm?

– To mieszanka chleba i ziół…

– Nie jestem głodny.

Roześmiała się.

– Kataplazm nie jest do jedzenia, głuptasie! To okład na klatkę piersiową. Przeciwdziała siniakom i łagodzi ból.

– Nie chcę, żeby ból ustąpił.

– To nierozsądne!

– Potrzebuję tego bólu. Żeby mi przypominał, jak bardzo muszę się postarać jutro, żeby pokonać tę starą bestię.

– Nie stanie pan znów przeciwko niemu. – Podeszła bliżej. – Nikt nie walczył dwa razy z Michaelem Branniganem.

– To będę pierwszy.

– Jest pan głupszy, niż przypuszczałam. – Zaczęła odchodzić, po czym przystanęła, żeby się do mnie odwrócić. – Wie pan, kim on jest? Dlaczego pan, ja i Sirius Gunn tu jesteśmy?

– Nie, nie wiem. Myślę, że wszyscy troje jesteśmy przestępcami, których wziął do siebie jeszcze większy łajdak.

Z niepokojem pokręciła głową.

– Musi pan się nad tym wszystkim zastanowić. Zrozumieć, co wszyscy zrobiliśmy, co nas łączy. Wtedy będzie pan wiedział, dlaczego nigdy więcej nie może pan prowokować Michaela.

– Może lepiej niech mi pani zaoszczędzi wysiłku i powie dlaczego?

– To nie jest moja rola.

– Przepraszam, panienko. – Od strony drzwi dobiegł kobiecy głos. – Pan Profesor przysłał mnie po niego.

– Już go zostawiam – oznajmiła panna Breed, odsuwając się na bok. – Właściwie skończyliśmy rozmawiać.

Młoda służąca w czarno-białym uniformie, fartuchu z falbanką i czepku na głowie weszła do środka. Na ramieniu niosła długi płaszcz kąpielowy z flaneli w kolorze ciemnej czekolady ze złotym oblamowaniem.

– Przepraszam, że panu przeszkadzam. Mam na imię Jane i pracuję jako pokojówka. – Głos miała tak samo miękki jak dołeczki w policzkach. Położyła płaszcz na łóżku. – Pan Profesor życzy sobie, żeby pan to włożył, a ja mam zanieść pańskie brudne ubranie do pralni. – Dygnęła uprzejmie. – Poczekam na zewnątrz, zanim się pan przebierze.

Jane wyszła, a ja z trudem się podniosłem z łóżka. Zaczynały mi sztywnieć stawy i włożenie płaszcza kąpielowego, który okazał się trochę za duży, sprawiło mi potworny ból. Zawiązałem pasek, potem zabrałem brudne ubranie i wyszedłem z pokoju.

Pokojówka poprowadziła mnie do końca zachodniego skrzydła, gdzie wzięła ode mnie brudne ubranie i otworzyła jakieś drzwi.

– Tu jest łaźnia – wyjaśniła. – Ja już pana zostawię.

Podziękowałem jej i wszedłem do zaparowanego pomieszczenia. Przez obłoki pary dostrzegałem zarysy wanien o różnych kształtach. Wszystkie stały na drewnianym podwyższeniu.

– Tu trzeba uważać, proszę pana. – Z pary rozbrzmiał głos, a zaraz potem wyłonił się niski wąsaty mężczyzna. Chwycił mnie za ramię. – Jestem Bailey, podlegają mi kotłownia, łaźnia i pralnia. Niech pan stąpa ostrożnie. O, tak. Powolutku. Mamy tu cztery wanny wpuszczone w podłogę, dwie zimne i dwie gorące, a przed chwilą omal nie zafundował pan sobie naprawdę chłodnej kąpieli. – W jego głosie pobrzmiewała złośliwa satysfakcja, kiedy prowadził mnie po podeście. – Pan Profesor powiedział, że ma pan przez dwadzieścia do trzydziestu minut moczyć się w gorącej wodzie z wodorostami morskimi, żeby złagodzić skutki dzisiejszego starcia. Potem musi pan wskoczyć do basenu, żeby się oczyścić i zamknąć pory. To ta wanna, pomogę panu wejść.

Zatrzymał się przy żeliwnej wannie po brzegi wypełnionej cuchnącą zielonoczarną cieczą.

– Na razie nie będzie pan potrzebował płaszcza kąpielowego – oznajmił.

Zdjąłem płaszcz i mu go oddałem.

– Dziękuję – powiedział, wyciągając ramię, żebym się podtrzymał, kiedy podniosłem nogę, wchodząc do wanny. – Należy się zanurzać powoli, proszę pana. Niech ciało ma trochę czasu, żeby się przyzwyczaić do wysokiej temperatury.

Woda była zaskakująco gorąca. Opuszczałem się centymetr po centymetrze, aż w końcu dotknąłem karkiem krawędzi wanny i mogłem wygodnie się położyć.

Bailey pochylił się nisko, opuszczając głowę na wysokość mojej.

– Dalej jest dwoje drzwi, których chyba pan nie widzi z tego miejsca, ale znajdują się na końcu platformy. Jedne prowadzą do łaźni tureckiej, którą bardzo lubi pan Profesor, a drugie do pralni, gdzie Jane zabrała pańskie ubranie. – Jego pierś napełniła się dumą. – Muszę powiedzieć, że wyjątkowo efektywnie wykorzystujemy ciepło dostarczane do sauny, ponieważ rury z gorącą wodą przebiegają przez pomieszczenie obok wyżymaczek, dzięki czemu świetnie schnie tam pranie. Za miesiąc, góra dwa, zainstalujemy żeliwne urządzenia grzewcze specjalnie przywiezione z Ameryki, a wtedy będziemy w stanie ogrzać każdy pokój w całym tym pięknym budynku.

Nie pamiętam, czy usnąłem podczas tej przemowy, czy też może pan Bailey wyczuł brak zainteresowania i cicho odszedł. Pewne jest, że spałem. Niedługo, ale wystarczyło, żeby mulista woda w wannie przestygła i żeby upłynął przeznaczony na kąpiel czas.

Kiedy się obudziłem, domorosły orator zaprowadził mnie do basenu, w którym kilka razy zanurkowałem, szczękając zębami, a następnie dał mi grube białe ręczniki, żebym się osuszył.

– Czyste ubranie znajdzie pan w swoim pokoju, proszę pana, a lady Elizabeth czeka na pana w pustelni.

– Lady Elizabeth? – Krawędzią ręcznika usunąłem z twarzy krople wody.

– Tak, proszę pana. – Uśmiechnął się. – Wygląda na to, że poranna lekcja nie była ostatnia.

15 DNI DO EGZEKUCJI

NEWGATE, 3 STYCZNIA 1900 ROKU

BAKER I BOARDMAN ODPROWADZILI mnie do mojej starej celi, z radością wykorzystując okazję do brutalności. Prawdę mówiąc, rudy strażnik i jego młodszy kolega dosłownie mnie tam dowlekli, ponieważ po ostatnim pobiciu nadal miałem problem z prawym kolanem.

Dopiero kiedy zamknęły się za mną drzwi, przypomniałem sobie, jak okropny smród panuje w starej części więzienia. Moja cela musiała się znajdować gdzieś blisko ujścia więziennych kanałów ściekowych, dlatego cuchnęła niczym stary pijak niekontrolujący czynności fizjologicznych.

Co dziwne, powrót do mojego starego lokum sprawił mi niejaką satysfakcję. Jakby pocieszył mnie widok znajomych kątów. Koc na pryczy leżał zmięty dokładnie tak, jak go zostawiłem, i wyczułem zapach mojego ciała, kiedy układałem się pod nim z nadzieją, że sen uśmierzy ból poobijanego ciała.

Zdawało mi się, że sen dopiero mnie ogarnął, kiedy obudziło mnie jasne światło i zgrzyt klucza w zamku drzwi do mojej celi.

Rześkie zimowe słońce rzucało na podłogę cienie prętów okiennej kraty: smukli rycerze Mroku i Światła stojący ramię w ramię w gotowości do przeglądu.

Boardman, nadal na służbie, ziewając, wyjaśnił powód swojej obecności:

– Masz gościa, Lynch. Podnieś tyłek z pryczy.

Natychmiast przeniosłem uwagę na mężczyznę stojącego krok za nim. Trzymał przy twarzy chusteczkę, próbując się bronić przed smrodem.

Sherlock Holmes.

– Pan Holmes zamierza cię przesłuchać – ciągnął Boardman. – Dobrze mówię, panie Holmes?

Detektyw wyszedł zza jego pleców.

– Zarządca więzienia poprosił, żebym ustalił fakty związane z popełnionym nad ranem morderstwem, a jestem przekonany, że pomoże mi w tym rozmowa z panem. – Zwrócił się do strażnika. – Czy Lynch ma na sobie ten sam ubiór, który miał w celi szpitalnej, i czy jest skuty tymi samymi łańcuchami?

– Tak jest.

– Doskonale. – Spojrzał na mnie. – Czy może pan wstać i wyciągnąć ramiona?

– Potrzebuję wody i jedzenia. Zanim zrobię cokolwiek na czyjekolwiek polecenie, muszę się napić i coś zjeść.

Holmes przyglądał mi się przez chwilę, a następnie skinął głową.

– On naprawdę musi się posilić. Ziemista cera. Spękane wargi. Wymowa zaburzona przez suchość w ustach. Ten człowiek jest odwodniony i niedożywiony. Proszę mu dostarczyć jedzenie i picie, a ja przyjdę później.

Holmes odwrócił się na pięcie i wyszedł.

Boardman rzucił mi nienawistne spojrzenie, po czym podążył za nim, w proteście trzaskając drzwiami.

Zaraz potem pojawił się starszy więzień z miską kleiku, dzbankiem słabej herbaty i kilkoma kawałkami czerstwego chleba. Obserwował, jak wszystko to łapczywie pożeram, a następnie wyniósł naczynia.

Kilka chwil po jego wyjściu wrócił Holmes. Był sam, ale nie miałem wątpliwości, że kazał Boardmanowi czekać przed drzwiami.

– Czy jest pan teraz w stanie spełnić moją prośbę?

Podniosłem się z pryczy i rozkrzyżowałem ramiona zgodnie z otrzymaną wcześniej instrukcją.

Holmes uważnie obmacał obręcze wokół moich nadgarstków, a następnie sprawdził przymocowane do nich łańcuchy, kilka razy przy tym cmokając. Cofnął się o krok i zaczął uważnie oglądać moją bluzę, pociągnął kilka razy za materiał na wysokości pasa, po czym przyklęknął, żeby równie uważnie obejrzeć spodnie.

Kiedy to robił, ja się zastanawiałem, czy słynny detektyw jest dla mnie cenniejszy żywy, czy martwy, ponieważ w tym momencie stworzył mi doskonałą okazję, żeby go zabić. Moriarty obarczył mnie kiedyś tym obowiązkiem, ale w końcu ważniejsze się okazały inne zadania. Teraz udusiłbym go bez trudu – wystarczyłoby owinąć łańcuch wokół jego szyi.

Sprawdziwszy łańcuchy przymocowane do obręczy wokół moich kostek, Holmes się podniósł i cofnął. Pokazał mi lewą dłoń, w której ukrywał nóż sprężynowy.

– Podjął pan rozsądną decyzję. To ja zabiłbym pana bez trudu, gdyby spróbował pan mnie obezwładnić. – Schował stalowe ostrze do rękojeści. – Proszę już usiąść.

Powoli opadłem na krawędź pryczy, nieco się krzywiąc z bólu.

– Zanim zacznie pan zadawać pytania, to wyjaśnię, że leżałem w półśnie, kiedy mnie zaatakowano. Nie widziałem nawet twarzy martwego mężczyzny ani tego, który przyszedł razem z nim.

– Wiem o tym.

– Naprawdę?

– Oczywiście! – odparł nieznacznie poirytowany. – Wielki siniak na czaszce zmarłego, wyraźne obrażenia poniżej podbródka, otarcia na szyi oraz kształt wgnieceń na jego skórze potwierdzają pańską wersję wydarzeń.

– W jaki sposób?

Zrobił zdumioną minę.

– Przecież właśnie to wyjaśniłem. Jak się zdaje, niczym pełen nadziei rybak w pochmurny dzień zarzucił pan krępujące go łańcuchy na ślepo. Szczęście panu sprzyjało, bo połów okazał się udany. Siniaki na czole powstały w miejscu, gdzie go pan zahaczył. – Słynny detektyw podniósł pięści, odgrywając wydarzenia, które opisywał. – Kiedy go pan trzymał, szarpnął pan silnie za łańcuch i wciągnął na górę, gdzie jak wskazują znaki na szyi denata, zaczął pan go dusić. – Oczy Holmesa rozbłysły. – W jakiś wymyślny sposób, bo przecież pan wtedy siedział albo nawet leżał. Żeby uniknąć uduszenia, denat próbował sięgnąć do pańskiej twarzy i jakoś pana zranić. – Wskazał na mój lewy policzek. – Ma pan na twarzy zadrapania, które o tym świadczą.

– Ja go nie zabiłem.

– To także ewidentna prawda. Ale zrobiłby pan to, gdyby jego wspólnik przez pomyłkę nie wbił prowizorycznego noża w jego serce zamiast w pańskie.

– W takim razie jemu dziękuję za tę pomyłkę, a panu za uniewinnienie. Kto to był i dlaczego próbował mnie zabić?

– Ależ, panie Lynch! – Spod zmarszczonych brwi detektyw spojrzał na mnie zawiedzionym wzrokiem. – Przecież to całkowicie niewłaściwe pytania! Nazwisko denata nie ma dla pana znaczenia. Nawet najmniejszego. Znacznie wartościowszy byłby jego wspólnik, a więc człowiek, który go zabił i potem zniknął gdzieś na terenie więzienia.

Zacząłem rozumieć, o co mu chodzi.

– Czy to w ogóle możliwe, że dwóch więźniów wychodzi z celi, kiedy im się podoba?

– To niemożliwe – zadeklarował Holmes. – Chyba że napastnikom pomagał klawisz albo wręcz klawisz był jednym z nich. I jedno, i drugie pozwala wyjaśnić zaistniałą sytuację. O wiele jednak bardziej interesujące jest nazwisko osoby, która zleciła im to zadanie.

– Lista moich wrogów jest długa, panie Holmes.

– Och, w to nie wątpię. – Zamyślił się, po czym dodał: – Niech mi pan powie, Lynch, gdyby pan miał spisać tę listę, zaczynając od osób, które najbardziej panem gardzą albo się pana boją, czyje nazwisko znalazłoby się na pierwszej pozycji?

– Nie mam pojęcia.

– Proszę pomyśleć! Komu tak się śpieszy, żeby pana zabić, że nie może poczekać dwóch tygodni, aż zrobi to kat?

Przez myśl przebiegło mi wiele ewentualności. Krewni lub współpracownicy ludzi, których zamordowałem. Policjanci ścigający mnie przez długie lata. Konkurencyjne gangi i przestępcy. Może nawet Johncock.

– Widzę, że przytłacza pana liczba kandydatów, powiem więc panu, kto to jest.

– Proszę powiedzieć.

– Moriarty.

Parsknąłem śmiechem.

– Wspomni pan moje słowa! To wyjątkowo przebiegła intryga. James Moriarty życzy panu śmierci. Widziałem to w jego oczach na sali sądowej, kiedy usłyszał pan wyrok. Ten człowiek powiesiłby pana własnymi rękami, gdyby tylko mógł!

– Niby dlaczego miałby to zrobić, panie Holmes?

– Może pan zdradzić sekrety rodziny. To zagroziłoby jemu i jego rzezimieszkom.

– Jest pan fantastą.

– Przeciwnie, jestem realistą. Agenci Moriarty'ego musieli mu donieść, że pana odwiedziłem. Z pewnością więc podejrzewa, że złożyłem panu jakąś ofertę, a doskonale przecież wie, że zeznania w charakterze świadka koronnego uchroniłyby pana przed stryczkiem. Zdrada złego pana przez zrozpaczonego sługę zdarza się na tyle często, by Moriarty popełnił najpotworniejsze nawet czyny ze swojego repertuaru.

– Dał się pan zwieść, panie Holmes. Choć wielka jest pana błyskotliwość, staje się pan ślepym głupcem, gdy idzie o Moriarty'ego. On nie jest moim panem, a ja nie jestem jego sługą. Dla swojego dobra powinien pan trzymać się z daleka od spelunek z opium albo przynajmniej zażywać mniej kokainy, bo to zakłóca pańską zdolność oceny sytuacji.

– Skłonny jestem sądzić, że lepiej panu idzie zadawanie śmierci niż prawienie złośliwości. – Holmes walnął w drzwi celi, żeby strażnik go wypuścił, po czym dodał: – Wpadnie pan w obłęd, Lynch, może pan być pewien. Niech pan się ze mną dogada teraz, zanim samotność w tej celi oraz panujący tu smród odbiorą panu poczytalność, zanim skończy się czas i, co znacznie ważniejsze, zanim ci, dla których odebranie panu życia to mniej niż strata pionka na szachownicy, zaczną się nudzić i sięgną po inne sposoby, aby rozproszyć swe troski.

Zarządzający kotłownią, łaźnią i pralnią gadatliwy pan Bailey mówił prawdę. W moim pokoju znalazłem kilka koszul – z kołnierzykami i ze stójką – zestaw krawatów i fularów, spodnie na co dzień, spodnie wizytowe, kamizelki, surdut, kilka kapeluszy, kilka czapek, parę czarnych butów oraz kamasze. Nigdy w życiu nie posiadałem tylu ubrań.

Wybrałem spodnie w brązowe prążki, kamizelkę z czerwonego jedwabiu i białą flanelową koszulę, wkładanie ich na siebie okazało się jednak koszmarem. Nie ze względu na rozmiar – ten pasował idealnie. Albo ktoś zgadł moje wymiary z zaskakującą dokładnością, albo mnie zmierzono, kiedy spałem. Przyczyną koszmaru był ból żeber. Miałem wrażenie, że kąpiel w wodorostach morskich niewiele mi pomogła.

Ubrawszy się w końcu, stanąłem przed lustrem. Uznałem się za niezłego eleganta. Dlaczego jednak dano mi te ubrania? Dlaczego byłem w tym wielkim domu? Po co zabrano mnie ze spartańsko urządzonych pomieszczeń w fabryce na północy i przewieziono do tej luksusowej wiejskiej posiadłości?

Czego ten Profesor ode mnie chciał?

Wciąż szukałem odpowiedzi na te pytania, kiedy w otwartych drzwiach mojego pokoju stanął dobrze ubrany mężczyzna, który dyskretnie kaszlnął, żeby zwrócić moją uwagę. Był wysoki i chudy, dobrze po czterdziestce, z siwiejącymi włosami oraz gęstymi, nierównymi brwiami.

– Nazywam się Cornwell, proszę pana. Jestem kamerdynerem. Przyszedłem zaprowadzić pana do salonu.

Wygładziłem moje nowe ubranie i nerwowo spojrzałem w lustro. Odbicie Cornwella pokazało się nad moim ramieniem.

– Czy mogę zasugerować brązową kamizelkę zamiast czerwonej, proszę pana?

– Pewnie, ale ta mi się podoba.

– To nie jest dobry wybór, ale jak pan sobie życzy. Czy jest pan gotów na spotkanie z lady Elizabeth?

Spojrzałem w lustro, ostatni raz poprawiając kamizelkę.

– Tak, zdecydowanie tak. Jestem gotowy.

Cornwell nieznacznie poruszył wargami, jakby chciał znów mnie namówić na brązową kamizelkę. Zaraz potem jednak się odwrócił i wyszedł.

Ruszyłem śladem jego doskonale wypastowanych półbutów znajomą już teraz drogą do głównej części domu, po lśniących parkietach, grubych dywanach i chodnikach. Otworzył drzwi, odsunął się na bok i zaanonsował:

– Pan Simeon, milady.

Elizabeth oderwała się od obserwowania widoków za oknem w przeciwległym końcu wielkiego pomieszczenia, żeby mu podziękować. Była ubrana w delikatną białą bluzkę i prostą czarną sukienkę. Na lewo od niej stał okrągły drewniany stół przykryty koronką – na nim rozłożono serwis do herbaty. Zaraz za stołem dostrzegłem mały fortepian, a nieco dalej sekretarzyk z uchylnym skośnym blatem.

Cornwell zamknął drzwi. Uśmiech Elizabeth rozjaśnił pokój niczym tysiąc gazowych żyrandoli, kiedy podeszła do mnie i zapytała:

– Jak się czujesz, Simeonie? Słyszałam, że pan Brannigan trochę cię posiniaczył.

– Można tak powiedzieć, milady.

Miała rozbawioną minę. Gestem wskazała mi krzesło przy stole.

– Kiedy przebywamy sami, nie powinieneś się do mnie zwracać tak oficjalnie. Nazywaj mnie Elizabeth, a ja będę cię nazywała Simeonem. Zakładam, że jesteś już po imieniu z Siriusem i Surrey?

Starałem się ukryć zakłopotanie.

– Nie, jeszcze nie.

– Od teraz zatem będziesz. Musisz nadawać tempo, bo inaczej każą ci stać przed sobą z czapką w ręku.

– Rozumiem. Dziękuję.

– Nie ma za co. – Obdarzyła mnie uśmiechem, sadowiąc się wygodniej. – Jak na ironię, ten salon nosi nazwę pustelni.

– Dlaczego?

– A jak myślisz?

– Bo jest tu tak pusto?

Jej oczy roześmiały się do mnie.

– Nie, ale rozumiem, dlaczego mogłeś tak wnioskować.

Przez chwilę nie umiałem się skupić na jej słowach ani na tym, czego chciała mnie podczas tej lekcji nauczyć. Całą moją uwagę zajęły jej włosy, które lśniły w słońcu jak złote nici; delikatne, miękkie zmarszczki wokół jej oczu i ust, które uwydatniały tylko piękno jej twarzy; ton głosu, który brzmiał tak zmysłowo.

– Czy ty mnie słuchasz?

Pytanie wyrwało mnie z zamyślenia, sprawiając, że się zaczerwieniłem.

– Mówiłam, że pustelnia to miejsce, gdzie mieszka pustelnik, czyli człowiek, który się wycofuje z życia w społeczeństwie. Do pustelni ludzie bogaci mogli się udać, żeby odpocząć, uwolnić się od towarzyskich obowiązków. Moje zadanie jest natomiast przeciwne. Nie zamierzam cię uczyć, jak się trzymać z dala od towarzystwa, lecz jak obowiązki towarzyskie pełnić. Dlatego to ironiczne.

– A czy wycofanie się z towarzystwa jest takie złe?

– Nie, jeśli następuje wskutek wyboru. Musisz też jednak opanować umiejętności, które pozwolą ci przestawać z każdym bez wyjątku.

– Dlaczego?

Zaśmiała się.

– Czy „dlaczego" jest twoim ulubionym słowem? Najkrótsza odpowiedź na twoje pytanie brzmi tak: ponieważ tego sobie życzy pan Profesor, a my wszyscy robimy to, czego on sobie życzy.

– Naprawdę?

– Owszem – odpowiedziała surowo. – I nawet gdybyś się dzisiaj nie nauczył niczego innego, to zapamiętaj przynajmniej to, że robimy dokładnie to, czego chce Profesor, i dokładnie wtedy, kiedy tego chce. – Przekazawszy ten komunikat, znów się odprężyła. – Opowiedz mi teraz o sobie. O twojej rodzinie oraz miejscu, gdzie się wychowywałeś.

– Wolałbym nie.

– Słyszałam, że osierociałeś, co najprawdopodobniej oznacza, że się wychowywałeś w przytułku, gdzie musiałeś zarabiać na swoje utrzymanie. Potrafisz czytać i pisać?

– Trochę się uczyłem. Dość, żeby się we mnie obudził głód czytania. Trafiłem też do dobrych ludzi, którym zależało, żebym myślał samodzielnie i należnie się wyrażał.

– Wyrażał się należycie. Nie należnie.

Znów się zaczerwieniłem. Wiele bym dał, żeby ta cholerna lekcja wreszcie się skończyła.

– Powiedz mi zatem, jakie książki znasz?

– Różne – skłamałem, po czym próbowałem ratować sytuację. – Ale się nie nadają, żeby o nich rozmawiać z tobą.

Opuściłem wzrok na czubki swoich butów, żeby uniknąć jej dociekliwych oczu.

– Pana Profesora bardzo interesują rosyjskie publikacje o nihilizmie i najnowsze osiągnięcia Amerykanów w dziedzinie ontologii. Czy masz sprecyzowane poglądy na któryś z tych dwóch tematów?

Pokręciłem głową.

– Nie wiem nawet, co to jest.

– Ontologia to dział filozofii zajmujący się naturą bytu i strukturą rzeczywistości. Nihilizm to przekonanie, że żadna wartość nie ma znaczenia.

Jestem pewien, że kiedy padły te wyjaśnienia, moja twarz miała kolor buraka, ponieważ lady Elizabeth położyła swoją delikatną dłoń na mojej.

– Niepotrzebnie się wstydzisz, mój drogi. Nie próbuję cię poniżyć. Chcę tylko ustalić, odkąd zaczniemy, znaleźć punkt, od którego będziemy mierzyli twoje postępy.

Zdaje się, że już wtedy mój widok mógł budzić tylko jej współczucie, ponieważ podniosła się z krzesła, poprawiła sukienkę i podeszła bliżej mnie.

– Spójrz tylko na siebie! Jesteś nieznośnie spięty i skulony. Siedzisz z pochyloną głową, a te twoje wielkie pięści zaciskasz tak silnie, że aż kostki pobielały! – Wyprostowała mnie delikatnie, po czym zsunęła moje ramiona, żeby się luźno zwiesiły po bokach. – Odpręż się trochę. Pozwól, żeby twój umysł otworzył się na nowe wyzwania, a przez to się rozwijał. – Swoimi smukłymi, chłodnymi palcami rozluźniła moją prawą pięść. – Nie w każdej życiowej sytuacji poradzisz sobie pięściami, Simeonie. Czasem będziesz musiał odnieść zwycięstwo rozumem. Umysł zwycięża bitwy znacznie częściej niż ciało. – Zaczęła rozprostowywać zaciśnięte palce lewej pięści, a ja musiałem zwalczyć w sobie pragnienie, żeby uchwycić jej dłoń i podnieść najpierw do ust, a potem do serca, bo wtedy lady Elizabeth poczułaby, że bije dla niej jak oszalałe.

I choć wcześniej pragnąłem, żeby ta lekcja się skończyła jak najszybciej, to teraz chciałem, żeby nie miała końca, ponieważ byłem pewien, że z tą cudowną, urzekającą kobietą chcę spędzić całą wieczność.

DWA TYGODNIE DO EGZEKUCJI

NEWGATE, 4 STYCZNIA 1900 ROKU

Ktoś jeszcze oprócz Prokuratury Koronnej pragnął mojej śmierci. Ktoś, kogo nie ograniczała ani litera prawa, ani konieczność uzyskania przepustki na spotkanie ze mną; ktoś na tyle wpływowy, by ominąć strażników więzienia Newgate, otworzyć drzwi mojej celi i odebrać chleb katu.

O dokonanie zamachu na moje życie podejrzewałem trzy osoby: Tobiasa Johncocka, Jamesa Moriarty'ego i Sherlocka Holmesa.

Holmes był z nich najzdolniejszy, ale najmniej prawdopodobny. Niewątpliwie umiał się charakteryzować, otwierać zamki wytrychem i rozpływać się w mroku.

Bardziej prawdopodobny był Johncock. Nienawiść zastępcy dozorcy więzienia do mnie oraz wyjątkowa brutalność przemocy fizycznej, której kazał mnie poddawać, doprowadziły mnie do przekonania, że Johncock żywi do mnie osobistą urazę. Niewykluczone, że skrzywdziłem kogoś z jego bliskich. A może znajdował się na liście płac któregoś gangu rywalizującego z Moriartym i obiecano mu dodatkowe pieniądze, jeśli mnie zabije?

I wreszcie był James Moriarty. On oraz jego rodzina najwięcej mogliby stracić, gdybym postanowił złożyć obciążające ich zeznania. Nie okłamałem Holmesa. Nie pracowałem jako służący Jamesa, a on nie był moim panem. Nie myliłem się też, kiedy powiedziałem, że jego legendarna zdolność dedukcji zawodziła w tym przypadku, ponieważ to zamknięty w sobie Brogan, a nie ekstrawertyczny James, dzierżył władzę w rodzinie Moriartych. Brogan, który wykorzystał półświatek w Derbyshire i znajomości w Nowym Jorku, żeby zbudować przestępcze imperium rozciągające się na cały świat. Jego brat, choć błyskotliwy, zwrócił na siebie uwagę Holmesa w Londynie – to prowadząc ze słynnym detektywem prywatną wojnę, to się z nim bawiąc w kotka i myszkę. Szczerze mówiąc, trudno było wykluczyć Jamesa jako architekta zamachu na moje życie. Choć nigdy dotychczas nie skrzyżowaliśmy mieczy, to byłoby do niego podobne, żeby kazać mnie zabić, zamiast ryzykować, że zdradzę tajemnice rodziny. Broganowi z kolei nigdy by coś takiego do głowy nie przyszło.

Nie mogłem też wykluczyć ewentualności, że moim niedoszłym zabójcą był strażnik, a nie więzień. Jeśli tak, to mógł zamordować tego nieszczęśnika celowo, a nie przypadkiem, żeby na pewno nikt się nie dowiedział o jego udziale w tym zamachu.

Otwarte drzwi! Cela numer pięć otwarta!

Przypomniałem sobie ten okrzyk, a im częściej o nim myślałem, tym bardziej byłem przekonany, że drugim mężczyzną w mojej celi mógł równie dobrze być strażnik, który podniósł alarm. Cóż mogło być łatwiejszego, niż wyjść na korytarz i zacząć wzywać pomocy? Biegli w swym fachu iluzjoniści wiedzą, że najlepiej się ukryć, gdy jest się w centrum uwagi.

Siedziałem na nocniku w rogu celi, kiedy moje myśli i moja prywatność zostały zaburzone przez szczęk otwieranego zamka w drzwiach. Spodziewałem się ujrzeć Johncocka i jego kolesi, zamiast nich jednak w drzwiach stanął Boardman w towarzystwie klawisza o młodzieńczej twarzy, którego nigdy wcześniej nie widziałem.

Brutalny strażnik zamknął za nimi drzwi, a nieznajomy do mnie podszedł. Był wysoki, chudy, miał gęste rudawozłote włosy i długie bokobrody. Włożył nieskazitelnie czysty, dopiero co wyprasowany mundur i świeżo wypastowane kamasze.

– Nazywam się Huntley – oznajmił. – Harrison Huntley.

– I czego pan chce, panie Huntley? Jak pan widzi, jestem raczej zajęty, ponieważ nie bez trudu wyciskam właśnie gówno spomiędzy pośladków.

– Licz się ze słowami, ty łachudro! – wrzasnął Boardman. – Bo jak nie, to tak ci skopię dupę, że się zesrasz bez wysiłku!

– Niczego takiego nie zrobisz – upomniał go Huntley. – A jeśli jeszcze raz usłyszę, jak wypowiadasz takie groźby, to wylecisz z pracy. Teraz się cofnij i milcz.

Ku mojemu zaskoczeniu stary zarośnięty zbir wyprostował plecy i posłusznie oparł się o ścianę.

Huntley spojrzał na niego złowrogo, by po chwili się odwrócić do mnie.

– W związku z próbą zamachu na pańskie życie zostałem sprowadzony z innego więzienia. Moim zadaniem jest zadbać, żeby do osiemnastego stycznia pozostał pan bezpieczny i w dobrym zdrowiu.

Wybuchnąłem śmiechem.

– Do egzekucji! Cóż za paradoks!

– Ma pan rację, paradoks. Ale taką mam pracę. Pan Johncock nadal odpowiada za to, żeby pańska egzekucja przebiegła zgodnie z prawem, ale za pańskie bezpieczeństwo na co dzień już nie. Od tej chwili to wyłącznie moja kompetencja.

– Proszę mi wybaczyć, jeśli nie zdołam wyrazić, jak bardzo jestem wdzięczny.

– Jeszcze jedno. – Huntley podszedł bliżej. Obejrzał żelazne obręcze na moich nadgarstkach i spuszczone spodnie zakrywające obręcze nad kostkami. – Przyszedłem tu także o czymś pana poinformować. Otóż otrzymaliśmy wiadomość, że ma pan nowego prawnika. Nazywa się Theodore Levine.

Znałem to nazwisko i mój nastrój natychmiast się poprawił. Levine był doradcą prawnym Brogana Moriarty'ego, choć niewielu ludzi o ich współpracy wiedziało. To Levine'a wybrałem jako adwokata, kiedy zostałem aresztowany, ale niestety przebywał wtedy za granicą, musiałem więc się zadowolić jego tępym aplikantem.

– Wie pan, kiedy zamierza mnie odwiedzić?

– Nie wiem. Ale skoro dozorca więzienia kazał mi pana o tym poinformować, będzie to zapewne rychła wizyta.

– Rychła? Użyłbym raczej słowa „spóźniona".

– Rozumiem pańską niecierpliwość. Na pańskim miejscu też miałbym nadzieję, że mój prawnik działa szybciej od większości przedstawicieli tej profesji, którzy przypominają biurkowe ślimaki i tylko pieniądze wysysają szybciej niż pijawki krew.

Brzmiał zaskakująco przychylnie i choć mówił bez żadnych naleciałości, to w jego starannych wypowiedziach usłyszałem znajomy akcent.

– Skąd pan pochodzi? – zapytałem.

– Z Birmingham. Dlaczego pan pyta?

– Bez specjalnego powodu – skłamałem. – Niektóre słowa wypowiada pan z lekkim zaśpiewem, na przykład „mój" i „jeszcze".

– Staram się tego nie robić – odparł z uśmiechem.

– Musi pan starać się jeszcze bardziej – zażartowałem, z takim samym zaśpiewem wymawiając przedostatnie słowo. Uśmiechnął się i ruszył do wyjścia. Uderzył pięścią w masywne drzwi, skinął głową i zostawił mnie samego z moimi myślami. Wspomnienia sprzed szesnastu lat, kiedy przebywałem w rodzinnym mieście, choć wolałbym raczej się znaleźć w samym środku piekła.

WEST MIDLANDS, MAJ 1884 ROKU

BIRMINGHAM BYŁO PIERWSZYM miejscem, w którym zagościłem na dłużej po ucieczce z Londynu. Panujący tam tłok i gwar były dla mnie prawdziwą radością po miesiącach narzuconej samemu sobie samotności na wygnaniu w lasach i na łąkach, kiedy niczym dziki lis żywiłem się tylko tym, co udało mi się ukraść albo zabić. Kurami. Kurczętami. Jajami. Królikami.

Włóczyłem się od farmy do farmy, od domu do domu, powoli się wdrażając do zawodu śmieciarza. Zbierałem podarte ubrania i kawałki jakże przydatnego sznurka, butelki, żeby pozostawionymi w nich resztkami gasić pragnienie, a nawet wyrzucone gazety i czasopisma, które czytałem, starając się karmić także umysł.

Londyńczycy, wśród których się wychowałem, mieli skórę koloru łupku i oczy mętne jak woda w rowie. Tymczasem napotykani przeze mnie mieszkańcy wsi o rumianych twarzach wydawali się sprawniejsi fizycznie, zdrowsi i szczęśliwsi. Zakładałem, że to wynik długiego czasu spędzanego w polu, gdzie dym nie zakrywa słońca, dzięki czemu ich dłonie, ramiona i twarze pokrywają się różnymi odcieniami brązu. Ale w Birmingham słońca nie było.

Niebo nad miastem zaczerniały chmury dymu węglowego, mieszkańcy Birmingham byli więc tak samo bladzi jak ci ze stolicy. Na ulicach rozbrzmiewał ten sam hałas: turkocące w pośpiechu wozy konne, rozkrzyczani uliczni sprzedawcy i gwar opryskliwych mieszkańców. Pod brudnym od koksu baldachimem niskich chmur ciągnęły się bez końca domy robotników i las wypluwających sadzę fabrycznych kominów.

Wiedziałem, że w tym mieście spalony słońcem obdartus czytający przy drodze stare gazety musi uchodzić za dziwadło, ale się tym nie przejmowałem. Czytanie było jednym z nielicznych moich talentów – i radości. W dzieciństwie nauczono mnie tylko podstaw, ale się przykładałem, co bardzo mi się teraz przydawało, ilekroć znajdowałem zniszczone egzemplarze birminghamskiego wydania „Daily Post" rzucane przez wiatr na ściany i ogrodzenia.

Większość tekstów poświęcono rozwojowi kolei oraz futbolowi. Gazety informowały też o popycie na niewykwalifikowanych robotników. Ponoć miałem szansę na pracę fizyczną na kolei, w wodociągach, w instytucjach podległych władzom hrabstwa oraz wszelkiego rodzaju firmach inżynierskich i metalurgicznych.

Ostatecznie wylądowałem na posadzie w Winson Green, jako pracownik fizyczny Zakładu dla Obłąkanych pod wezwaniem Wszystkich Świętych. Liczyłem na to, że niewielu tam będzie odwiedzających, a żaden z około trzystu wariatów nie zostanie uznany za wiarygodnego świadka, gdyby kiedykolwiek ktoś chciał o mnie wypytywać. Dodatkowo fakt, że zakład znajdował się tuż obok olbrzymiego miejskiego więzienia, odpowiadał mojemu przewrotnemu poczuciu humoru.

Przydzielono mnie do pomocy ogrodnikowi, przygarbionemu mężczyźnie z siwymi bokobrodami o imieniu Ralph. Powiedział mi, że jestem jego jedynym pomocnikiem, dlatego „tylko ja będę kopał, sadził i dźwigał", ponieważ jego bardzo bolą plecy. Wiedzę o ogrodnictwie miałem marną, ale odniosłem wrażenie, że taki zakres prac obejmuje z grubsza wszystko, co jest do zrobienia, i zacząłem się zastanawiać, czym się będzie zajmował sam Ralph.

Wszystko się wyjaśniło, kiedy Ralph wyznał mi, że jest byłym alkoholikiem i niedawno bliżej się poznał z praczką imieniem Betsy, która „mocno się domagała" jego uwagi.

– Ocaliła mnie, tak było – wyznał. – Bez mojej Bets już dawno bym leżał w grobie. Piłem codziennie, od rana do nocy, a teraz nawet kropli do ust nie wezmę. Żebym skonał! – Przeżegnał się brudnymi, pozbawionymi paznokci palcami prawej dłoni. – Zresztą sam zobaczysz, że butelki do ust nie przyłożę.

Tereny zakładu dla obłąkanych rozciągały się na ponad czterdziestu akrach, nie brakowało więc ziemi do kopania, trawy do ścinania, drzewa do rąbania, a i dźwigać też było co. Przed Ralphem oraz przed całym światem zewnętrznym uciekałem do szopy, większej od niemal wszystkich domów, w których zdarzyło mi się przebywać, pełnej najróżniejszych narzędzi, doniczek, roślin i polnych myszy.

Pod koniec drugiego dnia pracy stary nakrył mnie, jak bumeluję tam na prowizorycznym materacu z worków po nasionach.

– Pozwolę ci tu nocować, ale żebyś nie rozrabiał! – zadecydował. – To mój warunek, żebyś nie kradł. Rozumiesz? Niczego, co należy do szpitala albo do mnie. Jak ukradniesz albo sprzedasz, to wylatujesz!

Wymowę miał fatalną, ale komunikat był jasny: musiałem się zachowywać najlepiej, jak potrafiłem.

Tak też się zachowywałem.

W całym Birmingham nie znalazłoby się solidniejszego ani uprzejmiejszego pracownika. Rzadko odwiedzałem główny budynek, a jeśli już, to tylko po to, żeby przydźwigać do kuchni tony ziemniaków i innych warzyw. Personel zakładu był raczej skryty, nigdy więc nie wymienialiśmy więcej niż kilka słów. Czasem zdarzało mi się widzieć rzeczy tak straszne, że potrafiłem zrozumieć tę ich małomówność. Wychudzeni pacjenci ze szklistymi oczami na bosaka snuli się po korytarzach w szarych koszulach. Niektórzy kiwali się w kącie, celowo uderzając przy tym chorą głową w ścianę.

Praca była potwornie ciężka, z upływem tygodni stawałem się więc coraz bardziej zmęczony i wybuchowy.

– Musisz iść do miasta, spuścić trochę pary – zawyrokował Ralph. – Znajdź sobie jakąś tanią gospodę i jeszcze tańszą damę.

Ignorowałem tę radę aż do końca kolejnego tygodnia, kiedy wreszcie miałem już naprawdę dość i postanowiłem jej posłuchać.

Teraz wiem, że nie powinienem.

Żałuję, że nie znalazłem w sobie determinacji, żeby się trzymać z daleka od centrum miasta, znajdujących się w nim knajp i piwa, którego tam sobie przy okazji nawarzyłem.

13 DNI DO EGZEKUCJI

Dwóch strażników zaprowadziło mnie do małej sali widzeń, gdzie mój adwokat, nieuchwytny pan Theodore Levine, czekał „z niecierpliwością, żeby ze mną porozmawiać".

Do tego budzącego moje wielkie nadzieje spotkania doszło w zwykłej celi, pozbawionej tylko pryczy oraz podstawowych akcesoriów sanitarnych, które ma do dyspozycji większość więźniów. Podczas gdy strażnicy przykuwali mnie do żelaznych obręczy w podłodze pod szerokim stołem, także przytwierdzonym do podłogi, adwokat chodził tam i z powrotem z rękami założonymi do tyłu. Był chudy jak tyczka, miał czarne włosy i starannie przystrzyżoną, siwiejącą już brodę. Nosił jaskrawoniebieski surdut na białą koszulę z żabotem, do której wybrał czerwony krawat z pojedynczym węzłem.

Przykuwszy mnie, strażnicy wyszli, a wtedy on położył na stole swój cylinder. Zanim jednak choć słowem się odezwał, podszedł do drzwi i delikatnie je popchnął, żeby sprawdzić, czy są dobrze zamknięte. Następnie obszedł całą celę, od czasu do czasu stukając w pojedyncze cegły.

– Ściany mają uszy – oznajmił. – Wiadomo, że policja i różne inne instytucje rządowe w miejsce prawdziwych cegieł wsuwają papierowe, żeby potajemnie słuchać rozmów z więźniami. Z tego powodu musimy być w naszej rozmowie powściągliwi.

W końcu się do mnie uśmiechnął.

– Proszę nie mieć takiej zmartwionej miny, panie Lynch. Jestem tutaj, żeby pana ocalić.

– Ocalić? – Nie mogłem się powstrzymać od śmiechu. – Jak niby miałby pan to zrobić?

– Nie przebierając w środkach, panie Lynch. Nie przebierając w środkach. Zanim jednak przejdziemy do rzeczy, chcę pana przeprosić za to, że nie mogłem reprezentować pana podczas rozprawy. – Odkaszlnął. – Zajmowałem się pewną kwestią, o której najlepiej w tych murach nie wspominać. Wymagało to ode mnie wyjazdu na obcą ziemię. I muszę przyznać, że prokuratura Jej Królewskiej Wysokości postępowała w pańskiej sprawie z zaskakującą sprawnością. Zanim zdołałem się uwolnić od wspomnianych obowiązków, pański los został już niestety przypieczętowany.

– Przyjmuję pańskie przeprosiny, ale nie są one dla mnie wielką pociechą.

– Mam jednak coś, co ją przyniesie. Rozpoczęliśmy już przygotowania, żeby w pańskim imieniu złożyć apelację. Procedura jest nieco archaiczna, ale będziemy ją wszczynać.

– Na jakiej podstawie?

– Coś znajdziemy, a jeśli będzie trzeba, to coś wymyślimy. – Teatralnym gestem wyciągnął rękę, po czym zacisnął pięść i niemal natychmiast rozprostował palce. – Potrafię się chwytać przysłowiowej brzytwy. Jestem największym łowcą najmniejszych okazji, musi pan jednak pomóc mi znaleźć coś, na czym zbuduję apelację w tej sprawie. – W kolejnym teatralnym geście opuścił ramię, by znów oprzeć dłoń na stole. – Zacznę od zadania panu kilku bezpośrednich pytań.

– W tej sytuacji odpowiem na nie najlepiej, jak potrafię.

– To się nazywa nie tracić ducha! – Splótł dłonie i bawił się palcami, dopóki wszystkie nie strzeliły. – Początki artretyzmu – wyjaśnił z uśmiechem. – Wiem, że niedawno złożył panu wizytę detektyw Sherlock Holmes. Czego ten dokuczliwy człowiek chciał?

– Żebym się zgodził zeznawać przeciwko pewnym ludziom.

– W zamian za co?

– Ułaskawienie.

W jego oczach błysnęło zaskoczenie.

– Całkowite ułaskawienie?

– Tak. Zaoferował mi czystą hipotekę oraz możliwość rozpoczęcia nowego życia.

– To naprawdę szczodra i bardzo nęcąca oferta. Jak pan ocenił propozycję pana Holmesa?

– Uznałem, że jest naprawdę godna uwagi. Nadal tak uważam. Jestem pewien, że tak wspaniały prawnik jak pan rozumie, że to naprawdę dobra alternatywa dla szubienicy.

Uśmiechnął się.

– Ma pan oczywiście rację. Z pewnością jest lepsza od stryczka. Przyjmie ją pan?

– Nie wiem.

Jego brwi nieco się uniosły.

– Mam obowiązek przypomnieć panu, że złożył pan przysięgę wierności naszemu wspólnemu pracodawcy i że jest to człowiek, dzięki któremu wiele pan zyskał.

– Złożyłem, to prawda, zawsze uznawałem, że mnie ona obowiązuje. Teraz jednak jestem w sytuacji, w której kat wiąże już pewnie dla mnie stryczek.

Poruszył się na krześle.

– Jest pan ze mną naprawdę szczery, pozwoli pan zatem, że odpowiem tym samym. W tego typu zakładach karnych więźniowie często padają ofiarą przemocy, skutkiem której doznają poważnych urazów. Nawet tracą życie. Wiem, że przydarzył się już panu podobny wypadek, i obawiam się, że jeśli szybko stąd pana nie wydobędziemy, to może dojść do kolejnego.

Rzuciłem się na niego. Ale łańcuchy nie pozwoliły moim dłoniom zacisnąć się na jego gardle. Levine przestraszył się jak ścigany królik.

– To pan stał za tymi ludźmi?

– Wielki Boże, nie!

– Jeśli to jednak pan, to przysięgam, że pana zabiję!

Znów szarpnąłem łańcuchami.

– Cóż za potworne pytanie! – Odsunął do tyłu swoje krzesło, żeby zapewnić sobie bezpieczeństwo. – Wielce niesprawiedliwie podaje pan w wątpliwość uczciwość i moją, i naszego wspólnego pracodawcy.

– W dupie mam waszą uczciwość! Jakiś facet próbował mnie zabić! – Byłem taki wściekły, że cedziłem słowa. – Ktoś zamierzał wbić mi prosto w serce metalowy trzpień!

– Znam szczegóły tego zajścia. – Levine nerwowo miął krawat. – Niby kto, pańskim zdaniem, złożył do władz więzienia skargę na personel, który źle pana traktuje? Kto zmusił dozorcę Newgate, żeby podjął kroki mające pana chronić przed Johncockiem i jego osiłkami?

Uciszył mnie tymi słowami. Usiadłem, wciąż jednak gniewnie na niego zerkałem, zaciskając pięści.

– Codziennie dbamy o pana dobro, panie Lynch. Nie może pan obserwować naszych wysiłków, ale zapewniam pana, że ciężko pracujemy.

Podniosłem na niego wzrok. Czy rzeczywiście próbował mnie uwolnić? Czy członkowie rodziny i on naprawdę interweniowali, używając politycznych wpływów, żeby mnie chronić przed Johncockiem? Czy tylko karmił mnie kłamstwami?

– Przypuszczam, że dobrze pana przygotowano do dzisiejszej wizyty, panie Levine, zapewne więc pan wie, że jestem człowiekiem, który dotrzymuje słowa. Niech pan powie, komu trzeba, że nie złamałem przysięgi i nie zamierzam tego zrobić.

– Z największą przyjemnością przekażę pańską wiadomość. – Szybko podniósł się z miejsca, wziął ze stołu cylinder i wyciągnął do mnie trzęsącą się dłoń. – Czy dobrze rozumiem, że zawarliśmy dżentelmeńską umowę?

Ująłem jego dłoń i ścisnąłem boleśnie mocno.

– Jestem przekonany, że zawarliśmy.

Levine się krzywił, dopóki go nie puściłem.

– Zabiorę się więc do pracy. Muszę składać pisma i rozmawiać z ludźmi. Uruchomić całą wielką maszynerię.

WEST MIDLANDS, MAJ 1884 ROKU

KOŃCZYŁ SIĘ UPALNY, bezwietrzny dzień, podczas którego na terenach zakładu dla obłąkanych pociąłem i przeniosłem las wielkich bali. Ralph przez cały tydzień był w podłym nastroju, ponieważ o coś się pokłócił ze swoją najdroższą Betsy. Cokolwiek zrobiłem, nie było dla niego dostatecznie dobre, a jego zły humor oznaczał także to, że pomagał mi jeszcze mniej niż zwykle.

Kiedy na koniec dnia odłożyliśmy narzędzia, oznajmiłem:

– Idę do miasta. Muszę się czegoś napić.

– Wszystko, czego ci potrzeba, znajdziesz w karczmie Bull Ring – doradził mi Ralph. – A jak zauważysz tam jakąś spokojną i cichą kobietę, która nie szuka męża, to bądź kolegą i ją mi tu przyprowadź.

– Tak zrobię.

Podał mi rękę i rozstaliśmy się w najlepszej komitywie.

Zbliżając się do świateł miasta, uświadomiłem sobie, że nie opuszczałem terenu zakładu dla obłąkanych od dnia, kiedy zacząłem tam pracować. Czułem się jak na wakacjach, nie widząc wokół drzew ani trawy, a przede wszystkim ogromnych, wzniesionych z cegły ścian szpitala oraz pobliskiego więzienia.

Z nastaniem nocy w karczmach zaroiło się od radosnych, pijanych mężczyzn i niedbale odzianych kobiet. Nie popisałem się rozsądkiem, tracąc rachubę czasu oraz piwa i dżinu, które w siebie wlałem. Musiało być bardzo późno, kiedy wypiłem ostatnią szklaneczkę i chwiejnym krokiem wyszedłem na opustoszałą ulicę. Rozsądniejsi ode mnie dawno już się udali do domu, co zamierzałem uczynić także ja, najpierw jednak musiałem usunąć nadmiar płynu rozsadzającego mi pęcherz.

Kilka minut marszu krętymi uliczkami pozwoliło mi w końcu znaleźć miejsce poza zasięgiem lamp gazowych. W małej alejce mogłem wreszcie doznać ulgi, której tak bardzo pragnęło moje ciało. Oparty o ścianę w urynalnej rozkoszy usłyszałem krzyk:

– Posłuchajcie! Przecież to brzmi tak, jakby jakiś bezczelny ogier szczał na naszym terenie.

Dwaj, może trzej mężczyźni głośno się roześmiali, po czym jeden z nich dodał:

– Owszem, ktoś szczy, ale to chyba klacz, bo ogier nie chowałby się w mroku. Chciałby się pochwalić, co tam ma.

Znów się rozległy śmiechy. Potem usłyszałem kilka różnych głosów. Trzeźwiałem już, dlatego zdałem sobie sprawę, że źle oszacowałem liczbę rozmawiających mężczyzn. Było ich tam nie trzech, a czterech, a może nawet pięciu.

Skończyłem i zapiąłem spodnie. Z sekundy na sekundę stawałem się czujniejszy. Niewykluczone, że po oddaniu moczu moje zmysły zaczęły działać sprawniej.

Kamasze stukały o bruk. Mój wzrok znów się przyzwyczaił do światła. Uliczne lampy rzucały cień u wylotu alejki, w której stałem, dostrzegłem więc ich sylwetki. Postawni mężczyźni, zbici w grupę, wszyscy w czapkach i wszyscy z pałkami w ręku.

Ich widok wywołał mój śmiech raczej niż strach. Znałem ich

rzemiosło lepiej od nich. Byłem pewien, że jeden wystąpi naprzód, żeby pokazać odwagę i charakter, a słabsi, jego podwładni, zachowają bezpieczny dystans, dopóki nie nabiorą pewności, że walka jest wygrana, albo nie stwierdzą, że sytuacja wymaga, żeby rzucili się na mnie wszyscy.

Podniosłem dłonie, żeby im pokazać, że nie mam broni.

– Jeśli chodzi wam o pieniądze, panowie, to szczęście wam nie dopisało. Ostatnie przepiłem dobrą godzinę temu i wyszczałem na ziemię. – Lekko się zachwiałem, żeby sprawić wrażenie łatwego łupu. – Nie szukam guza, chcę tylko wrócić do domu.

– Może to i prawda – stwierdził jeden z cieni. – Ale z tego, jak mówisz, to mi wynika, że do tego domu to masz daleko.

– Za daleko, żeby się czuć bezpiecznie – dodał drugi. Wysoki, na oko pomieszanie brawury ze złymi intencjami.

Skupiłem się na czekającym mnie zadaniu. Księżyc miałem po prawej stronie. Odsunąłem się trochę w lewo, żeby jak najmniej oświetlał moją sylwetkę. Duży srebrny półksiężyc uśmiechnął się chłodno w kałuży u moich stóp. Cofnąłem się jeszcze bardziej w mrok.

Wielka dłoń chwyciła mnie za pierś, wciągając z powrotem w krąg światła.

– Dokąd to się wybierasz?

– Daj mu nauczkę, Billy – krzyknął któryś z grupy. – Rozwal skurczybyka, a potem go zwiążemy i sprawdzimy mu kieszenie.

Wyglądało więc na to, że Billy był tym odważnym. Miał twarz bandziora, ale nie brakowało mu muskulatury ani pewności siebie. Mocno mnie trzymał i mówił spokojnie.

– Możesz wracać do domu, jeśli zapłacisz za przejście.

Spojrzałem w dół na jego pięść. To była ręka silnego mężczyzny. Nawet w świetle księżyca dostrzegłem, że na kostkach ma świeże zadrapania i liczne blizny. Czułem, jak moje serce bije pod jego zaciśniętymi palcami.

– Za przejście? – zapytałem.

– Jesteś na płatnej drodze, przyjacielu. To znaczy, że musisz nam zapłacić. Albo ponieść konsekwencje.

Cienie wokół niego zachichotały, przysuwając się bliżej mnie.

– Zabierz rękę – szepnąłem do napastnika.

Cienie mruknęły.

– Proszę – dodałem głośniej.

– A jak nie zabiorę?

Pochyliłem się lekko do przodu, żeby poczuł, że na niego napieram, a wtedy odważny Billy zachował się tak, jak oczekiwałem. Zrobił dokładnie to, czego nie powinien. Mocno mnie odepchnął.

A właściwie spróbował odepchnąć.

Ścisnąłem obydwie dłonie wokół jego palców, żeby nie mógł ich wyprostować, a potem szybko wykręciłem mu rękę. Miał do wyboru albo upaść na bruk, albo mieć złamany nadgarstek.

Billy podjął kolejną złą decyzję. Postanowił udowodnić swoją odwagę, stojąc prosto. Dopiero kiedy jego kość złamała się z potwornym trzaskiem, z bólu zgiął się wpół.

Nie puszczając jego dłoni, przełożyłem nad nią nogę, wykręciłem jego ramię i zwichnąłem mu bark. Billy zawył jak zwierzę schwytane we wnyki, a mój umysł, muszę przyznać, przepełniła ekscytacja. Brakowało mi mentalnej ulgi, jaką daje udział w walce. Pierwotne pragnienie zmiażdżenia innego drapieżnika.

– Który następny? – Wyzywająco wszedłem w blask światła księżyca. – Który ma ochotę na trochę tego, co właśnie dostał Billy?

Ich milczenie wziąłem za uległość, co było prawie tak głupim błędem jak ten, który popełnił Billy.

Jak na komendę wszyscy zdjęli czapki. Z szacunku, pomyślałem. Jakby ksiądz albo ktoś naprawdę ważny stanął na ich drodze.

Potem wszyscy ryknęli i jak na komendę rzucili się do ataku. Jeden żółtodziób zamachnął się na mnie swoją czapką. Uniosłem ramię i poczułem, jak daszek przecina rękaw mojej marynarki.

Zrozumiałem: pod usztywnieniem daszka kryło się jakieś ostrze. To zmieniało całą sytuację. Mieli nie tylko przewagę liczebną, ale też byli bardziej niebezpieczni, niż przewidywałem. Wbiłem łokieć w twarz mężczyzny po mojej prawej stronie. Instynktownie sięgnąłem po brzytwę, którą nosiłem przy sobie. Rozłożyłem ostrze. Któryś z nich skradał się hałaśliwie za moimi plecami. Ciąłem go brzytwą po nodze. Głośno zawył.

Ktoś krzyknął.

– Henry? Nic ci nie jest? Henry!

Cofnąłem się głębiej w mrok. Słyszałem, jak napastnicy rzucili się koledze na pomoc. To dało mi okazję, żeby przemknąć niezauważonym na koniec alejki i zniknąć w ulicy tuż za nią. Biegłem ile tchu w piersiach, uciekając jak najdalej od członków gangu. Niewiele później usłyszałem policyjne gwizdki oraz terkot kół powozu na bruku i stukot końskich kopyt. Zmierzały w przeciwną stronę niż ja, ale i tak schowałem się w cieniu i odczekałem, aż znów zapanuje cisza.

Kiedy poczułem się bezpieczny, znów ruszyłem w drogę. Lampa gazowa na rogu obrzucała złotawym blaskiem skrzyżowanie brukowanych ulic. Przystanąłem tam, z trudem łapiąc oddech. Sprawdziłem, jak wyglądam. Krew na moich rękach połyskiwała jak czarna smoła. Rękaw marynarki był przecięty. Policzek piekł mnie od zadraśnięcia. Przyłożyłem palec w tym miejscu, po czym zlizałem ze skóry świeżą krew.

Znów rozległy się gwizdki. Gdzieś niedaleko. Gliniarze prawdopodobnie dotarli do moich napastników, a ci posłali ich za mną. Wziąłem kilka głębokich oddechów, po czym znów puściłem się pędem przed siebie.

Dopiero na wysokości kanału zwolniłem do szybkiego marszu. Barki cumowały wzdłuż brzegu, ale ludzie spędzający na nich noc albo spali, albo byli pijani. Na ścieżkach flisackich widziałem tylko tych, którzy wypili zbyt wiele, żeby dotrzeć do swoich statków, oraz tych, którzy tam przystanęli, żeby resztkę pieniędzy wydać na uciechy z jakąś dziewką zbyt brzydką, by pracować przy świetle w karczmie.

Na jednej z barek, gdzie nie paliły się światła ani nie słychać było żadnych odgłosów, zdjąłem z haka wiadro i napompowałem do niego świeżej wody. Księżyc był wystarczająco jasny, żebym przy jego świetle mógł się trochę doprowadzić do porządku.

Przez resztę drogi powrotnej na szczęście nic się już nie wydarzyło. Jak tylko zaległem w szopie na moim zrobionym z worków łóżku, zapadłem w głęboki sen.

Następnego dnia przyszedł czas na refleksję. Nie potrafiłem wyrzucić z głowy myśli o gangu z ostrzami w daszkach czapek i cały ranek spędziłem pogrążony w myślach, rąbiąc drewno dla starego Ralpha.

– Mało się dzisiaj odzywasz – zauważył. – Język ci urwało? Czy źle się czujesz od piwa?

– Zastanawiałem się nad różnymi rzeczami.

– Te różne rzeczy mają coś wspólnego z blizną na twoim policzku? Rana wyglądała na poważniejszą, niż była w rzeczywistości. Czerwona krecha, trochę głębsze draśnięcie, podeszła krwią i zaczynał na niej krzepnąć strup. Ale wiodła od środka policzka do lewego ucha i zanosiło się na to, że jeszcze przez długi czas będzie ją widać.

– Wypiłem trochę za dużo i wpadłem na krzaki.

– Krzaki, mówisz? – dopytywał się Ralph sceptycznie. – I co te krzaki? Policzyły ci dużo za usługę? Czy może należały do kogoś innego i dostałeś cięgi, że się do nich dobierasz?

– Ja taki nie jestem. – Odłożyłem siekierę, rzucając mu gniewne spojrzenie. – Nigdy nie poszedłem z taką kobietą! Ani nikogo nie skrzywdziłem. Nigdy!

– Miło mi to słyszeć. – Zorientował się, że mnie uraził. – A teraz mi powiedz, co się stało.

Ustawiłem kolejny klocek do porąbania, potem jednak postanowiłem, że wszystko mu wyznam.

– To prawda, że wypiłem o jednego za dużo. Potem osaczył mnie jakiś gang. Chcieli pieniędzy.

– Chłopcy w twoim wieku?

– Mniej więcej.

– Elegancko ubrani, wszyscy w czapkach? – pytał dalej, wyraźnie zorientowany w temacie.

– Tak.

– Lepiej trzymaj się od nich z daleka. To nic dobrego. Naprawdę nic. – Oparł stopę na łopacie i wbił ostrze w miękką ziemię małej grządki warzywnej, nad którą pracował przez cały tydzień. – To Okuliści. Masz szczęście, że ci oczu nie wyłupili.

Nie byłem pewien, czy dobrze usłyszałem.

– Okuliści?

Zdjął czapkę i przesunął brudnym palcem wzdłuż przetartej krawędzi daszka.

– Tak na nich mówią, bo wszywają ostry metal tutaj, a potem oślepiają ludzi takich jak ty, tnąc nim po oczach. – Uważniej obejrzał ranę na moim policzku. – Centymetr wyżej, może dwa, a potrzebowałbyś teraz kostura. – Po namyśle zadał kolejne pytanie: – Zabrali ci pieniądze?

Nie odpowiedziałem. Nie chciałem zdradzać, że dla nich nasze spotkanie skończyło się o wiele gorzej, przez co może mnie teraz szukać policja.

– Tak myślałem. To dlatego masz taką kwaśną minę. Tak czy inaczej, mnie o pieniądze nie proś, bo ich nie mam.

– Nie taki był mój zamiar.

– No, to mi ulżyło. – Jeszcze raz obejrzał mój policzek. – Bardzo cię pobili?

– Nie aż tak. – Przyłożyłem dłoń do rany. – To i jeszcze kilka siniaków. Jak wywróciłem kieszenie, to mnie zostawili w spokoju.

Skinął głową.

– Mądrze zrobiłeś. Bez pieniędzy jakoś sobie człowiek poradzi, bez oka nie. – Nasunął czapkę z powrotem na głowę, po czym przyszła mu do głowy jeszcze jedna myśl. – A najlepiej trzymaj się z dala od kłopotów. – Skinął głową w kierunku więzienia. – Nie chcę tam trafić z twojego powodu. Z żadnego powodu nie chcę tam trafić.

– Rozumiem.

Odwrócił się, ale spojrzał na mnie jeszcze przez ramię.

– Tak mi przyszło do głowy, że każdy, kto po starciu z Okulistami ma tylko zadrapanie na twarzy, musi być więcej niż tylko szczęściarzem. – Znów mi się przyjrzał i chyba mu się nie spodobało to, co widzi. – Jestem wystarczająco stary, żeby zwęszyć zło na milę. A stojąc przy tobie, mam wrażenie, że aż nim śmierdzisz.

Nie odezwałem się ani słowem, tylko sięgnąłem po siekierę i wbiłem ją w dębowy klocek.

Stary Ralph położył dłoń na moim ramieniu, powstrzymując mnie przed następnym uderzeniem.

– Uważam, że powinieneś ruszyć w dalszą drogę. Bez urazy.

– Nie czuję żadnej urazy. – Wiedziałem, że stary ma rację. Musiałem przejść wiele mil, żeby czyhające tu na mnie problemy zostawić daleko w tyle. – Chyba będą mi się należały jakieś pieniądze?

Ralph zapłacił mi za cały tydzień, podaliśmy sobie ręce i odszedłem bez słowa, nie oglądając się za siebie. Ale z każdą kolejną milą, która dzieliła mnie od Birmingham, czułem wyraźniej, że jeszcze z Okulistami nie skończyłem. Podzieliła nas uraza nieprzebłagana jak stalowe ostrze, które musi się ubrudzić krwią. Byłem więc pewien, że krew się jeszcze poleje.

CZĘŚĆ DRUGA

Zarzut przygotowany, adwokaci po rozmowach, a sędziowie na miejscach. Beznadziejne przedstawienie.

Opera żebracza, John Gay

Byłem wściekły na Elizabeth, ale jako młody i niedojrzały chłopak mogłem tylko cierpieć, nic więcej.

Ta anielska kobieta nawiedzała moje myśli dokładnie w chwili, kiedy się budziłem, zajmowała je także tuż przed snem, by potem w tym śnie zagościć. W urojonym świecie trzymała mnie pod rękę, a ja nie siedziałem w salonie zwanym pustelnią jak głupiec, który nie potrafi się wysłowić i kłamie na temat tego, co umie – byłem jej opiekunem i obrońcą, jej kochankiem.

Przed Elizabeth nie poznałem kobiety, która przyciągałaby mój wzrok, przyśpieszałaby bicie mojego serca. Choćby tylko trochę. Podczas gdy chłopcy i mężczyźni w moim otoczeniu sypiali z najróżniejszymi dziewczętami i kobietami, ja nie czułem takiej potrzeby. Ciekawiła mnie piękniejsza płeć, ale ilekroć patrzyłem na elegancką niewiastę na ulicy albo roześmianą nierządnicę w gospodzie, zaczynałem myśleć o mojej biologicznej matce, a myśli te wywoływały natychmiast potworne wspomnienia z dzieciństwa, które gasiły każdą iskierkę pożądania.

Żeby oderwać myśli od Elizabeth, snułem się po rezydencji Moriarty'ego. Nigdy nie byłem w takim luksusowym miejscu, chyba że z workiem na srebra rodowe w dłoni. Z okna przy schodach na górze obserwowałem jelenie przechadzające się w oddali po trawie. Przez inne zobaczyłem, jak wielka sowa sadowi się na łupkowym dachu prywatnej kaplicy, zbudowanej, jak się dowiedziałem później, żeby złodzieje zwłok nie mieli dostępu do ciał członków rodziny, które mogliby następnie sprzedać do szkół medycznych. Za trzecim oknem było widać rozbijającą się o białe kamienie wodę, która pędziła na zakolu bystrej rzeki.

Nigdzie jednak nie dostrzegłem żadnego innego domu ani jakichkolwiek oznak cywilizacji. Moriarty odciął swoją rezydencję od świata, ukrył ją przed nim, a sądząc po liczbie ludzi patrolujących odległe żywopłoty, zamienił ją też w prawdziwą fortecę.

Schodząc po głównych schodach, uważnie oglądałem wiszące na ścianach olejne portrety. Przedstawiały generacje mężczyzn w różnym stopniu podobnych do Brogana Moriarty'ego. Niektórzy wyglądali na sympatycznych dziadków, stojąc za krzesłami, na których usadowiły się kobiety z dziećmi na ręku. Inni kazali się malować w bardziej heroiczny sposób: na koniu, na polu bitwy albo na polowaniu. Wszyscy mieli to samo świdrujące spojrzenie, które po raz pierwszy poczułem na sobie w Manchesterze.

Zostało mi jeszcze trochę czasu do lekcji, zwiedzałem więc korytarze – z nudów raczej niż z ciekawości. Przez niedomknięte drzwi u stóp schodów na jednym z półpięter dobiegły mnie podniesione głosy. Sirius Gunn i Surrey Breed dyskutowali z zacietrzewieniem. Przywarłem do ściany, żeby słuchać rozmowy, nie będąc zauważonym.

– Chińczycy nie są zagrożeniem – przekonywał Gunn. – Stary ma na ich punkcie obsesję. A sam fakt, że chcą więcej zysków z opium i zaczynają się interesować hazardem, nie oznacza, że się stają naszymi wrogami.

– Podniesienie cen to nie jest przyjazne posunięcie.

– Ani wypowiedzenie wojny. Moriarty powinien raczej się przejąć angielskimi chuliganami, których gangi masowo powstają teraz w Londynie. Są o wiele bardziej niebezpieczni od Chińczyków.

– Czyżby? Profesor mówi, że rodzina Chanów jest bardziej zorganizowana od Anglików, a opium, kokaina i nawet laudanum zostaną zdelegalizowane.

– Zdelegalizowane? Cóż za androny! Lepiej się ogranicz do mieszania trucizn i zrób coś wreszcie, żeby wyglądać bardziej kobieco. A tego, na czym się nie znasz, nie próbuj komentować.

– Ograniczę się do tego, żeby ci skopać jaja – odparowała. – Jeśli Moriarty widzi w Chińczykach zagrożenie, to mnie więcej nie potrzeba.

– Dobry Boże, kobieto, czy ty nie wiesz, że z Indii dostajemy więcej opium niż z Chin? Powinniśmy jeszcze zacieśnić nasze więzi z klanem Chana, a nie się go bać. W Londynie mieszka tylko kilkuset Chińczyków. Tylu ludzi to my możemy zebrać w godzinę.

Musiałem się nieznacznie poruszyć, bo deska podłogowa skrzypnęła pod moją prawą stopą.

– Co to było? – rzuciła Surrey.

– To, czyli co?

– Ten dźwięk. Za drzwiami.

Zostałem zdemaskowany, nie miałem więc wyboru. Podszedłem do uchylonych drzwi i szeroko je otworzyłem.

– Przepraszam – powiedziałem. – Szukam lady Elizabeth, ale chyba zabłądziłem.

Popatrzyli najpierw na siebie nawzajem, a potem na mnie.

– Podsłuchiwałeś? – zapytał Gunn.

– Właśnie powiedziałem, co robiłem – odparłem szorstko. – Mógłbyś mi powiedzieć, gdzie znajdę lady Elizabeth?

– Ja mu pokażę – oznajmiła Surrey. – Idź za mną, Simeonie. – Minęła mnie i wyszła na korytarz. Przez sekundę albo dwie Gunn i ja piorunowaliśmy się wzrokiem.

– Chyba już musisz iść do szkoły – stwierdził sarkastycznie.

– Owszem, muszę. Ale chętnie odłożyłbym to na później, żeby dać szkołę tobie.

– Simeonie! – pośpieszała mnie Surrey.

Wyszedłem i ruszyłem za nią.

– Któregoś dnia go załatwię – powiedziałem, zrównując się z Surrey.

– On nie jest twoim wrogiem. Nikt z nas nie jest. Po prostu musisz się do nas przyzwyczaić. – Rzuciła mi przyjazne spojrzenie. – Nie jesteśmy tacy źli, kiedy się nas lepiej pozna.

– To może być prawda o tobie. Ale o nim na pewno nie.

– Naprawdę zapomniałeś, gdzie jest salon?

Moja twarz przyznała się do kłamstwa, jeszcze zanim ja to zrobiłem.

– Nudziło mi się i zacząłem chodzić po domu, żeby zleciał czas przed lekcją. Ale nie podsłuchiwałem, szczerze.

– Szczerze? – zaśmiała się. – Uważaj na każdego, kto używa słowa „szczerze", Simeonie. To zawsze jest próba zatuszowania kłamstwa.

– Zapamiętam to sobie. Dlaczego się martwisz Chińczykami?

– Więc jednak podsłuchiwałeś! – Wydawała się zadowolona, że to ze mnie wyciągnęła.

– Słyszałem tylko kilka słów.

– Całą resztę usłyszysz niebawem.

Zeszliśmy z głównych schodów, skręciliśmy za róg i Surrey wskazała na drzwi:

– A oto i zaginiony salon zwany pustelnią.

– Dziękuję.

– Cała przyjemność po mojej stronie.

Zapukała za mnie w drzwi, uśmiechnęła się raz jeszcze i odeszła.

– Proszę! – krzyknęła lady Elizabeth.

Poczułem falę podniecenia, kiedy przekręcałem gałkę, by wejść do skąpanego w słońcu salonu. Spojrzała na mnie znad biurka. Eleganckie czarne wieczne pióro zawisło nad płowożółtym papierem.

– Simeon? – Zerknęła na złoty zegar tykający głośno na półce nad kominkiem. – Przychodzisz całe pięć minut za wcześnie.

– Czy mam wyjść na chwilę?

– Nie, oczywiście, że nie. – Podniosła się, wygładziła dłonią zmarszczki na złoto-czerwonej sukience i posuwistym krokiem przeszła do stołu, przy którym siedzieliśmy poprzednio. – To dobrze, że jesteś chętny.

– Co wiesz o Chinach i Chińczykach? – zapytałem, podsuwając jej krzesło.

– O Chińczykach? Mój Boże! Niech pomyślę. – Usiadła i poprawiła sukienkę. – Są jednym z najliczniejszych narodów na świecie i naprawdę wspaniałą rasą ludzi. Naprawdę błyskotliwą. Odkryli proch strzelniczy, papierowe pieniądze, jedwab, liczydło… najróżniejsze wynalazki. Dlaczego pytasz?

– Przypadkiem usłyszałem, jak Surrey i Sirius rozmawiają o nich.

– Ach, tak! – Jej głos przygasł.

– Sirius wspomniał, że żyje ich kilkuset w Londynie, ale nigdy żadnego nie widziałem, kiedy tam byłem. Gdzie oni wszyscy mieszkają?

– Przy Pennyfields i Ming Street w Poplar. – Zerknęła na zegarek. – Czas, żebyśmy się zajęli innymi rzeczami.

– Kim są Chanowie?

– Proszę cię, Simeonie! Musimy zacząć naukę.

– Kim są? – naciskałem.

– Dobrze, powiem. Profesor oraz jego rodzina robią z nimi interesy.

– I jest między nimi jakiś spór? Zła krew?

Sięgnęła do leżącej na stole sterty książek.

– Dość już powiedziałam. A nawet więcej niż dość. – Otworzyła wybrany egzemplarz. – Chcę dziś z tobą porozmawiać o sztuce i artystach. Jaki rodzaj sztuki lubisz?

– Kontury.

– Czy masz na myśli czarno-białe portrety sylwetkowe?

– Tak. – Z radością przyjąłem temat, o którym mogłem rozmawiać, nie czując się głupcem. – Mam nawet takie.

Sięgnąłem do kieszeni po dwie podobizny, obydwie na tyle małe, że zmieściły się na jej dłoni.

Elizabeth oglądała je niczym brylanty.

– Są piękne! Proste, ale czarujące sylwetki matki i dziecka. – Oddała mi obydwa. – Jak je zdobyłeś?

– Nie ukradłem ich, jeśli to masz na myśli. – Wsunąłem miniaturki do skórzanego pugilaresu, który nosiłem w kieszeni. – Podarował mi je ktoś wyjątkowy. Nie pytaj o nic więcej, proszę.

– Jak sobie życzysz. Czy wiesz, skąd się wzięło słowo „sylweta". Jak powstał ten typ portretu?

– Nie.

– We Francji urzędował kiedyś nad wyraz skąpy minister finansów nazwiskiem Étienne de Silhouette. Wsławił się ostrymi cięciami w budżecie kraju, kiedy wprowadził program gospodarczych oszczędności. Równocześnie panowało duże zapotrzebowanie na portrety, które wykonywano olejem na płótnie, a później także techniką fotograficzną. Ludziom, którzy nie mogli sobie pozwolić na takie luksusy, oferowano uproszczone portrety, szkicując na czarnym papierze kontur twarzy, który następnie wycinano i naklejano na biały kartonik. A ponieważ ten sposób portretowania był wyjątkowo oszczędny, tanie portrety konturowe zaczęto nazywać sylwetami, czyniąc aluzję do programu gospodarczego ministra de Silhouette.

– Podoba mi się ta historia. Nawet bardzo mi się podoba.

– A mimo to masz smutek w głosie. Czymś zepsułam ci nastrój?

– Portrety wywołały u mnie stare wspomnienia, to wszystko. Wspomnienia w połączeniu z tym, co we mnie… – Zamilkłem, zanim zdążyłem się postawić w kłopotliwej sytuacji.

– Co w tobie?

Język mi zesztywniał.

– Powiedz!

– Budzisz – dokończyłem.

Roześmiała się.

– Co mianowicie w tobie budzę?

Całkiem się zagubiłem.

Własna głupota zaprowadziła mnie na skraj przepaści, której nie pozwalały mi pokonać strach i brak doświadczenia.

– Simeonie? – naciskała, wypowiadając moje imię najdelikatniejszym tonem. – Zapytałam, co dokładnie w tobie budzę.

Nadal milczałem. Kruchy ląd pod moimi stopami osunął się jeszcze bardziej.

– No, powiedz! – rzuciła ostrzej, podenerwowana. – Nie cenzuruj się, tylko mów!

– Budzisz we mnie wielką burzę. Tak na mnie działasz, że chcę być blisko ciebie, chcę cię bronić i się o ciebie troszczyć...

– Mój Boże! – przerwała mi z lekkim westchnieniem. – Mam nadzieję, że się we mnie nie zadurzyłeś. To byłoby naprawdę słodkie, ale też wyjątkowo niezręczne.

– Przepraszam. Cofam to wszystko. Jestem głupi. Zapomnij, co...

– Nie da się cofnąć czegoś takiego. Profesor przewidywał, że mogę się stać obiektem twoich uczuć, ale uważałam, że jest niemądry. Teraz widzę, że to ja byłam głupia.

– Powinienem wyjść?

Skinęła głową.

– To będzie najlepsze.

Wstałem z miejsca, czując potworny wstyd. Miałem wrażenie, jakbym stłukł jakąś bezcenną wazę, która nawet po sklejeniu nigdy już nie będzie taka sama.

– Simeonie!

Odwróciłem się.

– Tak, milady?

Uśmiechnęła się łagodnie.

– Dziękuję ci.

Byłem zdezorientowany.

– Za co?

– Za twoją odwagę. Wielu mężczyzn przechodzi przez całe życie, nie mówiąc, co mają w sercu. Wielu kobietom nie jest dane usłyszeć tak słodkich słów, jakie skierowałeś dzisiaj do mnie. Dlatego ci dziękuję.

Ogarnęła mnie panika. Nie miałem na to żadnej odpowiedzi. Żadnej dojrzałej reakcji. Pośpieszyłem do drzwi. Wypadłem na zewnątrz i biegłem po trawie, aż skryły mnie drzewa w sadzie owocowym, między którymi mogłem krzyczeć wniebogłosy, mogłem samotnie przeżywać radość rozpierającą mnie na zmianę ze słodkim smutkiem oraz upajać się niepewnością.

12 DNI DO EGZEKUCJI

NEWGATE, 6 STYCZNIA 1900 ROKU

OSIEMNASTY STYCZNIA. TA piekielna data wyryła się w moim mózgu. Żadna inna myśl, żadna próba odwrócenia uwagi ani nawet najpiękniejsze wspomnienia nie mogły jej stamtąd usunąć; mój umysł martwił się nią nieustannie.

Dzień egzekucji.

Nie chciałem ginąć w ten sposób. Spętany. Bezsilny. Bezradny. Nie chciałem zesrać się w spodnie, dyndając na linie. To nie było w moim stylu. Postanowiłem, że jeśli nie zdołam uciec, to podejmę walkę, chwytając za gardło i wydłubując oczy moim przeciwnikom.

Kara śmierci przez powieszenie.

Te właśnie słowa wypowiedział sędzia, pohukując jak stara sowa.

Ale jak długo trwa taka śmierć?

Dziesięć, dwadzieścia sekund. Trzydzieści? Dłużej? Czy było mi pisane wierzgać na końcu liny przez kolejne minuty? Czy może, zgodnie z życzeniem wielu, miał mnie trafić nagły szlag, gdy moja głowa oderwie się od tułowia?

I co z bólem? Jak silny będzie? Gorszy niż wtedy, kiedy dostałem największe w życiu cięgi? Albo wtedy w Paryżu, kiedy kula strzaskała kość w moim ramieniu? Gorszy od noża, który wbito mi w plecy w Dublinie?

Raz skręciłem komuś kark. Zrobiłem to precyzyjnie i błyskawicznie, jak mnie uczono, idealnie łącząc technikę z tempem. Przekręć i pociągnij – brzmiała instrukcja. Ale silnie i szybko. Silniej i szybciej niż kiedykolwiek w dotychczasowym życiu. Ta rada okazała się naprawdę dobra. Mężczyzna, którego zabiłem, był o wiele większy ode mnie i doszłoby do krwawej bitwy, gdybym nie odebrał tak świetnego przygotowania. Ale to się wydarzyło jakby wieki temu.

Patrzyłem na swoje dłonie, wspominając wszystkich ludzi, których dotknęły zarówno w złości, jak i z miłością. Te same palce, które dusiły ludzi albo wyłupywały im oczy, umiały też pieścić i uśmierzać ból. Czy te dwie ręce mogły robić lepsze rzeczy? Czy ten mózg mógł raczej tworzyć, niż niszczyć? Żałowałem, że moje dłonie nie pracowały nad czymś wartościowym. Nie musiało to być nic wielkiego – choćby drewno albo chleb. Dobry chleb dla dobrych ludzi. Udane meble dla udanych rodzin. Nie dla takich potworów jak ja albo ci, którzy mnie takim potworem uczynili.

Czy może sam się takim uczyniłem? Może to ja szukałem w ludziach zła i wykorzystywałem je, żeby kształtować samego siebie?

Sięgnąłem po długi łańcuch, który był teraz na stałe przytwierdzony do obręczy wokół nadgarstków i na nogach. Ciągnął się po całej lodowatej podłodze przewleczony przez żelazne koło wmurowane w ścianę pod oknem. Jego długość pozwalała klawiszom ciągnąć mnie jak psa, wlec mnie z jednego końca celi w drugi, ilekroć chcieli wejść do środka. Łańcuch mnie unieszkodliwiał, a przynajmniej tak się wydawało klawiszom. Byłem pewien, że zdołałbym go wyszarpnąć, gdyby trzymał go tylko jeden z nich i gdyby choć trochę go poluzował. Potem wystarczyłoby mi kilka sekund, żebym owinął łańcuch wokół szyi któregoś z moich prześladowców i go udusił, zanim jakakolwiek armia klawiszy zdołałaby mnie powstrzymać.

Takie myśli dodawały mi sił. Byłem jak lew w klatce. Z powodu ciasnoty i nie na swoim terenie nieco zdezorientowany, ale wciąż śmiertelnie niebezpieczny. Szanowany za gwałtowne i nieokiełznane okrucieństwo.

Tylko takich myśli o najgorszej części mnie mogłem się teraz uczepić, bo tylko one mi zostały.

Szczęk kluczy w zamku sprawił, że odwróciłem głowę.

– Odsuń się, Lynch! Przejdź na tył celi i stań twarzą do ściany! Poznałem głos Briggsa, który tego dnia mnie nadzorował. Był okrągły jak beczka na piwo i słaby. Nawet otwarcie drzwi było dla niego wysiłkiem, który odmalowywał się na jego opuchniętej twarzy. Posłusznie stanąłem przy oknie. Poczułem, jak łańcuch się napręża. Potem przez całą wieczność strażnik przytwierdzał go z drugiej strony.

– Masz gościa – oznajmił w końcu.

Przez chwilę się nie odwracałem. Rozważałem możliwości. Czy to wrócił Holmes, żeby mnie przesłuchiwać? Johncock chciał mnie pobić i poniżyć w jakiś nowy sposób? Czy może przyszedł do mnie człowiek, którego naprawdę chciałem zobaczyć: Moriarty?

– Pan Lynch?

Głos nie miał żadnego odpowiednika w mojej pamięci. Obserwowałem, jak cień mojego gościa wspina się po ścianie, pod którą stałem. Bez kapelusza. Wysoki. Ubrany w jakąś długą pelerynę.

Odwróciłem się i zobaczyłem starego księdza. Rzadkie i zmierzwione siwe włosy opadały na upstrzone łupieżem ramiona długiej czarnej sutanny. Czerwona albo od wiejącego na zewnątrz wiatru, albo od porannej dawki rumu twarz przywitała mnie uśmiechem.

– Jestem ksiądz Deagan. – Wyciągnął dłoń. – Ksiądz Francis Deagan.

Uniosłem skute pięści.

– Uścisnąłbym księdzu rękę, ale jak ksiądz widzi, to może być trochę trudne.

– Poluzuj mu te łańcuchy, człowieku! – zażądał ksiądz. – Daj temu stworzeniu trochę ludzkiej godności!

Briggs popuścił łańcuch, ponownie go zabezpieczył i wyszedł, w proteście trzaskając drzwiami celi.

Deagan natychmiast ujął moją dłoń i silnie ją uścisnął.

– Niech Bóg się nad tobą zlituje. Anglikański kapelan więzienia powiedział mi, że jest pan katolikiem, dlatego mam nadzieję, że moja wizyta przyniesie panu pociechę.

– Byłem, proszę księdza. Dawno temu. I tylko jako dziecko.

– A kapelan mówił, że zastał pana na modlitwie, kiedy przyszedł z wizytą jeszcze w areszcie.

– Wtedy narzekałem raczej, niż się modliłem, proszę księdza. I raczej nie wyszło mi to na dobre.

Uśmiechnął się.

– Nigdy nie jest za późno, by z powrotem wejść na ścieżkę, która prowadzi do Boga.

– Z całym szacunkiem, księże, ale myślę, że jednak jest. Wie ksiądz przecież, dlaczego tu jestem i za co zostałem skazany.

– Owszem. Ale wiem też, że jeszcze nie tak dawno temu w tych ścianach zamykano skazanych na szubienicę księży takich jak ja za rzekome przestępstwo wyznawania wiary katolickiej. Czyny przestępcze rzadko są tym, czym się wydają.

– Moje czyny z pewnością są. Katolik, protestant czy żyd, i tak byłbym potępiony za najohydniejsze przestępstwa.

– Wcale nie. Bóg po śmierci wybacza najlżejsze i najcięższe grzechy. Nie bezwarunkowo oczywiście, ale wybacza.

– Czyli nawet Bóg nie uśmierca człowieka za darmo?

Zrozumiał mój żart i się uśmiechnął.

– Stawia tylko jeden warunek.

– Mianowicie?

– Wymaga żalu.

– Żalu?

– Tak. Żalu za grzechy. Trzeba się od własnych grzechów odwrócić. Żałować tego, co się zrobiło. Okazać skruchę. – Uważnie obserwował moją twarz i zauważył, że jego słowa trafiają w czuły punkt. – Powiedz mi, synu, czy żałujesz? Czy odczuwasz skruchę i żałujesz, że wiodłeś takie, a nie inne życie?

Odpowiedziałem szczerze.

– Nie jestem pewien. Nadal żyją ludzie, którym szczerze życzę śmierci, ale są też tacy, którzy ponieśli śmierć, choć bardzo bym chciał, żeby żyli.

– Nie jest to odpowiedź, którą chciałem usłyszeć.

– Wiem.

– Tylko Bóg ma prawo dawać i zabierać życie. Nawet jeśli mamy chęć i dość siły, żeby zabić drugiego człowieka, to nie mamy takiego prawa.

– Rozumiem, proszę księdza. Może rzeczywiście żałuję, że prowadziłem takie życie. Wolałbym pisać poezję i malować, mieć wiele dzieci, zestarzeć się i zostać dziadkiem. Ale nie było mi to pisane. – Znacząco spojrzałem na zakratowane okno. – Chyba jednak takie było moje przeznaczenie. Jeśli istnieje Bóg, to może właśnie się dokonuje jego wielki plan co do mojej osoby.

– Proszę mi zatem pozwolić wysłuchać pańskiej spowiedzi, uleczyć pańską duszę i przygotować ją na chwilę, w której spotka Stwórcę.

– Nie jestem na to gotowy, proszę księdza. Może nigdy nie będę. Ale dziękuję za odwiedziny i za to, że ksiądz mnie nie ocenia ani nie poucza. Już samo to poprawia mi nastrój.

Z szacunkiem pochylił głowę.

– Zostawię pana zatem sam na sam z myślami, a potem znów przyjdę i spróbuję raz jeszcze.

– Niech ksiądz nie marnuje czasu.

Zaśmiał się.

– Widzi pan, księdzu nie zawsze się udaje przykuć uwagę słuchacza, a pańska uwaga będzie przykuta na pewno. Takiej okazji nie mogę zmarnować.

Zaśmiałem się razem z nim.

– Wrócę więc na pewno. Pańską duszę można jeszcze uratować.

– Ja nie mam duszy, proszę księdza. Dawno temu sprzedałem ją szatanowi.

– W takim razie musimy ją odzyskać.

Obserwowałem, jak wychodzi, a potem słuchałem, jak się przekręca klucz w zamku i zamykają zasuwy. Jedna na górze. Jedna na dole. Jedna pośrodku. Klawisz nie przeoczył niczego. Gapiłem się na wpuszczone we framugę drzwi zawiasy. Stare i zardzewiałe, ale mocne.

Wpatrywałem się dalej.

Musiał istnieć jakiś słaby punkt. Większość drzwi, które w moim życiu oglądałem, miała jakiś słaby punkt, a jeśli nie, to z pewnością mieli go rezydujący za nimi ludzie.

DERBYSHIRE, WRZESIEŃ 1885 ROKU

PRZEZ CAŁE POPOŁUDNIE ukrywałem się w sadzie, wspinając się na co wyższe drzewa, nadgryzając zielone jabłka i rzucając nimi w duże czarne kruki, które przylatywały dziobać spadłe z drzew owoce. Kiedy się nimi znudziłem, wszedłem na jedno z drzew tak wysoko, jak tylko sięgały konary, i tam przez przerzedzone liście wpatrywałem się w odległe wzgórza i lasy.

Zastanawiałem się, jak energicznie szuka mnie londyńska policja. Myślałem o Elizabeth i zadawałem sobie pytanie, czy kiedykolwiek poczuje do mnie to, co ja czuję do niej. Myślałem też o Chanach – tajemniczej chińskiej rodzinie, o której rozmawiali Sirius i Surrey. Czy Chińczycy naprawdę stanowili zagrożenie dla Moriarty'ego? On był przecież taki bogaty i potężny, że trudno mi było wyobrazić sobie kogoś, kto go przewyższa.

Moje refleksje przerwał głos Brannigana dobiegający spod konarów.

– Co, na Chrystusa najświętszego, robisz tam na górze?

Ubrany był jak zwykle w paskudną kamizelkę i workowate spodnie. Z przyjemnością zauważyłem, że na twarzy miał teraz siniaki od ciosów, które mu zadałem podczas walki. Wyjątkowo satysfakcjonujący był dla mnie wianuszek czerwieni i fioletów wokół prawego oka.

– Nic – odpowiedziałem w końcu. – Patrzę.

– To zejdź stamtąd, do jasnej cholery, i się rozglądaj tu na dole!

Niechętnie, ale zszedłem. Na dole wytarłem dłonie o spodnie, żeby je oczyścić z kawałków kory i lepkiego soku z jabłek.

– Jest jakieś prawo zakazujące wspinania się na drzewa?

– Tak, moje prawo. A teraz powiedz, po co siedziałeś tam na gałęzi.

– Mówiłem przecież, patrzyłem.

– Na co?

– Tamte wzgórza – wskazałem. – Te duże, po drugiej stronie łąki.

– To Dovedale. To największe nazywa się Thorpe Cloud. – Popatrzył na mnie podejrzliwie. – Czy nie powinieneś być teraz na lekcji z lady Elizabeth?

– Nie czuła się dobrze, więc przerwaliśmy lekcję i przyszedłem tutaj. Nie miałem nic lepszego do roboty.

– No dobrze, skoro się nudzisz, to znajdę ci jakieś zajęcie. Chodź ze mną.

Serce we mnie zamarło.

Brannigan szybkim krokiem wyszedł z sadu, ja natomiast celowo zostawałem w tyle. Im dłużej będę docierał tam, dokąd zamierzał mnie zabrać, tym mniej czasu zostanie na to, co miałem tam robić.

Szybko stało się jasne, że jest chory, ponieważ co kilkaset metrów zanosił się kaszlem, przez który musiał przystawać i pluć obrzydliwą flegmą.

– Jeśli nie czuje się pan dobrze, to nie musimy przecież niczego dzisiaj robić. – Użyłem słowa „pan", żeby trochę go zmiękczyć. – Jeśli pan sobie życzy, to mogę wrócić do domu.

– Powiem ci, czego sobie życzę. – Znów przyśpieszył kroku. – Otóż życzę sobie, żebyś nie mówił zbyt wiele. Życzyłbym też sobie, żebym mógł się ciebie pozbyć jednym splunięciem, jak tej okropnej flegmy, ale przez Profesora nie mogę tego zrobić. Jestem na ciebie skazany.

– Czyli w tej sytuacji raczej nie zostaniemy przyjaciółmi?

– Przez tę swoją niewyparzoną gębę kiedyś stracisz życie. Mam gdzieś, co się stanie z tobą, ale całkiem wszystko jedno mi nie jest, ponieważ może to zaszkodzić ludziom, na których mi zależy. Dlatego naucz się ją zamykać. Zrozumiałeś?

Celowo nie odpowiedziałem. Jeśli milczenie miało być moją nową bronią, zamierzałem użyć jej natychmiast.

– Zrozumiałeś? – Przystanął i zacisnął swoją potężną pięść.

Także przystanąłem. Zacząłem przenosić ciężar ciała z nogi na nogę. Podniosłem pięści, przyjmując pozycję bokserską.

Napięcie w jego oczach zniknęło zastąpione iskierką rozbawienia.

– Zrobiłbyś to, ty mały sukinsynu, prawda? Ty naprawdę stanąłbyś ze mną do walki jeszcze raz.

– Bez wahania – odpowiedziałem wyzywająco. – Walczyłbym nawet do śmierci, gdyby było to konieczne.

Zaśmiał się.

– Niewykluczone, że taka konieczność się pojawi. Ale nie dzisiaj. – Skrzywił się lekko, po czym przyłożył wielką dłoń do klatki piersiowej, próbując powstrzymać kolejny napad kaszlu.

– Co to? – Wskazałem jego biceps. – Jakiś marynarski tatuaż?

Brannigan naprężył mięsień i wytatuowany rysunek nabrał kształtu.

– Nie wiesz, co to jest?

– Sflaczałe ramię oznakowane czarnym trójkątem, który ma w środku czerwoną kropkę.

Z dumą uderzył się w ramię.

– To kropla krwi, a nie czerwona kropka, ty głupi gówniarzu. Symbolizuje nasze bractwo. To jest wyjątkowy tatuaż. – Spojrzał na mnie z pogardą. – Takiego smarkacza jak ty nie powinno się brać pod uwagę nawet jako kandydata do tego wielkiego wyróżnienia. – Dodał gorzko: – Ale Profesor najwidoczniej sądzi, że się nadajesz.

– Pierdolę ciebie, twój tatuaż i Profesora! Nie chcę…

Olbrzymia dłoń Brannigana złapała mnie za gardło. Jego palce zacisnęły się na moim ciele szybciej, niż zdołałbym mrugnąć okiem. Mój mózg doznał szoku. W gardle bulgotało mi powietrze. Brannigan miał takie długie ramię, że desperacki cios, który wymierzyłem, nie dosięgnął jego twarzy. Próbowałem go kopnąć, ale nie udało mi się trafić.

Czerwony ze złości podniósł nieco muskularne ramię, zmuszając mnie, żebym stanął na palcach.

– Powiedziałem ci przecież, żebyś słuchał, a nie mówił. Od teraz, jeśli ci życie miłe, będziesz wykonywał moje polecenia.

Uniósł mnie nad ziemię. Szamotałem się, machając nogami.

Na szczęście Brannigan znów się rozkasłał, a napad okazał się tak silny, że nie miał wyboru i musiał mnie puścić.

Zachwiałem się, kiedy moje stopy znów dotknęły ziemi. Gwałtownie łapałem powietrze.

Brannigan opadł na kolana i zwymiotował. Torsje wstrząsały nim przez dziesięć, może dwadzieścia sekund, po czym otarł usta wierzchem dłoni.

– Kwaśne piwo – oznajmił, wstając z klęczek. – Zbieraj się. Skoro mieliśmy coś zrobić, to zróbmy to.

Ruszyłem więc za nim, masując po drodze gardło. Kiedy znów się zatrzymał, znajdowaliśmy się daleko od domu, w tej części posiadłości, gdzie uprawiano płody rolne i trzymano zwierzęta hodowlane.

– Świnie, krowy i byki trzymamy tam. – Wskazał na zabudowania. – A tam stoją klatki na kury, kaczki, gęsi i króliki.

– Profesor chyba lubi mięso – zauważyłem.

– Widzisz przed sobą życie w różnych formach, kształtach i rozmiarach. Młode, stare, słabe, silne, małe, duże, rodziców i dzieci, braci i siostry.

– Widzę, i co?

– Wybierz jedno, które chcesz zabić.

– Co takiego?

– Dobrze słyszałeś. Od teraz będziesz to zadanie wykonywał codziennie. Dokonaj więc wyboru.

– W takim razie wybieram królika albo kurę. – Powiodłem wzrokiem po klatkach. – Zabijałem już wcześniej, ale tylko po to, żeby wyżyć. Musiałem coś jeść.

– Nie widzę różnicy. Teraz też będziesz się uczył zabijać, żeby zachować własne życie. Wybieraj.

Z doświadczenia wiedziałem, że niełatwo gonić kurę, ponieważ szybko biega i potrafi podfrunąć.

– Królik.

– Niech będzie królik.

Podszedł do klatki. Ja za nim.

– Czy ma pan nóż?

– Żadnych noży. Zrobisz to dłońmi. Ręce to jedyna broń, którą będziesz miał przy sobie zawsze. Musisz się nauczyć wykorzystywać je jak najlepiej.

Druciana klatka była mojej wysokości i ciągnęła się przez dobrych dziesięć metrów. Wewnątrz zamontowano przegrody z surowego drewna, pomiędzy którymi tłuści rodzice leżeli z potomstwem. Liście kapusty, słoma i ekskrementy były porozrzucane po całej podłodze, którą wyłożono kamieniami, żeby zwierzęta się nie przekopały poza ogrodzenie.

Przez chwilę Brannigan odpoczywał, opierając się o klatkę, po czym otworzył zamknięte na kołek drzwi i wpuścił mnie do środka.

– Załatw to szybko.

Ponad tuzin królików czmychnął, chowając się po rogach albo w przegrodach. Przyszło mi do głowy pytanie, czy są przyzwyczajone do widoku kucharzy przychodzących tu, żeby wybrać któregoś na obiad.

W przeszłości używałem kamieni. Łapałem zwierzę, unieruchamiałem i szybko zabijałem. W klatce nie było jednak żadnych narzędzi do zadawania śmierci.

– Zabieraj się do roboty! – ponaglił mnie krzyk z zewnątrz.

Króliki uciekały przede mną. Musiałem pobiec w prawo, w lewo i jeszcze raz w prawo, zanim złapałem jednego. Wił się w moich dłoniach i wierzgał, próbując uciec. Pogłaskałem go. Pod miękkim futerkiem serce wściekle waliło, a w młodych czarnych oczach zobaczyłem własne odbicie.

– Nie każ mi tam wchodzić! – krzyknął Brannigan.

Nagle zapłonął we mnie gniew. Przypomniałem sobie zdarzenie sprzed wielu lat, z czasów, do których miałem nadzieję nigdy nie wracać pamięcią. Chwyciłem zwierzę za uszy i z wściekłością zdzieliłem w kark lewą dłonią, po czym rzuciłem na podłogę, gdzie zastygło w bezruchu.

Brannigan sarkastycznie wyraził aplauz powolnymi oklaskami, po czym wszedł do klatki.

Poszedł prosto do rogu po królika.

– Pokażę ci lepszy sposób.

Królik, którego chwycił, był duży. Trzymał go za tylne łapy, przesunął palcami wzdłuż grzbietu do szyi, pociągnął mocno i przekręcił. Rozległ się trzask i głowa zwierzęcia opadła luźno.

Zamachnął się i rzucił królika do mnie.

– Śmierć w czasie krótszym niż trzy sekundy. Bez strachu. Bez walki. Po prostu ciągniesz, dopóki nie usłyszysz trzaskających kości. Zrób to.

Wykonałem polecenie.

– Jeszcze raz!

Musiałem zabić dziesięć kolejnych królików, zanim krzyknął:

– Dość! Teraz je pozbieraj i zanieś do kuchni. Tam je oskórują i ugotują na obiad dla służby.

Popatrzyłem na martwe ciała leżące w całej zagrodzie, a potem na Brannigana.

– Czy zabijanie jest dla pana przyjemne?

– Ani przyjemne, ani nieprzyjemne. To po prostu śmierć. Każde kolejne zabójstwo ułatwia popełnienie następnego. Nauczysz się tego. I to bardzo szybko. A teraz się zbieraj, bo kuchnia lubi je dostawać, kiedy jeszcze są ciepłe.

Zrobiłem, co mi kazał, i noga za nogą powoli powlokłem się do domu.

Pani Ellis, kucharka, była grubą kobietą po pięćdziesiątce o włosach tak samo białych jak jej fartuch, jeśli nie liczyć brązowych i czerwonych śladów w miejscach, w które niedawno wycierała dłonie.

– Proszę je położyć na pieńku – poleciła znużonym głosem, kiedy wszedłem z naręczem moich ofiar.

Rzuciłem króliki na duży rzeźnicki pień. Podczas gdy pani Ellis w towarzystwie jednej z podkuchennych oglądała dostawę, ja umyłem się przy głębokim białym zlewie pod oknem. Na zewnątrz zobaczyłem Brannigana siedzącego z fajką na niskim murku i plującego pod nogi. Po wyjściu z kuchni postanowiłem załatwić pewną niedokończoną sprawę. Nie z Branniganem i bez użycia siły. Wróciłem do salonu i zapukałem do drzwi.

– Proszę wejść! – krzyknęła Elizabeth.

Otworzyłem drzwi jak najszybciej, bojąc się, że moja odwaga mogłaby wyparować.

Elizabeth siedziała z książką w fotelu i mój widok chyba ją zaskoczył.

– Wybacz mi, muszę porozmawiać z tobą, zanim się skończy dzień, a z nim moja odwaga.

Odłożyła książkę na niewielki stolik przy fotelu i wstała.

– O co chodzi, Simeonie? – zapytała z rezerwą.

– Pamiętam twoje słowa, że nie muszę przepraszać za to, co powiedziałem, ale ja czuję, że powinienem. Zachowuję się nieporadnie przy ludziach takich jak ty i Profesor. – Zbliżyłem się nerwowym krokiem. – A wyjątkowo niezdarny jestem przy tobie i… Bo widzisz, ja nie chcę, żebyś miała do mnie urazę za moją nieporadność i…

Uciszyła mnie, kładąc palec wskazujący na wargach.

– Nie jesteś nieporadny, Simeonie, po prostu trochę brak ci doświadczenia w kwestiach emocjonalnych. Za każdym młodym człowiekiem z takimi problemami uczuciowymi kryje się dzieciństwo pozbawione miłości i kobiecej troski. Czy mam rację?

Moja mina potwierdziła, że zupełnie nie wiem, jak mam jej na to pytanie odpowiedzieć.

Miałem wrażenie, że na jej twarzy przez chwilę malował się ból.

– Profesor polecił mi, żebym cię przygotowała na wszystkie wyzwania, które społeczeństwo może ci rzucić. – Uśmiechnęła się. – A to oznacza także sprawy sercowe.

– Nie jesteś więc na mnie zła?

Jej twarz znów złagodniała.

– Oczywiście, że nie jestem. Jeśli jednak mam być ci przydatna, to musisz mi pomóc cię zrozumieć.

– Postaram się.

– Dobrze, odpowiedz mi zatem na następujące pytanie: miałeś kogoś?

– Co masz na myśli?

– Czy kiedykolwiek miałeś kobietę, która ci się oddała? Zakłopotanie sprawiło, że zapłonęły mi policzki.

– Nie. Nie miałem.

– Mój Boże! Ale chyba się całowałeś? – Zapytała, po czym dodała z lekkim wahaniem: – I zaznałeś jakiejś miłości?

Czułem tak wielki wstyd, że nie potrafiłem odpowiedzieć.

– Ależ, mój drogi Simeonie! – W jej oczach dostrzegłem błyski delikatności. Czule mnie objęła. – Zasłużyłeś na miłość i troskę, ktoś powinien cię ich nauczyć.

Serce mi dudniło. Uderzeniami komunikowało uczucia, przez ubranie przekazując je do jej skóry, jej krwi i kości. Przywarłem do niej, czując zawroty głowy i podniecenie.

Twarz Elizabeth dotknęła mojej. Jej włosy otarły się o moją skórę. Delikatne westchnienie, które z siebie wydała, wypełniło mi płuca, a mimo to zostawiło mnie bez tchu. Moje oczy powędrowały do jej oczu, a kiedy w nie spojrzałem, nie potrafiłem już odwrócić wzroku. Żeby więc ukryć całą moją beznadziejność, mogłem tylko zamknąć powieki.

Jej wargi dotknęły moich. Tak delikatnie, że nie miałem pewności, czy to naprawdę nastąpiło.

Potem mocniej.

A potem wcale.

Stałem oszołomiony, z zamkniętymi oczami. Niepewny co zrobić, jak zareagować. Dopiero po chwili otworzyłem oczy.

Już jej nie było.

Zostały tylko lekki zapach jej perfum, któremu towarzyszył dźwięk tykającego zegara i odgłos bicia mojego serca.

11 DNI DO EGZEKUCJI

Przez lata zyskałem wiedzę i mądrość, muszę jednak wyznać, że nie znam słowa w żadnym języku, które adekwatnie opisuje psychiczną udrękę człowieka skazanego na śmierć. To więcej niż najgorsze zmartwienia razem wzięte. Więcej niż najczarniejsze obawy i najgorsze dni. Wszystko to trzeba by zsumować i pomnożyć przez każdą kolejną sekundę oczekiwania na wykonanie wyroku.

Odosobnienie zamienia myśli więźnia w jego własnych śmiertelnych wrogów, zbuntowane wojska, które otaczają jego duszę oraz rozum i rozpoczynają oblężenie. Kiedy wesprą je wyrzuty sumienia, to skazany nie ma już czym się bronić.

Najpierw myślałem, że małe okno w celi jest poza moim zasięgiem. Potem odkryłem, że jeśli stanę na krawędzi pryczy i podskoczę, to zdołam chwycić jeden z żelaznych prętów i na nim zawisnąć. Widok z okna wiele nie zmieniał, ale był: spiżowe niebo, a pod nim dziedziniec, po którym wszyscy skazani oprócz mnie mogli spacerować. Nosił nazwę Dziedzińca Kamieni, ponieważ to właśnie tam wymuszano zeznania, miażdżąc kamieniami więźniów, którzy nie chcieli się przyznać do winy. Dosłownie więc naciskano na nich, żeby złożyli zeznanie.

Godziny wlokły się nieznośnie, jakby także czas był spętany łańcuchami, które przykuwały mnie do mojej przeszłości, do dawnych przewin i oczywiście do Moriarty'ego oraz życia, do którego mnie zmusił w zamian za ochronę przed stryczkiem.

Dopiero późnym przedpołudniem do mojej celi weszło dwóch strażników. Obydwaj nosili bakenbardy i obydwaj mieli siwe włosy. Jak dwie pomarszczone i zarośnięte krople wody.

– Przyszliśmy zabrać cię do kaplicy, Lynch – powiedział wyższy. – Przejdź na drugą stronę wiadra na szczyny i stań pod ścianą tyłem do nas!

– Do kaplicy? Nie chcę iść do kaplicy.

– Ale pójdziesz. Pan Huntley powiedział, że masz iść, to pójdziesz.

– Jestem katolikiem – protestowałem.

Wyższy klawisz wzruszył ramionami.

– Nie mamy tu nic dla katolików. Kaplica Kościoła anglikańskiego musi ci wystarczyć, do jasnej cholery!

Ustąpiłem. Nie z braku zasad, ale ze względu na możliwość oderwania się na godzinę od smrodu i nudy panujących w mojej celi.

Zakuli mnie w kajdany do chodzenia i zaprowadzili do kaplicy. Była naprawdę żałosnym miejscem: ponurym, wilgotnym i brudnym. Tylko najsilniejsze światło dnia przebijało się przez niemyte okno wysoko w ścianie. W promieniach słońca, które zdołały się przebić przez brud na szybie, cząsteczki kurzu unosiły się jak dusze zawieszone w czyśćcu.

Moje łańcuchy z brzękiem uderzały o podłogę. Oczy wszystkich więźniów i personelu zwróciły się na mnie. Wszyscy wiedzieli, kim jestem. Co zrobiłem. Nawet tutaj, w towarzystwie złodziei, gwałcicieli oraz zabójców, postawione mi zarzuty wyróżniały mnie jako potwora.

Szurając nogami, doszedłem do ławki przeznaczonej wyłącznie dla oczekujących na egzekucję. Ponad dziesięciu mężczyzn tłoczyło się tam jak bydło. Oddzieleni od pozostałych więźniów oczekiwali na transport do tutejszej rzeźni.

Wysokie drewniane barierki odgradzały więźniarki od więźniów. Ołtarz wyglądał jak długi stół, na który narzucono tkaninę. Na szczęście zwyczaj wystawiania pustej trumny dla skazanych na karę śmierci zarzucono albo tym razem ktoś zapomniał to zrobić.

Johncock oraz dozorca więzienia, niski blady mężczyzna, którego nazwiska nie znałem, siedzieli oddzieleni od reszty linami, robiąc wszystko, co w ich mocy, żeby wyglądać na świętszych od kapelana. Huntley także był w kaplicy, ale nie siedział z nimi. Kręcił się, sprawdzając, czy jego ludzie właściwie wykonują swoje obowiązki.

Z niego przeniosłem uwagę na resztę klawiszów i pozostałych więźniów. Czy znajdował się wśród nich ten, który wszedł nocą do mojej celi i próbował mnie zabić? Czy rzeczywiście był to jeden ze strażników, jak podejrzewałem? Czy może któryś z osadzonych mógł swobodnie przechodzić z celi do celi, ponieważ dysponował jakimś uniwersalnym kluczem? Bardzo bym chciał zidentyfikować tego więźnia. Zidentyfikować i odebrać mu to bezcenne narzędzie.

Funkcyjny kuśtykał wzdłuż przejścia między ławkami, niosąc pudełko, z którego rozdawał Biblie i śpiewniki. Był drobnej budowy, łysy i przygarbiony, a wskutek krzywicy dziwnie stawiał nogi. Kiedy dotarł do ławki dla skazanych na śmierć, jego przekrwione oczy spojrzały prosto na mnie. Przystanął naprzeciwko i wręczył mi Biblię, ale trzymał ją tak, jakby sądził, że nie jestem jej wart. Byłem zmuszony wziąć ją z jego rąk. Wtedy uchwycił moje spojrzenie. W jego oczach nie dostrzegłem potępienia – było w nich coś innego. Ale co?

Kiedy odszedł, uświadomiłem sobie, że chodziło mu o Biblię.

Otworzyłem ją, ale w środku znalazłem tylko święte słowa, które przez lata straciły dla mnie niemal całe znaczenie. Powoli przewracałem kartki. Nie zauważyłem niczego niezwykłego. Zamknąłem więc księgę, dochodząc do wniosku, że musiałem się pomylić. Jej grzbiet spoczął na mojej dłoni i poczułem, że jest dziwnie nierówny. Przesunąłem po nim palcem. Pod spodem coś tkwiło. Rozchyliłem Biblię, żeby zmniejszyć napięcie tkaniny.

Wtedy go zobaczyłem.

Do okładki ktoś przymocował gwóźdź o długości około dziesięciu centymetrów, błyszczący, ostry na końcu. Potrafiłbym znaleźć dla niego tysiące zastosowań, najpierw jednak musiałem rozwiązać jeden problem: jak go wyjąć z grzbietu książki i ukryć gdzieś przy sobie?

Modlitwy następowały jedna po drugiej, ale dozorcy ani na chwilę nie spuszczali ze mnie oka.

I nagle się stało! Pięć minut przed końcem nabożeństwa jedna z więźniarek zemdlała. W zamieszaniu, które nastąpiło potem, wyjąłem gwóźdź i pod paskiem spodni wsunąłem go sobie do majtek.

Biblię odebrał ode mnie ten sam więzień funkcyjny, tym razem jednak nie spojrzał mi w oczy. Pracowicie zebrał wszystkie egzemplarze, po czym pod nadzorem jednego ze strażników odniósł pudełko na zaplecze kaplicy.

Nikt się nie poruszył, dopóki dozorca więzienia i Johncock nie opuścili pomieszczenia. Wtedy podeszli strażnicy, którzy sprawdzili kajdany na rękach i nogach wszystkich więźniów skazanych na śmierć. Potem Huntley dał im sygnał, żeby odprowadzili nas z powrotem do cel. Kiedy dotarliśmy na miejsce, eskortujący mnie dwaj strażnicy kazali mi się zatrzymać przed drzwiami do mojej celi.

– Rozłóż ramiona i nogi, Lynch, a potem się oprzyj o ścianę. Wcześniej udało mi się wsunąć gwóźdź do pachwiny, ale i tak ryzyko, że go znajdą, było duże. Dłonie strażnika obmacały mój kark, ramiona, klatkę piersiową i talię. Potem powędrowały do lewej kostki i klepnięciami przesuwały się do góry.

– Ej! – Wierzgnąłem nogą w kierunku klawisza dokonującego przeszukania. – Nie ma potrzeby, żebyś mnie tam dotykał, ty chory bydlaku!

– Zamknij się, Lynch!

Jego wścibskie palce właśnie przeskoczyły z mojego lewego uda na prawą kostkę i znów, centymetr po centymetrze, przesuwały się w górę do pachwiny.

– Na litość boską, może ty jesteś panienką, tylko ściąłeś włosy? Odwrócili mnie. Wściekły strażnik dźgnął mnie w czoło swoim tłustym palcem wskazującym.

– Wykonujemy naszą pracę, to wszystko. A teraz wracaj do tej cholernej celi!

Kiedy człapiąc jak kaczka z powodu łańcuchów krępujących mi nogi, przekraczałem próg, dostałem oczekiwanego kopniaka w tyłek i upadłem twarzą na podłogę. Strażnicy przycisnęli mnie do niej, zamienili krępujące mnie łańcuchy, mruknęli kilka wyzwisk, po czym zostawili w celi z pytaniem: kto przekazał mi ten gwóźdź?

Na pewno nie funkcyjny więzień – on był tylko nieszkodliwym pośrednikiem, od którego oczekiwano, żeby wykonał polecenie bez zadawania zbędnych pytań. Kto zatem postanowił umieścić gwóźdź pod grzbietem Biblii i powiedział funkcyjnemu, żeby akurat ten egzemplarz wręczył mnie?

Czy to był więzień? Ktoś, kto miał wystarczające wpływy wśród klawiszów, dowiedział się o napaści na mnie i się nade mną ulitował? Czy miałem między osadzonymi jakiegoś ukrytego zwolennika? Albo kogoś, kto znał tożsamość moich napastników i nienawidził ich tak bardzo, że postanowił mnie przeciwko nim uzbroić? A może gwóźdź dostarczył mi któryś z klawiszów? Huntley?

Strażnicy, którzy zabierali mnie do kaplicy, mówili, że Huntleyowi zależało, bym tam był. Czy to był on? Czy znalazłem idealnego sojusznika, który pomoże mi uciec z tego piekła, od wszystkich jego demonów?

DERBYSHIRE, PAŹDZIERNIK 1885 ROKU

Moja następna lekcja z Elizabeth przyniosła mi tylko zakłopotanie i rozczarowanie. Oczywiście mnie to nie zaskoczyło. Przez całą noc nie zmrużyłem oka, ponieważ dręczyły mnie obawy, że tak właśnie będzie, choć miałem też nadzieję, że może jednak nie.

W najśmielszych marzeniach wyobrażałem sobie, że wchodzę do tego okropnego salonu, a ona dostaje na mój widok zawrotu głowy i wpada w moje ramiona, a ten spontaniczny uścisk budzi w nas namiętność i owładnięci nią osuwamy się na perski dywan tuż pod okiem nobliwych przodków, którzy z marsową miną patrzą na nas spomiędzy zielonkawozłotych ram olejnych portretów.

Wszystko jednak potoczyło się zupełnie inaczej. Chyba zresztą zawsze chwile wyczekiwane tak bardzo niecierpliwie muszą przynieść rozczarowanie.

Zimna obojętność jej twarzy ostrzegła mnie, że moje nadzieje zostaną zmiażdżone. Elizabeth siedziała już przy stole, na którym rozłożyła książki do nauki. Krzesło dla mnie czekało odsunięte od blatu.

– Siadaj, Simeonie. Musimy dziś wiele się nauczyć.

Usiadłem na przygotowanym krześle.

– Chyba traktujesz mnie dziś chłodno. Z powodu wczorajszego zdarzenia?

– Tak, masz rację – odpowiedziała opryskliwym tonem. – Przekroczyłam wczoraj granicę, która powinna dzielić profesjonalnego nauczyciela od ucznia. Obiecuję ci, że to się więcej nie powtórzy.

– Ale przecież byłaś dla mnie miła. Zachęcałaś mnie, żebym mówił, co czuję…

– Wiem, co zrobiłam, i było to niedopuszczalne. Och, Simeonie, jesteś taki młody, a moim zadaniem jest rozwijać twój charakter, a nie wprawiać w zakłopotanie i onieśmielać.

– Nie jestem zakłopotany. Kocham cię.

Była wyraźnie zaskoczona. Minęła dłuższa chwila. Pokręciła głową.

– Jesteś zbyt młody, żeby cokolwiek wiedzieć o miłości. Sięgnij po książki, proszę.

– W jakim wieku musi być mężczyzna, żeby stać się zdolnym do miłości? Możesz mnie tego nauczyć?

Zignorowała moje pytanie i wzięła do ręki książkę.

– Zostawiłam w twoim pokoju egzemplarz *Królowej Mab* Shelleya. Przeczytałeś?

– Nie chcę rozmawiać o jakimś głupim poecie!

– Nieważne, czego chcesz. Pan Profesor życzy sobie, żebym poprowadziła z tobą lekcje na temat kultury oraz sztuki, i to jest wszystko – zaakcentowała to słowo – co zamierzam z tobą robić. – Wstała z miejsca tak gwałtownie, że przewróciła krzesło. – Czy może mam stąd wyjść i powiedzieć mu, że odmawiasz lekcji ze mną?

Zacząłem się podnosić.

– Nie wstawaj z miejsca. Jaka więc jest twoja odpowiedź? Kontynuujemy naukę zgodnie z planem czy mam iść do Profesora?

Ogarnęły mnie tak wielka złość i frustracja, że nie mogłem wydusić z siebie nawet słowa. Czułem tylko, jak zaciskają się moje pięści, a w głowie słyszałem głos, żebym w coś nimi walnął. Miałem ochotę połamać stół, podrzeć wszystkie książki i cały ten salon rozwalić na tysiąc kawałków.

Elizabeth podniosła swoje krzesło i położyła drżącą dłoń na jego oparciu.

– Kontynuujemy czy nie, Simeonie?

– Kontynuujemy – odpowiedziałem. Rozsądniejsza część mnie uznała, że lepsze to niż tłumaczenie się przed Moriartym z własnej głupoty.

– Dobrze.

Usiadła. Przysunęła krzesło bliżej stołu.

– Czytałeś poezję, którą ci zostawiłam?

Nie potrafiłem podnieść na nią wzroku. Spojrzałem na swoje zaciśnięte pięści i powoli wyprostowałem palce. Jak ona mogła mi to zrobić? Mój nastrój szybował wyżej niż wierzchołki drzew, na które wczoraj się wspinałem, a potem w jednej chwili poczułem się gorszy i bardziej żałosny od najmniejszego, najohydniejszego robaka na tym bożym świecie.

– Czy przeczytałeś książkę, Simeonie?

Spojrzałem na nią.

– Tak. Czytałem w niej o śmierci oraz o śnie i chciałbym, żeby pochłonęło nas teraz albo jedno, albo drugie. Cokolwiek byłoby lepsze niż to.

– Czy zrozumiałeś poemat?

– Częściowo. Ale większość nie miała dla mnie sensu. Było tam zbyt wiele słów, których nigdy nie słyszałem, żebym mógł złożyć je w jakąś historię.

– Pozwól zatem, że wszystko ci objaśnię. Shelley zestawia szekspirowską wróżkę królową Mab z duchem swojej pierwszej córki Ianthe. Wykorzystując swoją moc, Mab zabiera go w podróż w czasie. Pokazuje mu zło kwitnące w instytucjach, które się wydają dobrymi, jak religia, handel czy monarchia.

– Wcale nie o tym pomyślałem, zupełnie nie.

– A twoim zdaniem o czym opowiada ten poemat, Simeonie?

– O mądrej, pięknej kobiecie, która rozbudziła cudowne, ale przerażające uczucia w głupim i nieobytym młodym mężczyźnie. O tym, że potrafiła dostrzec, jaki jest naprawdę i kim mógłby się stać, gdyby tylko mu pozwoliła, gdyby mu pomogła.

Elizabeth nie odpowiedziała od razu. Przez tę sekundę milczenia widziałem, że moje słowa ją dotknęły, że stopiły trochę jej chłód.

– Nie – stwierdziła w końcu bez przekonania. – Nie o tym jest ten poemat. Z całą pewnością.

11 DNI DO EGZEKUCJI

NEWGATE, 7 STYCZNIA 1900 ROKU

KIEDY DRZWI CELI się zamknęły, a strażnicy oddali się swoim niedzielnym obowiązkom, wyjąłem gwóźdź spod bielizny i oglądałem go z zachwytem, który niewielu przede mną czuło do takiego pospolitego przedmiotu.

Ścisnąłem go w pięści. Miał mniej niż połowę grubości małego palca i nie był zardzewiały, co sugerowało, że został wyniesiony z magazynu, a nie wyciągnięty z jakiejś starej deski. Słusznie czy nie, ale skłonny byłem w związku z tym sądzić, że trafił do mnie od kogoś, kto mógł swobodnie wychodzić z więzienia i do niego wracać. Poza murami więzienia gwóźdź byłby użyty tylko w jeden sposób, a trwałoby to kilka sekund. Zostałby przyłożony w określonym miejscu do drewna, ustawiony równo między palcem wskazującym a kciukiem, a potem wbity tak płasko, że stałby się prawie niewidoczny. Na tym zakończyłoby się jego życie.

Ale w tym nieszczęsnym miejscu taki skromny gwóźdź żył dużo więcej niż raz i miał różne zastosowania. Mógł przebić ludzką szyję. Wydłubać komuś oko. Nakłuć skroń. Prześlizgnąć się między żebrami. Kto wie, czy nawet nie posłużyć za wytrych, a przy odrobinie cierpliwości i pewnej wprawie obruszać kratę w oknie.

Chociaż tak wielką miał wartość, nie mogłem przez cały czas nosić go przy sobie. Regularnie przeprowadzane kontrole osobiste w końcu by go ujawniły. Musiałem więc gdzieś schować ten skarb.

Moje oczy wodziły po zawilgoconych ścianach celi, dopóki nie znalazłem idealnego miejsca: małej szczeliny między futryną drzwi a cegłami, w miejscu, gdzie lata wibracji wywoływanych trzaskaniem zrobiły swoje. Kawałeczek przestrzeni na tyle duży, żeby pomieścić mój skarb, a jednocześnie wystarczająco mały, żeby się nie rzucać w oczy.

Gwóźdź wpasował się tam idealnie.

Pierwszy raz w Newgate chciałem, żeby dzień się skończył jak najszybciej. Tęskniłem za nadejściem nocy, kiedy leniwi klawisze dodatkowo zabezpieczą nasze cele na noc, a potem aż do świtu będą leserować i pić.

A kiedy słońce w końcu zaszło i chłód nocy wczołgał się na moją podłogę, Bóg okazał się dla mnie dobry, zsyłając do mojego piekła na ziemi wystarczająco dużo światła księżyca, żebym widział, co robię, kiedy wsunąłem czubek gwoździa w otwór dużego zamka spinającego kajdany na moich nogach.

Kilka godzin później pokonałem mechanizm.

Łańcuch leżał luźno przy moich stopach, a ja, mimo zamkniętych drzwi i zakratowanego okna, poczułem się wolny. Rozprostowałem kości, rozkoszując się możliwością swobodnego ruchu. Nawet się uśmiechnąłem.

Wiedziałem jednak, że moja radość jest złudzeniem. Drzwi były nie tylko zamknięte na zamek, ale też zaryglowane od zewnątrz. Przesunąłem palcami po metalowej powierzchni, czyszcząc ją z brudu. Pomyślałem, że będę musiał zaskoczyć klawisza i posłużyć się gwoździem jak bronią. To oznaczało, że powinienem siedzieć na pryczy w taki sposób, żeby pokazywać łańcuchy, ale ukryć fakt, że nie są zapięte. Potem się rzucę, przystawię szpic gwoździa do gardła klawisza, zmuszę go, żeby się rozebrał i oddał mi mundur oraz klucze, a następnie zwiążę go, zaknebluję i spokojnie wyjdę z celi, podobnie jak człowiek, który chciał mnie zamordować.

Oszukiwałem sam siebie.

Klawisze nigdy nie wchodzili do celi pojedynczo. Zawsze było ich przynajmniej dwóch. Poza tym nie miałem czym ich związać ani zakneblować. Mógłbym oczywiście podrzeć prześcieradło leżące na sienniku, ale to zostałoby odkryte niemal natychmiast, musiałbym więc oddartych pasów użyć natychmiast.

Największą szansę, żeby się wydostać z celi, dawało mi przebicie się przez ścianę albo przez okno i zaskoczenie kogokolwiek, kto stanąłby potem między mną a światem zewnętrznym, zanim podniesiono by alarm.

W świetle księżyca obejrzałem małe okno nad głową, podskoczyłem i chwyciłem się pręta. Zawisłem, trzymając go jedną ręką, podczas gdy drugą skrobałem otaczające żelazo cegły.

Utrzymywanie się przy kracie przy jednoczesnym napieraniu na gwóźdź okazało się prawie niemożliwe. Te dwie czynności wzajemnie się wykluczały. Albo naciskałem zbyt silnie i spadałem, albo skrobałem zbyt delikatnie, przez co rezultaty były żadne.

Złościło mnie, jak szybko się męczę. Jak słabe się stały moje mięśnie. Nie zamierzałem jednak się zniechęcać. Okno łatwo się nie poddało, ale miałem jeszcze przecież setki cegieł do sprawdzenia.

Niestety nie tej nocy.

Wyczerpany i wściekły wsunąłem gwóźdź do szpary przy futrynie, zapiąłem obręcze mocujące łańcuchy do moich nóg i opadłem na pryczę.

Księżyc przewędrował na niebie. Minęła północ. Upłynęła kolejna doba. Policzyłem czas, który mi został.
Dziesięć dni.
Dwieście czterdzieści godzin do egzekucji.

DERBYSHIRE, LISTOPAD 1885 ROKU

ZIMA NADCIĄGAŁA SZYBKO. Grube drzewa, które w letniej zieleni cętkowały światło dnia, teraz na tle ponurego nieba wyglądały jak czarne szkielety.

Zmianom przyrody towarzyszyły równie ostre zmiany osobowościowe. Emocjonalnie, psychicznie i umysłowo stawałem się innym człowiekiem. Dobre odżywianie i warunki życiowe wzmacniały mnie fizycznie, a lekcje zalecone przez Profesora rozwijały mnie tak bardzo, że wcześniej nawet bym sobie tego nie mógł wyobrazić. Niewiele się zastanawiałem nad szczodrością Moriarty'ego, uznawszy ją za zrządzenie losu, który się do mnie uśmiechnął. Przez wiele kolejnych lat nie miałem pojęcia, że Profesor działał z pobudek egoistycznych.

Niestety Elizabeth z uporem trwała w postanowieniu, że nigdy więcej nie przekroczy granicy między uczniem a nauczycielem. Zabrała mnie za to w daleką podróż do świata kultury, w którym poznałem nie tylko twórczość jej ukochanego Shelleya oraz Szekspira, ale też zasady kulturalnego zachowania się przy stole, picia i prowadzenia rozmowy w wyższych sferach. Nauczyłem się trochę tańczyć walca i dużo słuchać, udawać zainteresowanie najnudniejszą konwersacją oraz wyrażać dezaprobatę w sposób dyplomatyczny. Elizabeth pokazała mi, jak korzystać ze słowników, pisać listy w sprawach handlowych i jak się profesjonalnie zachowywać podczas spotkań w interesach.

Dowiedziałem się też wiele o herbacie.

Tak, o herbacie, jakby nie było tematów ważniejszych. Cenne listki okazały się największą miłością Elizabeth. Żeby choć trochę się zbliżyć do jej serca, wykorzystując nowo nabyte umiejętności towarzyskie, z demonstracyjnym oczarowaniem słuchałem opowieści o herbaciarniach w ogrodach Vauxhall i Ranelagh, gdzie najwidoczniej lubiła spacerować letnimi popołudniami. Z wielkim zaskoczeniem usłyszałem, że zwyczaj dawania napiwków wymusili przepracowani kelnerzy, zwlekając z obsługą klientów, dopóki nie usłyszeli brzęku monet w ustawionej przy ich stoliku puszce z etykietą „na piwo".

Choć podobne chwile bliskości między nami były rzadkie, nie upłynęła nawet jedna lekcja, żebym nie wspominał tamtego pocałunku, który ona tak boleśnie dla mnie nazwała pomyłką.

Całkowitym przeciwieństwem spotkań z Elizabeth było brutalne szkolenie, które prowadził ze mną Michael Brannigan. Pod jego kierunkiem od duszenia gołymi rękami królików przeszedłem do unicestwiania kurcząt, świń, krów, a nawet byków.

Opanowałem delikatną i cichą sztukę duszenia. Dowiedziałem się, że wywierając odpowiedni nacisk na drogi oddechowe, mogę zabić nawet najpotężniejszego przeciwnika, choćby miał cztery nogi i niezłomną wolę przebicia mnie rogami.

Nauczyłem się nawet lubić Brannigana. Podziwiałem jego siłę i biegłość. Używał dłoni tak jak rzemieślnik pudełka pełnego cennych narzędzi przekazywanego z ojca na syna. Chwyty. Dźwignie. Blokady. Jego ręce potrafiły to i znacznie więcej. A jego mózg działał zawsze szybciej niż jakikolwiek cios, który mógłbym wymierzyć. Walczył niczym szachista, przewidując dwa kolejne posunięcia przeciwnika. Kiedy ścieraliśmy się na treningach, zawsze był kilka ruchów przede mną.

Po zajęciach często wracaliśmy do domu razem, rozmawiając o wędkowaniu i polowaniach, które sobie urządzał w majątku Moriarty'ego. Nie przepadał za miastami. Londynu nie lubił, a Paryża i Rzymu, które także odwiedzał, wręcz nienawidził „z powodu dziwacznych zwyczajów, które tam panowały". Nade wszystko jednak nie znosił Chińczyków.

– Podstępne bydlaki! Bez wyjątku wszyscy – zapewniał, nie podając żadnego uzasadnienia dla swoich ocen.

Przy jednej z takich okazji, kiedy wracaliśmy po zajęciach do domu, wyszedł nam naprzeciw Profesor.

– Wybacz, proszę, że wam przerywam, Michaelu. Mam nadzieję, że lekcja z Simeonem dobiega już końca, ponieważ pilnie potrzebuję jego pomocy.

– Na dzisiaj skończyliśmy, panie Profesorze – odpowiedział Brannigan. – Chłopak ma za sobą dzień ciężkiej pracy, wciąż jednak zostało mu dość energii, żeby wykonywać pańskie polecenia.

– Doskonale! – Moriarty przeniósł wzrok na mnie. – Chodź ze mną na dziedziniec, Simeonie.

Po drodze wyjaśnił powód, dla którego mnie szukał.

– Panna Breed musiała się zająć pewnym problemem, który wyniknął w relacjach z naszym chińskim kontrahentem, przez co wróci później, niż planowała. Oznacza to, że nie może wykonać zadania, które zamierzałem jej powierzyć.

– Czy ten chiński wspólnik to rodzina Chanów, panie Profesorze?

– Kto to jest, nie powinno cię teraz obchodzić.

– Ale oni są pańskimi wrogami, prawda?

– Każdy, kto się nie zalicza do moich najbliższych przyjaciół, w mniejszym lub większym stopniu jest moim wrogiem. A teraz przestań się rozpraszać, tylko się skup, bo zadanie czeka.

Moriarty zaprowadził mnie na dziedziniec, gdzie czekała gotowa do drogi kareta. Wewnątrz siedział przystojny jednonogi mężczyzna, którego poznałem w oranżerii.

– Wsiadaj, proszę – ponaglił mnie Profesor. – Alexander poinstruuje cię po drodze.

Wszedłem do karety i natychmiast ogarnął mnie zapach pastowanej skóry. Moriarty zatrzasnął drzwi, klepnął woźnicę w nogę i pojazd ruszył z szarpnięciem.

Kiedy konie nabrały prędkości i utrzymywały jednostajne tempo, młody Amerykanin sięgnął po worek, który leżał przy nim na podłodze. Kalectwo sprawiło, że podniósł go z pewnym trudem, po czym mi podał.

– Tutaj znajdziesz wszystko, co potrzebne.

Rozwiązałem sznurek. Wewnątrz zobaczyłem czyściutki rewolwer ze lśniącą lufą i wypolerowanym drewnianym chwytem, a także proch, kule i zrolowany pergamin zapieczętowany czerwonym woskiem.

– To remington – wyjaśnił Alexander. – Profesor i ja przywieźliśmy kilka sztuk z naszej ostatniej podróży do Nowego Jorku. Wiesz, jak używać takiej broni?

Odciągnąłem kurek, a następnie wycelowałem rewolwer w jego głowę.

– To normalna broń rozdzielnego ładowania, kula z niej może zabić człowieka, prawda?

Cofnął się.

– Tak.

– W takim razie umiem się nią posługiwać.

Zza podniesionych dłoni błagał:

– Na Boga, obchodź się z tym ostrożnie!

– Tak właśnie mam zamiar postępować. – Opuściłem kurek, po czym schowałem rewolwer z powrotem do worka. – Możesz go zatrzymać. Nie zamierzam odbierać nikomu życia.

Dłonie, którymi się ode mnie odgradzał, opadły.

– Raczej nie będziesz musiał. Broń spakowano na wszelki wypadek. Jedziemy do położonego w Warwickshire majątku, który należy do pewnego angielskiego arystokraty.

– Do kogo?

– Lorda Graftbury z małżonką.

– Dlaczego tam jedziemy?

– Dlatego, że właśnie przyjechał z wizytą do nich oraz ich okropnie nieuprzejmej i wysoce antypatycznej córki Victorii pewien francuski arystokrata nazwiskiem Thierry de Breton. – Alexander zaczął się entuzjazmować swoją opowieścią. – Najprawdopodobniej właśnie dziś wieczorem w posiadłości państwa Graftburych monsieur de Breton poprosi o rękę Victorii.

– I co mam zrobić, zastrzelić go?

– Wielkie nieba, nie! Masz ukraść wyjątkowo cenną biżuterię, podczas gdy rodzina zajmie się omawianiem przyszłego małżeństwa. Chodzi o diadem króla Jana, który jest i piękny, i cenny, bo wykonany z niezliczonej ilości pereł osadzonych w złocie i ozdobionych otokiem z krwistoczerwonych rubinów zwieńczonych idealnym brylantem nad czołem. Swoją drogą wszystko wskazuje na to, że sam król Jan był genialnym złodziejem.

– Naprawdę? – zapytałem obojętnym tonem.

– Nasz drogi Jasio wyłamywał kamienie z klejnotów rabowanych przez jego rycerzy i kazał z nich potem wyrabiać nową biżuterię, z której najpiękniejsze były diademy przeznaczone dla jego kochanek. Ten, o który nam teraz chodzi, jest ostatnim w obiegu.

Wpatrywałem się w torbę leżącą u moich stóp.

– Jakie są więc oczekiwania wobec mnie i tego rewolweru? Czy mam przedrzeć się przez pomieszczenia dla służby, wymachując bronią niczym jakiś idiota przy drodze i krzycząc: „Pieniądze albo życie!"?

Alexander się uśmiechnął.

– Nie. Niech zachowają pieniądze, a jeśli będziesz rozsądny, także i życie. Jak już mówiłem, trzeba ukraść tylko jedną rzecz. Dostaniesz także dobrą pomoc.

– Od kogo i jaką?

– Od samego monsieur de Bretona, który jest ci znany jako niejaki Sirius Gunn. – Uniósł brew, przekazując mi tę rewelację. – Niczym wierny pies nasz dobry przyjaciel chodził za lady Victorią przez prawie rok. Teraz nadszedł odpowiedni moment. Zapukasz do drzwi rezydencji i powiesz, że przyjechałeś z jego domu w Londynie, ponieważ francuski posłaniec dostarczył tam te zapieczętowane dokumenty z poleceniem, żeby natychmiast trafiły do rąk własnych Bretona. – Gestem dłoni wskazał worek podróżny. – List nakazuje mu jak najszybciej wracać do rodzinnej posiadłości we Francji w związku z chorobą jego ojca. Sirius oznajmi gospodarzowi, że potrzebuje chwili samotności, aby dojść do siebie, a potem skreślić kilka słów odpowiedzi. Zostaniesz zaprowadzony do gabinetu i tam, gdy zostaniecie sami, Sirius przekaże ci diadem. Wsuniesz pudełko do worka i wyjdziesz.

– To wszystko?

– Tak.

– Po co więc broń?

– Nawet najprostszy plan rodzi czasem najbardziej skomplikowane problemy. Lepiej być przygotowanym na taką ewentualność.

Wyglądało na to, że nie mam wyboru, tylko muszę zrobić to, czego się ode mnie oczekuje. Decyzja o użyciu broni należała ostatecznie do mnie. Poza tym skok mógł dać mi okazję, o jakiej od dawna marzyłem. Mogłem ukraść klejnoty i uciec w góry.

– Zastanawiam się właśnie, czy ty także nie masz żadnego wyboru i musisz robić to, co ci każe Profesor – oznajmiłem.

– Zawsze jest jakiś wybór. – Odwrócił głowę do okna, za którym rozmazywał się nocny krajobraz. – Jeśli chcesz, żebym zatrzymał karetę i dał ci okazję do ucieczki, to mogę tak zrobić.

– A potem co?

Wzruszył ramionami.

– Mógłbym dać ci minutę albo dwie, gdybym oznajmił, że poszedłeś się wypróżnić. Potem albo ja musiałbym wszcząć alarm, albo zrobiłby to woźnica, wyruszyłaby za tobą pogoń i zostałbyś odnaleziony.

Spojrzałem na jego nogi.

– A ty byś uciekł, gdybyś mógł?

– Nie, bo wcale tego nie pragnę. Profesor się mną opiekuje, zapewnia mi warunki do życia i szacunek, jakich nie znalazłbym nigdzie indziej.

– A w zamian za to wykonujesz dla niego takie zadania jak to?

– Takie jak to i wiele innych. Jestem wykwalifikowanym prawnikiem, ale żadna nowojorska czy londyńska kancelaria nie chce zatrudnić kaleki, skutkiem czego Profesor może korzystać z usług profesjonalisty, który nie tylko zna prawo w Ameryce i tutaj, ale też chętnie pomaga mu je łamać.

– Więc ty także masz ten tatuaż?

– Tatuaż? – Spojrzał na mnie ze zdziwieniem. – Jaki znowu tatuaż?

– Dobrze wiesz, o czym mówię. – Wskazałem ręką na biceps w miejscu, gdzie tatuaż widziałem u Brannigana. – Trójkąt z kropelką krwi.

Najwyraźniej się rozzłościł.

– Skoro wiesz o tatuażu, to musisz sobie zdawać sprawę, że go nie mam, bo nie mogę mieć. Po co więc pytasz? – Położył dłoń na kikucie nogi. – Żeby mnie poniżyć? Naśmiewać się z mojego kalectwa?

– Nie. Nie miałem zamiaru cię urazić.

– W takim razie wnioskuję, że wiesz o tatuażu, ale nie rozumiesz, co symbolizuje. Czy mam rację?

– Widziałem tatuaż na ramieniu Brannigana. Powiedział, że symbolizuje braterstwo, i omal mnie nie zabił, kiedy z tego zadrwiłem.

Alexander powstrzymał się od śmiechu.

– Naprawdę chciał cię zabić? No cóż, zdaje mi się, że byłoby to właściwe, zważywszy na okoliczności.

– Okoliczności?

Jego rozbawienie nagle prysnęło.

– Zarówno trójkąt, jak i krew powinny ci dać do myślenia. Ale dość już powiedziałem. Wracamy do spraw, które nam obydwu powierzono. Jesteś skłonny wziąć udział w tym przedsięwzięciu? Czy może wolisz, żebym zatrzymał karetę, abyś mógł użyć wykrętu o słabym pęcherzu i uciec w góry?

9 DNI DO EGZEKUCJI

NEWGATE, 9 STYCZNIA 1900 ROKU

Dziś rano odbyła się egzekucja przez powieszenie. Przeprowadził ją James Billington, ulubieniec Johncocka.

Louise Masset – tak brzmiało jej nazwisko. Ale mówiono o niej „Dzieciobójczyni".

Morderstwo będzie prawdopodobnie jedynym, co zostanie jej zapamiętane. Nikt nie będzie wspominał ślicznej dziewczynki, do której matka przemawiała czule, nosząc ją na rękach. Ani słodkiego dziecka z wielkimi oczami pełnymi pragnień i nadziei. Ani nawet romantycznej nastolatki marzącej skrycie o znalezieniu mężczyzny, który pojmie ją za żonę i stworzy z nią rodzinę. Nie. Louise Masset zapisze się w pamięci jako dzieciobójczyni, którą została.

Wiadomość o jej egzekucji dotarła do mnie przez Boardmana i Bakera, dwóch najbardziej zaufanych kolesi Johncocka. Weszli do mojej celi późnym rankiem, nogi zakuli mi w kajdany do chodzenia, a ręce za plecami.

– Pan Billington świetnie sobie poradził z tą suką – rozpromienił się Boardman, po czym podrapał swoją rudą brodę, jakby miał wszy. – Pan Billington to prawdziwy artysta. Prawdziwy!

– To przyjemność oglądać taką egzekucję – dodał Baker. – Prawdziwa przyjemność.

Naiwnie zakładałem, że zabierają mnie na Dziedziniec Kamieni, żebym tam odbył spacer na powietrzu – pierwszy od dnia uwięzienia – ale kiedy skręciliśmy za róg, a oni otworzyli żelazną kratę, zaczęło do mnie docierać, jaki ponury plan realizują.

– Witamy w sali egzekucyjnej – oznajmił Boardman z szerokim uśmiechem. – Jak ci się podoba nasza szubienica? Jest najpiękniejsza w całej Brytanii.

Wpatrywałem się w drewniany podest z jasnych desek. Nad nim unosiła się oparta na pojedynczym słupie belka. Liny nie było, widziałem jednak żelazne obręcze, przez które ją przewlekano. Za namalowanymi na podeście szerokimi białymi liniami znajdowała się zapadnia, teraz złowieszczo otwarta. Pod nią leżały wiązki słomy spłaszczone w miejscu, gdzie runęło martwe ciało Louise.

Obok snopków stał wielki worek ciasno ubitego piachu podobny do tych, w które uderzałem, ucząc się boksu. Ten jednak służył innemu celowi: wieszano go na linie przed rozpoczęciem egzekucji, żeby ją całkowicie wyprostować.

Mało jest na tym świecie rzeczy, na których widok zaniemówiłem, teraz jednak tak się właśnie stało. Oto miałem przed oczami miejsce, w którym umrę. Niewielu ludzi tak dokładnie wie, gdzie, kiedy i w jaki sposób zakończą życie. Jeszcze nawet mniej jest takich, którym wiadomo, co dokładnie usłyszą w ostatniej minucie swojego istnienia.

– Billington zostawił ją na stryczku przez prawie czterdzieści pięć minut – dodał chudy młodzieniec.

– Standardowy czas – zauważył starszy klawisz, zadowolony z okazji, żeby się pochwalić doświadczeniem. – Chociaż ostatnio bywało, że odcinali ich po kwadransie. Chyba że lina oderwała im głowę, bo wtedy lądowali na dole dużo szybciej. – Obydwaj zarechotali.

Baker szturchnął mnie, jakbyśmy byli dobrymi kumplami.

– Wyglądała jak z obrazka, kiedy ją wprowadzili tam na górę. Słodka jak brzoskwinka w sukience prosto z pralni.

– Jakby chciała zatańczyć – żartował Boardman i zamachał dwoma palcami, pokazując, jak wierzgała nogami, kiedy zawisła na stryczku. – Ale przestała być taka ładniutka, kiedy najpierw zrobiła się fioletowa, a potem się zesrała.

Znów się zanosząc śmiechem, Baker wskazał na ręczny wózek w rogu pomieszczenia.

– Po tym krótkim występie mademoiselle oddaliła się w tej karecie. Prawdziwe *o la la*!

– Chociaż zabraliśmy ją do koronera, a nie do tego francuskiego kochanka, dla którego zabiła swoje malutkie dziecko. – Boardman popchnął mnie w stronę wózka. – Może spróbujesz, czy też się tam zmieścisz, Lynch. Niedługo cię tam włożymy.

Przerwałem milczenie.

– Leżałem już w gorszych miejscach. Idę o zakład, że twoja żona wolałaby się położyć tutaj ze mną, niż leżeć w najwygodniejszym łóżku z tobą.

– Uważaj, co mówisz! – warknął. – Bo mogę zapomnieć, że jestem odpowiedzialny za twoje zdrowie i życie, a wtedy spotka cię jakaś poważna krzywda.

Stanąłem gotowy do walki.

– Spróbuj!

Zmierzył mnie wściekłym wzrokiem. Miał spojrzenie prawdziwego zabijaki. W jego oczach lśnił gniew człowieka, który jest gotów spełnić swoje przechwałki.

– Na co czekasz? Zrób to! Mam skute ręce i nogi, jeśli więc świerzbi cię, żeby mnie uderzyć, to spróbuj i zobacz, co się wydarzy.

Przełknął. Wątpliwości przeszły przez jego gardło tak jak kawałek odgryzionego jabłka.

– Tak myślałem. To może mi chociaż powiedz, co z moim spacerem.

Młody Baker szarpnął za łańcuch przy kajdankach skuwających moje ręce.

– Będziesz miał swój spacer. – Odwrócił mnie i zaczął ciągnąć wzdłuż długiego korytarza. Skręciliśmy za róg, a tam przycisnął mnie do ściany.

Zabrzęczały klucze i zgrzytnęły w zamku.

Boardman szeroko otworzył drzwi.

– To jej cela, Lynch. Nora tej suki.

Pomieszczenie było ponure i puste. Koc – jedyny komfort, który miała podczas swojej ostatniej nocy – leżał zmięty na podłodze. Z łatwością mogłem sobie wyobrazić, jak Louise Masset go trzyma. A potem rzuca ostatni raz, wstaje i wychodzi.

– Czujesz jej strach? – zapytał Baker. – Czujesz? – Twarz wykrzywiał mu odrażający grymas przyjemności. – Bo ja tak. Zapach umierającego jest ostry jak szczyny. A przy tym taki silny i trwały, że niczym się go nie da zmyć.

Boardman szarpnął łańcuchami przy kajdankach, podnosząc do góry moje ręce.

– Wąchaj go! – rozkazał. – Świnie lubią wąchać gówno innych świń. Na co czekasz, wąchaj! Niech twój świński ryj napełni się jej smrodem, morderco!

Powiedział za dużo. Tyłem głowy walnąłem go w nos. Chrząknął z bólu, splunął krwią, a potem się uśmiechnął.

– Dziękuję ci, Lynch. Właśnie dałeś mi pretekst, którego potrzebowałem.

Kopnąłem go piętą w piszczel, ale niestety nie dość silnie. Boardman zdzielił mnie w skroń. Od potężnego ciosu zadzwoniło mi w uchu. Zignorowałem ból i rzuciwszy się z całej siły do tyłu, przewróciłem go na podłogę.

– Atak na strażnika! – wrzasnął Baker. – Atak na strażnika! – Dmuchnął z całej siły w gwizdek.

Odwróciłem się.

Boardman już się podniósł i zaczął na mnie iść.

Kopnąłem go kolanem między nogi.

Spomiędzy jego zębów z sykiem wyleciało powietrze.

Oparł się o ścianę, zasłaniając dłońmi krocze. To było głupie posunięcie, ponieważ w ten sposób bez osłony pozostawił twarz.

Znów uderzyłem go głową. Poczułem na czole połamane zęby.

Boardman upadł na kamienną podłogę, głośno jęcząc. Natychmiast rzuciłem się obok niego i jednym ruchem ustawiłem stopy po obydwu stronach jego szyi.

Chwycił mnie za kostki, ale było już za późno: uwięziłem jego głowę w pułapce.

Obróciłem biodra, rozpoczynając ruch, który w najgorszym wypadku pozbawiłby go przytomności – a w najlepszym życia.

Poczułem uderzenie pałką w głowę. Chwyciło mnie wiele rąk. Palce zacisnęły się na moich policzkach i włosach, przekręciły moją głowę i ściągnęły mnie z niego. Zmuszono mnie, żebym wstał, i wepchnięto do celi Louise. Łańcuchy przy nogach omal nie zwichnęły mi kostek. Uderzyłem brodą o podłogę, przegryzając dolną wargę.

Przygwoździł mnie ból. Za sobą słyszałem hałas, który najpierw bulgotał powoli, a potem się zamienił w pełne krzyków i gwizdków wrzenie. Wściekłe głosy wrzeszczały na siebie i wzywały wsparcia.

Potem zapadła cisza.

Cudowna cisza. Jak makiem zasiał.

Ktoś opanował sytuację. Mądrzejsi odkryli, że Baker i Boardman nie mieli zgody dozorcy więzienia na naszą miłą wycieczkę, teraz więc się rozpęta piekło. Siwe głowy zaczną rozmyślać, jak by tu się uwolnić od odpowiedzialności za taką sytuację i zatuszować wszystko, co właśnie się wydarzyło.

Pokonując ból, zdołałem się obrócić i oprzeć o ścianę. Naprzeciwko mnie stała prycza Louise.

Na ten widok zacząłem się zastanawiać, jak upłynęła jej ostatnia noc. Czy biedna kobieta chociaż zmrużyła oko? A może przez cały ten czas się modliła? Jakie były jej ostatnie myśli, kiedy przyszli, żeby ją zaprowadzić na szubienicę?

Silnie przycisnąłem plecy do ściany i zdołałem się podźwignąć. Na ustach czułem ściekającą z czoła krew. Pomyślałem o złamanych zębach Boardmana i splunąłem. Wyprostowałem się i wziąłem kilka głębokich oddechów, żeby nad sobą zapanować.

I wtedy stała się rzecz najmniej oczekiwana.

Usłyszałem przekręcający się w zamku klucz, ale nie odwróciłem głowy. Moją uwagę przykuł świetlisty kształt w przeciwległym końcu celi. Młoda kobieta w białej sukience siedziała na pryczy. Przyciskała do piersi koc. Od razu zrozumiałem, dlaczego tak go do siebie tuli. Obszarpana tkanina pozwoliła jej po raz ostatni doznać ciepła i miękkości. Tylko ta tkanina nie reagowała na nią odrazą, a nawet dawała tę odrobinę ciepła i komfortu jej skórze i kościom.

– Wchodzimy do celi, Lynch! – krzyknął któryś klawisz.

– Nie chcemy żadnych problemów – dodał inny.

Ale ja nie odrywałem oczu od siedzącej na pryczy kobiety. Miała białą twarz i oczy pełne łez, ale się do mnie uśmiechała. Było w tym uśmiechu i współczucie, i zrozumienie.

– Wyjdź spokojnie, a nie zrobimy ci krzywdy – obiecywał klawisz. – Nikt nie chce ci za nic odpłacać. Odprowadzimy cię tylko do twojej celi.

Kobieta upuściła koc, uniosła się jak balon i zniknęła. Został po niej podmuch zimnego powietrza.

Ciężkie dłonie chwyciły mnie za ramiona. Wywlokły mnie z jej celi. Chociaż otaczała mnie masa spoconych i dyszących klawiszy, ja czułem tylko wywołujący dreszcze chłód pozostawiony przez białą zjawę.

Kiedy opuściliśmy korytarz z celami dla kobiet, klawisze złagodnieli i pozwolili mi swobodnie iść między nimi.

– Jak Louise zachowywała się na szubienicy? – zapytałem młodego mężczyznę, którego nie widziałem nigdy przedtem.

– Weź się, kurwa, zamknij! – wrzasnął mi prosto w ucho.

Odpowiedzi udzielił starszy, spokojniejszy głos.

– Stała spokojnie, z podniesioną głową. Myślę, że zaakceptowała to, kim jest, i pogodziła się z Bogiem.

WARWICKSHIRE, LISTOPAD 1885 ROKU

Koła karety miażdżyły żwir. Na zimnym nocnym niebie ubywający księżyc zdawał się lśnić od lodu. Zatrzymaliśmy się przed oświetlonymi lampą gazową drzwiami. Spojrzałem na Alexa i wyskoczyłem na zewnątrz. Konie parowały, parsknięciami wypuszczając w mrok białe oddechy.

Po dwóch uderzeniach mosiężnej kołatki pulchny, opryskliwy kamerdyner otworzył drzwi. Z wyłożonego boazerią pomieszczenia za jego plecami wypłynęło ciepłe światło i zapach pieczonego mięsa.

– W czym mogę pomóc? – Ton jego głosu wyraźnie sugerował, że powinienem był skorzystać z wejścia dla dostawców.

– Przyjechałem do pana de Bretona. – Sięgnąłem do worka po sfałszowany list. – Mam pilną przesyłkę do rąk własnych.

– Chwila – rzucił i zamknął mi drzwi przed nosem.

Minęło kilka minut, zanim drzwi ponownie się otworzyły.

– Możesz wejść – oznajmił kamerdyner.

Na końcu czarno-białej marmurowej szachownicy, która zdobiła podłogę, dostrzegłem Siriusa Gunna ubranego w smoking. Obok niego stała młoda brunetka z nosem garbatym jak dziób sępa, a naprzeciwko niej zobaczyłem jej starszą kopię u boku siwego korpulentnego mężczyzny po sześćdziesiątce.

Podniesionym głosem z progu odezwałem się do Siriusa.

– Przywiozłem list, który do pańskiego domu w Londynie dostarczył posłaniec z Francji, był jednak zbyt wycieńczony, żeby dotrzeć tutaj.

Sirius spojrzał na gospodarza, po czym z wyraźnym obcym, jak przypuszczałem francuskim, akcentem powiedział:

– Proszę mi wybaczyć, że muszę przerwać naszą rozmowę w najmniej odpowiednim momencie.

Lord Graftbury skinął głową i Gunn podszedł do mnie. Wręczyłem mu zapieczętowany pergamin. Złamał pieczęć i rozwinął rulon.

– *No! No! No!* – wykrzyknął. – *Mon papa!* – Zrozpaczony przycisnął pergamin do piersi.

– Co się stało, Thierry? – Jak na skrzydłach podleciała do niego właścicielka sępiego nosa.

Przekazał jej list, nadal pogrążony w smutku.

– Och, mój Boże! – wykrzyknęła i szybko pobiegła z powrotem do swoich rodziców. Stanęli tuż przy niej, kiedy tłumaczyła z francuskiego:

Ukochany synu mój i spadkobierco,
wiem, że przebywasz teraz z bliską Twemu sercu Victorią, dlatego z przykrością zakłócam tę jakże dla Ciebie ważną wizytę, najpilniej wszelako potrzebuję mieć Cię przy boku.

Choroba, która dotychczas ledwie świstem w płucach się objawiała, teraz odważniej sobie poczyna, niszcząc komórki i dech mi zapierając. Mam zostać przewieziony do sanatorium, poradzono mi jednak, żebym Cię do siebie wezwał.

Modlę się, żeby Bóg pozwolił nam się zobaczyć ten ostatni raz.

Twój kochający ojciec
Bertrand de Breton

Victoria była bliska łez, kiedy skończyła tłumaczyć. Matka czule ją przytuliła, ojciec zaś wziął od niej list i z poważną miną raz jeszcze go przeczytał.

Sirius powoli się otrząsał z zaskoczenia. Jakby przypominając sobie o dobrych manierach, zwrócił się do pana domu.

– Proszę mi wybaczyć, milordzie. Wyjdę na chwilę z tym posłańcem. Trochę ochłonę, a następnie wydam mu instrukcje i niech wraca. Naszą rozmowę, jeśli pan pozwoli, dokończymy później. – Zrobił zbolałą minę. – Chciałbym jeszcze wiele panu powiedzieć, a mam nadzieję, że z pańskim błogosławieństwem także lady Victorii. – Tak właśnie powinien pan postąpić – stwierdził siwy mężczyzna. – Ale nie ma potrzeby, żebyście pan i ten człowiek stali na łasce żywiołu. – Wskazał korytarz na lewo. – Proszę skorzystać z mojego gabinetu, tam dojdzie pan do siebie i skreśli odpowiedź. Giles panów zaprowadzi.

Poszliśmy za kamerdynerem do pokoju wypełnionego dębowymi meblami i dymem markowych cygar. Służący rzucił okiem na biurko lorda Graftbury'ego, upewniając się, czy nie leżą na nim jakieś poufne papiery. Zabrał kilka dokumentów i pieczęć rodzinną, po czym oznajmił:

– Pióro, atrament i papier leżą na biurku, proszę pana. Będę na zewnątrz, gdyby potrzebował pan moich usług.

– *Merci* – odparł Sirius. Poczekał, aż Giles wyjdzie, po czym sprawdził, czy kamerdyner dobrze zamknął za sobą drzwi.

– Otwieraj torbę! Szybko!

Poluzowałem sznurek, a Sirius rozpiął marynarkę. Z obszernej wewnętrznej kieszeni wyjął mały, silnie połyskujący diadem. Widziałem klejnot tylko przez chwilę, kiedy wkładał go do worka, ale zdążyłem zauważyć, że jest uderzająco piękny: cudowne połączenie srebra, brylantów, pereł i rubinów.

– Ile jest warty? – wyszeptałem, kiedy Sirius zawiązywał sznurek.

– Więcej niż twoje życie, lepiej więc bądź ostrożny. – Zostawił mnie i pośpiesznie usiadł przy biurku. Gęsim piórem sprawnie skreślił kilka słów do swojego umierającego ojca. Kiedy skończył, osuszył papier bibułą, skinął na mnie i powiedział cicho: – Otwórz drzwi. Możemy wychodzić.

Zgodnie z moimi i Siriusa przewidywaniami domownicy zebrali się w korytarzu. Na ich oczach Sirius przekazał mi list.

– Jedź szybko i bezpiecznie, bo wieziesz bezcenną przesyłkę – poinstruował mnie.

– Tak, proszę pana – zapewniłem, ruszając do drzwi.

– Poczekaj! – rozkazał lord Graftbury.

Zatrzymałem się w pół kroku.

– Daj Gilesowi swój worek podróżny.

Serce mi zamarło.

– No, dajże go, chłopcze! – Kamerdyner czekał z niecierpliwie wyciągniętą ręką.

Rzut oka na Siriusa wystarczył, żeby stwierdzić, że on także jest mocno zaniepokojony.

Giles się obrócił. Z wąskiego stolika w korytarzu wziął niewielkie zawiniątko.

– Kucharz przygotował dla ciebie trochę wędlin, ponieważ czeka cię długa podróż powrotna. Pozwól, że je włożę do worka.

– Nie mam czasu, proszę pana – odpowiedziałem i ruszyłem do drzwi.

Kiedy je otworzyłem, wchodząc w chłód nocy, usłyszałem jeszcze, jak Sirius przeprasza za moje nieeleganckie zachowanie.

Kareta stała nieprzyzwoicie blisko wyjścia, nie miałem więc możliwości ucieczki, nawet gdybym nadal chciał to zrobić. Zdawało mi się też, że pod czarną peleryną zasłaniającą ręce i nogi woźnica ma strzelbę.

Wsiadłem do powozu, westchnąłem z olbrzymią ulgą i konie ruszyły.

– Masz diadem? – zapytał Alexander.

– Tam jest – odpowiedziałem, wskazując na worek podróżny.

Podniósł go z podłogi, rozwiązał sznurek i zajrzał do środka.

– Cholera jasna! Gdzie on jest? – Potrząsnął workiem. – Nie ma go tutaj.

Wyrwałem mu worek. Miał rację. Diademu w środku nie było. Wyjąłem rewolwer. Ani śladu klejnotów. Zacząłem wpadać w panikę.

– Na pewno wypadł. Musimy się zatrzymać! – Moje dłonie gorączkowo szukały w tkaninie dziury, przez którą diadem mógł się wysunąć. Daremnie. – Zatrzymaj karetę, powiedziałem!

Alexander rozsiadł się wygodnie i pokręcił głową.

– Oblałeś swój pierwszy sprawdzian, Simeonie. – Mówił zimnym głosem pełnym rozczarowania. – Nie było żadnej kradzieży. Żadnego królewskiego diademu. Klejnot, który widziałeś w gabinecie, należy już do Profesora.

– Nie rozumiem.

– Dałeś się wyprowadzić w pole, mój przyjacielu. Nabieraliśmy cię od chwili, w której zostałeś poproszony o pomoc, aż do teraz. Wydarzenia wieczoru przebiegały mi przez głowę. Siedziałem nadal z workiem w ręku.

– Przecież widziałem, jak Sirius wkłada diadem do środka!

– Niczego takiego nie widziałeś! – Pochylił się do przodu, żeby wyrwać mi worek. – Zrobił fałdę w tkaninie. O, tak. – Zademonstrował. – Wsunął klejnot w tę fałdę i podniósł worek, kiedy ci go wręczał, żebyś nie mógł zajrzeć do środka. Kiedy go zawiązywałeś, on ukrył diadem w dłoni i wsunął do kieszeni. Powinieneś był sprawdzić, co zawiązujesz. Naprawdę powinieneś.

Nadal miałem wątpliwości.

– A rewolwer?

– Jest nabity miałem podobnym do prochu. Na wypadek, gdyby przyszło ci do głowy wycelować go we mnie i porwać karetę, żeby uciec.

– O tym nie pomyślałem.

– To się ciesz, że zabrakło ci wyobraźni. To oznaczałoby dla ciebie śmierć.

– A ci wytworni państwo? Lord i lady Graftbury?

– Och, oni są prawdziwi. Ale to przyjaciele Profesora, którzy lubią proponowane przez niego zabawy.

– Bydlaki!

– Profesor wynagradza ich od czasu do czasu którymś z ukradzionych dzieł sztuki, a Sirius nie stroni od łoża ich córki, wszyscy więc są ze współpracy zadowoleni.

Wcisnąłem się w róg karety, choć wolałbym się zapaść pod ziemię.

– Po co to wszystko? – Zrozpaczony wzruszyłem ramionami. – Dlaczego zostałem tak przemyślnie ośmieszony?

– Nikt nie zamierzał cię ośmieszać. W ten sposób się formujesz. Profesor życzy sobie sprawdzić twoje postępy i zdolności, to wszystko. Chce wiedzieć, czy jesteś gotowy.

– Do czego?

– Do tego, co dla ciebie przeznaczył. – Uśmiechnął się, jakby sugerując, że mógłby powiedzieć więcej, ale nie chce.

Rozsiedliśmy się wygodnie, każdy pogrążony w swoich myślach, niebawem jednak kołysanie karety i ciemność nocy utuliły nas do snu.

Było bardzo późno i niebezpiecznie ślisko, kiedy wróciliśmy do domu. Trzymałem się blisko Alexandra po drodze do drzwi, on jednak się upierał, że nie potrzebuje mojej pomocy. W holu życzyłem mu dobrej nocy i poszedłem prosto do łóżka. Ale nie mogłem zasnąć. Oblałem mój pierwszy sprawdzian.

Oblałem go w wyjątkowo żałosny sposób i rano spotka mnie za to gniew Profesora. Tej myśli nie mogłem znieść.

Po kilku niespokojnych godzinach ubrałem się i zszedłem na dół do kuchni. Panował w niej mrok, jeśli nie liczyć słabego migotania żaru dogasającego w palenisku pod kuchnią. Poszedłem tam, żeby ogrzać dłonie i rozgarnąć węgielki. Zauważyłem stojącą obok lampę i postanowiłem ją zapalić, a potem się pocieszyć kromką chleba z serem.

– To ty, Simeonie?

Surrey siedziała na podłodze, skulona w kącie.

– Co się stało? Nic ci nie jest?

Nie odpowiedziała. W świetle lampy dostrzegłem, że jest przebrana za obszarpanego chłopaka, jak wtedy, kiedy pierwszy raz zobaczyłem ją w Manchesterze. Jasny płomień sprawił, że zmrużyła oczy, a potem zasłoniła je dłonią, kiedy się zbliżałem.

Teraz widziałem znacznie więcej. Na podłodze leżał związany worek podróżny. Jej ręce pokrywała zaschnięta krew. Między nogami miała pokryte czerwonymi plamami rękawice, jakby je tam upuściła. I nóż.

Podszedłem do głębokiego owalnego zlewu, zatkałem odpływ i odkręciłem wodę.

– Chodź tutaj. Przynieś mi ten nóż i rękawiczki.

Nie poruszyła się.

Wróciłem, chwyciłem ją za przegub dłoni i zaciągnąłem do zlewu.

– Musisz się doprowadzić do porządku. – Miała pochlapane krwią czoło i rozmazane czerwone plamy na policzkach, które zapewne otarła dłonią albo ramieniem.

Stała drżąca. Tępo patrzyła w ścianę, kiedy czyściłem ją najlepiej, jak potrafiłem. Zanurzyłem jej dłonie w wodzie, otarłem twarz mokrą szmatką i osuszyłem ręcznikiem. Była to jednak ledwie część tego, co należało zrobić.

– Masz zakrwawioną kamizelkę, koszulę i spodnie. A nawet buty.

– Przebiorę się, a to ubranie spalę. – To były pierwsze słowa, które padły z jej ust, odkąd wypowiedziała moje imię. – Przebiorę się, a to spalę.

Poszedłem po jutowy worek.

– Tym też trzeba będzie się zająć.

– Nie dotykaj! – Rozzłościła się. – Nie dotykaj tego worka, Simeonie. Proszę.

– Próbuję ci pomóc.

– Wiem, że chciałeś mi pomóc. I pomogłeś. Nawet bardzo. – Stanęła między mną a leżącym na podłodze workiem. – Ale teraz mnie zostaw. Już mi lepiej.

– Raczej na to nie wygląda.

– Idź. Proszę, zostaw mnie tutaj.

Osuszyłem dłonie ręcznikiem, zostawiając na nim ślady krwi.

– To też spal! – Rzuciłem ręcznik na podłogę i ruszyłem do drzwi.

– Simeonie!

Odwróciłem się do niej.

– Co?

– Nie mów Profesorowi, że mnie widziałeś! Pod żadnym pozorem mu tego nie mów! I lepiej będzie dla nas obojga, jeśli nigdy więcej nie wspomnimy o naszym spotkaniu.

9 DNI DO EGZEKUCJI

NEWGATE, 9 STYCZNIA 1900 ROKU

Wizyta w celi Louise Masset wywarła na mnie ogromne wrażenie i sprawiła mi większy ból niż połamane zęby czy niezdarne pięści klawisza. Jej udręka była moją. Obserwowałem moją własną śmierć. Czułem na karku lepką dłoń kata.

Przez kolejne godziny zastanawiałem się, czy przypadkiem moja wyobraźnia – albo nawet nękane wyrzutami sumienie – nie zmyśliła chłodnej zjawy. Czy naprawdę ukazał mi się duch straconej dzieciobójczyni? Czy to możliwe, że po powieszeniu nasze dusze są uwięzione w miejscu, gdzie zakończyliśmy życie? Czy wszystkie szubienice są nawiedzane przez duchy tych, których na nie posłano?

To zatem czekało także mnie – rodzaj czyśćca. Zostanę powieszony i pochowany, ale co noc moja niespokojna dusza będzie się snuła po celi śmierci.

Musiałem uciec. Musiałem wykorzystać ten niepozorny gwóźdź, żeby poluzować cegły tej przeklętej celi i odzyskać wolność. Wrzał we mnie gniew. Gniew na własną bezradność oraz na tych, którzy byli odpowiedzialni za moje uwięzienie.

Moją wściekłość stłumiła wizyta Huntleya, któremu towarzyszył płowowłosy klawisz z tikiem lewego oka.

– Rutynowe przeszukanie celi, Lynch. Wstań i oprzyj dłonie o ścianę. Znasz procedurę.

Faktycznie znałem. Huntley mnie obszukiwał, podczas gdy jego nerwowy kolega wsunął się w wąską przestrzeń między ścianą z oknem a pryczą. Przetrzepał materac, sprawdził nocnik i zameldował:

– Wszystko w porządku, panie Huntley.

– Miło mi to słyszeć. A teraz poczekaj na zewnątrz, a ja porozmawiam z więźniem.

– Z całym szacunkiem, panie Huntley, ale regulamin mówi, że w celi z więźniem zawsze przebywa dwóch...

– Znam regulamin – przerwał mu Huntley. – A teraz poczekaj na zewnątrz.

– Tak, proszę pana.

Płowowłosy klawisz wyszedł, Huntley poczekał, aż drzwi się zamkną, a następnie zwrócił się do mnie.

– Musimy porozmawiać bez świadków.

Spojrzałem na niego podejrzliwie. Nie zamieniliśmy słowa od mojej wizyty w kaplicy.

– Proszę mówić, panie Huntley. Jak pan widzi, samotności mam w nadmiarze.

Spojrzałem nad jego ramieniem. Mój wzrok padł na gwóźdź ukryty w szczelinie i po raz kolejny zacząłem się zastanawiać, czy za tym, że mi go dostarczono, stoi Huntley.

– Należę do grupy nowych, wykształconych funkcjonariuszy więziennych, których deleguje się do starych więzień, takich jak to, żeby zrobili w nich porządek. To oznacza, że czasem okrywa mnie gorsza sława niż pana.

– Ha! Więc pana też zamierzają powiesić, panie Huntley?

– Niektórzy chętnie by to zrobili. Więzienia podobne do New-gate są albo reformowane, albo zamykane. To miejsce jest przegniłe do cna. Szerzą się tu korupcja i zepsucie. Najpewniej zostanie zamknięte za kilka lat, a może nawet prędzej.

– Szkoda, że nie za kilka dni.

– Na to pan liczyć nie może. Ale jako jeden z funkcjonariuszy nadzorujących tę jednostkę dysponuję środkami, aby zapewnić panu nieco więcej wygód.

– Więcej wygód? To chyba niemożliwe. – Z sarkastycznym uśmiechem powiodłem ręką dookoła. – Jak pan widzi, mam już wszystkie wygody, jakich człowiek mógłby potrzebować. Proszę tylko spojrzeć na ten wspaniały nocnik w rogu!

– Więzienie jest przeludnione, nie można więc pana przenieść. Jeszcze pół roku temu był tu magazyn. Napór na Newgate jest naprawdę wielki.

– Wzrusza mnie to wielce. Biedne Newgate!

– Próbuję być miły, Lynch. Nie da się pana przenieść, ale mogę sprowadzić tu kogoś do towarzystwa, jeśli pan chce.

– Nie chcę. Nigdy nie spałem z prostytutką i nie zamierzam tego robić.

– Osadzone tu kobiety też mają swoje potrzeby.

– Nie, dziękuję.

– Z dokumentacji wynika, że nie pozwolono panu jeszcze skorzystać ze spacerniaka. Od teraz będzie pan mógł spacerować regularnie. Sprawność ciała jest ważna dla umysłu.

– Zamierza pan dbać także o moją duszę?

– Z przyjemnością zobaczyłem pana w kaplicy. Wiem, że jest pan katolikiem, ale pomyślałem, że nabożeństwo przyniesie panu pocieszenie.

– Pocieszenie w cierpieniu i śmierci Chrystusa oraz wbitych w Jego krzyż gwoździach? – Zaakcentowałem ostatnie słowo, żeby sprawdzić, czy zareaguje.

Nie zareagował.

– Każdy niesie jakiś krzyż, Lynch.

– Naprawdę? Proszę mi więc powiedzieć, panie Huntley, jaki jest pański krzyż.

– Mój krzyż to służyć w takich placówkach jak ta i nieść człowieczeństwo takim ludziom jak pan.

– Człowieczeństwo? Nie ubierajmy tego w piękne słówka. Egzekucja nie jest niczym innym jak morderstwem w imieniu Korony.

– Jest wolą ludu.

– Z mojego doświadczenia wynika, że wola ludu określana jest przez tego, kto mu płaci, albo przez siłę ginu i piwa, które lud wlał do gardła.

– Jest w tym ziarno prawdy. – Huntley się uśmiechnął, po czym kopnął w drzwi, w ten sposób każąc je otworzyć.

– Kim pan naprawdę jest? – zapytałem.

– O co pan pyta? – Spojrzał na mnie zagadkowo.

– Przyjacielem czy wrogiem, panie Huntley? Kim pan naprawdę jest?

– Wykonuję swoje obowiązki, Lynch.

Kopnął ponownie i drzwi się otworzyły.

DERBYSHIRE, LISTOPAD 1885 ROKU

Położyłem się do łóżka natychmiast po spotkaniu z Surrey, nie mogłem jednak zasnąć. Leżąc na plecach w ciemnym pokoju, miałem przed oczami strach na jej twarzy, krew na jej rękach i ten tajemniczy worek jutowy rzucony na podłogę.

Jak cenne klejnoty lub dobra zawierał, że warto było przelać za nie krew?

A najprawdopodobniej zabić. Dlaczego Surrey tak żarliwie prosiła, żebym nikomu nie mówił, że ją widziałem? Czy otrzymała polecenie, żeby się ukrywać przed wszystkimi, czy może po prostu było jej wstyd, że się doprowadziła do takiego stanu?

Pojawiło się też w mojej głowie poważniejsze pytanie. Czy dane mi było zobaczyć fragment tego, co czekało w przyszłości mnie? Zabijanie na rozkaz? Mordowanie ludzi według widzimisię Moriarty'ego? Znoszenie cierpienia, które się z takim życiem wiąże?

Wciąż próbowałem znaleźć odpowiedź na wszystkie te pytania, kiedy do moich drzwi zapukał służący z informacją, że zamiast na poranną sesję z panem Branniganem, która została odwołana, mam jak najszybciej się udać do oranżerii, gdzie czeka Profesor.

Kiedy wszedłem do zimnego przeszklonego pomieszczenia, siedział przy oszronionym oknie, obserwując pokryty śniegiem trawnik. Był bez marynarki i zdawał się nie zważać na panujący ziąb. Na stoliku przed nim leżał egzemplarz gazety o nazwie „New York Times" oraz stały biała filiżanka i srebrny dzbanek z dziobkiem wygiętym wdzięcznie jak szyja łabędzia.

Podszedłem do stolika.

– Dzień dobry, panie Profesorze.

Podniósł na mnie wzrok.

– Dzień dobry, Simeonie. Usiądź ze mną. Zamówiłem jajka na szynce dla nas obydwu. Zagustowałem w takich śniadaniach podczas pobytu w Nowym Jorku. – Zwinął gazetę i odłożył na bok. – Moja matka była Amerykanką, świeć Panie nad jej duszą, i kiedy ojciec wyjeżdżał w interesach, czasem kazała kucharkom przyrządzać potrawy, które przypominały jej dom rodzinny.

– Jak jajka na szynce?

– Gofry, płatki owsiane, szarlotka... – W jego oczach na chwilę zagościła nostalgia, zaraz jednak znów się stały nieubłagane. – Czego się nauczyłeś, analizując swoje zachowanie u lorda Graftbury'ego?

– Niewiele, panie Profesorze. Wiem, że oblałem mój pierwszy sprawdzian. W żałosnym stylu.

– To prawda. Ale też szanse były nierówne. Policzmy: Alex, ja, lord i lady Graftbury, perkaty nos ich córki oraz Sirius. To sześcioro na jednego. Och, zapomniałem o kamerdynerze Gilesie. Mamy więc siedmioro. Co więcej, wszyscy dokładnie wiedzieliśmy, co będziesz robił i kiedy to zrobisz.

Jego słowa dodały mi otuchy.

– Pocieszam się tym, co pan mówi.

– Bo powinieneś się pocieszać, ale tylko trochę. Żeby przetrwać w prawdziwym życiu, często musisz sobie poradzić w sytuacji jeszcze bardziej niekorzystnej, walcząc z przeciwnikami, którzy wiedzą o niej znacznie więcej niż ty. Nauczka jest dla ciebie następująca, Simeonie, żebyś zawsze sprawdzał, czy to, co się wydaje oczywiste, naprawdę takie jest.

– Zrozumiałem, panie Profesorze.

– Pamiętaj, że prawda nie jest twoim przyjacielem, lecz kłamliwym wrogiem.

– Zapamiętam.

Służąca położyła przed nami talerze z sadzonymi kaczymi jajami na grubych plastrach marynowanej w ziołach szynki. Moriarty nakłuł jedno z ciemnych żółtek, po czym z satysfakcją obserwował, jak wypływa na talerz.

– Jedz – zachęcał. – Dokończymy naszą rozmowę, kiedy się posilisz.

Z wdzięcznością przyjąłem te słowa, ponieważ poprzedniego dnia ominęły mnie dwa posiłki. Jajka na szynce pachniały tak smakowicie i były tak pyszne, że musiałem się zmuszać do zachowania dobrych manier, żeby nie pożreć wszystkiego w kilku kęsach.

Mimo wysiłku, z jakim nad sobą panowałem, skończyłem jeść dużo wcześniej niż Moriarty.

Sięgnął po serwetkę, otarł usta, po czym odłożył ją obok talerza. Na białej bawełnie zostały żółte plamy.

– Nadszedł czas, żebyśmy porozmawiali otwarcie. O tobie i o tym, dlaczego cię tutaj sprowadziłem.

– Czekam na to z niecierpliwością, panie Profesorze.

– Nie wątpię, że tak jest. To ja cię wybrałem, Simeonie, ja osobiście i nikt inny. Widziałem cię na ringu bokserskim jako młodego chłopca. Dostrzegłem w tobie podczas tamtej walki iskierkę wrodzonego okrucieństwa. Wygrałem nawet wtedy całkiem niezłą sumkę, stawiając na twoje pięści. Potem wystarczyło trochę się rozpytać i moi ludzie wyśledzili twoje miejsce zamieszkania w Manchesterze.

– Ale dlaczego? Jaki był cel tych działań, panie Profesorze?

– Żeby cię wcielić do bractwa, które istnieje od wielu pokoleń. – Zamilkł na chwilę, po czym dodał: – Wiem, że widziałeś jego symbol, tatuaż na jakże pokaźnym bicepsie pana Brannigana, i że o niego pytałeś, pozwól więc, że wszystko ci wyjaśnię. Braterstwo nosi nazwę Trójcy, stąd trójkąt w jego symbolu. Ci, którzy przysięgają mu posłuszeństwo i lojalność, własną krwią poświadczają gotowość przelania krwi. Nie tylko swojej, gdyby zaszła taka potrzeba, ale przede wszystkim moich wrogów. Krótko mówiąc, członkowie bractwa przysięgają zabijać, Simeonie, odbierać życie innym ludziom.

– Jakim ludziom, panie Profesorze?

– Złym. Naprawdę złym. Takim, którzy zagrażaliby tobie, mnie i wszystkim, którzy są nam drodzy. Ludziom, którzy zasługują na to, żeby się smażyć w piekle.

Wyraz jego twarzy potwierdzał, że wierzy w to, co mówi. Że chociaż każde kolejne morderstwo prawdopodobnie powiększało jego imperium, to jednak kazał je popełniać dlatego, że jego zdaniem było uzasadnione.

– Pan Brannigan – kontynuował – pan Gunn i panna Breed są mordercami. Doskonale wyszkolonymi zabójcami działającymi na moje zlecenie. Mają potrójną moc. Są moją Trójcą.

Potworność tego stwierdzenia odebrała mi mowę. Mogłem uwierzyć, że zabójcą jest Brannigan. Ale nie Gunn, który wyglądał jak panienka! I nie Surrey – nie do dzisiejszego poranka.

Profesor wyczuł moje wątpliwości.

– Morderstwo to nie tylko siła i przemoc – stwierdził. – Weźmy na przykład pannę Breed. Jest prawdziwą czarodziejką. Jej odwaga nie zna granic. Delikatność sylwetki i nieokreśloność rysów pozwalają jej przekonywająco odgrywać chłopca, choć jest kobietą. Bywa urwisem, pokojówką, straganiarzem albo kurtyzaną, i każdą z tych ról odgrywa znakomicie. Wyjątkowa gibkość pozwala jej prześlizgnąć się przez miejsca, w których utknąłby nawet motyl, a kiedy już dotrze tam, gdzie pragnie się znaleźć, to uderza szybko i gwałtownie niczym błyskawica.

Znów wyobraziłem sobie Surrey siedzącą w niemal ciemnej kuchni, z drżącymi rękami, bezskutecznie próbującą się uspokoić. Nie miałem wątpliwości, że jest załamana i jestem świadkiem jej walki o odzyskanie równowagi.

– Wspomniał pan wczoraj, że musiała się zająć problemem, który wyniknął w relacjach z chińskim kontrahentem. Czy udało jej się…

– Czy udało jej się co? – przerwał. W jego oczach zaiskrzyło podniecenie. – Rozwiązać problem? Tak, z całą pewnością jej się udało. – Dolał sobie kawy. – Zwykle panna Breed wybiera truciznę. W napojach takich jak ten. – Z uśmiechem podniósł filiżankę. – Czasem jednak sięga po brutalniejsze metody, choćby szpilka do kapelusza wbita w serce lub krtań, rzadziej stalowe ostrze. Zresztą przyznaję, że nóż nie jest jej mocną stroną, ponieważ panna Breed zwykle wtedy robi dużo, że się tak wyrażę, nieporządku.

– A pan Gunn? Jaka jest jego specjalność?

– Zdrada – odparł z dumą. – Sirius posiada wyjątkowy czar zjednujący mu sympatię i podziw mężczyzn oraz urodę, która obezwładni najmądrzejsze nawet kobiety. Kiedy zacznie okazywać swojej ofierze zainteresowanie, którego ta pragnie, wtedy sprawa jest już właściwie przesądzona. Sirius musi tylko zdecydować, kiedy się dopuścić zdrady, i wybrać najlepszy moment, aby wyprawić ofiarę na tamten świat.

Moriarty wyjął małą srebrną tabakierkę, położył szczyptę tytoniu na wierzchu dłoni i ją zażył. Dopiero po tym kontynuował.

– Pan Brannigan ma w Trójcy najdłuższy staż i jest jej ostatecznym ogniwem. Zabija szybko, bez wahania i wyrzutów sumienia. – Zamknięta tabakierka wróciła do kieszeni. – Niedawno musiał pozbawić życia jedenastoletniego chłopca. Nie sprawiło mu to najmniejszego nawet problemu.

– Dziecko? – zdziwiłem się, zanim zdążyłem tego pożałować, ale wtedy jeszcze moje sumienie nie było tak zepsute jak dzisiaj.

– Tak, dziecko, Simeonie. Zło nie ogranicza się do dorosłości, o czym akurat ty powinieneś wiedzieć lepiej od pozostałych. Nastoletnich morderców nie brakuje wśród Arabów, którzy zamieszkują zarówno w Londynie, jak i w Nowym Jorku. Bywa więc, że trzeba się takiego śmiertelnie niebezpiecznego młodocianego przestępcy pozbyć, tak samo jak dorosłego, który służy złu, albo złej kobiety. – Przerwał na chwilę, chcąc ocenić moją reakcję, po czym dodał: – Zarówno w kraju, jak i za granicą prowadzę moje przedsięwzięcia w taki sposób, który nie wymaga, by kogokolwiek zabijać, czasem jednak moi partnerzy w interesach sami mnie do tego zmuszają. Czy też raczej zmuszają ludzi będących na moich usługach.

– Przypuszczam, że z takimi rękami pan Brannigan jest ekspertem od… – Przez chwilę nie mogłem znaleźć słowa, które nazwałoby to delikatnie. – Ekspertem od duszenia?

– Tak, masz rację. Jak niewątpliwie ci powiedział, jest wyjątkowo utalentowany, jeśli chodzi o znajdowanie substytutu sznura w każdych praktycznie okolicznościach. Do jego ulubionych należą paski jedwabnych damskich podomek oraz struny wyjęte prosto z pianin i fortepianów w domach prawdziwych dżentelmanów. Kiedyś na łonie natury posłał na tamten świat faceta, korzystając z garoty, którą zrobił z jego własnych sznurówek oraz kilku dębowych gałązek. Michael jest naprawdę pomysłowy.

– Więc to oni są członkami pańskiej Trójcy? – zapytałem. – Sirius, Surrey i Brannigan?

– Tak.

– A ja mam być kimś w rodzaju pomocnika? Chłopca na posyłki, który ich obsługuje? – Po raz kolejny pomyślałem o tym, jak wyglądała Surrey przed kilkoma godzinami. – Sprzątać po nich, czyścić ich zakrwawione ręce i ubrania?

– Nie zostałeś sprowadzony tutaj po to, żeby wykonywać jakieś poślednie zadania. – Zamilkł na chwilę, po czym dodał poważniejszym tonem: – Niestety pan Brannigan ma śmiertelną naróśl na płucach, a najlepsi lekarze na Harley Street twierdzą, że nie da się jej operować.

Wstrząsnęła mną ta wiadomość.

– Przykro mi, nie miałem pojęcia…

– Skąd mogłeś wiedzieć? Nie jesteś przecież medykiem, prawda?

– Nie jestem, wie pan doskonale.

– Gdybyś był, tobyś się zorientował, że podstępny pasożyt bezlitośnie pożera jego wewnętrzne organy, czym zadaje mu potworny ból.

– Biedak!

– To racja, biedak. Ale nie próbuj mówić takich rzeczy przy nim, bo to ty będziesz potrzebował współczucia. Współczucia i koszyka bandaży.

Roześmiałem się razem z nim.

– Naróśl niebawem go zabije – podjął Moriarty. – Nie wiemy, czy do najgorszego dojdzie za kilka dni, kilka tygodni czy kilka miesięcy. Ale dojdzie na pewno.

– A wtedy zostanie tylko dwoje – powiedziałem, wspominając brutalność mojej krwawej walki z Branniganem i wyobrażając sobie, jak wielkie cierpienie musiał przede mną ukrywać.

– Nie, Simeonie, do tego czasu będzie troje członków bractwa. Ty będziesz trzeci. Taki właśnie jest cel twoich lekcji, treningów i sprawdzianów. Mają cię przygotować na moment, w którym zapełnisz miejsce po Michaelu.

Powoli docierała do mnie cała potworność tego, co Moriarty mówił. Przechodziłem szkolenie, żeby mordować na jego polecenie, zarabiać na życie, odbierając życie innym.

– Nie wydaje mi się, żebym potrafił to robić, panie Profesorze.

– Teraz nie. Ale z czasem się nauczysz. Znajdziesz w sobie dość złości, żeby zabić. Masz ją we krwi. Widzę, jak się rozpala w twoich oczach. Także Michael twierdzi, że wściekłość zapuściła korzenie w twojej duszy. Kiedy naturalne barbarzyństwo uzupełnimy o wiedzę i subtelność, wtedy będziesz gotowy.

– Co, jeśli nie chcę być gotowy, panie Profesorze?

– Nie dopuszczam takiej możliwości, Simeonie…

– Ale…

– Nie przerywaj mi! Przecież już zabiłeś. Odebrałeś życie człowiekowi, który w powszechnej opinii był naprawdę porządny i uczciwy.

Ze wstydem zwiesiłem głowę.

– Kości zostały rzucone. Jesteś tym, kim jesteś, tylko że zamiast trafić na szubienicę, zostaniesz wykształcony. Będę cię chronił i wynagradzał pieniędzmi oraz luksusami, których zbiegły ulicznik nie potrafiłby nawet sobie wyobrazić.

Sumienie nadal brało górę.

– A jeśli nie będę potrafił robić tego, czego pan ode mnie wymaga, panie Profesorze?

– Będziesz potrafił. – Moriarty podniósł się z krzesła. – Jeśli jednak nie, to wtedy, jak powiedziałeś, zostanie tylko dwoje.

– Co pan ma na myśli?

Jego spojrzenie zrobiło się lodowate.

– Najwyraźniej potrzebujesz, żeby ci to oznajmić dobitnie. Dobrze więc. Zostaniesz zabity, Simeonie. Wiesz zbyt wiele, żeby stąd odejść jako wolny człowiek. Wykopany zostanie grób, a ty stracisz życie, żeby go sobą zapełnić. – Na jego ustach pojawił się słaby uśmiech. – Czy masz jeszcze jakieś pytania?

CZĘŚĆ TRZECIA

Do szklanic i kufli
Piwo płynie z dzbanów,
Skrzypi piach na podłodze pozbawionej dywanów,
Dymią drogie cygara, a ptactwo wędzone
Obok piklów z cebuli do mis wyłożone.
Pyszne grzanki, a z nimi cynaderki do pary
Lub z wielkimi szczypcami bardzo wielkie homary;
Wśród przybyłych pan Fuze,
zacny porucznik Tregooze,
oraz sir Carnaby, to przyjaciel zacnego oficera,
I wszyscy chcą oglądać, jak się w butach umiera.

*Legendy Ingoldsby'ego, czyli zdarzenia zabawne
i zadziwiające,* Thomas Ingoldsby

ODWILŻ PRZYNIOSŁA WIOSNĘ, a wraz z nią się stopiła lodowa ściana, którą Elizabeth wzniosła między nami. Podejrzewam, że ogłada, jakiej nabrałem, i postępy w nauce trochę ją do mnie przekonały. Jak na ironię, im bardziej rósł mój optymizm, tym szybciej Brannigan tracił zdrowie i opuszczały go siły. Zanim rozkwitły pąki wiśni, ataki męczącego kaszlu, które początkowo ustępowały dosyć szybko, teraz przykuły go do łóżka.

Co rano przychodziłem do niego i siedziałem przy nim przez ten sam czas, który poprzednio poświęcaliśmy na trening, sparingi, a ostatnio także na rozmowy. Wspominał podróże z Profesorem do Ameryki – do Bostonu, Nowego Jorku i po Nowej Anglii. Szczególnie lubił opowiadać o dziwnym zachowaniu i zabawnym akcencie Amerykanów.

– Dostałem polecenie, żeby nauczyć rozumu tego szemranego biznesmena – zaczął. – Po Harvardzie, ale głupek, który schrzanił kilka inwestycji. Kiedy mu oznajmiłem, że Profesor chce, żeby wyprostował wszystkie sprawy, to mi powiedział, że jaja to się gotuje, a nie robi. Rozumiesz? Gotuje!

Śmiał się tak bardzo, że aż dostał ataku kaszlu. Też się roześmiałem.

– Co mu pan zrobił?

– Powiem ci co. Ugotowałem go. Rozpaliłem ogień pod kuchnią w jego zasranym mieszkaniu i ugotowałem mu rękę. Na pożegnanie zaś mu oznajmiłem, że jeśli nie odda pieniędzy, które jest winien, to wrócę i zrobię to samo z jego głową.

– Oddał?

– Po dwóch dniach. Zapłacił całą kwotę z odsetkami. Profesor uwielbia Jankesów, ale ja ich nie znoszę.

Poprawiłem mu poduszkę.

– Musi pan odpocząć. Przyjdę jutro.

– A ty musisz więcej ćwiczyć. Słabną ci bicepsy i mięśnie brzucha. Owszem, nie mogę teraz wziąć cię do galopu, ale to żaden powód, żebyś tracił formę.

– Nie tracę formy. Trenuję codziennie.

– Kiedy? Kiedy to robisz?

– Zaraz po wizycie u pana. Po kolei robię wszystkie ćwiczenia, które pan mi pokazał. I to tak solidnie, jakby stał pan nade mną.

Zrobił zadowoloną minę.

– To dobrze, że solidnie ćwiczysz. Oszukując podczas treningu, oszukujesz samego siebie.

– Wiem. Przecież uczy mnie najlepszy. – Poklepałem go po ramieniu.

– Tu masz rację. – Zaniósł się kaszlem.

Podałem mu miskę i wypluł kolejną porcję czarnej materii, która go zabijała od środka, potem się położył i odpoczywał.

– Może podam panu wody, zanim wyjdę?

– Nie. Jeszcze trochę wody i się utopię, do cholery! Chcę whisky.

– Wie pan, że nie mogę tego zrobić. Lekarz zabronił.

– Pieprzyć lekarza! I tak umieram. Powstrzymywanie się od whisky na pewno mnie nie uzdrowi.

– Ale i tak nie przyniosę jej panu.

– Sukinsyn!

Wybuchnąłem śmiechem.

– Pan jest większym sukinsynem. I brzydszym! – Machnąłem pięścią, udając, że mu grożę.

Zacharczał, próbując się zaśmiać. Chwycił mnie za ramię.

– W takim razie zanim pójdziesz się uganiać za spódniczkami, których za wiele tu nie ma, niech będzie z ciebie chociaż taki pożytek, że mnie zajmiesz jakąś opowieścią.

– O czym?

– Wszystko jedno. Żebym tylko oderwał myśli od tego pokoju i tego cholernego bólu bebechów. Wiem! Opowiedz mi o swoim poprzednim trenerze. Tym dwa razy gorszym ode mnie.

Zaśmiałem się.

– Dwa razy lepszym od pana, a także dwa razy mniej czepliwym.

– Więc mi o nim opowiedz.

Opowiedziałem. A ponieważ nie mogło być wątpliwości, że towarzystwa potrzebował nawet bardziej niż whisky, to swoją historię zacząłem od samego początku, cofając się do okresu, kiedy przechodziłem wielką przemianę: z łagodnego jak baranek dziecka, które rozstawiano po kątach i besztano, zamieniałem się w dzikie zwierzę napędzane wściekłością, którego wybuchów nie sposób było kontrolować.

LONDYN, EAST END, 1875 ROK

JAKO JEDENASTOLETNI CHŁOPAK mieszkałem w przytułku i nic w moim charakterze nie wskazywało, że skończę na szubienicy. Młody Simeon był potulny jak myszka i nie skrzywdziłby muchy, a co dopiero drugiego człowieka.

Wszystko się jednak zmieniło. Nie w wyniku pojedynczego wydarzenia, ale wskutek serii doświadczeń, które się na siebie nałożyły niczym warstwy duszących koców. Poniżanie przez silniejszych kolegów, strach przed pobiciem i ośmieszaniem, samotność i desperacja.

Skryty głęboko we mnie, pod tchórzostwem i izolacją, tkwił potworny gniew, który nie znajdował ujścia, nie mógł się przebić przez grube warstwy psychologicznych koców, co pozwoliłoby mi odetchnąć pełną piersią.

Do pewnego ranka.

Zamiast uciec i płakać, jak miałem w zwyczaju, rzuciłem się na dwóch chłopców, którzy zamieniali moje życie w pasmo udręki – niestety pod okiem nauczycieli, więc surowo nas wszystkich za to ukarano.

Dostałem karę chłosty, po czym zamknięto mnie na całą noc w ciemnej piwnicy na węgiel, a człowiek, który mnie stamtąd uwolnił, budził wyjątkowe obrzydzenie. Brandon Timms jako jedyny pracownik przytułku hodował na sobie więcej wesz i brudu niż skrzywdzone przez los dzieci, które nadzorował. Był całkiem łysy, jeśli nie liczyć tłustych pasemek wyrastających tuż nad uszami i opadających poniżej ramion. Jego dłonie szpeciła cała masa kurzajek, które wcierał w nasze twarze. Spodnie od jego starego brązowego garnituru miały za krótkie nogawki, a ubranie śmierdziało każdym zwymiotowanym przez niego piwem oraz skutkami nieuważnego oddawania moczu.

Timms zaprowadził mnie pod salę rady, profilaktycznie zdzielił mnie w głowę, popchnął przez próg i polecił:

– Wejdziesz do środka. Tylko żebym nawet słowa od ciebie nie usłyszał!

Pamiętam, że w pokoju był olbrzymi kominek, w którym płonęła cała hałda węgla. Tamtego dnia ogień ogrzewał grupę korpulentnych mężczyzn zgarbionych nad ciemnym wypolerowanym stołem, dającym wsparcie ich leniwym dłoniom ściskającym grube cygara między filiżankami z herbatą a talerzykami pełnymi ciastek i herbatników.

– Stój prosto! Żadnego garbienia się! – rozkazał Timms, kiedy ustawiał mnie przed oczami zebranych.

Siedzący przy stole członkowie rady przez chwilę rozmawiali o bójce, którą wywołałem, po czym zamilkli w oczekiwaniu, aż dyrektor Jeremiah Beamish dokończy wpis w księdze rozłożonej pod jego pulchnymi dłońmi.

Wreszcie Beamish odłożył pióro, walnął masywnymi ramionami w blat stołu i odkaszlnął.

– Moim zadaniem jest wychować cię w taki sposób, żeby społeczeństwo mogło cię zaaprobować – stwierdził. – Mam więc obowiązek dopilnować, aby wszystko oraz wszyscy w tych murach rządzili się zasadami uczciwości, równości i przejrzystości. Dlatego podjąłem decyzję, że ty oraz Charles i James Connorowie, a więc chłopcy, z którymi się biłeś, będziecie rozstrzygali wasze nieporozumienia publicznie.

Podniósł cygaro tlące się w popielniczce przy jego łokciu, zaciągnął się i zza chmury dymu oznajmił:

– Jak się zdaje, wszyscy trzej lubicie używać przemocy, moi koledzy i ja uważamy zatem, że najlepiej będzie, jeśli właśnie przemoc was wychowa.

Zdumienie w moich oczach musiało mu powiedzieć, że nie mam pojęcia, o co mu chodzi.

– Będziecie boksowali.

Mój mózg sparaliżowało przerażenie. Resztką sił zapanowałem nad drżeniem i omal się nie posikałem w majtki.

– Będziesz walczył na pięści przeciwko temu z braci, który postanowi stanąć z tobą w ringu. To nauczka dla was wszystkich, a kto wie, może nawet w ten sposób przyniesiecie naszemu zakładowi jakiś zysk, jeśli przed pojedynkiem przyjmiemy zakłady.

Wzmianka o pieniądzach wywołała pomruki uznania wśród siedzących przy stole mężczyzn.

– W ramach przygotowań – kontynuował Beamish – wszyscy trzej będziecie się szkolić w pięknej sztuce pięściarstwa. I mam nadzieję, że dzięki temu odnajdziecie w sobie trochę godności oraz szacunku dla tej jakże szlachetnej instytucji, która was utrzymuje. – Oparł się o stół, a ten aż pisnął pod jego ciężarem. – Do ich nauki wyznaczę Blacksona i Millera – oznajmił. – Obydwaj na tyle się znają na rzeczy, że nawet ze świńskiego ucha zrobią jedwabną sakiewkę.

Mężczyźni mruknęli z uznaniem. Przez chwilę Beamish słuchał zadowolony tych pomruków, po czym zwrócił się do mnie.

– Aż do pojedynku nie będzie między wami żadnego fizycznego kontaktu. Żadnego kopania, bicia, szturchania, szarpania za włosy, a nawet plucia. Każdy, kto się nie zastosuje do tego polecenia, zostanie wychłostany bez żadnej litości.

Jak zahipnotyzowany wpatrywałem się w strużkę potu, która ściekała z jego podbródka. Krople spadały na stół i połyskiwały na lakierze, tworząc maleńki, tłusty koralik.

– Patrz mi w oczy! – krzyknął.

Podniosłem wzrok.

– Czy wyraziłem się wystarczająco jasno, chłopcze?

Byłem tak wystraszony, że ledwie potrafiłem cokolwiek z siebie wydusić.

– Tak, proszę pana.

– Dobrze. – Zwrócił się do Timmsa. – Zabierz go stąd. Niech pielęgniarka sprawdzi, czy ma wszy. Dopilnuj, żeby został wykąpany i zdezynfekowany, zanim znów dołączy do pozostałych.

Odprawił mnie skinieniem dłoni.

Chociaż dyrektorowi tak bardzo zależało na tym, żeby rozpocząć swój bokserski szwindel, dopiero we wczesnych godzinach następnego ranka poznałem człowieka, który miał zostać moim trenerem.

Spałem w zimnej, przeludnionej sali, kiedy z bezpieczeństwa sennych marzeń wyrwał mnie czyjś głos. Obok mojego łóżka stał wielki czarny mężczyzna, pierwszy jakiego spotkałem w życiu. Zdarł ze mnie koc.

– Wstawaj! – ryczał. – No wstawaj, do kurwy nędzy! W tej chwili! Opuściłem nogi na podłogę.

– Ludzie mówią na mnie Blackson – oznajmił. – Ale dla ciebie jestem panem Blacksonem.

Przysunął twarz onieśmielająco blisko mojej. Chwycił mnie za ramiona. Ściskał je, dopóki nie pisnąłem z bólu.

– Boli? – Ścisnął jeszcze mocniej. – Musi, ponieważ zwykły sznurek miałby chyba więcej mięśni niż ty.

– Niech pan puści! Czy to pan…

– Zamknij się i słuchaj. Od teraz przejmuję kontrolę nad tym twoim mizernym ciałem. Każdy oddech w twoich malutkich płucach oraz każda kropelka tchórzliwej krwi w twoich lalusiowatych, cherlawych żyłach należy do mnie.

Puścił mnie. Bicepsy paliły w miejscu, gdzie je ścisnął.

– Łapy do góry! – zażądał.

Pozostali chłopcy także wyrwani ze snu przekręcali się na łóżkach, chcąc sprawdzić, co się dzieje.

– Łapy do góry! – powtórzył, tym razem dodatkowo uderzając mnie otwartą dłonią w lewy policzek.

Lewą dłonią dotknąłem piekącej skóry. Mężczyzna uderzył mnie w prawy policzek.

W sali rozległy się chichoty.

Moja prawa dłoń podniosła się w obronnym geście, a wtedy on dźgnął mnie silnie w brzuch. Charkot, który z siebie wydałem, wywołał kolejną falę śmiechu.

– Jeszcze raz któryś się zaśmieje, a poczuje moje pięści – ostrzegł Blackson. – Albo wracajcie spać, albo zacznijcie się zabawiać sami z sobą.

Wyprostowałem się, z trudem łapiąc oddech.

– Przynajmniej nie płaczesz. To już coś na początek. Nienawidzę mazgajów. – Jedną ze swoich gigantycznych dłoni chwycił mnie za podbródek. – Chcesz mnie uderzyć, co nie? Widzę to w twoich oczach. Poznaję po zwiniętych piąsteczkach.

Schował ręce za plecami. Pochylił się do przodu. Nadstawił policzek.

– To dawaj. Uderz najlepiej, jak potrafisz.

Zacisnąłem pięść jeszcze silniej i wymierzyłem swój najpotężniejszy cios.

Blackson błyskawicznie wysunął dłoń zza pleców i chwycił moją pięść w powietrzu. Trzymał ją, jakby była małą piłeczką rzuconą przez niemowlaka, po czym mocno zgniótł. Obawiałem się, że zmiażdży mi kości na proch.

Podskoczyłem z bólu. Poczułem, jak łzy podchodzą mi do oczu. Zacisnąłem szczęki, żeby powstrzymać krzyk, którego już zawsze bym się wstydził.

W końcu odpuścił.

– Musisz być mniej prze-wi-dy-wal-ny.

Wskazał leżące na podłodze przy moim łóżku ubrania.

– A teraz się ubieraj, mamy dużo pracy. Naprawdę dużo, sądząc po słabej formie, w jakiej jesteś.

I pracowaliśmy. Tamtego ranka oraz każdego następnego. Kiedy pan Blackson przychodził po mnie, jego szczupła sylwetka pojawiała się nad moim łóżkiem jak zjawa, zwykle kilka minut przed Millerem, który zabierał na trening braci Connorów.

Dzień w dzień budził mnie klepnięciem w twarz. Ściskał moje słabe pięści w imadłach swoich dłoni. Śmiał się z każdego ciosu, który mu wymierzałem.

– Musisz robić uniki – stwierdził. – Poruszaj się na palcach. Podłoga nigdy nie może poczuć twoich pięt. – Tańczył przede mną, odskakując do przodu i na boki, żeby zilustrować swoje słowa. – Stopy boksera prowadzą jego pięści. Walczysz nimi, ponieważ pozwalają ci uniknąć ciosu przeciwnika.

Stopniowo treningi stawały się łatwiejsze. Moje ciało i umysł przystosowały się do zadawanych im tortur. Wkrótce uderzenia w twarz znosiłem bez mrugnięcia okiem. Czasem nawet potrafiłem odpowiedzieć na nie ciosem, który nie chybiał celu.

Któregoś ranka Blackson przerwał sparing i powiedział:

– Teraz pokażę ci coś, czego do końca życia nie zapomnisz. – Uniósł w powietrze swoją wielką prawą rękę. – To cios, który nazywamy atakiem na królika. Należy do ulubionych technik pana Millera, dlatego możesz być więcej niż pewien, że mali Connorowie go na tobie wypróbują.

Lewą ręką zamarkował cios w brzuch, a następnie, kiedy pochyliłem głowę i odskoczyłem do tyłu, uderzył mnie silnie w kark wyprostowaną prawą ręką.

Natychmiast zakręciło mi się w głowie, straciłem równowagę i opadłem na kolana.

– Nazwa tego ciosu wzięła się stąd – wyjaśniał, stawiając mnie z powrotem na nogi – że używany jest do ubijania królików.

Pozwolił mi przez chwilę dyszeć, po czym dodał:

– Będziesz miał góra trzydzieści sekund, żeby do siebie dojść, jeśli to się wydarzy w ringu. Powietrze wciągaj powoli przez nos, a wydychaj równie wolno ustami. Takie oddychanie uspokoi pracę serca i pomoże ci się nie zeszczać.

Zrobiłem, jak mi kazał, a od tamtego dnia podczas każdego treningu miałem się na baczności przed atakiem na królika. Jeszcze tylko raz dałem mu się podejść, a było to pod koniec brutalnego treningu ciosów hakiem i prostych.

Z dnia na dzień stawałem się nie tylko silniejszy, ale też sprawniejszy. Podczas intensywnego treningu pomyliłem krok, ale mimo to trafiłem pod żebra silnym hakiem, po którym Blackson aż się zaniósł kaszlem.

– Przepraszam – powiedziałem szybko, obawiając się kary, jaka mogłaby mnie za to spotkać.

Jeszcze nieco zadyszany zapytał:

– Którą ręką mnie uderzyłeś?

Cofnąłem się z obawy, że chce ją zmiażdżyć albo zrobić mi coś jeszcze gorszego.

– Nie będę cię karał. Którą uderzyłeś?

Podniosłem lewą rękę.

Wyprostował ją i uważnie obejrzał. Potem podniósł obydwie swoje dłonie i trzymając je przed sobą, powiedział:

– Uderz. Najmocniej, jak potrafisz, ale tylko tą pięścią.

Wykonałem polecenie.

– Mocniej.

Uderzyłem ponownie.

– Teraz prawa ręka.

Znów zrobiłem, co każe.

– Tak myślałem! – Wydawał się zachwycony. – Jesteś mańkutem.

– Ja? Co to jest „mańkut"?

– To człowiek, który ma silniejszą lewą rękę. Od początku źle cię uczyłem. Że ja się nie zorientowałem! – W jego głosie zabrzmiała ekscytacja. – Ale nigdy wcześniej nie trafiłem na mańkuta. Nigdy z takim nie walczyłem. Nigdy takiego nie trenowałem. Coś podobnego! – Pokręcił głową z niedowierzaniem. – Pamiętaj, żebyś to zachował dla siebie. To tajemnica, która bardzo ci pomoże, kiedy wejdziesz na ring z małym Connorem.

Dochowałem tajemnicy, chociaż wtedy nie miałem pojęcia, czym się może różnić używanie lewej ręki od używania prawej.

Blackson miał i zgodnie z danym słowem zmienił w naszych treningach dosłownie wszystko. Nie tylko kazał mi trzymać prawą rękę z przodu, ale też skupiał się na pracy nóg tak bardzo, że zacząłem się czuć jak na lekcjach tańca, a nie boksu.

Codzienne treningi kończyły się na największym dziedzińcu, który rozdzielał kaplicę, sale jadalne, budynek administracji i szopę mieszczącą warsztaty. Finał zawsze przebiegał tak samo: on siadał i zapalał glinianą fajkę, a ja musiałem biegać, dopóki nie wypalił się cały nabity tytoń. Zanim wystukał czarny popiół na kamienną nawierzchnię dziedzińca, byłem zlany potem i ledwie zdolny mówić.

Na sam koniec rozwijał zawsze ściereczkę, w której trzymał kawałki kurczaka na zimno i chleb. Posiłek był nagrodą.

– Jedzenie i sen są twoimi cichymi trenerami – powtarzał. – Pracują, kiedy ty odpoczywasz. One i ta twoja petarda w lewej ręce przyniosą nam zwycięstwo.

Dzień wielkiej walki zaczął się naprawdę nietypowo, ponieważ Blackson zabrał mnie na dobre śniadanie, zamiast jak co dzień na trening, i rozmawialiśmy. Najzwyczajniej. Nie o walce. Nawet nie o boksie. O życiu.

– Widzisz – zaczął, rozgrzewając się, żeby mi powiedzieć coś ważnego – pewnie ci w życiu ciężko. Nie masz matki, ojca ani domu. Czeka cię walka, podczas której możesz solidnie oberwać. Ale życie takie jest, chłopcze. Życie rani niemal każdego, kogo spotkasz na swojej drodze. Kiedy dorośniesz, zawsze będziesz walczył. Jeśli nie rękami, to głową i sercem.

– Czy tak to było u pana? Tylko problemy i problemy?
Zaśmiał się.
– A jak sądzisz? Jestem jedyną czarną twarzą w tym przytułku.
Wydaje ci się, że miałem łatwo, odkąd moi rodzice tu trafili?
– Nie urodził się pan w Londynie?
– W Norwich. Moi dziadkowie przybyli z Sierra Leone.
– To gdzieś koło Norwich?
Znów się roześmiał.
– Nie, w Afryce. To świat drogi stąd. Moi rodzice przypłynęli
do Anglii na statku i omal nie umarli w podróży. Zarabiali na życie
jako służący w bogatych domach, a za wyniszczającą pracę traktowa-
no ich niewiele lepiej od psów. Wtedy nie nazywaliśmy się Blackson.
– Jak to?
– To nazwisko dał mojemu ojcu jakiś niedouczony biały, dla któ-
rego był on po prostu synem czarnego. Moje prawdziwe nazwisko
brzmi Bosede Bangura.
Zrobiłem zdumioną minę.
– To dziwne imię.
– Tylko dla ciebie. Dla mnie jest bardzo cenne.
– W takim razie będę się tak do pana zwracał. Przynajmniej dzisiaj.
Podrapał się po głowie.
– Pamiętaj, kiedy staniesz do walki, że bronisz nie tylko honoru
swojej rodziny, ale i mojej, ponieważ to ja cię uczę.
– Będę pamiętał, obiecuję.
– Mój ojciec był artystą cyrkowym – podjął. – Wiele lat wcześniej
usłyszał o wielkim rodaku występującym jako Pablo Fanque, który
stał się sławnym cyrkowcem. Wtedy mój ojciec postanowił, że skoro
i tak będą go wytykać palcami i wyszydzać za to, że nie jest biały, to
przynajmniej niech mu za to płacą.
– Co robił pański ojciec? – Ponosiła mnie wyobraźnia. – Był po-
gromcą lwów? Akrobatą czy…
– Walczył
– Jako bokser?
– Tak, był bokserem, w dodatku wspaniałym! I dobrym trenerem. Nauczył mnie wszystkiego, co umiem. Na targowiskach ludzie
płacili za walkę z moim ojcem, bo mogli wygrać gwineę, gdyby go

znokautowali. Nikomu to się nie udało. – Posmutniał. – Kiedyś pobił Cygana z konkurencyjnego cyrku. Koledzy postawili na niego dużo pieniędzy i źle znieśli przegraną. Następnej nocy moja matka i ojciec zostali zatłuczeni na śmierć w swoim wozie. Przeżyłem tylko dlatego, że wyszedłem się bawić z kolegą.

Nie wiedziałem, co powiedzieć ani jak go pocieszyć. Usiadłem więc tylko blisko, opierając się o niego, żeby wiedział, że jestem po jego stronie.

– Na nas pora – powiedział, energicznie mierzwiąc mi dłonią czuprynę. – Koniec gadania. Najwyższy czas, żebyś im pokazał, co potrafisz, przy okazji pozbawiając Beamisha paru szylingów, bo na pewno postawił na to, że Connor ci dołoży.

Wstałem i ruszyłem za nim. Do dziedzińca, na którym miała się rozegrać walka, szliśmy wzdłuż długich korytarzy wypełnionych ostrymi kuchennymi zapachami i parą z pralni. Miller z braćmi Connorami stanęli w drzwiach jakiegoś pomieszczenia przed nami. Spojrzeli w naszą stronę, po czym się oddalili dumnym krokiem, a ja poczułem pierwszy przypływ zdenerwowania.

Kiedy się zbliżaliśmy do końca korytarza, Bosede objął mnie ramieniem.

– Pamiętaj! Pierwszy cios, zaraz potem drugi i trzeci. Nie pozwól, żeby ból cię zatrzymał. Ignoruj go. Przełykaj go jak wodę, a potem wypluwaj jako ogień.

Miller otworzył podwójne drzwi prowadzące na dziedziniec i ogłuszył mnie ryk tłumu. Mieszkańcy przytułku przepychali się, żeby zobaczyć, jak wchodzimy na ring. Ludzi było pełno. Ci z tyłu stali na skrzynkach albo siedzieli na ramionach kolegów. Ławki oraz krzesła z przodu zajęli mężczyźni w kapeluszach i garniturach. Większość paliła cygara i się zakładała.

Osiem słupków wyznaczało prostokąt wydeptanej trawy, a na nich wisiały dwie grube liny. Przez środek ringu biegła świeżo namalowana biała linia, przy której sędzia stawia zawodników, kiedy chce rozpocząć albo zakończyć walkę. W dwóch rogach po przekątnej widniały dwa trójnożne stołki.

Zęby szczękały mi z zimna, kiedy pod linami wchodziliśmy na ring. Bosede poklepał mi bicepsy, żeby je rozgrzać. Kiedy spojrzałem mu w oczy, dostrzegłem w nich zachętę. Chciałem dać mu powód do dumy, bałem się jednak, że nie wystarczy mi odwagi.

– Stań prosto i się nie bój! – Chwycił mnie za ramiona, prostując mi plecy, i spojrzał mi głęboko w oczy. – Przestaniesz zwracać uwagę na tłum, kiedy jeden z bliźniaków trafi cię w twarz albo w tułów. Charlie Connor i Miller stali poza obrębem lin. Na ring wślizgnął się Jimmy. Więc wszystko jasne – lepszy z braci Connorów. Tego diabła musiałem pokonać.

Jeremiah Beamish podniósł ręce i zaczął przekrzykiwać publiczność.

– Panowie, panowie! Proszę o uwagę. – Po tych słowach zamilkł, czekając, aż obecni się uciszą. – Za chwilę zostanie zażegnany konflikt między Simeonem Lynchem a braćmi Jamesem Arthurem i Charlesem Arthurem Connorami, którzy o ile mi wiadomo, żywią do siebie animozję od dnia, w którym pierwszy raz się ujrzeli. – Przeszedł kilka kroków w prawo i chwycił za ramię krzepkiego, ubranego w białą koszulę mężczyznę z surową twarzą i wielkimi, podwiniętymi czarnymi wąsami, wyglądającymi na świeżo woskowane. – Mam zaszczyt przestawić panom Jonathana J. Clarka, wielce szanownego przedstawiciela London Prize Ring.

Rozległy się wiwaty.

– Pan Clark – ciągnął Beamish – łaskawie się zgodził nadzorować nasz mecz rozgrywany według zasad opracowanych z poszanowaniem reguł Broughtona. Razem z panem Clarkiem przybyli do nas dwaj bezstronni sędziowie, pan Gray i pan Southgate, którzy będą liczyć czas i pomogą w ustaleniu wyniku walki. – Przerwał, dając okazję wspomnianym panom na wstanie z krzeseł i pokazanie się publiczności. – Niewątpliwie wszyscy uznajemy fakt, że ich rozstrzygnięcie co do zwycięzcy, a tym samym co do wypłaty pieniędzy postawionych na walczących dziś pięściarzy, będzie ostateczne.

Ostatnie zdanie wywołało wiwaty, ale też gwizdy.

– Podejdźcie tu, chłopcy – polecił Clark szorstko, gestem przywołując Jimmy'ego i mnie. – Ma to być uczciwa walka na pięści. Piętnaście rund po trzy minuty każda. Nie wolno wkładać palców w oko oraz uderzać głową ani poniżej pasa. – Wskazał na nasze stopy. – Pokażcie mi buty. Powiedziałem waszemu dyrektorowi, że kolce są zakazane.

Podniosłem najpierw jedną nogę, a potem drugą. Clark dokładnie obejrzał czubki butów i obcasy. Potem sprawdził buty Jimmy'ego.

– Jedne i drugie mogą być. – Otrzepał dłonie z kurzu. – Teraz słuchajcie uważnie. Po ogłuszającym ciosie przysługuje każdemu z was trzydzieści sekund wytchnienia. Przez ten czas klęczycie na jednym kolanie, co jest sygnałem dla przeciwnika, że nie może was uderzyć, dopóki się nie podniesiecie. Uderzenie przeciwnika, który przyklęknął, skutkuje natychmiastową dyskwalifikacją.

Ujął prawą dłoń moją i Jimmy'ego i złączył nasze pięści. Dużo ciszej, prawie szeptem, powiedział:

– Robicie to, co mówię, i wtedy, kiedy mówię. Jeśli nie, to klnę się na Boga, że po walce dostaniecie ode mnie dwa razy gorszy wycisk niż od siebie nawzajem podczas walki.

Po tej uwadze cofnął się i znów mówił głośno.

– Zaczniecie walkę po usłyszeniu komendy „boks!", a przerwiecie, kiedy padnie komenda „break!". Teraz podajcie sobie ręce, idźcie do swoich narożników i niech sekundanci przygotują was do walki.

Nie znałem terminu „sekundant", ale ruszyłem do narożnika, gdzie czekał na mnie Bosede.

– Zamknij oczy – polecił.

Wykonałem polecenie, a on przykrył moją twarz dłońmi, rozsmarowując jakąś cuchnącą substancję.

– Tłuszcz zwierzęcy – wyjaśnił. – Dzięki niemu ześlizgnie się każdy cios, który ominie twoją gardę. – Wytarł tłuste dłonie o ręcznik. – Jesteś gotowy, Simeonie?

To było dobre pytanie. Wydobyło wszystkie moje lęki i obawy. Silnie uderzył mnie otwartą dłonią w lewy policzek.

– Zadałem ci pytanie. Jesteś gotowy?

– Tak! – odpowiedziałem.

– Dobrze. To walcz. O nasz honor.

Wziąłem głęboki oddech i podszedłem do białej linii. Wąsaty mężczyzna cofnął się, opuścił uniesioną rękę i krzyknął: „Boks!".

Jimmy zaatakował z wściekłością. Wyprowadził lewy, a potem prawy. Jego ramiona pędziły w powietrzu jak skrzydła wiatraka podczas huraganu.

Odskoczyłem na bok i jego ciosy trafiły w górną linę. Siedzący wśród widzów mężczyzna z rudą brodą wrzasnął:

– Dołóż mu, Connor! Zabij tego gnojka!

Bosede się mylił. Słyszałem każdy dźwięk. Widziałem każdą twarz.

Jimmy zaatakował ponownie. Jego prawa pięść trafiła mnie w lewe ucho. Brzęczący ból przeszył mi czaszkę. Opadła mi głowa i ugięły się pode mną nogi, a świat przed moimi oczami się rozmazał. Jak przez mgłę widziałem zarys jego sylwetki. Podskakiwał już w tańcu zwycięstwa.

Słyszałem dopingującą go publiczność.

– Zabij go!

– Dalej, chłopcze! Załatw tego tchórza!

– Rozwal go!

Jimmy uderzył mnie w drugie ucho. Ból zawibrował ponownie. Tłum zwietrzył krew.

– Zabij gnoja!

– Dowal mu!

– Daj mu szkołę!

Rozradowana sylwetka Jimmy'ego znów zatańczyła na ringu.

I wtedy to się stało. Potworna wściekłość, która siedziała we mnie od dawna, przebiła się przez wszystkie dławiące ją koce strachu. Opętała mnie. Uniosła moją głowę. Oderwała od ziemi moje pięty. Wbiłem prawą pięść w twarz Jimmy'ego i ogarnęła mnie euforia. Niewyobrażalnie wielka euforia.

Wyprowadził kontrę. Zablokowałem cios. Uderzyłem sierpowym w brzuch. Znów poczułem ten sam przypływ radości.

Jak przez mgłę widziałem, że się przede mną cofa, ale moja wściekłość ruszyła za nim. Chciała go dopaść. Trafiłem go w nos i poprawiłem serią kilku ciosów.

Lewy, lewy, prawy, prawy. Złość wiedziała, co robić. Złość była bezlitosna.

Jimmy zwalił się na ziemię jak kłoda. Wierzgał nogami.

Złość stanęła nad moim dawnym prześladowcą.

– Podnieś się!

Sędzia wepchnął się przede mnie. Odsunął mnie na bok i liczył.

– ...siedem, osiem, dziewięć...

– Podnieś się! – krzyczałem.

Ale Jimmy nie posłuchał.

Polali go wodą. Zanieśli do narożnika.

Usiadłem na stołku i patrzyłem, jak nieprzytomne oczy na jego bladej twarzy szukają jakiegoś wytłumaczenia. Na sali rozpętało się prawdziwe piekło. Clark, sędzia, Beamish i jeszcze jeden, chyba lekarz, pochylali się nad Jimmym.

Mój prześladowca charczał, jęczał i skomlał. Jego brat Charlie coś wykrzykiwał, popychając Millera, a potem spojrzał na mnie. Jego oczy płonęły nienawiścią.

Złość kazała mi się do niego uśmiechnąć. Wtedy Charlie wyskoczył z narożnika i zanim zdołałem wstać z krzesła, już do mnie dopadł. Chwycił mnie za ramiona i głową uderzył w nos.

Oparłem się plecami o liny, plując krwią. Ból palił mi czoło, ale nie czułem strachu. Tylko gniew. Gniew dwukrotnie silniejszy niż poprzednio.

Odepchnąłem Charliego, zdzieliłem go pięścią w twarz. Złamałem mu nos. Zmiażdżyłem go. Trysnął krwią. Charlie znów się na mnie rzucił, ale uskoczyłem. Wpadł na liny i zanim zdołał odzyskać równowagę, zdzieliłem go w już złamany grzbiet nosa.

Ból zgiął go do ziemi i wydobył z niego wrzask, który uciszył wszystkich widzów.

Wtedy zobaczyłem jego odsłonięty kark. Szyję królika. Moje lewe ramię spadło jak gilotyna. Charlie bezwładnie opadł na ziemię.

Wtedy dłoń Clarka chwyciła za mój nadgarstek.

– Dosyć, chłopcze! Natychmiast przestań. – Odciągnął mnie od leżącego. – Wracaj do swojego narożnika! – Popchnął mnie.

Charlie zaczął się podnosić. Odwróciłem się, żeby do niego doskoczyć. Zatrzymał mnie Bosede.

– Zabiję cię! – krzyczałem. – Zabiję cię, kurwo!

Bosede dźwignął mnie nad ziemię. Wściekle kopałem powietrze, kiedy mnie odnosił. Miałem otwarte usta i wydobywały się z nich nie słowa, a wściekły ryk. Bulgotały mi w gardle dzikie zwierzęce wrzaski. Bestie wyhodowane przez smutek i samotność zostały uwolnione.

Bosede ścisnął mnie tak mocno, że nie mogłem oddychać.

– Już dobrze, słyszysz? Wygrałeś. Możesz się uspokoić.

Ale nie mogłem. Ciosy zadane Charliemu były jak atak na wszystko, co kiedykolwiek w życiu mnie skrzywdziło. W tej jednej chwili odkryłem, że Złość i Walka są moimi nowymi protektorami. Przewodnikami, którzy wskażą mi drogę do przetrwania i prosperity.

DERBYSHIRE, MARZEC 1886 ROKU

Oczy Michaela Brannigana kilka razy się zamykały podczas moich wspomnień o Bosedem i braciach Connor, ale ilekroć przestawałem mówić, otwierał powiekę i słabym gestem albo chrypiącym głosem nalegał, żebym kontynuował.

Wreszcie byłem pewien, że śpi, ponieważ zaczął chrapać, a jego płuca rzęziły przy każdym wydechu. Naciągnąłem kołdrę na jego wielkie ramiona, po czym cicho wyszedłem z pokoju.

Gwałtownie pogarszający się stan starego zapaśnika zasmucał wszystkich domowników, ale szczególnie zmartwiony był Profesor. Jego nastrój mroczniał z tygodnia na tydzień, a po każdym badaniu lekarskim Brannigana Moriarty zaszywał się gdzieś na długie godziny. Któregoś wieczoru, po kolejnej wizycie lekarza, wziął mnie na stronę i nalegał, żebym poszedł z nim do skrzydła domu, którego wcześniej nie widziałem.

– Jestem wzruszony sposobem, w jaki zacząłeś traktować Michaela – oznajmił. – To dowodzi, że nauczyłeś się zarówno człowieczeństwa, jak i szacunku. Z wielką przyjemnością słucham, jak mówi o tobie w ciepłych słowach.

– Nie powinien był tak się o mnie wyrażać.

– Racja, nie powinien, ale się wyraża. Niestety doktor Reuss mówi, że Michael jest już bliski końca.

– Przykro mi to słyszeć.

– To może być już kwestia dni. Reuss dodał, że człowiek mniejszego kalibru zmarłby wiele miesięcy temu.

– Pan Brannigan nie jest człowiekiem mniejszego kalibru. To urodzony wojownik.

– Prawda, ale tej nierównej walki nie da się wygrać. To oznacza konieczność należytego przygotowania cię do tego, żebyś zajął jego miejsce.

– Zrobię, co tylko w mojej mocy.

– A ja muszę zagwarantować, żeby twoja moc wystarczyła. – Otworzył ciemne dębowe drzwi i weszliśmy do zimnego pomieszczenia, w którym unosił się dziwny zapach chemikaliów i wygasłego ognia. Świece migotały. Drewniane deski uginały się i skrzypiały pod naszymi stopami. Kiedy mój wzrok przyzwyczaił się do półmroku, najpierw miałem wrażenie, że wszedłem do prywatnego muzeum. Nieco makabrycznego, ponieważ na kilku małych okrągłych stolikach zobaczyłem kilkanaście ludzkich czaszek pozbawionych ciał i zabarwionych na kolor złamanej bieli.

– Są prawdziwe – zauważył Moriarty nieco ubawiony wyrazem zaskoczenia na mojej twarzy. – Mam je z powodów naukowych. Interesuję się frenologią. Wiesz, co to jest?

– Kolekcjonowanie ludzkich głów?

Zaśmiał się.

– Nie, to nauka o mózgu. Mózgu i ukształtowaniu czaszki, które najprawdopodobniej wpływa na myśli i emocje. – Wskazał eksponat obok mnie. – Po twojej lewej stronie znajduje się ładny okaz. Pochodzi ze szkoły medycznej w Edynburgu.

Skupiłem się na dużej czaszce koloru kości słoniowej z czarnymi otworami w miejscach, gdzie kiedyś były nos, usta, uszy i źrenice.

– Zamknij oczy i powoli przesuń dłonią po czubku czaszki.

Zawahałem się.

– Zrób to. Przecież cię nie ugryzie.

Zacisnąłem powieki i niechętnie oparłem dłoń na czaszce.

– Wyczuwasz wgłębienia przebiegające w miejscach, gdzie kończy się jeden obszar mózgu, a zaczyna drugi?

Najpierw kość wydawała się jednolicie gładka. Potem wyczułem wyraźne wzniesienia i wgłębienia, wypukłości i wypiętrzenia.

– Tak – wyznałem. – Czuję to, o czym pan mówi. To jak bieganie po trawie. Wydaje się gładka, ale potem stopy natrafiają na nierówności.

– Masz rację. A twoje porównanie jest jak najbardziej trafne, ponieważ mózg jest złożony z obszarów odpowiadających za różne aktywności. Otwórz oczy i sprawdź.

Cofnąłem dłoń i zrobiłem, co kazał. Na czaszce zaznaczono i podpisano atramentem kilka obszarów: koncentracja, skrytość, konstruktywność, samoocena, przyczynowość i ostrożność.

Moriarty podszedł bliżej, żeby położyć dłoń na czaszce.

– To wszystko jest naprawdę oczywiste. Ludzka czaszka dopasowuje się do mózgu dokładnie tak, jak rękawiczka do dłoni. Gdyby ci pokazano rękawiczkę, potrafiłbyś zidentyfikować kciuk, kłykieć, palce i wewnętrzną stronę dłoni oraz opisać pełnione przez nie funkcje: pisanie, czucie, dźwiganie, zadawanie ciosów, głaskanie *et cetera*. Spójrz na czaszkę jak na rękawiczkę dla mózgu, a zrozumiesz. Dzięki niej możemy identyfikować uczucia, obawy, nadzieje i marzenia oraz oznaczać je równie łatwo, jak w rękawiczce dostrzeglibyśmy kciuk albo palec wskazujący.

To wydawało się sensowne. Z pewnością wszystkie myśli i zdolności musiały być gdzieś przechowywane i przypuszczałem, że tacy mądrzy ludzie jak Profesor zajmują się ustalaniem gdzie.

– Frenologię zapoczątkował Hipokrates. Potem kontynuowali ją Rzymianie, a ostatnio amerykański wydawca Lorenzo Fowler, z którym kilka razy dyskutowaliśmy o założeniu Brytyjskiego Towarzystwa Frenologicznego.

Obrócił ekspozycję przed nami i położył dłoń na następnej czaszce po prawej.

– To głowa Johna Bellinghama. Kazałem ją ukraść z Barts Pathology Museum i zastąpić czaszką pośledniejszego śmiertelnika. – Czule pogłaskał kość. – Wiesz, kim był Bellingham?

– Niestety nie.

– To on zabił premiera Spencera Percevala. Strzelił mu prosto w serce, ponieważ Perceval wprowadził przepisy, które doprowadziły go do ruiny, a przynajmniej Bellingham tak uważał. Dotknij jego czaszki, Simeonie. Poczuj ją pod dłonią, porównując do własnej. Powiedz mi, czy zauważasz jakieś podobieństwa.

Nie miałem ochoty tego robić, patrzyłem więc tylko na białe kości.

– Natychmiast! – rzucił ostro Moriarty.

Niechętnie umieściłem jedną dłoń na czaszce, a drugą na własnej głowie. Moriarty wpatrywał się we mnie wyczekująco.

– I jak? Znalazłeś podobieństwa?

– Nie wiem. Nie umiem określić.

– Postaraj się!

– Może małą wypukłość… – spekulowałem, próbując go zadowolić.

– Gdzie?

– Tutaj. – Wskazałem palcem na okolicę za moim prawym uchem. W jego oczach błysnęło podniecenie.

– Wypukły obszar nad uchem odpowiada za naszą energię dynamiczną. Jest źródłem ducha walki, potrzeby zemsty, a nawet stosowania siły i przemocy. Frenologia nazywa to studnią destrukcji. Z tej właśnie studni czerpiemy wściekłość i złość.

Tym razem na swojej głowie położyłem obydwie dłonie, badając kostny wyrostek.

– Co to oznacza dla mnie?

– Dla ciebie? Wszystko, Simeonie! To oznacza, że tak jak Bellingham urodziłeś się, żeby zabijać. Ale miejmy nadzieję, że unikniesz jego losu. Został pojmany i powieszony.

Chyba zauważył, że wstrząsnęły mną jego uwagi, ponieważ natychmiast dodał:

– Nie martw się. Bellingham nie miał ani mnie, ani pozostałych członków Trójcy, którzy by go chronili.

– Wszystkie pozostałe czaszki też pochodzą z muzeów i szkół medycznych? – zapytałem, chcąc skierować rozmowę na inne tory.

– To czaszki moich wrogów. – Ze złośliwą nostalgią przebiegł wzrokiem po ekspozycji, po czym dodał: – To sala z moimi trofeami oraz moje laboratorium. Mam tu czaszki polityków, policjantów, sędziów i członków wszystkich najważniejszych rodzin przestępczych w kraju.

Przechodził od czaszki do czaszki, dotykając każdej niczym kupiec winny czule gładzący butelki z najlepszych roczników.

– Zgromadziłem także czaszki wyłudzaczy, cwaniaków podtruwających konie przed wyścigami, paserów, złodziei, włamywaczy, pałkarzy i szulerów. Wszystkich chyba rzezimieszków i poślednich kryminalistów, jakich mógłbyś sobie wyobrazić. Dzięki frenologii wiem, jakie cechy ma dobry oszust, co wyróżnia skutecznego szulera i dlaczego truciciele koni stosują przemoc wobec ludzi.

Zauważyłem, że czaszki nie są podpisane ani opisane żadnymi numerami lub kodami.

– Tyle jest tych czaszek, to skąd pan wie, która należała do kogo?

– Och, znam je wszystkie bardzo dobrze. Nie potrzebuję żadnych zapisków ani podpowiedzi. Rozpoznaję każdą z tych głów tak samo dobrze jak wtedy, kiedy miały jeszcze ciało i włosy, kiedy jeszcze pod ich głupimi czołami pulsowały mózgi, spiskując przeciwko mnie. Pamiętam nawet nikczemne słowa wypowiadane przez te ziejące milczeniem usta.

Odwrócił się powoli.

– To były monstra pasożytujące na społeczeństwie, a kiedy ich drogi przecięły się z moją, zaczęli zagrażać mnie lub mojej rodzinie w takim stopniu, że musiały umrzeć.

Naliczyłem ponad trzydzieści czaszek. Trzydzieści zakończonych ludzkich istnień.

– Czy to wszyscy, których pan kazał zabić?

– Dobry Boże, nie! To tylko ci, którzy się liczyli. Podżegacze. Przywódcy. Naprawdę dokuczliwi.

– Dlaczego pan mi to wszystko pokazuje i mówi, panie Profesorze?

Oparł dłoń na moim ramieniu.

– Żebyś mnie zrozumiał. Dowiedział się, co jest ważne w moim życiu, i poznał sprawę, za którą wszyscy walczymy.

– Sprawę?

– Każde życie musi mieć kierunek. Swój cel. Niedawno rozmawiałem z panem Herbertem Spencerem, który jest wielkim biologiem, i tak się składa, że pochodzi ze wzgórz Derbyshire. Podobnie jak pan Charles Darwin i ja, Herbert jest zafascynowany ewolucją ludzkości. Przedstawiłem mu moją teorię doboru naturalnego, według której przetrwają tylko najsilniejsi. Był nią bardzo poruszony. Widziałem, jak na jego twarzy zastygły wszystkie emocje, kiedy wypowiedziałem te słowa: przetrwają najsilniejsi. Żeby przeżyć, Simeonie, musimy eliminować naszych wrogów, zwłaszcza tych najbardziej niegodziwych.

Moriarty przeszedł bliżej drzwi, gdzie na cokole przy ścianie osobno została umieszczona tylko jedna czaszka.

– Ten okaz należał do przedstawiciela szczególnie nikczemnej odmiany ludzkości. Trafił tutaj dzięki wyjątkowemu talentowi panny Breed. Kiedy wyeliminujemy tę odmianę, całą ścianę zapełnią cokoły z eksponatami.

Uderzył dłonią w górną część czaszki, a jego twarz rozświetlił uśmiech.

– Chodźmy już. Spóźnimy się na obiad.

– Czyja to była głowa? – zapytałem, kiedy wychodziliśmy z laboratorium.

– Nie tego, na kim zależało mi najbardziej – odparł, zamykając drzwi. Położył dłoń na moim ramieniu. – We właściwym czasie powiem ci więcej, Simeonie. Znacznie więcej. Jeszcze jednak nie teraz. Ta opowieść trwałaby tak długo, że stracilibyśmy czekający nas, mam nadzieję, smaczny posiłek.

8 DNI DO EGZEKUCJI

NEWGATE, 10 STYCZNIA 1900 ROKU

Nie mam pojęcia, jakim cudem dni w więzieniu upłynęły tak szybko. Wiem tylko, że minęły.

Sto dziewięćdziesiąt dwie godziny. Tyle czasu mi zostało na tym bożym świecie. Przekonałem się, że Holmes miał rację: każda kolejna sekunda przybliżała mnie do obłędu. Podważyłem gwoździem wszystkie cegły w tej cholernej celi, ale trzymały się świetnie. W odróżnieniu ode mnie.

Czy ucieczka w ogóle była możliwa? Niezaprzeczalnie. Nie miałem wątpliwości, że któraś z tych starych cegieł musi ustąpić; któryś z tych głupich młodych klawiszy popełni jakiś błąd. Byłem pewien, że moja szansa w końcu nadejdzie. Musiałem tylko zachować czujność.

Przed moją celą usłyszałem jakiś hałas. Może to ten moment? Zabrzęczały klucze, szczęknęły zasuwy, zgrzytnął zamek, po czym zaskrzypiały otwierane drzwi.

Niechlujnie ubrany strażnik z siwą brodą stanął w progu. Najpierw obejrzał moje łańcuchy. Upewnił się, czy mu nie zagrażam, zanim w ogóle się odezwał.

– Czas cię zważyć i zmierzyć, Lynch. Kat, pan Warbrick, chce znać szczegóły, żeby się należycie przygotować.

– Chyba Billington?

– Warbrick. Billington zrezygnował, dlatego zajmie się tobą jego kolega.

Siwobrody uderzał pałką w dłoń, podczas gdy dwóch innych klawiszy zakuwało mnie w łańcuchy do chodzenia.

– Bardzo wspaniałomyślne z jego strony – powiedziałem. – Kto by pomyślał, że kaci mają wielkie serce?

– Zakuty – zameldował młodszy klawisz, kiedy szarpnął mocno za łańcuchy i się cofnął.

– No to idziemy.

Zaprowadzili mnie do pomieszczenia blisko kuchni. Tam zostałem wepchnięty na żelazną wagę dźwigniową, która na co dzień służyła do ważenia worków z żywnością przysyłanych przez kupców.

– Mamy tu prawdziwego mięśniaka – stwierdził młody pryszczaty klawisz, kiedy chwycił mnie za biceps, przytrzymując na wadze.

– Mięso jak to mięso, trzeba ciasno obwiązać – zażartował drugi. – Na przykład mostek albo szynkę.

– Nie mitrężyć z robotą! – zwrócił im uwagę przełożony.

Obydwaj jego totumfaccy nie mogli dobrać odpowiednich odważników, żeby ustalić moją masę.

– Ileż można? – niecierpliwił się siwobrody. Spojrzał na mnie i dodał: – A ty stój spokojnie. Pan Warbrick chce dostać dokładne dane, żeby mógł cię potraktować w ludzki sposób, lepiej więc się nie poruszaj.

– Osiemdziesiąt kilogramów i trzysta siedemdziesiąt gramów – oznajmił młody.

– Najważniejsze, że katowi nie wisi, jak cię powiesi – dodał pryszczaty.

Kiedy zapisali pomiary i odprowadzili mnie z powrotem do celi, zostałem rzucony na podłogę. Przez cały czas, kiedy zdejmowali łańcuchy do chodzenia i przykuwali mnie z powrotem do żelaznej obręczy w podłodze, jeden z młodych trzymał moje ręce jak najwyżej nad plecami.

Siwobrody stał tuż poza moim zasięgiem, gapiąc się na mnie.

– Wiem, co zrobiłeś, Lynch. Kogo zabiłeś. – Splunął na podłogę. – Mam nadzieję, że po dzisiejszym ważeniu częściej będziesz się zastanawiał nad egzekucją. – Objął palcami szyję. – Poczujesz szarpnięcie liny. Twoje ciało spadnie jak worek kamieni, a potem będziesz dyndał, powoli się dusząc i machając nogami, a twoje parszywe serce w ostatnim momencie zacznie walić tak, jakby chciało się przebić przez żebra. – Cofnął się do drzwi. – Pomyśl o tym teraz, Lynch.

Już miał zamykać drzwi, kiedy nagle za jego plecami pojawił się Huntley.

– Odsuń się, człowieku. Muszę porozmawiać z więźniem.

Siwobrody z zaskoczoną miną wycofał się do korytarza.

– Zamknij drzwi!

Nie bez wahania, ale wykonał polecenie.

Huntley spojrzał na mnie.

– Niemiły typ. Mam nadzieję, że nie zachowywał się w niechrześcijański sposób.

– Niechrześcijański? – Uśmiechnąłem się. – Ten człowiek byłby gotów sprzedawać bilety na ukrzyżowanie Chrystusa. Zalicza się do tych, którzy w egzekucjach upatrują rozrywki.

– Nie uważam, by odbieranie życia komukolwiek było właściwe. Ani przez mordercę takiego jak pan, ani przez kata w imieniu państwa.

– Radykalny pogląd.

– Wolę widzieć w sobie reformatora niż radykała. Chociaż kiedy patrzę na wymiar sprawiedliwości, zaczynam dostrzegać pierwsze oznaki reform. Ważne, choć nieznaczne.

– Może z czasem będzie ich więcej. Podobno dzięki reformatorom Tyburn jest teraz świątynią wolności słowa. Zbierają się tam najróżniejsi idioci, żeby wypluwać wszelkie nonsensy, jakie się w ich mózgach zalęgną.

– To prawda. Hyde Park znajduje się niedaleko Drzewa Tyburn. Ale za namawianie do zdrady stanu nadal grozi kara śmierci.

– I słusznie.

Zastanawiałem się, czy wziąć go jako zakładnika. Chociaż młody i sprawny, nie mógłby się ze mną równać. Michael Brannigan nauczył mnie kilkunastu sposobów na obezwładnienie kogoś takiego jak on. Zrobiłbym to bez wysiłku. Potem wystarczyło chwycić ukryty w szczelinie przy drzwiach gwóźdź i przystawić mu go do gardła. Tylko co dalej?

– Pański adwokat poprosił mnie, żebym przekazał, że robi wszystko, co może zrobić prawnik.

Zerknąłem na okno.

– Prędzej ja się prześlizgnę przez te kraty, niż Levine wyciągnie mnie stąd jako wolnego człowieka. A zarówno pan, jak i ja wiemy, że szansy na ucieczkę nie mam.

– Teraz już nie, ale wcześniej ucieczki się zdarzały. Słyszał pan o Jacku Sheppardzie?

– Postać z ludowych legend i wyolbrzymionych opowieści.

– Niewątpliwie, ale Jack Sheppard to postać autentyczna i wiele z tych opowieści jest prawdą. Sheppard był włamywaczem, zdaniem wielu najlepszym w Londynie, i naprawdę stąd uciekł. Dwukrotnie.

– Dwukrotnie?

– Raz przez zakratowane okno dokładnie takie jak pańskie, a raz przez komin. – Uniósł brwi. – Pomógł nawet uciec swojej kochance.

– Jak to zrobił?

– Przepiłował kratę w oknie, zawiesił prześcieradło na murze więziennym i pomógł jej zejść.

– Obydwojgu udało się uciec?

– Tak, ale Sheppard został powtórnie ujęty i powieszony.

– Dobra historia ze złym zakończeniem.

– Większość historii skazanych na śmierć źle się kończy. – Huntley musiał się obawiać, że jego aforyzm będzie dla mnie przygnębiający, bo natychmiast dodał: – Ale przecież pan Theodore Levine należy do najświetniejszych prawniczych umysłów w tym mieście. Jeśli więc są podstawy do apelacji, to z pewnością je znajdzie. Albo stworzy.

– Spróbuję znaleźć pocieszenie w tym stwierdzeniu.

– Zorganizowałem dla pana spacer. Niedługo moi ludzie zabiorą pana na dziedziniec. Dzień jest chłodny, ale bezchmurny. Trochę świeżego powietrza dobrze panu zrobi.

Właśnie miałem mu podziękować, kiedy w zamku przekręcił się klucz. Drzwi się otworzyły i do celi wparował Johncock, jak zwykle w towarzystwie kilku swoich ludzi.

– Dowiaduję się, że uzyskał pan dla Lyncha pozwolenie na spacer. Czy to prawda?

– Tak, panie Huntley.

– Cofnąłem to pozwolenie.

– Z całym szacunkiem, panie wicezarządco, ale w sprawie tego osadzonego to ja podejmuję decyzje. Ma prawo do spaceru i uważam, że...

– Pierdolę pańskie decyzje. Newgate to moje więzienie. – Otwartą dłonią Johncock uderzył w pierś Huntleya, a ten cofnął się o krok. –

Proszę na zewnątrz, panie Huntley. Musimy zamienić słowo na osobności.

Wyszli, a ich śladem ruszyła świta Johncocka. Przez zatrzaśnięte z wściekłością drzwi przez chwilę słyszałem podniesione głosy. Potem nastąpiła cisza. Cisza, która rozciągnęła się na minuty, a potem na godziny. Wyglądało na to, że jednak na spacer nie pójdę. Co więcej, gwiazda pana Huntleya chyba nieco przygasła i Johncock znów był panem tej resztki życia, która mi jeszcze została.

DERBYSHIRE, KWIECIEŃ 1886 ROKU

Tego ranka musiałem zrezygnować z wizyty u Brannigana, ponieważ wykonywałem kilka zadań zleconych przez Profesora.

Najpierw zawiozłem sporą sumę pieniędzy sędziemu mieszkającemu w Tissington Hall, wspaniałej jakobickiej rezydencji oddalonej o zaledwie kilka kilometrów od domu Moriarty'ego, a potem odebrałem pokaźną kopertę z dokumentami od wyższego rangą policjanta w Matlock Bath.

Thackeray, ten sam woźnica, który siedział na koźle podczas wyreżyserowanej misji kradzieży diademu króla Jana z domu lorda Graftbury'ego, wiózł mnie także tym razem. O wiele przyjemniej jechało się obok niego, tym bardziej że chętnie pokazywał mi okoliczne rezydencje oraz miejscowe atrakcje, włącznie z budynkami, które wzniesiono tylko po to, by pobierać od gości opłaty za kąpiele w tutejszych źródłach.

– Ci ludzie mają nie po kolei w głowie, i to bardzo – oznajmił, a jego akcent natychmiast zdradził, że pochodzi z Lancashire. – Słono płacą za to, żeby pić deszczówkę i moknąć, aż im jajka odmarzną. Jeszcze więcej płacą za wodę podgrzaną w wannie, żeby mogli się parować. Kto wie, dokąd ten świat zmierza?

Wróciłem myślami do nędzy, której zaznałem jako dziecko.

– Był taki czas, że chętnie zapłaciłbym za gorącą kąpiel.

Nie zniechęciło go moje wtrącenie.

– Myślę, że to przez te całe zdroje Profesor wpadł na pomysł, żeby instalować łaźnię na tyłach dużego domu. Niektórzy mają więcej pieniędzy niż rozumu, nasz Profesor czasem też.

Kiedy wróciliśmy, pomogłem Thackerayowi wytrzeć konie i odprowadzić karetę do dużej szopy, w której stały wszystkie pojazdy – powozy jednokonne, landa, różnego rodzaju odkryte omnibusy, dwukółki, furmanki i gigi.

Thackeray z czułością przesunął dłonią po czarnym lakierze stojącego w pobliżu pojazdu.

– Taka dwukółka jest szybka jak błyskawica. Ale wszyscy widzą, kto nią jedzie. Przyciąga uwagę. Jeśli więc się chce pojechać in-co--gni-to, jak to mówi pan Gunn, to najlepiej tą staruszką. – Klepnął w tył najpowszechniejszego w kraju pojazdu.

– To dorożka, prawda?

– Ano dorożka.

– Wychowałem się w Londynie i wiele takich widziałem.

– Nie dziwne. Końskich dorożek mają tam ponad cztery tysiące. Ale ani jednej takiej jak ta. Przebudowaliśmy ją. Teraz jest lżejsza, ma niższe i twardsze zawieszenie. Dlatego dwa konie ciągną ją bez wysiłku, przez co jest szybka i zwinna.

Już miał wdać się w kolejne szczegóły, kiedy przerwała mu Jane, młoda pokojówka, która zaprowadziła mnie do łaźni po mojej pierwszej lekcji z Branniganem.

– Halo? – krzyknęła od drzwi. – Jest tam kto?

– Thackeray. Czego chcesz?

Ruszyła w naszym kierunku.

– Jest z tobą pan Lynch?

– Tak, jestem tutaj – odezwałem się, wychodząc zza pleców woźnicy.

– Przysyła mnie pan Brannigan. Chce pana widzieć.

Przygnębiła mnie ta wiadomość.

– Mówiłem mu wczoraj wieczorem, że dziś muszę załatwić kilka spraw i wyjeżdżam.

– Wiem jedynie, że chce pana widzieć. Krzyczy pańskie imię, jak tylko zdoła złapać trochę tchu.

– Pójdę natychmiast.

Chociaż Brannigan najwyraźniej zapomniał, co mu mówiłem, poczułem się winny, że przy nim nie czuwam.

Ruszyłem za Jane przez dziedziniec. Zostawiła mnie przy bocznym wejściu i udała się do kuchni. Do pokoju Brannigana poszedłem sam. Zasłony były zaciągnięte, ale że słońce stało wysoko na niebie, to lekkie cytrynowe światło przebijało się pod karniszami i wokół krawędzi tkaniny. Michael siedział oparty o poduszkę. Patrzył spod przymrużonych powiek i oddychał z przerażającym charkotem. Kiedy mnie zauważył, na jego spieczonych ustach pojawił się delikatny uśmiech i uniósł dłoń nad łóżko.

– Wody... – Nie miał siły dodać „proszę".

– Oczywiście. – Pośpiesznie podszedłem do surowego drewnianego stołu pod ścianą i z dużego dzbanka nalałem wody. Wróciłem do łóżka i podałem mu szklankę. Znów podniósł rękę, nie dość jednak wysoko, żeby sięgnęła do naczynia. Przystawiłem więc mu je do warg i lekko przechyliłem, żeby mógł się napić. Zamknął usta, kiedy wypił już dość. Odstawiłem szklankę na nocny stolik. – Proszę powiedzieć, jeśli będzie pan chciał więcej.

– Daj fajkę – poprosił słabym głosem.

– Nie. – Uśmiechnąłem się. – Wie pan, co powiedział doktor Reuss. Żadnego palenia. To panu szkodzi.

– Pieprzyć go! – Wziął głęboki oddech. – Daj mi fajkę, Simeonie. Pociągnę ostatniego dymka.

Z bólem słuchałem tych słów. Brzmiały tak, jakby już umierał, w tej chwili. Może jednak zbyt wiele się w nich doszukiwałem.

– Fajkę! – prosił.

Rozejrzałem się dookoła. Jego prywatne rzeczy leżały na półce obok fotografii przedstawiającej go jako młodego zapaśnika. Sięgnąłem po kapciuch, zapałki i fajkę. Była stara. Glinianą główkę zdobił wizerunek cygańskich wozów i koni.

Michael nie miał siły, żeby samodzielnie ją nabić, wystukałem więc fajkę o stolik przy łóżku, wyjąłem z kapciucha szczyptę tytoniu i ubiłem w główce. Podpaliłem i rozżarzyłem tytoń, po czym przystawiłem mu fajkę do ust.

Stary zapaśnik z trudem się zaciągnął. Broniąc się przed dymem, jego płuca zmusiły go do kaszlu, który ścisnął mu pierś, a twarz zmarszczył bólem.

Wyjąłem ustnik spomiędzy jego warg. Rzucił mi oskarżycielskie spojrzenie, wsunąłem więc ustnik z powrotem. Tym razem poszło mu lepiej. Palił krótkimi pociągnięciami i zatrzymywał dym, dopóki organizm nie poddał się nikotynie.

Minęło kilka milczących minut. Ja trzymałem fajkę przy jego ustach, a on leżał oparty o poduszkę, a w gardle aż mu zgrzytało od trującej inhalacji i bólu przy wydychaniu. Nie miałem pojęcia, jakie myśli przebiegały przez jego głowę – ja wspominałem naszą pierwszą walkę, podczas której pokonał mnie pod każdym względem. Teraz ten umierający siłacz wydawał się zupełnie innym człowiekiem.

Przestał się zaciągać. Charczenie ustało. Przez ułamek sekundy widziałem w jego oczach zadowolenie.

– Już koniec?

Powoli przechylił głowę w moją stronę.

– Tak, koniec. To już koniec.

Odstawiłem fajkę na stolik przy łóżku, po czym naciągnąłem kołdrę na jego ramiona.

Chwycił mnie za rękę.

– Simeonie!

– Co?

W jego oczach znów czaił się ból.

– Pomóż mi.

Uśmiechnąłem się.

– Nie dam panu whisky, niech więc mnie pan nie prosi, żebym…

– Wykończ mnie.

Cofnąłem dłoń.

– Co pan powiedział?

– Wykończ mnie, chłopcze.

Po tych słowach przebiegł mnie dreszcz.

– Głupoty pan mówi.

Poprawiłem kołdrę. Znowu ściągnął ją w dół.

– Proszę!

Kolejny atak kaszlu wstrząsnął jego płucami, wyciskając łzy z oczu.

Podałem mu miskę, żeby mógł splunąć. Ochlapał ją czarną flegmą wymieszaną z krwią i wycieńczony opadł na poduszkę.

Odstawiłem miskę i słuchałem, jak świszczy mu w płucach. Miałem wrażenie, że przy każdym oddechu grzechoczą wszystkie kości w jego wynędzniałym ciele.

Ból znów wykrzywił mu twarz. Po chwili poczułem smród. Potworny smród. Brannigan narobił pod siebie.

Spojrzałem na niego. Przez chwilę patrzył mi w oczy, ale potem zawstydzony odwrócił głowę.

– Proszę się nie przejmować. Sprowadzę pokojówkę, we dwoje pana umyjemy, a potem znów położymy do łóżka.

Brannigan odwrócił głowę, żeby na mnie spojrzeć.

– Na litość boską, nie rób mi tego!

Płakał. Najsilniejszy człowiek, z jakim kiedykolwiek walczyłem, miał w oczach łzy.

Poczułem, że mnie także wilgotnieją oczy.

– Mam zawołać Profesora? Doktora Reussa?

Wyciągnął dłoń. Ścisnąłem jego palce, chcąc dodać mu odwagi.

– Lekarz poda panu opium. Będzie mógł...

– Zrób to! – prosił. – Zrób to teraz.

Poczułem, jak jego dłoń zaciska się na mojej. Serce skoczyło mi do gardła. Zerknąłem na otwarte drzwi, mając nadzieję, że ktoś wejdzie i zakończy tę chwilę.

Zakasłał raz jeszcze, brudząc kołdrę pod brodą.

Podszedłem do drzwi, żeby je zamknąć, po czym powoli wróciłem do łóżka. Starałem się na niego nie patrzeć. Lewą dłonią zakryłem mu usta, a prawą ścisnąłem nos, zanim zdążył nabrać powietrza.

Michael chwycił mnie za lewe ramię i przez chwilę myślałem, że chce ze mną walczyć. Ale nie, nawet nie spróbował. W oczach miał bezradność, ale nie strach.

Zacząłem cofać dłoń, ale ją przytrzymał i zamknął oczy. Znów więc docisnąłem, jeszcze silniej zamykając jego nozdrza. Michael wierzgnął nogami. Wygiął w łuk grzbiet i uniósł kolana, piętami szorując o prześcieradło.

Potem kopanie ustało, a jego dłoń odpadła od mojego ramienia. W jego piersiach odezwał się jeszcze ostatni, przerażający charkot, ale nie oderwałem dłoni od jego ust i nie przestałem ściskać nosa. Chciałem mieć pewność, że się dokonało.

Potem gapiłem się na łóżko. Słuchałem ciszy. Obserwowałem bezruch. Za oknem ptaki świergotały na drzewie. W korytarzu zaskrzypiała deska podłogowa.

Drzwi otworzyły się z hałasem, zaskakując mnie. Surrey trzymała za klamkę jeszcze po wejściu.

– Wielkie nieba! – powiedziała, lekceważąc przykry zapach. – Czy ktoś...

Zobaczyła Michaela i natychmiast spojrzała na mnie pytająco. Potwierdziłem jej podejrzenia.

– Nie żyje.

Puściła klamkę i podbiegła do łóżka. Przyłożyła palce do szyi Michaela, szukając pulsu – mnie nie przyszło to do głowy. Potem podniosła oczy na mnie.

– Nie żył już, kiedy przyszedłeś?

Milczałem. Nie miałem pojęcia, co powiedzieć ani jak się zachować.

Odwróciła się do Michaela. Patrzyła na zabrudzoną i zmiętą pościel, na wywróconą miskę, do której spluwał. Dotknęła ciepłej fajki na stoliku nocnym.

Odeszła od łóżka i położyła obydwie dłonie na moich ramionach.

– Nic ci nie jest?

Nie potrafiłem wydusić z siebie słowa.

Położyła palec na moich ustach.

– Kiedy przyszedłeś, on już nie żył. Wszedłeś tutaj, a on już leżał tak jak teraz. Prawda?

Skinąłem głową.

Uścisnęła mnie. Przez chwilę przytulała mnie do siebie. To dobrze, że przyszła. Że rozumiała.

– Idź na dół – poleciła. – Znajdź Profesora i powiedz mu, że Michael odszedł z tego świata. Że jestem tu z nim i potrzebuję pomocy. Profesor wszystkim się zajmie.

Ruszyłem do drzwi.

– Simeonie! – zawołała.

Odwróciłem się.

– Wiem, że Michael tego chciał. Prosił, żebym... – Jej oczy zaszły łzami. – ...żebym mu pomogła... ale nie potrafiłam tego zrobić.

8 DNI DO EGZEKUCJI

To JOHNCOCK OTWORZYŁ potem drzwi mojej celi. Jego lokaje zamknęli je za nim i stali przy wejściu, podczas gdy on podszedł do mnie. – Wstań z pryczy, Lynch! – Jego twarz nadal była czerwona po kłótni z Huntleyem.

Wykonałem polecenie jak zawsze z ociąganiem. Stanął tak blisko mnie, że jego kamasze dotykały moich palców u nóg. Pięty miałem oparte o pryczę. Nie widziałem niczego oprócz jego oczu i płonącego w nich triumfu.

– Jeśli myślisz, że taki gad jak Huntley może rozrabiać w moim więzieniu i ułatwiać ci życie, to się mylisz. Newgate jest moje! Wszystko, co się tutaj dzieje, zależy ode mnie. Nie od najświętszego zarządcy i jego komitetów. Nie od rządu ani żadnych cholernych nawiedzonych reformatorów, którzy na siłę chcą wszystkich uszczęśliwiać. A już z pewnością nie od pana Harrisona jebanego Huntleya. – Z wściekłości aż dyszał. – Rozumiesz, co mówię, Lynch? Rozumiesz, ty zbrodnicza łajzo? Ro-zu-miesz?

Krzyczał tak głośno, że bębenki w moich uszach brzęczały jak pszczoły w zaatakowanym ulu.

Ja nie podniosłem głosu. Przeciwnie, odpowiedziałem szeptem.

– Sądzę, że słyszało pana całe więzienie, panie Johncock. I większa część Londynu.

Cofnął się o krok i oznajmił swoim ludziom:

– Skończyłem z nim.

Jeden ze strażników walnął pięścią w drzwi, żeby klawisz na zewnątrz je otworzył. Johncock dźgnął mnie palcem wskazującym.

– Huntleyowi na tobie nie zależy. Ma gdzieś ciebie i twoje tak zwane dobro. Głęboko gdzieś. W tej sprawie chodzi o niego. Dba o dobro, owszem, swoje i swojej kariery. Jesteś tylko pionkiem w jego grze.

Podszedł do swoich ludzi.

– Temu więźniowi brakuje ruchu, więc macie mu go zapewnić. Dopilnujecie, żeby ten potwór chodził tak długo, aż padnie na kolana i będzie błagał, żeby pozwolić mu skończyć, a cela wyda mu się pałacem.

DERBYSHIRE, KWIECIEŃ 1886 ROKU

ZE ŚCIŚNIĘTYM GARDŁEM dźwigałem swoje brzemię w dół wielkich schodów do głównego holu, gdzie dotarła do mnie cała potworność mojego czynu i poczułem się jeszcze bardziej przytłoczony. Michael był mi bliższy, niż przypuszczałem. Przeciągnął mnie na swoją stronę. Ukształtował mnie. Wywarł na mnie olbrzymi wpływ. A ja odebrałem mu życie.

Otępiały snułem się po korytarzach, dopóki nie odnalazłem pracowni Moriarty'ego. Z ulgą usłyszałem przez drzwi, że rozmawia z Cornwellem, a spodziewałem się, że to właśnie kamerdyner wszystkim się będzie zajmował.

Zapukałem i otworzyłem drzwi.

– Pan Brannigan odszedł z tego świata – oznajmiłem od progu. Twarz Moriarty'ego wykrzywiła się w bólu.

Podszedłem bliżej. Wiedziałem, że nie mogę powiedzieć prawdy o tym, co się wydarzyło.

– Jedna z pokojówek przybiegła do mnie z informacją, że mam się do niego udać. Niestety zmarł, zanim dotarłem do jego pokoju. Surrey… to znaczy panna Breed jest z nim teraz.

Głowa Profesora opadła na piersi.

– Zajmę się nim, panie Profesorze – powiedział Cornwell. – Dopilnuję, żeby zrobiono wszystko, co należy, a potem wrócę do pana i zapytam, czy zechce pan go odwiedzić. – Po tej deklaracji wyszedł, żeby się zająć swoimi obowiązkami.

Ja zostałem, spodziewając się, że Moriarty będzie chciał o wszystko wypytać. Bałem się pytań, które mogłyby ujawnić kłamstwo. Ale Profesor tylko siedział z głową w dłoniach. Minęła pełna minuta, zanim podniósł wzrok. Miał szkliste oczy, a jego czoło marszczył ból.

– Zostaw mnie teraz, proszę, Simeonie. Chciałbym być sam ze swoimi myślami, a ty mnie rozpraszasz.

– Jak pan sobie życzy, panie Profesorze.

Z szacunkiem skinąłem głową, a następnie wyszedłem. Kiedy zamknąłem za sobą drzwi, musiałem sam zdecydować, co robić. Nie mogłem jak gdyby nigdy nic wejść do sypialni Michaela, żeby pomagać w działaniach będących następstwem popełnionego przeze mnie morderstwa.

Udałem się więc do ogrodu, a tam się zaszyłem w labiryncie. Miałem nadzieję, że samotność pozwoli mi jakoś odpędzić złość oraz poczucie straty i wstydu, które zdawały się warczeć u moich stóp niczym ujadające psy.

Drżącymi rękami zapaliłem papierosa i spróbowałem usprawiedliwić swój czyn. Spełniłem życzenie Michaela. Powtarzałem to sobie setki razy. Zrobiłem tylko to, czego on sobie życzył.

Wracając do domu, uprzytomniłem sobie, że już nigdy nie będę spacerował po ogrodzie z moim starym mentorem; nigdy nie poczuję podczas treningu uścisku jego szorstkich jak skóra krokodyla dłoni. Ani nie zobaczę powściągliwego uśmiechu, którym zawsze mnie obdarzał po wyjątkowo ciężkich zajęciach, żeby wyrazić pochwałę. Uśmiechu, dzięki któremu zrodziła się między nami krótka, ale naprawdę głęboka przyjaźń.

Podczas mojej niezbyt długiej nieobecności w domu zapanowała niesamowita cisza. Wszystkie zegary zostały zatrzymane, żeby zaznaczyć godzinę śmierci Michaela. Męska służba zajęła się myciem jego ciała. Pokojówki zdążyły już zmienić pościel i pootwierać okna, żeby wywietrzyć pokój. Służący Moriarty'ego czekał w gotowości, żeby ubrać starego zapaśnika w jego jedyny dobry garnitur. Posłano też po fotografa.

Przez kolejne dwie godziny Sirius i Cornwell kierowali przenoszeniem ciała do różnych części domu i ogrodu, gdzie w towarzystwie najróżniejszych znajomych robiono Michaelowi zdjęcia. Zawołano nawet mnie, żebym pozował z nim przy ringu, i muszę wyznać, że trzymanie jego zimnych zwłok blisko siebie było przykrym doświadczeniem. Jestem pewien, że na zdjęciach wyszedłem fatalnie.

Na drzwiach zawisł wieniec ozdobiony wstążkami z czarnej krepy, a ciało Michaela przekazano dżentelmenom z zakładu pogrzebowego pana Lymmsa dopiero wieczorem, żeby poczynili wszelkie konieczne przygotowania do pogrzebu.

Na parterze w tylnej części domu urządzono pokój odwiedzin, w którym od razu zapalono słodko pachnące świece, żeby zamaskować ewentualny przykry zapach. Listy z informacją o śmierci Michaela posłano do Irlandii, gdzie mieszkało wielu krewnych Brannigana. Przez cały ten czas Moriarty prawie z nami nie rozmawiał. Ze swoim wielkim smutkiem i wielką butelką whisky zamknął się w swojej pracowni.

Wchodziłem na schody prowadzące do mojego pokoju, ponieważ zamierzałem się położyć, kiedy zza pleców usłyszałem głos wołającego mnie Siriusa.

– Czego chcesz? – Zagotowała się we mnie złość. – Ostrzegam cię, że nie jestem w nastroju na zaczepki.

– Nie mam takiego zamiaru. Wręcz przeciwnie. – Podszedł do mnie, po czym dodał: – Chciałem ci tylko powiedzieć, że moim zdaniem postąpiłeś dzisiaj właściwie. Honorowo.

Zaskoczyły mnie jego słowa.

– Nie wiem, o czym mówisz.

– Wiesz. Wszyscy wiemy.

Poczułem przypływ przerażenia.

– Nie martw się. Nikt cię nie potępia. – Wyciągnął dłoń. – Chciałem ci podziękować. Michael był mi bardzo bliski. Był bliski nam wszystkim. Pewnie dlatego nikt z nas nie potrafił się zdobyć na to, co zrobiłeś ty.

Uścisnąłem jego dłoń bez słowa, nadal nie chcąc się przyznać.

– Nigdy nie będziemy o tym rozmawiali – ciągnął Sirius – ale wszyscy jesteśmy ci wdzięczni za to, co zrobiłeś. – Uchylił kapelusza. – Dobrej nocy!

– Tobie także.

Idąc po schodach, uświadomiłem sobie, że prawdopodobnie źle oceniałem Siriusa. Wyglądało na to, że w głębi serca troszczy się o kogoś jeszcze poza samym sobą.

8 DNI DO EGZEKUCJI

SMRÓD WIĘZIENIA CZUĆ było nawet na Dziedzińcu Kamieni, choć osadzeni mieli tu ponoć korzystać ze świeżego powietrza.

– Ruszaj się, Lynch – rozkazał jeden z ludzi Johncocka, wymierzając mi solidnego kopniaka, po którym ledwie się utrzymałem na skutych nogach.

Odzyskałem równowagę i chciwie pożerałem wzrokiem nowy krajobraz. Zauważyłem tylko jedne drzwi, zamknięte i strzeżone po obydwu stronach. To oznaczało, że strażnicy uznali je za słaby punkt. Ucieczka była możliwa, chociaż trudna. Z ekscytacji serce zabiło mi mocniej.

– Ruszaj się!

Powłóczyłem stopami, a oczami błądziłem dookoła. Ściany okalające dziedziniec były bardzo wysokie i prawie pionowe. Nie zauważyłem na nich żadnego oparcia dla stóp ani żadnego miejsca, którego mógłbym się chwycić dłońmi podczas wspinaczki, więc nawet gdybym nie był skuty, nie zdążyłbym wejść zbyt wysoko, zanim dopadliby mnie strażnicy.

– Ruszaj się, powiedziałem! – Klawisz zdzielił mnie pałką w plecy.

Ruszyłem naprzód, ociężale chodząc wokół dziedzińca. Pół tuzina innych więźniów spacerowało parami zgodnie z ruchem wskazówek zegara, wybrałem więc kierunek przeciwny. Nie po to, żeby zaznaczyć swoją odrębność – byłoby to bezcelowe. Chciałem mieć ich z przodu. Ktoś, kto przez długie lata mordował i krzywdził ludzi, nie może pozwolić, aby sześciu zatwardziałych kryminalistów spacerowało za jego plecami.

W pierwszej parze szli raczej chłopcy niż mężczyźni: chudzi nastolatkowie powinni odbywać staż czeladniczy, a nie karę więzienia.

Za nimi ociężałym krokiem podążało dwóch mężczyzn w moim wieku. Rozmawiali zwróceni twarzami do siebie, a ich gorące oddechy zamarzały na chłodnym powietrzu. W ostatniej parze spacerowało dwóch starych recydywistów. Szli dobrych kilka kroków za pozostałymi, ze spuszczoną głową i w milczeniu.

Kiedy pozostali więźniowie mnie mijali, przez chwilę znalazłem się z nimi twarzą w twarz. Młodzi chłopcy odwracali wzrok, po części ze wstydu, że już zmarnowali życie, po części zaś z szacunku dla starszego przestępcy, prawdopodobnie recydywisty. Szacunek jest w więzieniu wszystkim. Ci, którzy go okazują, mogą liczyć na święty spokój. Ale wystarczy go odmówić, a można skończyć w trumnie.

Mężczyźni idący za nimi, mijając mnie, przez chwilę patrzyli mi w oczy, próbując mnie ocenić. Zdaje mi się, że rozpoznali, kim jestem, i wiedzieli, co zrobiłem.

Wreszcie naprzeciwko mnie pojawiała się para najstarszych więźniów. Nawet na mnie nie spojrzeli ani nie zwolnili kroku. Myślami przebywali gdzie indziej, wspominając zapewne dawne miłości, noce spędzone przy piwie i kieszenie pełne gotówki. Znajdowałem się poza obszarem ich zainteresowań. Najprawdopodobniej także oni odliczali swoje ostatnie dni, znajdując pocieszenie w przywoływaniu przeszłości.

Z każdym kolejnym okrążeniem zapisywałem w pamięci dokładniejszy obraz dziedzińca. Jeśli na którąkolwiek ze ścian zdołałbym się wspiąć, to na tę w rogu po przekątnej od wejścia, musiałbym jednak najpierw się rozkuć i dobiec tam, zanim dopadną mnie klawisze.

Gwóźdź mógłby mi tę ucieczkę umożliwić. Gdybym się nauczył szybko otwierać nim zamki skuwających mnie kajdan i wyprowadził w pole strażników, udając, że się przewróciłem, to miałbym szansę się wyswobodzić i dobiec do tej ściany z rozpędem, który pozwoliłby mi podskoczyć i czegoś się złapać.

Wiedziałem, że to desperacki plan, ale desperacja leży u podstaw każdej ucieczki z więzienia.

Ludzie Johncocka sumiennie wypełniali jego rozkaz. Nie dawali mi chwili wytchnienia, każąc dojść do granicy zmęczenia, a potem ją przekroczyć. Monotonię zabijałem, wspominając i wyobrażając sobie najwcześniejsze dni mojego życia, sięgając aż do 1864 roku, kiedy się urodziłem. Jak wspomniał Moriarty podczas naszego pierwszego spotkania, na świat przyszedłem w miejscu raczej podłego autoramentu z łona kobiety, której reputacja była jeszcze gorsza. Ponoć przychodząc na świat, wywołałem jej krwotok i cała sala pijaków zastanawiała się, czyje życie ratować. Złożona z moczygęb komisja dokonała złego wyboru. Ocalili mnie, tym samym skazując na śmierć moją biologiczną matkę. Niedługo potem przedsiębiorczy właściciel tej popularnej wśród złodziei spelunki, w zamian za kilka funtów i kosz żarcia, oddał mnie pod opiekę Cyrilowi i Philomenie Lynchom – podstarzałemu piekarzowi i jego bezdzietnej młodej żonie.

Razem z nazwiskiem dali mi wygodę małego mieszkanka przylegającego do piekarni i sklepu, który prowadzili. Zbywało im na pieniądzach, ale miłości w ich domu nie brakowało. Wychowali mnie najlepiej, jak potrafili. Philomena nauczyła mnie czytać i pisać, żebym doświadczał tego, co nazywała „cudami języka i słów".

Cyril pokazał mi, jak powinni się zachowywać młodzi chłopcy, żeby wyrosnąć na dobrych mężczyzn. Jak okazywać szacunek i jak na niego zasłużyć. „Mężczyzna musi mieć maniery!" – wbijał mi do głowy. Gdyby jego piekarnia prosperowała coraz lepiej, z pewnością on i Philomena uformowaliby mnie równie porządnie, jak formowali swoje wyborne chleby i ciasta. Ale nie było mi to dane.

Nie skończyłem ośmiu lat, kiedy mężczyzna, którego przez całe życie nazywałem ojcem, zapracował się na śmierć, przygotowując towar dla londyńskiej socjety. Debiutujące na salonach młode damy posilały się jeszcze jego wypiekami, flirtując przy tym z majętnymi reprezentantami świata polityki, gdy moja matka wypłakiwała sobie oczy, grzebiąc go w grobie dla biedoty.

Niespełna tydzień później do drzwi zapukali wierzyciele ojca. Umowa dzierżawy została unieważniona, sprzęt zwrócony sprzedawcy, a cała zawartość magazynu sprzedana. Mimo to jednak Philomena nie zdołała zacerować naszego rozdartego życia.

Trafiliśmy do przytułku. Prawdę mówiąc, kiedy już osuszyliśmy łzy, zdaliśmy sobie sprawę, że mieliśmy szczęście, trafiając akurat tam. Gdyby zmarły ojciec nie przyjaźnił się z prowadzącym zakład rymarski panem Pottsem i gdyby nie był kuzynem pana Flandersa, który pełnił funkcję skarbnika w radzie powierników tego szacownego zakładu, naszym łóżkiem byłby bruk na ulicach miasta, a zamiast dachu mielibyśmy nad głową ni mniej, ni więcej, tylko zadymione niebo Londynu. Zaraz po przekroczeniu progu tego okropnego miejsca zostaliśmy rozdzieleni. Noszącą wciąż wdowi czepek Philomenę zabrano do oddziału żeńskiego, mnie natomiast wytargano za ucho i poprowadzono do budynku dla dzieci.

Z domu zabraliśmy najmniejsze portrety sylwetkowe z jej kolekcji, wyjęte z drewnianych ramek, ale za to przechowywane na sercu: mój przedstawiał piękną kobietę, a jej – starannie uczesanego młodego chłopca. Pocieszała mnie myśl, że przed zaśnięciem Philomena całuje swój portret, podobnie jak ja całowałem swój. W tym momencie byliśmy razem, przynajmniej w sercach i myślach.

Co dzień moje małe dłonie krwawiły od wyplątywania czystych wątków z zabrudzonych smołą lin żeglarskich, tłuczenia kamieni na dziedzińcu albo szorowania ścian chemikaliami i octem, kiedy smród w ubikacjach stawał się nie do zniesienia.

Praca pozwalała nie myśleć o bólu rozłąki, ale też naprawdę wycieńczała. Często byłem bity, kiedy wychodziłem z łóżka i próbowałem się przedostać do Philomeny. Uderzenia trzciną zostawiały na ciele krwawe ślady, ale duchowe cierpienie okazywało się gorsze i wracałem na zakazane korytarze. Jeden dotyk dłoni mojej przybranej matki wart był tuzina bolesnych uderzeń.

Po wykonaniu codziennych obowiązków niemądrze pytałem, gdzie mogę poczytać książki. Wyśmiewali mnie przez to i opiekunowie, i koledzy. Kiedy się skarżyłem na ból albo głód, uciszano mnie biciem. Z czasem też się nauczyłem, że w naturze chłopców leży znaleźć sobie kogoś słabszego, nad kim będą mogli się znęcać, żeby samym sobie wydawać się silniejszymi.

Tak bardzo się zatopiłem we wspomnieniach z dzieciństwa, że zboczyłem ze swojego toru i wpadłem na dwóch młodych więźniów spacerujących w przeciwnym kierunku.

– Lynch! – krzyknął jeden ze strażników, kiedy wszyscy trzej upadliśmy na ziemię z powodu zmęczenia i ograniczających nam swobodę poruszania się łańcuchów wokół kostek.

Pozostali strażnicy z obawy, że doszło do bójki, podbiegli zatrzymać innych spacerujących więźniów.

Jeden z chłopców upadł na twarz i skaleczył oko. Podnosząc się z ziemi, zauważyłem krew przeciekającą przez palce, którymi odruchowo zasłonił twarz.

Jeden ze strażników odciągnął mnie na bok i przycisnął do muru otaczającego dziedziniec, podczas gdy pozostali zajęli się zranionym więźniem. Młody człowiek, który szedł obok niego, krzyknął do mnie:
– Ty głupi bydlaku! Prawie wydłubałeś mu oko!
Młodzieńcy byli braćmi. Dopiero teraz to zauważyłem. Bliźniakami, ale nie identycznymi. Ten, który krzyczał, był szczuplejszy, wyższy i miał bardziej kościstą twarz. Ale byli bliźniakami.

Strażnicy postawili rannego na nogach i wyprowadzili. Opuszczał dziedziniec ze zwieszoną głową, z której wciąż kapała krew.

Pozostałych więźniów wyprowadzono zaraz po nim i zostałem tylko ja. Trzymający mnie pod murem strażnik popchnął mnie do przodu.
– Maszeruj, Lynch. Dość już miałeś odpoczynku.

Byłem zmarznięty, chętnie więc ruszyłem z miejsca. Pomyślałem o dziedzińcu w przytułku, po którym bez względu na pogodę dzieci przymusowo spacerowały, by „zaczerpnąć świeżego powietrza". Często wracaliśmy potem tak zmarznięci, że aż bolały nas kości, a palce u rąk i nóg piekły.

Któregoś razu na spacerze trzymałem się w bezpiecznej odległości od braci Connorów, kiedy przyszła po mnie pracująca w przytułku pielęgniarka, kobieta o pulchnej czerwonej twarzy i wyraźnym irlandzkim akcencie.
– Więc to tu się chowasz! – powiedziała z wyczuwalnym rozdrażnieniem. – Nogi do kolan uchodziłam, żeby cię znaleźć.

Chwyciła mnie za ramię i zaprowadziła do budynku, do którego nigdy wcześniej nie wchodziłem. Było w nim mało światła, za to dużo dziwnych zapachów i odgłosów. W półmroku zauważyłem rzędy pojedynczych łóżek. W dwóch ubrudzonych sadzą kominkach migotały płomienie, ale żeby się nimi ogrzać, trzeba by stanąć bardzo blisko.

Na każdym z łóżek, ściśniętych bardziej niż domy biedoty na East Endzie, leżała skulona postać pogrążona we śnie albo tłumiąca jęki.
– Po co tu przyszliśmy? – zapytałem.
Pielęgniarka nie odpowiedziała, tylko jej dłoń na moim ramieniu

mocniej się zacisnęła. W przeciwległym krańcu pomieszczenia przystanęliśmy przed zaciągniętą kotarą.

– Bądź dzielny, dziecko. Czas, żebyś się stał mężczyzną. – Odsunęła na bok zakurzony materiał.

Mój wzrok padł na istotę tak bladą, że zrazu jej nie poznałem. *To mama!* Była niepokojąco biała i przerażająco wychudzona. Nad jej lewą skronią połyskiwała świeża rana. Na jej ślicznych policzkach zostały smugi rozmazanej krwi. Oczy miała przykryte pensowymi monetami: zimny brązowy metal w miejscu, gdzie kiedyś jaśniał błękit piękny jak letnie niebo.

– Zdejmij je! – krzyknąłem, rzucając się w stronę łóżka. – Obudź ją! I zdejmij jej z oczu te monety!

Pielęgniarka chwyciła mnie i odciągnęła do tyłu.

– Ona nie żyje, chłopcze. Zachowuj się porządnie i pogódź się z tym, co się wydarzyło. Ona odeszła i już nie wróci.

– Lynch!

Głos dobiegał z teraźniejszości, nie z przeszłości.

– Zacznij chodzić albo dostaniesz wycisk! – Klawisz trzymał pałkę uniesioną dokładnie nad środkiem mojej głowy.

Dopiero kiedy na niego spojrzałem, dotarło do mnie, że przestałem chodzić i skulony ze strachu stoję w rogu dziedzińca. Zapędziły mnie tam wspomnienia. To one sprawiły, że poczułem się jak dziecko. Małe i bezradne. Przerażone tym, co czeka je w przyszłości bez matki.

DERBYSHIRE, KWIECIEŃ 1886 ROKU

Trzy dni, które nastąpiły po śmierci Michaela, upłynęły na ponurych przygotowaniach do pogrzebu. Zgodnie z poleceniem Profesora miał on „zawstydzić najwspanialsze nawet ceremonie na paryskim Père-Lachaise". Dopiero czwartego dnia rano zrozumiałem, co miał na myśli.

Thackeray przyjechał karawanem zaprzężonym w sześć czarnych koni, a za nim przybyły dwie wyłożone aksamitem żałobne karety, każda zaprzężona w cztery równie perfekcyjnie przygotowane zwierzęta. Słońce odbijało się od wypolerowanych na najwyższy połysk drewnianych i mosiężnych elementów karoserii, wzbogacając miriady kolorów połyskujących w pióropuszach ze strusich piór zatkniętych dumnie na dachach.

Wykonana z solidnego dębu trumna miała lśniące mosiężne uchwyty i tablicę, na której wygrawerowano słowa: „Żaden śmiertelnik go nie pokonał". Z domu do karawanu przeniosło ją na ramionach sześciu mężczyzn w kondukcie prowadzonym przez dwóch odzianych w czarne togi pracowników zakładu pogrzebowego, którym towarzyszyło dwudziestu paziów i sześciu mężczyzn niosących pióropusze.

Mistrz ceremonii dał sygnał woźnicy i z parsknięciem koni wielka procesja leniwie ruszyła.

Nikt się nie odzywał. Stukot podków o bruk był jedynym dźwiękiem, który słyszałem, idąc na przedzie obok Profesora, Siriusa, Surrey i lady Elizabeth. Trzech kuzynów Michaela, każdy tak samo barczysty i krzepki jak on, przyjechało z Dublina i Cork, przywożąc dwie niespełna dziesięcioletnie bratanice zmarłego. Obydwie dziewczynki trzęsły się z zimna, ale też pewnie z niewyspania i lęku, który musiał im towarzyszyć podczas tak przerażających uroczystości.

Trasa konduktu była górzysta i kręta. Prowadziła przez niewielką osadę kamiennych domków, których mieszkańcy mieli dość zdrowego rozsądku, żeby stanąć przy drodze i okazać szacunek. Po niecałych dwóch kilometrach procesja zawróciła w kierunku południowej bramy posiadłości Moriarty'ego, gdzie przy prywatnej kaplicy znajdował się cmentarz.

Oślepiająco białe nagrobki stojące na tle bezkresnej zieleni krajobrazu Derbyshire kontrastowały z czernią krepy i jedwabiu żałobników ubranych w długie suknie, płaszcze i cylindry. Cmentarz wyglądał pięknie i poruszająco.

Kiedy trumnę opuszczono na linach do świeżo wykopanego grobu, każdy z nas rzucił na nią garść ziemi, wypowiadając swoje prywatne pożegnanie. Kiedy przyszła kolej na mnie, dźwięczał mi w uszach głos Michaela, który prosił, żebym pomógł mu umrzeć. Potem musiałem z całych sił walczyć, aby wyobraźnia przestała mi podrzucać obrazy mojego starego mistrza walczącego o oddech zatrzymany przez moje mordercze dłonie.

Odchodząc od grobu, zastanawiałem się, ilu z obecnych wie, że to ja go zabiłem. Ilu z nich mnie za to potępia, a ilu pochwala.

W domu czekał na gości wielki zapas piwa i cydru. Stół w sali balowej, gdzie odbywały się bożonarodzeniowe przyjęcia i letnie potańcówki, suto zastawiono szynką, wieprzowiną, wołowiną, ciastem, ciastkami i serami.

Jadłem i piłem, jakbym spożywał ostatni posiłek w swoim życiu, nie byłem w tym zresztą odosobniony. Dom zapełnił się tymi, którzy starego zapaśnika znali, ale czas ich od niego oddzielił.

Wśród nich zauważyłem Żyda Sebastiana, który udzielił mi schronienia w Manchesterze. Uściskał mnie serdecznie i przedstawił innym, którzy wypełniali dla Profesora takie same zadania jak on.

– Jesteśmy skromnymi żołnierzami wielkiej przestępczej armii Moriarty'ego – przechwalał się, podnosząc kufel i uderzając nim w mój.

Chociaż piwo i wino nadal lały się strumieniami, kiedy zostaliśmy tylko we dwóch z Sebastianem, rozmowa jakoś się nie kleiła, a mój stary znajomy miał nawet problem, żeby patrzeć mi prosto w oczy.

– Mam wrażenie, że nie czujesz się w moim towarzystwie swobodnie i właśnie się zastanawiam dlaczego.

– To przez ten długi i pełen emocji dzień.

– Niektórzy przeżyli go bardziej.

– Przyjmij szczere wyrazy współczucia. – Podniósł swój kufel z szacunkiem, by następnie poszukać w nim pocieszenia.

– Dobrze znałeś Michaela?

– Raczej tak. – Otarł piwo z wąsów i brody. – Należałem do nielicznych, którzy wiedzieli, jakie zadania wykonuje dla Profesora.

Dostrzegłem na jego twarzy wielką nerwowość.

– Wyczuwam, że masz mi do powiedzenia coś jeszcze, Sebastianie. Jeśli słusznie się domyślam, to mów teraz albo zapamiętam nasze dzisiejsze spotkanie jako moment, w którym coś przede mną ukryłeś.

Wypił kolejny łyk piwa i ponownie otarł brodę.

– Ja oraz kilku innych zamiejscowych asystentów, jak nas nazywa Moriarty, wiedzieliśmy o chorobie pana Brannigana i poszukiwaniach następcy, które rozpoczął Profesor. Polecił nam natychmiast się informować, gdyby któryś z nas na ciebie trafił.

Poruszyła mnie ta informacja.

– Co chcesz przez to powiedzieć?

W jego oczach widziałem, że nie ma ochoty kontynuować tej rozmowy.

– Co to znaczy, że któryś z was mógłby na mnie trafić? – naciskałem.

– Dostaliśmy informację o chłopaku z Londynu, na którym wyjątkowo zależy Profesorowi. Wiedzieliśmy, że ucieka przed policją w związku z popełnionym morderstwem. Dostaliśmy też twój opis i twoje nazwisko.

– Ale kiedy się poznaliśmy, pozwoliłeś mi używać fałszywego imienia.

– Kłamałeś, żeby przetrwać.

– Czy to ty powiedziałeś Profesorowi o mnie?

– Tak. Nie miałem wyboru. Potem kazał cię lepiej obserwować. On i Alexander wzięli udział w tamtym włamaniu do wiejskiej posiadłości, które pewnie pamiętasz. Sirius siedział na koźle obok woźnicy, który powoził jedną z karet.

Wiadomość, że Moriarty znalazł mnie w taki sposób i żeby się zakraść do mojego życia, zadał sobie znacznie więcej trudu, niż przypuszczałem, raczej mnie zaniepokoiła.

– Widzisz, Simeonie…

Nie pozwoliłem mu dokończyć.

– Dziękuję ci za szczerość, teraz jednak muszę gdzieś iść.

Sebastian złapał mnie za rękaw.

– Jeśli kiedykolwiek będziesz chciał wrócić, z jakiegokolwiek powodu, to pamiętaj, że cię ukryję. Potrafię dochować tajemnicy.

Odtrąciłem go.

– Składasz tę ofertę tylko dlatego, że się mnie boisz. Nie udawaj mojego przyjaciela, Sebastianie, bo nim nie jesteś. Po prostu gnębi cię strach, że mógłbym się zwrócić przeciwko tobie, bo mnie wydałeś Moriarty'emu.

– Nie, Simeonie, ja tylko…

Nie obchodziło mnie, jakie kłamstwo wymyśli. Ruszyłem do wyjścia, chcąc odetchnąć świeżym powietrzem i powstrzymać narastającą we mnie złość. Zanim jednak dotarłem do drzwi, obok mnie pojawiła się Surrey, skromnie ubrana w czarną suknię i kapelusz z podniesioną woalką.

– Tutaj jesteś! – powiedziała z ulgą. – Nie mogłam cię znaleźć.

– Naprawdę jestem taki nieuchwytny?

– Mam nadzieję, że tak. Skuteczne ukrywanie się może ci kiedyś ocalić życie. – Wzięła mnie pod rękę, zmuszając się do słabego uśmiechu. – Musisz iść ze mną. Już pora.

Wiedziałem, co ma na myśli. Nadszedł czas, żeby się dokonało to, co zostało postanowione, zanim poznałem ją i Moriarty'ego, zanim nawet zobaczyłem Sebastiana.

Pozwoliłem Surrey poprowadzić się do wschodniego skrzydła domu. Zasłony w małym pokoju gościnnym były zaciągnięte. Alexander stał z Siriusem przy dużym stole z palisandru, na którym ułożono różnej wielkości skalpele, buteleczki z tuszem w różnych kolorach, waciki, miskę wody, dwa białe ręczniki i kilka zwojów bandaża.

– Poczekam na zewnątrz. – Alex podszedł i uścisnął mnie za ramię, chcąc dodać mi otuchy. – Z upoważnienia Profesora mam ci przekazać, że jest z ciebie dumny. Niestety musi się zajmować żałobnikami, ale przesyła najlepsze życzenia i towarzyszy ci myślami.

– Dziękuję.

Skinął głową.

– Powiadomię go, kiedy już wszystko się dokona. Powodzenia, Simeonie.

We troje patrzyliśmy, jak zamyka za sobą drzwi. Potem usłyszałem przekręcający się w zamku klucz i zacząłem się zastanawiać, czy chodzi o to, żeby nikt nie wszedł do środka, czy raczej o to, żeby nikt nie wyszedł.

– Robimy to w tradycyjny sposób – oznajmił Sirius. Sięgnął po mały srebrny skalpel. – Najpierw wykonam nacięcie, a potem w ranę wetrzemy nieusuwalny tusz, żeby na zawsze przypominał ci o naszym wzajemnym zobowiązaniu. – Odłożył narzędzie o dwustronnym ostrzu, zdjął marynarkę i podwinął rękawy koszuli. – Gdzie chcesz go mieć, Simeonie? Na bicepsie czy na ramieniu? Na przedramieniu czy nad kostką?

Zdjąłem marynarkę.

– Na sercu.

– Brawo! – Zaklaskał z sarkastycznym uśmieszkiem. – Zawsze hardziej, zawsze odważniej i zawsze nieskończenie głupiej niż wszyscy wokół ciebie. Niech więc tak będzie. Zdejmij koszulę i połóż się na stole.

Rozpinając guziki, obserwowałem, jak Sirius wybiera buteleczki z tuszem, po czym wszedłem na blat stołu i się położyłem. Drewno pod plecami było zimne, a silne światło żyrandola nade mną zmusiło mnie, żebym zamknął oczy.

Słyszałem, jak Sirius rozmawia z Surrey. Czułem ich dłonie na piersi. Potem czubek gorącej stali przeciął moje ciało.

– Otwórz oczy – polecił Sirius.

Z góry patrzyła na mnie Surrey.

– Mam nadzieję, że nauczyłeś się tekstu, który dostałeś od Profesora. Teraz będziesz musiał użyć dokładnie tej formuły.

– Nauczyłem się.

– To dobrze. – Podniosła skalpel tak, żebym go widział, skaleczyła się w palec i przekazała narzędzie Siriusowi, a ten postąpił tak samo, po czym wspólnie wyrecytowali tekst przysięgi. – Przelewamy dla ciebie krew, bracie, w nadziei, że ty przelejesz za nas swoją. Oddając ci naszą krew, przysięgamy lojalność tobie i Trójcy oraz że do ostatniej kropli krwi będziemy bronić wartości, które za nią stoją. A ty, czy przysięgasz?

Nadszedł czas na moją kwestię.

– Przysięgam bez chwili wahania i bez żadnych zastrzeżeń przelać krew za każde z was, za Trójcę i za nasze wspólne wartości.

Wycisnęli krew ze skaleczonych palców, po czym wtarli ją w ranę w kształcie kropli, którą Sirius wyciął na mojej lewej piersi. Surrey trzymała na niej palec, kiedy całowała mnie w czoło i w oba policzki. Potem się odsunęła.

Sirius uczynił to samo. Pomógł mi wstać i zaraz mnie uścisnął.

– Dokonało się, bracie. Stałeś się jednym z nas i teraz my zależymy od ciebie tak samo, jak ty zależysz od nas. Niech Bóg nas wszystkich chroni.

Surrey przyłożyła opatrunek do rany na mojej piersi. Czując, jak płynie moja własna krew, myślałem o ludziach, których krew przeleję dla Trójcy. Czy wszyscy oni okażą się tak źli, jak mnie zapewniał

Moriarty? Wiedziałem, że to więcej niż dręcząca wątpliwość. Takie myśli mogą oznaczać mój koniec. Profesor wyraził się dostatecznie jasno: zabijaj albo sam zostaniesz zabity. Przetrwają tylko najsilniejsi. Zresztą tkwiłem już w tym wszystkim zbyt głęboko, żeby podjąć choćby próbę wycofania się.

Sirius wyszedł na chwilę i poinformował Alexa, że ceremonia się zakończyła.

Wrócił z karafką whisky, nalał każdemu z nas na dwa palce i podniósł swoją szklankę.

– Za Michaela! Niech zazna niebiańskiego spokoju w piekle albo niech się piekielnie dobrze bawi w niebie!

Trąciliśmy się szklaneczkami i każdy wychylił swoją do dna. Po tym toaście następowały kolejne, a ja coraz głębiej skrywałem w sobie dręczące mnie wątpliwości, aż wreszcie schowałem je tak głęboko, że przestałem o nich pamiętać.

Kiedy karafka opustoszała, wyszliśmy z pokoju ramię w ramię. Przelana krew, wypowiedziane przysięgi i wypity alkohol połączyły nas na dobre. Stworzyła się nowa Trójca, a ja naprawdę czułem, że tych dwoje jest mi bliższych niż ktokolwiek na świecie.

Moriarty uśmiechnął się do nas znad trunku z drugiego końca wielkiej sali, po czym wypił za nasze zdrowie kieliszek czerwonego wina.

– Dobranoc, bracie – pożegnał mnie Sirius, obejmując w pijackim uścisku, po czym udał się do Profesora.

– Dobranoc! – zdążyłem krzyknąć za nim i potknąłem się na pierwszym stopniu schodów.

– Ojej! – krzyknęła Surrey. – Tylko ostrożnie!

Objęła mnie w talii, moje prawe ramię zarzucając sobie wokół szyi. Chichocząc, weszliśmy jakoś na górę i padliśmy na moje łóżko. Alkohol uderzył mi do głowy i mój cały świat bujał się jak kołyska.

Surrey ujęła moją dłoń i oparła się o mnie.

– Czy mogę zostać u ciebie na noc? Nie chcę spać sama. Nie dzisiejszej nocy.

Wydałem z siebie jakiś dźwięk. Nie była to zgoda, ale i nie odmowa. Raczej westchnienie.

Surrey wyłączyła lampę. Przez okno wpadało do wnętrza światło księżyca, moje oczy jeszcze się jednak nie przyzwyczaiły. W ciemności słyszałem szelest opadającej sukienki, potem halki, a następnie postękiwania, kiedy Surrey walczyła z gorsetem. Na końcu zaskrzypiały deski podłogi. Podchodziła do krzesła, żeby powiesić na nim swoje rzeczy. Widziałem, że się przeciąga. Niezgrabnie ściągnąłem z siebie ubranie, zrzucając je na podłogę.

Szybko morzył mnie sen. Jego aksamitne pęta wciągały mnie do miękkiego świata, gdzie nie ma ani bólu, ani nienawiści. Opadłem na łóżko i czułem, jak Surrey kładzie się za mną. Jej dłoń troskliwie dotknęła opatrunku na mojej piersi. Przycisnęła kolana i uda do tyłu moich nóg, potem zaczęła całować mój kark i ramiona. Dotyk jej ciała był tak wyjątkowy, że zawładnęły mną uczucia silniejsze nawet od alkoholowego upojenia.

Serce waliło mi jak oszalałe, kiedy położyła dłoń na moim ramieniu i przekręciła mnie na plecy, żebym mógł na nią patrzeć.

– Wszystko będzie dobrze – powiedziała. – Uwierz mi. Naprawdę wiem, jak sprawić, żeby wszystko było dobrze.

I sprawiła. Powoli, cierpliwie uwalniała mnie od bólu, który nosiłem w sobie tak długo, że już nie pamiętałem, jak to jest być od niego wolnym.

8 DNI DO EGZEKUCJI

NEWGATE, 10 STYCZNIA 1900 ROKU

Otarcia na stopach piekły, ale strażnicy ciągle zmuszali mnie, żebym chodził wokół Dziedzińca Kamieni. Przez szare chmury na niebie zaczynały się przebijać ciemne smugi nadchodzącej nocy. Choć wolność była tak blisko, to jednak poza moim zasięgiem.

Nagle otworzyły się drzwi i na dziedziniec wkroczył Huntley. Krok za nim szedł Johncock, z kolei za nim podążało kilku nowych klawiszy, którzy dołączyli do już obecnych kolegów. Kończyłem kolejne okrążenie, kiedy Johncock dźgnął palcem pierś Huntleya, po czym wypadł przez drzwi jak burza, a zaraz za nim jego podwładni.

Huntley odprowadził ich wzrokiem i odwrócił się do mnie. W jego oczach jaśniał triumf.

– Pan nie musi już chodzić, Lynch – krzyknął z odległości kilku kroków. – Za to Johncock musi iść prosto do gabinetu swojego szefa. Wahadło więziennej władzy znów się przechyliło na stronę młodszego z mężczyzn, ale nie miałem siły, żeby się nad tym zastanawiać. Ugięły się pode mną kolana i przyklęknąłem, omal nie upadając na ziemię.

– Dobry Boże, człowieku, jest pan blady jak śmierć!

– Nie najlepsze porównanie – odparłem, ledwie otwierając suche jak Sahara usta.

– Zaprowadzimy pana z powrotem do celi. Znajdzie się też coś do jedzenia i picia. – Huntley krzyknął na dwóch strażników, którzy przybyli z nim na dziedziniec. – Leadbetter, Reece, chodźcie tutaj! – Podeszli natychmiast. – Weźcie go pod ręce. Trzeba go zaprowadzić do celi i dopilnować, żeby dostał jedzenie i wodę.

Kiedy mnie podnieśli, uwiesiłem się na ich ramionach. Po kilku minutach wróciłem do ciepła i smrodu mojej celi. Johncock miał rację w jednym: dziwną przyjemność sprawił mi powrót do tych czterech ścian. O tej porze udało się zorganizować tylko ledwie ciepłą herbatę i miskę zimnego, twardego kleiku, ale zjadłem wszystko do ostatniej łyżki.

Po mniej więcej godzinie do mojej celi wszedł Huntley. Jak zwykle kazał swoim ludziom czekać na zewnątrz.

– Pan Johncock posunął się dziś za daleko. Nie powinien potraktować pana tak prymitywnie.

Podniosłem wzrok znad pęcherzy na stopie, które właśnie oglądałem.

– Czy to przeprosiny, panie Huntley?

– Nie, to nie są oficjalne przeprosiny. Ale osobiście jest mi przykro, że został pan tak potraktowany. Dozorcy więzienia nie było dziś w pracy, nie mogłem więc od razu interweniować. Żeby poprosić o odwołanie rozkazu Johncocka, złożyłem panu dozorcy wizytę w domu.

Uniosłem brwi z udawaną aprobatą.

– Muszę wyznać, że czuję się zaszczycony. Ale prawda jest taka, panie Huntley, że za niecały tydzień mnie już tutaj nie będzie, a Johncock zostanie. I chociaż nie będę w stanie odebrać wygranej, to gotów jestem się założyć, że zamieni pańskie życie w piekło.

– Spotkałem w życiu wielu Johncocków. Wszędzie, gdzie pracowałem. Więzienia Coldbath Fields, Holloway i Strangeways też mają swoich Johncocków, ale z czasem zastąpią ich lepsi ludzie.

– Czy pan jest lepszym człowiekiem?

– Taką mam nadzieję.

– Powinien więc pan zajść wyżej niż praca w tym więzieniu.

– I zajdę. Zdobędę jeszcze trochę doświadczenia, po czym stanę do rywalizacji o posadę dozorcy nowego więzienia. Do tego czasu jednak Newgate jest dla mnie naprawdę istotne. Ma długą historię i status, który ambitnemu człowiekowi może przynieść tylko korzyści.

– Newgate jest niewiele lepsze od rozwalającej się latryny.

Skinął głową.

– Z przykrością stwierdzam, że ma pan rację, ale jednak jest dla mnie ważne i chcę zostawić tutaj swój ślad. Tym więzieniem interesują się wszyscy, rząd i opinia publiczna. Wielu sławnych ludzi przekroczyło jego bramy: wielki kochanek Casanova, pirat kapitan Kidd i lord Gordon, ten od Rozruchów Gordona.

– Proszę mi oszczędzić swojej listy wielkich i upadłych. Nie przynosi mi zbytniego pocieszenia.

– Oczywiście, że nie. Muszę pana teraz zostawić, Lynch. Proszę mieć się na baczności. Dzisiaj Johncock został przywołany do porządku, ale z mojego doświadczenia wynika, że starego psa nowych sztuczek nauczyć się nie da. Będzie się kręcił i węszył, szukając okazji, bo tak bardzo jak mnie chce też pokąsać pana.

DERBYSHIRE, KWIECIEŃ 1886 ROKU

Surrey uniosła głowę nad poduszkę, mrużąc oczy od porannego światła, którego snop przepoławiał pokój.

– Co robisz? – zapytała głosem jeszcze miękkim od snu. – Chodź tu, połóż się.

Zlany potem siedziałem na krawędzi łóżka, próbując się otrząsnąć z koszmarnego snu.

– Powróciło do mnie dzieciństwo.

– Co dokładnie? – Surrey leżała nago, owinięta tylko kołdrą. Przysunęła się bliżej i przykryła nią moje gołe ramiona.

– Śniła mi się Philomena.

– Philomena? – zapytała podejrzliwie. – Kim była? Kochanką?

– To Philomena przygarnęła mnie i otoczyła opieką po śmierci mojej matki.

– Och, przepraszam…

– Skąd mogłaś wiedzieć? Wychowała mnie razem z mężem, piekarzem imieniem Cyril. To oni przekazali mi tę skromną wiedzę, którą posiadłem jako dziecko. Kiedy Cyril zmarł, długi okazały się nie do udźwignięcia i razem trafiliśmy do przytułku.

– Niestety często się to zdarza.

– Wiem. W przytułku Philomena zmarła, a moje życie całkiem się zmieniło. – Owładnęły mną emocje. – Nikomu o tym nie mówiłem.

Pocałowała mnie w kark.

– Teraz więc powiedz mnie. Wyrzuć z siebie tego demona, niech przestanie cię dręczyć.

Patrzyłem prosto przed siebie. Mój wzrok padał na skąpaną w słońcu zieleń za oknem. Przypomniałem sobie dym buchający z kominów na terenie przytułku, smród w korytarzach i sypialniach, żałosny płacz dziecka, którym kiedyś byłem.

– O śmierci Philomeny powiedziała mi pielęgniarka. Pokazała mi jej zwłoki. Zdziwiło mnie, że są takie blade i zimne. Byłem przerażony. Nie wyszedłem jeszcze z szoku, kiedy zaciągnęła mnie do klasy pełnej dzieci i poinformowała wszystkich o śmierci mojej przybranej matki.

– „Już się dowiedział", tymi słowami pielęgniarka zwróciła się do nauczyciela. „Już się dowiedział. Najlepiej dla niego będzie, jeśli teraz wróci do normalnego funkcjonowania". Nigdy tych słów nie zapomnę. Normalne funkcjonowanie? Od tamtego dnia normalne nie było nic.

– Wygląda mi na wredną sukę – wtrąciła Surrey.

– Bo nią była. Poszedłem do mojej ławki, a wszyscy się na mnie gapili. Przygnieciony stratą szedłem, jakbym narobił w majtki.

– Biedactwo! – Oparła o mnie głowę.

– Na ławce miałem wyłożone wszystkie rzeczy, których używaliśmy wtedy podczas lekcji. Prosta tabliczka. Mała szmatka. Trochę taniej kredy. Posługując się nimi, miałem przepisać jakieś głupie słowa z tablicy, byłem jednak tak wstrząśnięty, że nie potrafiłem się skupić. Sięgnąłem po tabliczkę, chcąc ją wytrzeć, wypadła mi jednak z dłoni i poleciała na podłogę, rozbijając się na drobne kawałki. Jeden z chłopców, niejaki Jimmy, który lubił się nade mną znęcać, krzyknął na cały głos: „Idiota! Jesteś niezdarą, Simeonie Lynchu!". Natychmiast dołączył do niego jego brat Charlie. „Maminsynek powinien iść do dziewczynek! Maminsynek powinien iść do dziewczynek! Maminsynek…" Nie mogłem kontynuować.

Surrey pocieszająco pogłaskała mnie po plecach, a potem mnie pocałowała.

– Nie musisz mówić dalej. Połóż się i odpocznij.

– Muszę. Ale też chcę. Jeśli nie zrobię tego teraz, to nie zrobię już nigdy.

Potrzebowałem kilku chwil, żeby się pozbierać.

– Początkowo chciałem się schylić, żeby pozbierać kawałki rozbitej tabliczki, a potem przeprosić pana Addisona, naszego nauczyciela, za swoją niezręczność. Ale złośliwość braci to wszystko zmieniła. Coś we mnie pękło. Coś, co scalało w jedno wszystkie moje lęki, moją powściągliwość i dobroć. Podniosłem z podłogi kawałek rozbitej tabliczki i z półobrotu przejechałem nim po twarzy Charliego Connora. Trafiłem w policzek. Tuż obok oka.

– Zasłużył sobie na to.

– Możliwe. Ale nieważne, czy zasłużył, czy nie. Pamiętam wielką ulgę, którą wtedy odczułem. Przeniknęła mnie na wskroś. W ułamku sekundy zrobiło mi się tak lekko, jakbym się wypłakiwał całymi godzinami.

– Dałeś upust cierpieniu.

– Owszem. Kiedy tylko Charlie zaczął krzyczeć, podbiegł do mnie jego brat. Rzucił się na mnie. Nie myśląc o tym, co robię, ten sam kawałek rozbitej tabliczki wbiłem napastnikowi w brzuch. Nie potrafię ci opisać, droga Surrey, jak wielką radość odczułem zaraz potem.

– Co się stało z tym chłopcem? Bardzo go raniłeś?

Pokręciłem głową.

– Żadnemu z nich nic poważnego się nie stało. Rany okazały się powierzchowne, za to szok głęboki. – Odwróciłem się twarzą do niej. – To, co zrobiłem tamtego dnia, zmieniło w moim życiu wszystko.

Dyrektor przytułku za karę kazał mi stoczyć z bliźniakami bokserski pojedynek. Twierdził, że ma to być dla nas nauczka. I była. Nauczyłem się, jak potęgować moją wściekłość, by potem ciąć nią jak mieczem.

Pogłaskała mnie po twarzy.

– Noszę w sobie złość podobną do twojej, dobrze więc rozumiem twój ból.

– Jak to?

– Moi rodzice nie byli takimi dobrymi ludźmi jak ci, którzy cię wychowali. Nauczyli mnie zabijać. Dokładniej rzecz biorąc, nauczył mnie tego mój ojciec.

– Chyba nie rozumiem.

– Jeden z członków Trójcy zawsze nosił nazwisko Breed. Nasza rodzina służy Moriartym od pokoleń. Mój ojciec blisko współpracował z ojcem Brogana. Nie miał męskich potomków, a chciał udowodnić swoją lojalność, przygotował więc mnie, abym zapełniła wolne miejsce, które po nim zostanie.

– Przykro mi to słyszeć – wyznałem. – To nie jest odpowiednie życie dla damy.

– Damy? – Zaśmiała się. – Czy teraz tak mnie widzisz?

Także się zaśmiałem.

– Tak, właśnie tak na ciebie teraz patrzę. Możemy już przerwać tę rozmowę?

– Pewnie, że możemy. – Wciągnęła mnie z powrotem do łóżka. – Właśnie znalazłam sposób, żeby ją skutecznie zakończyć.

TYDZIEŃ DO EGZEKUCJI

NEWGATE, 11 STYCZNIA 1900 ROKU

STOPY MIAŁEM SPUCHNIĘTE i obolałe po sześciogodzinnym spacerze, do którego zmusił mnie Johncock. Nie zostało mi ani trochę wody, żeby ugasić pragnienie, a co dopiero przynieść ulgę. W brzuchu burczało mi z głodu i nie było chyba ani jednej części mojego ciała, która nie bolałaby mnie w wyniku takiej czy innej brutalności strażników więziennych.

Otoczony ciemnością celi słuchałem, jak klawisze kończą wieczorny obchód. Minęła północ. Dobrze znałem procedury Newgate. Sprawdzili drzwi wszystkich cel, każdego więźnia wywołali po nazwisku, a potem zabezpieczyli kratę prowadzącą na korytarz. Nie popełnili ani jednego błędu, który dałby mi jakąkolwiek możliwość ucieczki. Wiedziałem, że od teraz prawie do samego świtu żaden klawisz nie wejdzie za zamkniętą kratę. Chociaż minął kolejny dzień, moja determinacja, żeby odzyskać wolność, była tak samo silna jak wcześniej.

W rękach trzymałem podarowany mi przez tajemniczego pomocnika gwóźdź. Chociaż nie miałem na to dowodów, byłem niemal pewien, że przesłał mi go Huntley. To on kazał swoim ludziom zabrać mnie do kaplicy, w której osobiście pilnował porządku, kiedy więzień funkcyjny wręczał mi Biblię. Także Huntley walczył o moje prawo do spaceru na świeżym powietrzu i był jedynym pracownikiem w tym przeklętym miejscu, w którym tliła się iskierka człowieczeństwa.

Manipulowałem gwoździem w zamku przy obręczy skuwającej mi nogi, licząc czas potrzebny do jego otwarcia. Dwie minuty.

Spróbowałem ponownie. Sto sekund. Przy trzeciej próbie skróciłem czas do osiemdziesięciu.

Ćwiczyłem przez kolejne dwie godziny, nie zszedłem jednak poniżej minuty: o wiele za długo, żeby się uwolnić podczas spaceru, nawet gdybym miał taką szansę. Z wściekłością rzuciłem gwoździem o podłogę, rycząc jak zranione zwierzę i waląc pięściami w ścianę, żeby dać upust złości.

Poraniłem kostki. Skaleczona skóra zaczęła krwawić. Oblizałem rany.

– Cicho tam! – ryknął klawisz.

Usłyszałem tupot stóp zmierzających w stronę mojej celi. Podniosłem gwóźdź, wsunąłem go w szparę przy drzwiach, zatrzasnąłem obręcze na nogach i położyłem się na pryczy.

Drzwi się otworzyły. Siwobrody i dwaj jego ludzie wpadli z pałami w dłoniach. Grad uderzeń spadł na moje uda i tors, ale udało mi się utrzymać podkurczone nogi, by ochronić jądra, a dłońmi zakrywałem twarz, chcąc zapobiec poważniejszym obrażeniom.

Kiedy skończyli, Siwobrody złapał mnie za włosy i szarpnął moją głowę do góry.

– To za tych, których zabiłeś. Za to, co zrobiłeś, i to, kim jesteś, ty pomiocie szatańskiej kurwy. – Splunął mi w twarz, po czym uderzył moją głową o pryczę. – A teraz zamknij pysk albo ja ci go zamknę na zawsze! Drzwi zamknęły się z trzaskiem, usłyszałem szczęk klucza w zamku i strażnicy odmaszerowali. Dziwna rzecz, ale rozumiałem ich złość. Tak jak ja chcieli pomścić coś, co uznawali za okrutne morderstwo. Moje pierwsze, które popełniłem jako młody chłopak. To, które nie dawało mi spokoju przez całe życie, by w końcu doprowadzić pod bramę Newgate.

Był 1878 rok, kiedy po moim pamiętnym spotkaniu w ringu z braćmi Connorami dyrektor Jeremiah Beamish uznał, że może zarobić niezłe pieniądze na walkach naszej trójki przeciwko chłopakom z sąsiednich zakładów opiekuńczych. Nazwał to przedsięwzięcie akademią sportu, choć w rzeczywistości chodziło mu wyłącznie o pieniądze ze sprzedaży biletów oraz z zakładów, które mógł przyjmować na walczących bokserów.

Bosede i Miller nadal trenowali bliźniaków i mnie. Wspólna niedola i wykorzystywanie naszej nienawiści przez Beamisha sprawiły, że w ciągu następnych lat staliśmy się przyjaciółmi.

Walczyłem ponad czterdzieści razy i nigdy nie przegrałem. Jimmy miał podobny wynik, a Charlie nie zostawał daleko w tyle. Nasze zwycięstwa i sporadyczne porażki przyniosły całkiem niezłą sumkę Beamishowi oraz jego kolesiom. Ale nie nam. Dostawaliśmy jakieś marne grosze, trochę dodatkowej żywności, a od czasu do czasu kufel piwa – i nic ponadto. Powtarzano nam, że mamy do spłacenia dług wobec przytułku, który nas przyjął, i powinniśmy być wdzięczni za szansę, by go spłacać w taki łatwy sposób. Powiedziano nam też wyraźnie, że się nie uwolnimy od tego piekła, dopóki Beamish nie uzna, że nasz dług został spłacony.

Trzy dni po moich czternastych urodzinach stwierdziliśmy, że mamy tego dość. Pod osłoną nocy uciekliśmy z przytułku. Starszy kuzyn Connorów kierował gangiem w Southwark, więc udaliśmy się do niego. Nazywał się Hoolihan, Patrick Hoolihan. Już był znany na East Endzie, ale chciał zdobyć większą sławę.

Miał reputację człowieka, z którym lepiej nie zadzierać, ale zawsze znalazła się u niego miska gorącej strawy oraz miejsce do spania dla silnych młodych chłopaków, zdolnych wspomóc jego przestępcze poczynania.

Kiedy przystawaliśmy do gangu Patricka, było nas razem nie więcej niż trzydziestu, z upływem czasu jednak ta liczba rosła. W końcu grupa Hoolihana zyskała złą sławę i wszystkich młodych opryszków zaczęto nazywać chuliganami.

Paddy miał dostęp do praktycznie nieograniczonej liczby zrujnowanych domów po południowej stronie rzeki i wykorzystywał je, żeby przechowywać wszystko to, co udało się ukraść ze statków cumujących na Tamizie.

Mniej więcej dziesięciu z nas wprowadziło się razem z Paddym do mieszkania na końcu starego szeregowca w Southwark, głównie po to, żeby pilnować kradzionych rzeczy, które tam składował. Dogadał się z właścicielem budynku, że w jego imieniu będzie pobierał czynsz od najemców, a w zamian za to mógł używać nie tylko trzypiętrowego mieszkania, ale też kilku piwnic, które zapełniał łupami swoich ulicznych gangów. W jednej z nich stał piec, pod którym raz w miesiącu chłopak zwany przez wszystkich Strażakiem rozpalał buzujący ogień, żeby przetopić skradzione monety, sztućce oraz biżuterię na sztabki złota i srebra.

Wśród członków gangu było kilku nurków, czyli kieszonkowców, przyzwyczajonych raczej do wyławiania pugilaresów i portmonetek z kieszeni bogatszych londyńczyków niż do walki o życie. Fascynowały mnie ich ubrania, zwłaszcza ukryte kieszenie wszyte pod rozcięciami w ich koszulach, spodniach i płaszczach. Potrafili wyjąć komuś monetę z ręki i ukryć ją, zanim nieszczęśnik się zorientował, że został okradziony.

Mieszkało też z nami kilku bagażowych – krzepkich młodzieńców specjalizujących się w napadaniu na karety. Wskakiwali na jadące pojazdy, żeby zrzucić z nich to, co tylko ich brudne łapy zdołały udźwignąć. Trzej pozostali mieszkańcy byli doświadczonymi włamywaczami. Prawie co noc przekraczali Tamizę, żeby się zakraść do jakiegoś bogatego domu w Marylebone albo Mayfair.

Z upływem lat Jimmy, Charlie i ja czuliśmy się w tej zbieraninie coraz lepiej, a pieniędzy mieliśmy więcej, niżbyśmy mogli zamarzyć. Okradaliśmy domy i sklepy, pijanych bogaczy wracających do domu karetami i każdego, kto miał cokolwiek wartościowego. Wieczorami przynosiliśmy zdobycze Hoolihanowi, dostawaliśmy za nie przyzwoitą działkę, a potem jedliśmy i piliśmy jak królowie.

Wszystko jednak, co dobre, ma swój kres, także więc i nasza ucieczka z przytułku skończyła się w samym środku nocy, kiedy wszyscy smacznie spaliśmy w swoich łóżkach.

Pojawili się gliniarze, a ich nalot zupełnie nas zaskoczył.

Spałem z bliźniakami w pokoju na samej górze, kiedy wyłamali drzwi wejściowe i wywiązała się walka. Rzuciliśmy się do okna i udałoby nam się zwiać, gdyby dwaj gliniarze nie rzucili się na Jimmy'ego: jeden z pałką, a drugi z nożem w dłoni. Najpierw pomyślałem, że blefuje, strasząc nożem, żeby Jimmy się poddał, ale gliniarz go dźgnął.

Nie miałem wyboru, musiałem się włączyć. Rozwścieczony chwyciłem trzymającą nóż dłoń, przewróciłem gliniarza na podłogę i wbiłem ostrze w jego szyję.

Zabiłem go. Taka była przerażająca prawda. Spontaniczny zryw, wściekłe pchnięcie nożem w jednej sekundzie przeobraziło moje życie. Uczyniło ze mnie mordercę. Zmusiło mnie do ucieczki z Londynu i wepchnęło wprost pod skrzydła Moriarty'ego. W więzieniu natomiast byłem napiętnowany jako zabójca policjanta, trafiłem więc do kategorii więźniów, których klawisze lubili zabijać, bo gliniarze byli ich towarzyszami broni.

Podniosłem się z pryczy, żeby obmacać palcami wszystkie miejsca na moim ciele, w które trafiły pałki i drągi strażników. Złamań nie znalazłem, tylko kolejne siniaki. Księżyc przewędrował po nocnym niebie i teraz jego światło padało prosto na główkę tkwiącego w szczelinie między cegłami gwoździa. Był moim jedynym narzędziem. Jeśli nie liczyć rąk, tylko nim mogłem się bronić. Postanowiłem, że nazajutrz znów ujmę ten gwóźdź w moje mordercze dłonie i spróbuję uciec.

DERBYSHIRE, MAJ 1886 ROKU

Po pogrzebie Michaela spędzałem z Surrey niemal każdą noc, ale chociaż czułem do niej coś więcej niż pociąg seksualny, to jednak nie była to miłość. Wydaje mi się, że ona to wiedziała. Jej namiętność i pożądanie były wyraźnie większe od moich, a z czasem ta różnica stawała się coraz bardziej widoczna.

Gdy pewnego dnia spacerowaliśmy w ogrodzie przed jej wyjazdem na kolejne zadanie, zapytała ni stąd, ni zowąd:

– Czy ty zaczynasz się mną nudzić, Simeonie?

– Co?

– Mam wrażenie, że moje słowa nie sprawiają ci już tyle przyjemności i radości co kiedyś.

– To nieprawda.

– Tak czuję. Wydaje mi się nawet, że wolałbyś być gdzie indziej. Albo może z kim innym?

– Nie bądź niemądra! Skąd ci to przyszło do głowy?

– Sama nie wiem. Chyba kobieca intuicja.

– Tak? Cóż to takiego?

– To zmysł. Jak dotyk albo powonienie.

– Tylko kobiety mają ten zmysł?

– Nie, mężczyźni także. Ale męska intuicja nie jest tak doskonale ukształtowana. Nie potrafi wyczuwać emocjonalnych i seksualnych niuansów tak dobrze jak kobieca.

– Jakiś przykład?

– Nieważne.

– Owszem, ważne. Daj mi jakiś przykład, żeby udowodnić swoje słowa.

– Dobrze. – Westchnęła głęboko. – Myślę, że wciąż snujesz namiętne fantazje o Elizabeth, chociaż ona jest na tyle stara, że mogłaby być twoją matką.

– Wcale nie jest stara! – zaprotestowałem trochę chyba zbyt gwałtownie. – I żadnych fantazji nie snuję!

Wybuchnęła śmiechem.

– Jesteś kłamcą, Simeonie Lynchu, w dodatku bardzo kiepskim.

Odwróciłem się, po części z zakłopotania, a po części dlatego, że się obawiałem dalszych pytań na ten temat.

– Dąsasz się? – zapytała żartobliwie.

– Ta sprawa jest zamknięta, Surrey – uciąłem. – Nie życzę sobie żadnych rozmów na ten temat! – Przyśpieszyłem kroku i nieco ją wyprzedziłem.

Chwyciła mnie za połę płaszcza.

– Zaczekaj!

Odwróciłem się.

– Co znowu?

– Odpowiedz mi na jedno pytanie. Czy byłeś bardziej podniecony, całując się z Elizabeth w pustelni, czy będąc w łóżku ze mną?

Zaskoczenie odebrało mi mowę.

Surrey musiała zauważyć, że strzał był celny.

– Widziałam tę scenę, mój drogi. Wszyscyśmy widzieli.

Jej słowa zmroziły mi krew w żyłach. Poczułem się potwornie bezbronny.

– Jak to widziałaś?

– Sirius i ja towarzyszyliśmy wtedy Profesorowi. Wezwał nas, kiedy wszedłeś do salonu. Obserwowaliśmy przebieg lekcji.

– Obserwowaliście? Skąd?

– Przez ścianę. – Zamilkła na chwilę, po czym wyjaśniła: – Wzdłuż wszystkich ścian ciągną się tajne przejścia. W całym domu. Przez specjalne wizjery Profesor może oglądać nas i wszystkich gości, którzy go odwiedzają.

– Na Boga! Przecież to okropne! Nie wolno mu tego robić!

– Oczywiście, że mu wolno! – stwierdziła ze śmiechem. – To jego dom, może więc w nim robić wszystko, co mu się żywnie podoba.

– A co z nami? Nas też oglądał razem w łóżku?

– Najprawdopodobniej – odpowiedziała bez cienia zażenowania.

– Wielki Boże! Więc wtedy pierwszej nocy też nas obserwował?

– Nie wiem. Prawdopodobnie tak. – Wzruszyła ramionami. – Jeśli to cię jakoś pociesza, to i Sirius, i ja dowiedzieliśmy się o tej praktyce już po inicjacji. Dopiero wtedy Michael nam powiedział.

– Czy Profesor wiedział, że zamierzasz mnie o tym poinformować?

– Oczywiście. Prawdę mówiąc, sam to zasugerował. Stwierdził, że powinnam to zrobić, zważywszy na fakt, jak bliskie są nasze relacje.

Pokręciłem głową.

– Więc nas podglądał.

– Nie mam co do tego najmniejszych wątpliwości – stwierdziła znudzonym głosem. – Może nawet w towarzystwie Elizabeth.

– Co takiego?

Znów się zaśmiała.

– Jak łatwo cię sprowokować! Ale chyba wiesz, że oni są kochankami?

– Skądże! – Nie potrafiłem ukryć zdumienia. – Nigdy by mi to nie przyszło do głowy.

– Jesteś więc bardziej naiwny, niż przypuszczałam. Twoja droga Elizabeth pieprzy się z nim od lat i jest mniej więcej taką samą arystokratką jak ja.

– Uważaj na słowa!

– Nie mam takiego zamiaru. Nikt oprócz Profesora nie będzie mi dyktował, co mam mówić, a czego nie. – Uderzyła dłońmi o moją pierś, odpychając mnie od siebie. – A już z pewnością nie ty.

– Licz się ze słowami, Surrey!

– Jesteś głupcem, Simeonie Lynchu. Zanim zaczęto się do niej zwracać per lady Elizabeth Audsley, była prostą Lizzie MacIntosh. Zresztą sam ją o to zapytaj przy herbatce, kiedy następnym razem pobiegniesz do niej niczym piesek przywołany do nogi.

– O nic takiego nie będę jej pytał.

W milczeniu mierzyliśmy się pełnymi złości spojrzeniami, a ja odniosłem wrażenie, że dzielący nas wtedy chłód nagle zmroził całe ciepło, które się między nami wytwarzało z każdym pocałunkiem i z każdą intymną chwilą, którą ze sobą spędzaliśmy.

– Wyjeżdżam jutro wcześnie rano w związku ze zleceniem od Profesora, chyba więc już cię pożegnam – oznajmiła lodowato.

– Do widzenia – odparłem, nie dodając nawet, żeby na siebie uważała, choć chciałem to zrobić.

Odeszła kilka kroków, po czym przystanęła i się odwróciła. Przez chwilę sądziłem, że zamierza na mnie krzyczeć. Dopiero potem zauważyłem, że Surrey płacze. Zanim jednak zdążyłem wydusić z siebie choćby słowo, znów się odwróciła i pobiegła w stronę domu.

Odprowadzałem ją wzrokiem, pełen smutku i poczucia winy. Surrey nie zasługiwała na to, żebym ją krzywdził albo sprawiał jej zawód. Wiedziałem jednak, że nie da się tego uniknąć. Ponieważ miała rację.

Moje serce należało do Elizabeth.

***

Następnego ranka Sirius zaczepił mnie, kiedy szedłem do biblioteki, gdzie miałem nadzieję spotkać Elizabeth i ukraść jej choć minutę, żeby porozmawiać na osobności. Jeśli oczywiście coś takiego jak spotkanie w cztery oczy było w tym domu w ogóle możliwe.

– Simeonie, Profesor życzy sobie, żebyśmy towarzyszyli mu do Londynu, dokąd się udaje na służbowy obiad. Wyjeżdżamy za godzinę, żeby zdążyć na pociąg z Derby do St. Pancras. Na stacji będzie czekała kareta, która zabierze nas do londyńskiej rezydencji Profesora w Primrose Hill. Tam też przenocujemy.

Londyn.

Nie odwiedzałem stolicy, odkąd uciekłem stamtąd z krwią na rękach i strachem w sercu.

– Coś nie tak? – zapytał.

– Nie, skądże. Z przyjemnością tam pojadę.

– Akurat po tym wyjeździe przyjemności bym nie oczekiwał. Mamy podejmować obiadem tę kreaturę Chana w towarzystwie jego obrzydliwego klanu oraz zgrai obleśnych siepaczy, będziemy więc musieli dać z siebie wszystko.

– Surrey do nas dołączy? – zapytałem nieszczerze, bo przecież sama mi mówiła, że wyjeżdża wcześnie rano.

– Nie – odpowiedział. – Profesor wyznaczył jej inne zadanie. – Już miał odejść, zmienił jednak zdanie. – A, właśnie! Chciałem cię jeszcze zapytać, czy w łóżku Surrey nie jest trochę chłopięca.

– Wydawało mi się, że jesteś dżentelmanem, Siriusie, a zatem tego typu pytań zadawać raczej nie powinieneś.

– *Touché*. Ale skoro już o tym mowa, to na twoim miejscu uważałbym raczej na jej temperament. Nic dobrego nie czeka mężczyzny, który wypadnie z łask panny Breed.

Otrząsnąłem się z jego żarcików i wszedłem do biblioteki. Deski boazerii ustępowały tu miejsca siedmiu rzędom olbrzymich półek pnących się w górę aż do samej balustrady wokół górnej galerii, która okalała pomieszczenie. Tak jak się spodziewałem, lady Elizabeth siedziała przy stoliku, skąd miała widok na ogrody, gdyby chciała podnieść swoją piękną głowę znad książki, w której właśnie się pogrążała.

– Dzień dobry – powiedziałem, podchodząc.

– To ty, Simeonie? – zapytała raczej zdziwionym głosem, kiedy wyjrzała znad górnej krawędzi trzymanej w dłoniach książki. – Jak się miewasz?

– Dziękuję, dobrze. – Nie pytając o pozwolenie, zająłem miejsce naprzeciwko niej. – Muszę ci zadać ważne pytanie.

Odłożyła książkę.

– Zadaj zatem.

– Czy naprawdę nazywasz się Lizzie MacIntosh?

W jej niebieskich oczach zagościł niepokój. Zasznurowała wargi, żeby powstrzymać pierwszą reakcję. Z głuchym odgłosem zatrzasnęła książkę, po czym wstała z krzesła.

– Przyszłam wybrać lekturę na podróż. Jak sądzę, ta powieść będzie odpowiednia. Zobaczymy się później.

Kiedy przechodziła obok mnie, chwyciłem ją za nadgarstek.

Wściekłość na jej twarzy spłynęła od brwi do ust. Spróbowała wyszarpnąć rękę.

– Puść mnie!

Podniosłem się z krzesła, nie rozluźniłem jednak uchwytu.

– Puszczę, jak mi powiesz.

– Nie mam ci nic do powiedzenia!

Odepchnęła mnie i zaczęła masować dłoń.

– Obawiasz się, że podgląda nas Profesor? – Wskazałem na galerię nad naszymi głowami. – Że w tej właśnie chwili patrzy na nas z góry niczym jakiś wścibski bóg?

– Nie bądź śmieszny!

Pośpieszyła do drzwi. Pobiegłem za nią szybko, żeby je zastawić sobą.

Jej twarz poczerwieniała od złości.

– Nie, Profesor nas nie podgląda.

– Skąd masz tę pewność? Surrey opowiedziała mi o świecie, który sobie stworzył między ścianami.

– O świecie stworzonym między ścianami? – Złość na jej twarzy ustąpiła miejsca gorzkiej kpinie. – Jestem pewna, że to twoje słowa, a nie jej. To chucherko nie ma takiej wyobraźni.

Opuściła głowę, ale widząc szybko falujące piersi, mogłem się domyślać, jak wielkie wzburzenie chciała w ten sposób ukryć.

Nie mam pojęcia, co mnie opętało. Możliwe, że rozjuszył mnie jej opór. Albo obezwładniło podniecenie wywołane tym, że stoję tak blisko niej i obydwoje jesteśmy tacy na siebie rozeźleni. Tak czy owak, poczułem się na tyle ośmielony, że ją pocałowałem.

Najpierw miałem wrażenie, że nie stawia oporu, potem jednak mnie od siebie odepchnęła i wymierzyła policzek. Pozwoliłem jej otworzyć drzwi i wyjść.

Moja twarz niewątpliwie nosiła ślad dłoni Elizabeth, ja jednak czułem tylko rozkoszny dotyk jej warg. Przez niemal minutę stałem jak zahipnotyzowany, aż wreszcie niechętnie udałem się do mojego pokoju.

Nie musiałem długo się pakować. Potrzebowałem tylko kilku rzeczy. Ubrania podróżnego, stroju wieczorowego na obiad, pistoletu do głośnych egzekucji, noża dla nieco cichszych i jednej z garot Michaela do całkowicie bezgłośnego uśmiercania.

Na dziedzińcu zapaliłem skręta z Thackerayem, kiedy czekaliśmy na pozostałych. W końcu nadeszli, prowadząc za sobą służbę z bagażami. Alex i Profesor nie przerwali rozmowy, uchylili jednak przede mną kapelusza, wsiadając do luksusowo urządzonego dawnego wozu pocztowego. Wyobraziłem sobie, jak Moriarty wszystkich potajemnie podgląda, i poczułem do niego urazę. Byłem pewien, że jeszcze się nadarzy okazja, żeby z nim porozmawiać o tym i kilku innych problemach.

Do stacji kolejowej jechałem na koźle obok Thackeraya, podczas gdy lady Elizabeth i Sirius siedzieli wewnątrz karety. W ich towarzystwie czułbym się dziś niezręcznie, a najmniejszej ochoty na żadne nieprzyjemności nie miałem.

Z Thackerayem umilaliśmy sobie podróż, rozmawiając o dziwnym zachowaniu kobiet. Mój pochodzący z północy znajomy miał znacznie bogatsze doświadczenie z płcią piękną, zwierzał mi się więc na temat trudności, jakie napotykał, próbując przewidzieć postępowanie kobiet albo zrozumieć ich decyzje.

Kiedy dotarliśmy do Derby, zrobiło się spore zamieszanie, zwłaszcza przy podjeździe do stacji kolejowej, należącej przecież do najbardziej ruchliwych w kraju. Karety obijały się o siebie, szukając miejsca najbliżej wejścia i Thackeray nawet się wdał w słowną utarczkę z innym woźnicą, który próbował wjechać dokładnie tam, gdzie on, i dokładnie w tym samym momencie.

Wnętrze budynku wywarło na mnie wielkie wrażenie, ponieważ nigdy przedtem nie podróżowałem pociągiem. Kolizja widoków, dźwięków i zapachów była hipnotyzująca. Olej, smar, węgiel. Sycząca para, przeraźliwe gwizdy, zatrzaskiwane drzwi, krzyczący konduktorzy. Podekscytowane dzieci, umundurowany personel, żegnające się pary. Wszędzie mnóstwo energii.

Kiedy wsiedliśmy do przedziału pierwszej klasy pociągu linii Midland Express, wyjrzałem przez okno, żeby podziwiać gigantyczne koła, toczące się powoli po szynach, niezrażony napływającymi od strony sapiącej lokomotywy pasemkami dymu, które smagały moją twarz i rozwiane włosy.

Profesor zabezpieczył drzwi, po czym zwrócił się do Alexandra.

– Bądź tak dobry i zacznij odprawę. Powinieneś chyba najpierw pobieżnie przedstawić historię naszych kontaktów z panem Chanem, żeby Simeon zrozumiał sytuację.

Alex rozpiął klamrę starej skórzanej torby, z którą rzadko się rozstawał, sięgnął do środka po szarą kopertę, po czym podał mi wyjęte z niej zdjęcia.

– Pierwsze przedstawia Hu Chana. Jest chińskim imigrantem, ma ponad osiemdziesiąt lat i choć u wybrzeży Anglii zawitał razem z braćmi ponad czterdzieści lat temu, to ponoć wcale nie zna angielskiego. Na szczęście Profesor całkiem dobrze włada mandaryńskim dialektem języka chińskiego. Niemniej jednak Chan nalega, żeby wszystkie nasze kontakty przebiegały w obecności jego wnuka Lee, który płynnie mówi w obydwu tych językach. To właśnie jego przedstawia druga z fotografii. Lee jest wyjątkowo niebezpieczny. O ile nam wiadomo, zabił już trzy, a może nawet cztery osoby, które się okazały na tyle nierozsądne, żeby drażnić jego dziadka.

Patrzyłem na zdjęcie, a razem ze mną Sirius i Elizabeth, którzy się do mnie przysiedli. Przedstawiało twarz faceta po trzydziestce z wyrazistymi kośćmi policzkowymi i mocno zarysowaną szczęką. Najbardziej jednak zauważalną cechą tego człowieka były jego oczy. On nie pozował do fotografii, tylko wyzywająco patrzył w obiektyw – niczym lew oceniający potencjalną ofiarę.

– Dziś wieczorem znajdziesz się w towarzystwie wielu brutalnych przestępców – ciągnął Alex – ale żaden z nich nie dorównuje okrucieństwem wnukowi Chana. Żaden z nich, włącznie z Lee, nie ośmieli się działać bez polecenia Hu. Mimo podeszłego wieku stary Chan zachowuje całkowitą władzę nad tymi, którzy mu podlegają. Profesor uzupełnił wypowiedź Alexa.

– Po przyjeździe rodzina Chanów osiedliła się na East Endzie i wszystko wskazywało na to, że zajęła się tradycyjnym dla swojej nacji krawiectwem, pralnictwem oraz dystrybucją leków ziołowych. Pozory jednak mylą. Stary Chińczyk razem z synem Baiem, ojcem Lee, potajemnie tworzyli skomplikowaną siatkę przestępczą. Bai zginął podczas regularnej bitwy w dzielnicy portowej, ostatecznie wygranej przez Chanów. Teraz kontrolują oni wiele przedsięwzięć w porcie londyńskim, w tym cały import zakazanych towarów z ich rodzinnego kraju oraz dystrybucję opium. Gdyby się ograniczyli do tych działań, to zapewne nadal nasze ścieżki krzyżowałyby się tak samo bezpiecznie jak drogi w najodleglejszych częściach Kornwalii albo Cheshire. Niestety się nie ograniczyli.

– Ich rodzina – kontynuował Alexander – coraz częściej się wtrącała do naszych interesów, szczególnie do wyścigów konnych i towarzyszących im lukratywnych zakładów. Pracujący dla nich lekarz weterynarii ogłupił konia, na którym nam zależało. Dolał mu do wody opium. Straciliśmy wtedy dużo pieniędzy.

– Oszust zapłacił za to głową – wtrącił Profesor. – Widziałeś ją w moim laboratorium, Simeonie. To jeden z powodów, dla których nie chciałem, żeby panna Breed uczestniczyła w naszym dzisiejszym spotkaniu. Nigdy nie wiadomo, jakie skojarzenia mogłaby wywołać jej twarz, choć oczywiście teraz wygląda ona zupełnie inaczej.

Zrozumiałem, dlaczego Surrey była tak roztrzęsiona tej nocy, kiedy zastałem ją zakrwawioną w ciemnej kuchni z ciasno zawiązanym jutowym workiem. Dekapitacja weterynarza musiała być traumatycznym doświadczeniem.

– Czyli teraz muszą się wypowiedzieć obie strony? – spekulował Sirius. – A podczas dzisiejszego spotkania mamy dać im ostateczne ostrzeżenie?

Profesor się uśmiechnął.

– Pan Chan nie należy do ludzi, którzy zwracają uwagę na ostrzeżenia. Dziś wieczorem spotykamy się po to, żebym jemu i jego wnukowi oraz partnerom złożył propozycję, która, mam nadzieję, okaże się dla nich nie do odrzucenia.

Słowa Profesora wyjaśnił nam Alex.

– Zostaną mianowicie poproszeni o natychmiastowe wycofanie się ze wszystkich torów wyścigowych i działań związanych z zakładami. W zamian zapewnimy im udział w zyskach z wyścigów, do których dopiero próbują się przebić. Krótko mówiąc, zaproponujemy im pieniądze za nicnierobienie.

– A jeśli się nie zgodzą?

– Wtedy dojdzie do rozlewu krwi – odpowiedział Moriarty. – Jeśli nas do tego zmuszą, to zetniemy tyle głów, że sam Wład Palownik by się zawstydził.

Oddałem Alexowi fotografie, nie bez obaw pytając:

– Jaką rolę mam dziś odegrać?

Alex wsunął zdjęcia z powrotem do koperty.

– Po obiedzie razem z Profesorem udam się na rozmowę z Chanem i jego wnukiem. Dodatkowo Chińczyk zażądał, jak się wyraził, rzetelnej wymiany, która obydwu stronom da pewność, że nikt nie złamie reguł gry. To znaczy, że na czas spotkania lady Elizabeth uda się do jednego pokoju z kimś wskazanym przez Chana, ty natomiast udasz się do innego pomieszczenia z panią Wu, żoną Lee. Sirius oraz jeden człowiek od Chana będą trzymali wartę w korytarzu oddzielającym obydwa te pokoje.

Wysiedliśmy na stacji St. Pancras, która wyglądała jak zapierająca dech w piersi katedra. Numerowi odnieśli nasze bagaże, po czym Moriarty oddalił się z Elizabeth.

Kiedy wyszliśmy na spowite mgłą, ruchliwe londyńskie ulice, przypomniałem sobie, jak miejski dym i kurz oblepiają nisko wiszące chmury, odbierając barwom dnia całe nasycenie. Zatrzymaliśmy dwie dorożki, które szybko zawiozły nas do domu Profesora. Mieścił się w doskonałym miejscu przy Albert Road, blisko Primrose Hill i ogrodu zoologicznego. Mocna brama i wysokie ogrodzenie chroniły przed ciekawskimi spojrzeniami oraz nieproszonymi gośćmi. Teren był z przodu i z tyłu patrolowany przez uzbrojonych ludzi, w większości emerytowanych funkcjonariuszy policji.

Rozpakowałem rzeczy, a następnie przedstawiono mi służbę

i oprowadzono po domu, żebym mógł się zapoznać z rozkładem pomieszczeń. Budynek był ponad połowę mniejszy od rezydencji Moriarty'ego w Derbyshire, ale mimo to imponował rozmiarami i wyposażeniem.

Podziwiałem jadalnię wyłożoną boazerią z czereśniowego drewna, wyposażoną w meble i krzesła z tego samego materiału ustawione pod kryształowymi żyrandolami, kiedy w drzwiach pojawił się Sirius. Jego twarz rozświetlało podniecenie.

– Już tu są – oznajmił. – Gra się zaczyna.

Jeszcze w pociągu opisując starego Chana, Profesor porównał go do gada. Kiedy Chińczyk wszedł do domu przy Albert Road, zrozumiałem dlaczego. Niski, chudy, ze świszczącym oddechem, chodził noga za nogą i tak bardzo przygarbiony, że natychmiast się kojarzył z polującą jaszczurką. Twarz miał obwisłą i pokrytą brązowymi starczymi plamami, które z daleka wyglądały jak łuski. Fałdy zwisającej z jego karku skóry kołysały się jak indycze korale.

Zajął miejsce pośrodku stołu obok swojego wnuka. Po jego prawej stronie siedział Profesor, a dalej Elizabeth, mnie natomiast wyznaczono krzesło naprzeciwko niego, obok Siriusa. Resztę towarzystwa stanowiło pół tuzina ludzi z londyńskiego kontyngentu Moriarty'ego oraz taka sama liczba członków organizacji Chana, z czego tylko połowa okazała się jego rodakami.

Na kolację przygotowano wyjątkowy zestaw wspaniałych potraw, aby obniżyć napięcie po obydwu stronach i zminimalizować szansę wybuchu jakiejkolwiek przemocy. Po bogatej w warzywa zupie na stół trafiły opiekane łososie, a następnie przyniesiono zestaw pieczeni z wołowiny, baraniny i drobiu. Na koniec podano wielkie talerze ciast i eklerek oraz stosy truskawek i czereśni. Do posiłku rozlewano wina białe, czerwone i deserowe, ale zarówno Lee Chan, jak i ja konsekwentnie odmawialiśmy. Podczas posiłku kilka razy spojrzeliśmy sobie głęboko w oczy. Miałem wrażenie, że ten sam hardy wzrok, który na zdjęciu zdawał się topić soczewkę aparatu fotograficznego, teraz omal nie stopił rozdzielającej nas zastawy.

Odpowiadałem spojrzeniem pełnym lodowatej pogardy. Zabójcy rozpoznają innych zabójców. Takiej udręki w spojrzeniu nie ma nikt inny. Oczy mordercy zdradzają, że przekroczył on już ostateczną granicę i gotów jest znów ją przekroczyć, jeśli będzie tego wymagała sytuacja. Nadszedł czas, żebyśmy wszyscy wstali od stołu i zabrali się do swoich obowiązków. Podnosząc się z krzesła, młodszy Chan rzucił mi nikły uśmiech. Poczułem znajome mrowienie: znak, że w moim organizmie zachodzi pierwsze stadium chemicznej reakcji poprzedzającej fizyczną przemoc. Z wielką przyjemnością sprawdziłbym się z nim, i byłem pewien, że on czuje dokładnie to samo.

Kiedy jadalnia opustoszała, udałem się do pokoju, w którym czekała już pani Wu Chan. Żona Lee przypominała raczej myszkę niż kobietę: nieznaczny wzrost, niewielka waga, małe czarne oczka, drobniutkie dłonie i niezauważalność, z jaką wcześniej się nie spotkałem u żadnej innej ludzkiej istoty. Poruszała się bezszelestnie w długiej, złotej jednoczęściowej sukni, nie odzywając się ani słowem. To absolutne milczenie kazało mi się zastanawiać, czy ona w ogóle cokolwiek rozumie.

Bez słowa minęło kilka godzin. Zanim to kłopotliwe i pełne napięcia oczekiwanie się skończyło, zegar zdążył wybić północ. Niedługo potem otworzyły się drzwi w głębi korytarza, stopy zakołatały o drewno i marmur podłogi, rozległ się dzwonek na służbę i usłyszałem ludzkie głosy. Głośne pukanie do drzwi mnie zaskoczyło. Wu podniosła głowę i w jej spojrzeniu zobaczyłem strach.

– Nie ma potrzeby się bać kogoś, kto puka – powiedziałem, chcąc uspokoić raczej siebie niż moją towarzyszkę. – Ci, których trzeba się bać, wchodzą bez pukania.

W drzwiach stanął Sirius, skinieniem głowy pozdrowił panią Chan, po czym poinformował mnie cicho:

– Sprawy zostały pomyślnie załatwione. Elizabeth jest już z Profesorem, twój gość może więc wrócić do swojej rodziny.

Podziękowałem Siriusowi, a kiedy wyszedł, powoli i trochę głośniej, niż powinienem, zwróciłem się do Wu, w swojej głupocie wyobrażając sobie, że to jej pomoże zrozumieć obcy język.

– Skończyli. Mogę więc razem z panią dołączyć do pozostałych.

– Dziękuję panu za dotrzymanie mi towarzystwa – odpowiedziała z nienagannym akcentem, po czym nie okazując żadnych emocji, wstała z miejsca, złożyła dłonie, ukłoniła się lekko i wyszła z pokoju tak szybko, jak jej na to pozwalała długa obcisła suknia.

Podążyłem za nią do głównego korytarza, gdzie zebrali się już wszyscy pozostali. Elizabeth stała przy Moriartym, nadal spięta. Sirius uważnie obserwował Anglików w ekipie Chana. Wszyscy byli wysocy, barczyści, ubrani w strój wieczorowy, każdy z nich palił papierosa.

– Kim oni są? – zapytałem.

– Nie wiem – odpowiedział ściszonym głosem. – Pochodzą z samego Londynu i hrabstwa metropolitalnego. Prowadzą nielegalne zakłady dla rodziny Chanów. Chińczycy wykładają gotówkę, a ci lokaje dostarczają mięśni oraz ponoszą ryzyko.

Właśnie zamierzałem przyjrzeć się im bliżej, kiedy usłyszałem śmiech Profesora. Odwróciłem się, kiedy wymieniał uścisk dłoni ze starym Chińczykiem. Lee Chan stał blisko niego, ale oczami obejmował wszystko i wszystkich.

Służący podali gościom płaszcze i wkrótce owionęło nas rześkie nocne powietrze. Kiedy podjechały pojazdy ekipy Chana, moją uwagę przykuli dwaj jego ludzie: wysoki i niższy, bardziej korpulentny. Natychmiast ich rozpoznałem. Obydwu widziałem w Birmingham. Należeli do gangu Okulistów.

W tej samej chwili wyższy z nich rozpoznał mnie, o czym od razu poinformował swojego przyjaciela.

– To on! Ten sam, który załatwił Henry'ego i Billy'ego wtedy w alejce!

Niższy mężczyzna spojrzał na mnie spomiędzy zmrużonych powiek.

– Masz rację, do kurwy nędzy! – Rzucił na ziemię papierosa i szybkim krokiem podszedł do mnie.

Dostrzegłem błysk ostrza wysuwającego się z rękawa do jego dłoni.

Rzucił się naprzód, próbując mnie ugodzić. Uskoczyłem. Napastnik uderzył ramieniem w ścianę.

Zanim zdążyłem wykonać kolejny ruch, zareagował Lee Chan. Obrócił się na lewej nodze, żeby podeszwą prawego buta zdzielić napastnika w tył głowy.

Birminghamczyk zwalił się nieprzytomny na ziemię.

Lee krzyknął coś po chińsku i kilku jego rodaków podbiegło do leżącego, dźwignęło go z ziemi i odniosło na bok.

Lee poprawił marynarkę i podszedł do mnie.

– Proszę wybaczyć to niedopuszczalne zachowanie. Przepraszam za to, co zrobił mój człowiek. Zapewniam pana, że zostanie surowo potraktowany.

– Wygląda na to, że już został.

– Zostanie odpowiednio zdyscyplinowany. – Uprzejmie skinął głową, po czym dodał: – Proszę mi powiedzieć, dlaczego tak nagle się na pana rzucił?

– Chyba wziął mnie za kogoś innego. Podejrzewam, że wypił dodatkowo ten alkohol, którego pan i ja odmówiliśmy – odpowiedziałem, żartobliwie dodając: – Anglicy wyprawiają czasem głupoty, kiedy wypiją za dużo wina.

Musiał wiedzieć, że kłamię.

– Niektórzy wyprawiają głupoty także wtedy, kiedy są trzeźwi. Duże głupoty, na przykład obcięcie głowy człowiekowi, którego bardzo lubiłem. – Stanął bliżej mnie. – Wie pan, o czym mówię?

Patrzyłem mu prosto w oczy, przypominając sobie Surrey i zakrwawiony worek jutowy, który leżał obok niej na podłodze w kuchni.

Naszą wymianę zdań przerwał Profesor.

– Panie Lee, dziadek prosi pana do siebie. Sądzę, że jest bardzo zmęczony i życzy sobie wrócić do domu.

Chan nie mógł zignorować takiej prośby, ale jeszcze przez chwilę na mnie patrzył.

– Nigdy się nie spotkaliśmy, ale cię znam – powiedział do mnie. – Wiem, kim jesteś i co robisz. Jestem też pewien, że jeszcze się spotkamy. – Złowieszczo skinął głową i odszedł.

Kiedy karety gości odjechały, Moriarty zawołał wszystkich do siebie, żeby podsumować spotkanie.

– Położyliśmy podwaliny pod współpracę, z której korzyści będziemy czerpali przez pół dekady. Między nas a rodzinę Chanów rozdzieliliśmy najbardziej lukratywne przedsięwzięcia na terenie Londynu. Musimy teraz jak najlepiej wykorzystać to, co mamy do dyspozycji.

Jak tylko ucichł aplauz, Elizabeth oznajmiła, że bardzo ją ten wieczór wyczerpał i udała się na spoczynek. Profesor, Alexander, Sirius i ja siedzieliśmy do świtu, pijąc i rozmawiając o przyszłości.

Dowiedziałem się, że interesy Moriarty'ego w Anglii oraz Ameryce kwitną, a jego rodzina angażuje się we wszystkie chyba legalne i nielegalne przedsięwzięcia, jakie potrafiłem sobie wyobrazić. Po kilku głębszych Moriarty wspomniał o rodzinnych centrach wysyłki i transportu farmaceutyków oraz tak zwanej rozrywki, mieszczących się w kilku miastach na całym świecie. Uderzyło mnie, że ani razu nie powiedział o tym, że dzięki takim jak my on wraz z całą rodziną mogli się powstrzymywać od popełniania przestępstw osobiście oraz czuć się całkowicie bezpiecznie.

Następnego dnia wstaliśmy późno i wyruszyliśmy w drogę powrotną do Derbyshire. Poinformowano mnie, że Elizabeth i Sirius pojechali już porannym pociągiem, ponieważ czekały ich inne obowiązki, okazało się zatem, że będę wracał tylko w towarzystwie Profesora i Alexandra.

Na stacji w Derby oczekiwał nas Thackeray. Z rozczarowaniem przyjął informację, że jestem zbyt zmęczony, żeby podróżować obok niego na koźle. Wszedłem do kabiny, a po kilku minutach mocno spałem.

Obudziłem się, kiedy kareta stanęła pośrodku pola, a z zewnątrz dobiegły mnie hałasy. Jacyś mężczyźni głośno krzyczeli.

– Wysiadać! Z rękami w górze!

Na twarzy Profesora malowało się zainteresowanie wymieszane z zaskoczeniem, ale z pewnością nie szok czy zmartwienie. Odezwał się do mnie chłodnym głosem:

– To nie jest kolejny sprawdzian, Simeonie. Zdaje się, że za chwilę zostaniemy obrabowani, ale przede wszystkim grozi nam potworne spóźnienie.

Staliśmy przy skrzyżowaniu dróg na zupełnym odludziu przy granicy hrabstw Derbyshire i Staffordshire. Napadło na nas dwóch uzbrojonych ludzi. Jeden wspiął się na stopnie karety i przystawił pistolet do głowy Thackeraya. Drugi otworzył drzwi kabiny i trzymając nas na muszce, kazał wysiadać.

Jestem pewien, że w opinii podekscytowanych własnymi działaniami rabusiów to oni panowali nad sytuacją. Nie mam też wątpliwości, jak ocenili naszą czwórkę: siedzący na koźle Thackeray z ogorzałą twarzą i szerokimi barami musiał ich zdaniem być o wiele groźniejszym przeciwnikiem niż człowiek podróżujący w towarzystwie kalekiego mężczyzny i młodego służącego.

Zapewne więc całkowicie ich zaskoczyłem, kiedy jednym kopnięciem wytrąciłem pistolet z dłoni napastnika stojącego bliżej mnie, a następnie wykręciłem mu rękę, łamiąc kość w stylu, z którego dumny byłby sam Michael Brannigan.

Mężczyzna wciąż jeszcze wył z bólu, kiedy podniosłem pistolet, przyłożyłem mu do głowy i krzyknąłem do jego kompana:

– Odłóż broń albo zabiję twojego kolegę!

Zamiast mnie posłuchać, przystawił broń do głowy Thackeraya.

– Zrób to, paniczu, a zabiję twojego woźnicę.

– Odłóż broń! – ponowiłem żądanie. – Albo za trzy sekundy pociągnę za spust!

Nie opuszczał lufy.

– Ja nie żartuję!

Patrzyłem, jak cienka kreska pistoletu łączy na ziemi mój cień z cieniem klęczącego bandyty.

– Jeden! – krzyknąłem.

Potem jednak nie nastąpiło ani dwa, ani trzy. Ogarnęło mnie znajome uczucie. Owładnęło każdą cząstką mojego ciała. Był to gniew, ale inny, niż ten, który znałem dotychczas. Nie wściekły i gwałtowny, nie gorejący i poszarpany. Ten gniew był chłodny, miękki i przyjemny niczym świeżo uprana pościel.

Pociągnąłem za spust. Strzał odbił się echem po okolicy.

Thackeray chwycił dłoń kompletnie zaskoczonego napastnika i skierował lufę w niebo. Kula z hukiem powędrowała w chmury.

Gniew katapultował mnie na stopnie karety. Odsunąłem Thackeraya na bok, chwyciłem bandytę za szyję i zeskoczyłem z powrotem na ziemię. Widziałem, jak mój cień ląduje, a następnie się pochyla i oddziela od leżącego na ziemi mężczyzny, któremu właśnie przetrąciłem kark z taką łatwością, jakby był złapanym w potrzask królikiem.

Potem spokojny chłód zniknął, spłynął ze mnie jak woda ze zlewu po wyciągnięciu zatyczki. Pozostała we mnie tylko pustka. Nie czułem nic.

– Naprawdę powinieneś nauczyć się liczyć, Simeonie – zauważył Profesor, wysiadając z karety, żeby obejrzeć ciała. – Nie mogą tak zostać. Thackeray, zakop tych nieszczęsnych głupców gdzieś tu, w zaroślach. – Machnął ręką w lewo. – Najpierw opróżnij im kieszenie. Skoro już ich impertynencja naraziła nas na taką niedogodność w podróży, to przynajmniej powinniśmy coś na tym zarobić.

Woźnica przeszedł na tył karety i odpiął łopatę, którą się posługiwał, ilekroć koła ugrzęzły w koleinach albo – jak na przykład tym razem – trzeba było zakopać czyjeś zwłoki.

– Proszę mi dać chwilę, panie Profesorze – zawołał, idąc we wskazane zarośla. – Zaraz wykopię dwa eleganckie groby w sam raz na tych dwóch łajdaków.

Tydzień do egzekucji

NEWGATE, 11 STYCZNIA 1900 ROKU

Mimo tortury spacerowego maratonu prawie nie zmrużyłem oka tamtej nocy. Dręczyły mnie najróżniejsze myśli i zasnąłem dopiero wtedy, kiedy miękkie promienie świtu zaczęły oświetlać moją celę.

Kręciło mi się w głowie i wciąż odganiałem nocne koszmary, kiedy dwaj klawisze zerwali mnie z pryczy, informując, że przyszedł Levine i pilnie chce się ze mną zobaczyć.

Skuli mi nogi łańcuchami, po czym zabrali mnie do sali widzeń, gdzie mój wielobarwny prawnik kroczył już od ściany do ściany, dostojnie obnosząc się z niebieską marynarką, różową koszulą i czerwonym krawatem.

– Mam nadzieję, że przynosi pan dobre wieści – powiedziałem, kiedy klawisze przykuli moje łańcuchy do ziemi i posadzili mnie na krześle.

– Oficjalnie powiadomiłem Koronę o zamiarze złożenia apelacji – oznajmił, jak tylko znaleźliśmy się sami. – Znalazłem też odpowiedniego świadka, który poprze naszą wersję zdarzeń.

– Odpowiedniego świadka? A więc musimy polegać na kanaliach, które od rana do nocy okupują gmach Old Bailey, proponując zeznanie pod przysięgą w dowolnej sprawie, byle im dobrze zapłacić? Otóż chcę pana niniejszym...

Machnął ręką, żeby mnie uciszyć.

– Nie, nie! To są świadkowie, jakich ten sąd jeszcze nie widział. Proszę się nie martwić o ich status i wiarygodność.

– I co zeznają?

– Cokolwiek chcemy. Żeby jednak włożyć w ich usta odpowiednie słowa, muszę wiedzieć więcej, niż znalazłem w aktach sprawy, i więcej, niż powiedział pan podczas procesu, stąd mój dzisiejszy pośpiech.

– Niczego nie ukryłem.

– W takim razie musimy wspólnie omówić każdy najdrobniejszy szczegół, żeby się przekonać, czy coś mi nie umknęło.

Z wewnętrznej kieszeni marynarki Levine wyłowił złoty zegarek i sprawdził godzinę.

– Żaden z nas nie ma za wiele czasu, panie Lynch. Proszę opowiadać.

– Dobrze. Wie pan, że mieszkałem w złodziejskiej melinie prowadzonej przez Paddy'ego Hoolihana.

– Tak, wiem.

– I że zamierzałem ją opuścić następnego ranka z dwoma kolegami, braćmi Jimmym i Charliem Connorami...

– To także wiem. Niech pan mówi, co było dalej.

Jego niecierpliwość mnie irytowała. Zamknąłem oczy, żeby przez chwilę na niego nie patrzeć. Wróciłem myślami do tamtej nocy.

– Zasnąłem, a potem obudził mnie hałas. Charlie, Jimmy i ja tłoczyliśmy się na samej górze, w pomieszczeniu na poddaszu. Wszyscy trzej uważaliśmy, że to najgorsze miejsce w całym domu, dopóki tamtej nocy gliniarze z hukiem nie rozwalili drzwi.

– Co zrobiliście? – Dotknął nosa chusteczką.

– Pamiętam, że Jimmy zeskoczył na podłogę, potem zerknął przez szparę między deskami, żeby sprawdzić, co to za hałasy. „Gliniarze" – oznajmił. „Są na dole".

Włożyłem kamasze. Charlie otworzył właz na poddasze i zauważył, że przy schodach na dole kręci się kilku ludzi z lampami. Postanowiliśmy zaryzykować.

Levine wyjął mały notes i ołówek. Kontynuowałem opowieść.

– Charlie zszedł po drabinie pierwszy, potem Jimmy i na końcu ja. Ledwie stanęliśmy na podeście, a gliniarze prawie już wbiegali na górę schodów.

– Ilu?

– Czterech.

– Jest pan pewien?

– Całkowicie. Ci sami czterej policjanci, o których mówiłem podczas przesłuchania.

– Proszę kontynuować.

– Bliźniacy wbiegli do jednego z pomieszczeń, a dwaj gliniarze za nimi. Trzeciego kopnąłem w pierś i poleciał do tyłu, strącając ze schodów czwartego, który biegł za nim.

– Odniósł jakieś poważne obrażenia?

– Nie sądzę. Ale nie wiem, jak było.

Prawnik się zamyślił.

– O ile sobie przypominam, w aktach nie znalazłem dowodów, by coś mu się stało. – Dłoń z ołówkiem zawiesił nad kartką. – Proszę mówić dalej.

– Wbiegłem do pokoju, a tam Jimmy i Charlie stali przy otwartym oknie. Obok nich młody gliniarz wymachiwał policyjną pałką, ale co gorsza, zaraz za nim stał brodaty, ten z nożem.

– Zapewne pan Jackson.

– Tak. Ale nie znałem jego nazwiska. Wtedy jeszcze nie.

– Czy nóż znajdował się już w jego dłoni, kiedy wszedł pan do pokoju?

– Najpierw nie widziałem noża. Brodaty krzyczał do Connorów, żeby się poddali.

– A drugi policjant?

– Młodszy gliniarz wyskoczył do przodu i uderzył Jimmy'ego pałką pod kolana. Charlie rzucił się na pomoc. Wtedy zobaczyłem, jak brodaty policjant macha nożem, krzycząc przy tym coraz głośniej.

Levine spojrzał na mnie znad notesu.

– To był Jackson?

– Tak, to był Jackson. Dźgnął Charliego. Wbił mu nóż prosto w brzuch.

Adwokat dokończył notatkę, po czym dwukrotnie podkreślił jakieś słowa.

– Widział pan moment, w którym nóż wbija się w ciało Charliego Connora?

– Tak, widziałem. – Przyłożyłem dłoń do brzucha. – O, tutaj, pod żebrami, ale nad pasem, po jego lewej ręce. Polała się krew. Charlie krzyknął i upadł na kolana. Od razu było widać, że został poważnie ranny.

– Co pan wtedy zrobił?

– Najpierw tylko stałem zszokowany. Potem się włączyłem.

– W jaki sposób?

– Uderzyłem Jacksona.

– W którą część ciała?

– W twarz. Prosto w szczękę. Ale jakbym walnął w ścianę. Przyjął cios i ruszył na mnie.

– Z nożem?

– Tak. Mocno się zamachnął. Omal nie odciął mi nosa. Zdążyłem jednak uskoczyć, chwyciłem go za nadgarstek i uderzyłem jego dłonią o ścianę.

– Czy upuścił nóż?

– Nie. Utrzymał go w dłoni. Czołem trzasnął mnie w nos, a potem spróbował mnie od siebie odepchnąć.

Znów zamknąłem oczy, przypominając sobie przebieg tamtego zdarzenia.

– Nadal ściskałem jego nadgarstek, utrzymałem równowagę i szarpnąłem się do tyłu. Uderzył mnie wolną pięścią. Puściłem rękę, w której miał nóż, ale niemal natychmiast znów ją chwyciłem. Wbił mi w krocze swoje kolano. Zapanowałem nad bólem i jeszcze mocniej ścisnąłem jego nadgarstek. Najlepsze, co mogłem zrobić, to podnieść dłoń z nożem wysoko nad głowę. Potem ciałem przywarłem do niego, żeby zapobiec kopaniu i uderzeniom głową. Wtedy wpadli na nas Jimmy z tym drugim gliniarzem.

– I co się stało?

– Uderzyli w nas z takim impetem, że przycisnęliśmy się do siebie jak przyklejeni, odepchnęło nas na drugi koniec pokoju, walnęliśmy o ścianę, zaplątały nam się nogi i runęliśmy na podłogę.

– Proszę jak najdokładniej opisać, co pan robił po upadku.

– Wyczołgałem się spod sterty ciał i przekręciłem się na bok. Po chwili przyklęknąłem i dźwignąłem się na nogi. Potem zobaczyłem, że Charlie nie żyje.

– Kiedy dokładnie?

– Jak tylko wstałem z podłogi. Zobaczyłem to niemal w tym samym momencie.

– Skąd pan miał pewność, że Connor zmarł?

– Nie ruszał się. Miał pozbawione wyrazu oczy. Obok niego na podłodze tworzyła się kałuża krwi, ciemna i rozlewająca się niczym plama oleju. Potem zobaczyłem nóż.

– Nóż Jacksona?

Skinąłem głową.

– Ale nie tkwił w ciele Charliego. Ani nie był na podłodze.

– Był wbity w ciało Jacksona?

– Tak.

– Proszę to opisać dokładniej.

Przystawiłem dłoń do szyi w odpowiednim miejscu.

– Tutaj, tuż pod jabłkiem Adama. Ostrze noża przeszło przez szyję Jacksona i wbiło się w podłogę, na której leżał.

Levine uniósł brew.

– Jak się tam dostało?

Nie było sensu kłamać.

– Z mojej ręki. Próbowałem wyszarpnąć mu ostrze, a kiedy upadliśmy, musiałem wbić mu je w szyję.

Levine zamknął notes.

– A Jackson? Widział pan, jak umiera, czy o jego śmierci dowiedział się pan później?

Poczułem, jakby w mojej głowie eksplodowała kula armatnia.

– Widziałem go w agonii. Rzucał się w niekontrolowany sposób, jakby ktoś pociągał za niewidoczne sznurki przywiązane do jego rąk i nóg. Potem tylko leżał nieruchomo. Wpadłem w panikę i wyskoczyłem przez otwarte okno.

Levine dokończył notatkę. Przekręcił kartkę, zanim znów się odezwał.

– To Jacksona mamy z głowy. Proszę mi teraz powiedzieć o drugim morderstwie, tym ostatnim.

– Wie pan przecież, że go nie popełniłem.

– To, co się wie, i to, co się potrafi udowodnić, to dwie różne rzeczy, panie Lynch.

– Nie będę o tym mówił.

– Ależ musi pan!

– Nie, panie Levine, nie muszę. W tej sprawie mam zamknięte usta i nie mam wątpliwości, że doskonale pan rozumie powody, dla których nie zamierzam rozwijać tego tematu.

– W takim razie skończyliśmy, przynajmniej na dzisiaj. – Odłożył notes i ołówek. – Wygląda na to, że w sprawie pierwszego zarzutu powinienem raczej stworzyć jakąś fikcję, niż się opierać na faktach. Co do drugiego – wzruszył ramionami – nie mogę nic zrobić, dopóki nie zechce pan jakoś mi tego ułatwić. – Spojrzał na mnie znacząco.

– Panie Levine – odparłem. – To, co musiałbym w tej sprawie powiedzieć, rzuca cień na człowieka, który obydwu nas zatrudnia, oraz jego rodzinę. Gdybym wszedł na tę drogę, to równie dobrze mógłbym złamać złożoną przysięgę i przyjąć ofertę pana Holmesa.

Levine przywołał strażnika, uderzając w drzwi.

– W tej sytuacji naprawdę skończyliśmy.

Obserwowałem, jak wychodzi, a patrząc na niego, nie mogłem się nie zastanawiać, czy ten wyelegantowany typ naprawdę ma dość wiedzy i możliwości, żeby zwrócić mi wolność. Jeśli nie, to mój los będzie zależał wyłącznie od ukrytego w ścianie gwoździa, który albo pomoże mi stąd uciec, albo pozwoli mi w godny sposób zakończyć moją agonię, nie dając katu szansy, żeby odebrał mi życie.

DERBYSHIRE, MAJ 1886 ROKU

W PIERWSZYCH DNIACH PO napadzie na naszą karetę dużo było dociekań, czy rzeczywiście był tak przypadkowy, jak mogło się to wydawać. Alexander przypuszczał, że stali za nim Chanowie. Moriarty uznał taką możliwość za mało prawdopodobną ze względu na amatorszczyznę bandytów i żądanie pieniędzy.

– Gdyby w sprawę byli wmieszani Chińczycy, to napastnicy by nas pozabijali – przekonywał.

Profesor szczodrze mnie wynagrodził za pracę w Londynie oraz rolę, jaką odegrałem, wybawiając nas z problemów napotkanych w drodze powrotnej. Przekroczyłem Rubikon, pierwszy raz przelewając krew jako członek Trójcy. Profesor powiedział, że Michael byłby ze mnie dumny, i ta pochwała wystarczyła, żeby odpędzić wszelkie wątpliwości na temat tego, co zrobiłem.

W kolejnym miesiącu otrzymałem pierwsze całkiem już oficjalne zadanie: miałem wykończyć pewnego mężczyznę w Lincoln, który się okazał na tyle nierozsądny, żeby okraść jeden z syndykatów Moriarty'ego, a następnie uciec ze zrabowanymi pieniędzmi.

Nazywał się Isaac Pickering, a był i wielki, i głupi. Jego potężna sylwetka sprawiała, że rzucał się w oczy wśród mieszkańców małego wschodniego miasteczka, gdzie przyjezdni należeli do rzadkości. Głupota z kolei spowodowała, że szastał pieniędzmi na prawo i lewo w szemranych tawernach i kiepskich burdelach, gdzie taka gotówka wywołuje niepotrzebne zainteresowanie oraz plotki.

Zastałem go pijanego jak bela w łóżku z prostytutką starszą od rodzonej babki Noego. Lata doświadczenia podpowiedziały jej, żeby jak najszybciej brać nogi za pas, gdy tylko kopnięciem otworzyłem drzwi sypialni.

Światło świecy powiększyło sylwetkę Pickeringa tak bardzo, że jej cień wypełniał całą ścianę, a potem wpełzał na sufit. Patrzyłem, jak się kurczy, kiedy mój nóż przekłuł jego chciwy bebech. Dłonią zakryłem mu usta, żeby stłumić wycie. Kiedy ten tłusty głupiec opadł z sił, zaciągnąłem go do okna i wyrzuciłem na ulicę, skąd Thackeray odtransportował go wozem.

Nie czułem żadnych wyrzutów sumienia. Pickering sam wszedł na drogę przestępstwa, choć wiedział, że to niebezpieczne. Poza tym Moriarty mnie zapewnił, że istnieje wystarczające uzasadnienie dla tego, co zrobiłem.

Uzasadnienie. Jakże wiele razy używałem tego słowa, żeby się oszukiwać! Powtarzałem też sobie, że nie mam wyboru. Groźba, że Moriarty ujawni moje pierwsze morderstwo, już na zawsze zawiesiła nad moim życiem cień szubienicy.

O mojej przyszłości zadecydował los. Moją profesją stało się mordowanie.

Po wykończeniu Pickeringa dostawałem od Profesora regularne zlecenia, żeby eliminować wrogów rodziny, którym zbyt dobrze się powodziło od ostatnich tygodni choroby Brannigana. Przy każdym kolejnym zabójstwie czułem ten sam miękki komfort mojej wewnętrznej złości i coraz mniej się przejmowałem powodami, dla których tej czy innej osobie odbierałem życie. Moriarty miał rację. Nie musiałem tego wiedzieć. Wystarczyło mi, że on uznawał te powody za wystarczające.

Pierwsze zadanie, przy którym współpracowałem z Surrey, dotyczyło bankiera. Na prośbę Moriarty'ego zaprzyjaźniła się z nim, a następnie została jego kochanką.

Bankier obsługiwał finansowo wiele spośród wątpliwych interesów Profesora i z upływem lat zaczął żądać za swoje usługi coraz wyższego honorarium. Profesor tolerował te żądania, dopóki pewnego razu Alexander nie sprawdził rachunków i odkrył, że wyparowały z nich naprawdę znaczne kwoty. Dokładniejsza kontrola wykazała, że pieniądze znikały przez lata, i to przypieczętowało los bankiera.

Ubrana w swoją najpiękniejszą suknię Surrey zwabiła go do domu, który wynajął specjalnie na spotkania z nią. Czaiłem się w mroku głównego holu, ukryty za płaszczami i pelerynami wiszącymi na dużym drewnianym stojaku. Cierpliwie poczekałem, aż zamkną się drzwi, jego stopy zaczną przebierać po podłodze i rozlegnie się lubieżny okrzyk, informujący Surrey o przybyciu kochanka.

Kiedy mnie mijał, wyskoczyłem z ukrycia i chwyciłem go za gardło. Był ode mnie niższy, więc uniosłem go nad podłogę i zadusiłem ramieniem.

Przyznaję, że mogłem zabić go szybciej, ale się wpatrywałem w cienie rzucane przez jego wierzgające ciało na ścianę i podłogę, bo wyglądały niczym lalkarskie występy. Zwielokrotnione światłem cienie umierającego mężczyzny wyglądały jak najprawdziwsze dzieło sztuki. Wspomnienie portretów sylwetkowych z czasów dziecięcej niewinności, tęsknota za wiążącym się z nimi matczynym ciepłem przefiltrowana przez traumę morderstwa wytworzyła w mojej chorej duszy uzależniające poczucie ulgi.

Thackeray i ja pozbyliśmy się ciała, podczas gdy Surrey przy użyciu kluczy i szyfrów zabranych nieboszczykowi opróżniła zawartość znajdujących się niedaleko wynajmowanego domu sejfów, dbając o to, żeby w poniedziałek rano wszystko wyglądało tak, jakby to sam bankier ukradł pieniądze, a następnie z nimi uciekł.

Moriarty był wtedy wyjątkowo zadowolony, dlatego na rachunki członków Trójcy wpłacił po pięćset funtów. Stopniowo stawałem się coraz bogatszy i coraz mądrzejszy. Zrozumiałem też z czasem, że pieniądze są jedynym, czego Profesor pożąda bardziej od władzy. W pracy odnosiłem więc same sukcesy, ale tego samego niestety nie mogłem powiedzieć o miłosnych sprawach. Elizabeth ciągle mnie unikała. Surrey przeciwnie, wyraźnie dawała mi do zrozumienia, że gotowa jest wszystko wybaczyć i zapomnieć. W końcu więc, w chwili słabości, zaprosiłem ją z powrotem do mojej sypialni i żyliśmy znów jak dawniej. Z mojej strony była to raczej potrzeba towarzystwa niż seksu. Żadne z nas nie okazywało, że ma jakiekolwiek oczekiwania, nie padły też słowa o wzajemnym oddaniu. Coś jednak nas łączyło. Coś więcej od wzajemnej życzliwości, nie potrafię jednak tego opisać. Może po prostu chodziło o to, że obydwoje znajdowaliśmy się w równie osobliwej sytuacji: oboje byliśmy przecież samotnymi zabójcami, którzy wskutek dziwnego zrządzenia losu zamieszkali razem, nie oceniając się nawzajem, nie pytając się o grzechy ani świadectwo moralności.

Surrey często wstawała wcześniej ode mnie i zanim otworzyłem oczy, już jej nie było. W takie dni sprzeciwiała się swojej wojowniczej naturze, zostawiając na stole przy oknie kwiat albo liść. W ten sposób na odległość przypominała mi o swojej miłości, ale też wiedziała, że się uśmiechnę. Kogo budzi słodycz, temu łatwiej przełykać gorycz każdego dnia – mawiała.

Przyznaję, że zaczynałem za nią tęsknić, kiedy nie miałem jej obok. Gorzej, ilekroć wyjeżdżała w związku ze zleceniem otrzymanym od Profesora, zaczynałem rozmyślać, że może się jej stać coś złego albo musi spędzić noc z innym mężczyzną. O to ostatnie nigdy nie musiałem jej pytać, bo i tak wiedziałem: wtedy albo nie przychodziła do mojego pokoju, albo w łóżku odwracała się do mnie tyłem, narzekając na zmęczenie albo złe samopoczucie.

Któregoś dnia spacerowaliśmy sami w ogrodzie, kiedy zaskoczyła mnie pytaniem.

– Myślałeś kiedyś, żeby od tego wszystkiego uciec?

– Dokąd?

– Dokądkolwiek. Tylko ty i ja. Zaczęlibyśmy od nowa. Obydwoje mamy dość pieniędzy. Za twoje i moje oszczędności moglibyśmy kupić domek gdzieś na wsi i...

– Moriarty nigdy by nam nie pozwolił odejść – przerwałem.

– Nie prosilibyśmy go o zgodę. Po prostu zabralibyśmy pieniądze, a potem...

– Surrey, przecież sami zabiliśmy ostatnio osobę, która zabrała jego pieniądze, a potem wyjechała. W moim życiu udało mi się uciec wiele razy, przed policją i przed katem także, ale od Moriarty'ego nie da się odejść bez jego błogosławieństwa.

Zrobiła przygnębioną minę.

– Wiem. Snułam tylko marzenia.

– No to więcej tego nie rób. Marzenia nie są ani dla ciebie, ani dla mnie.

– Tak uważasz?

– Owszem. W naszym wypadku odpowiednikiem marzeń jest to, jak żyjemy obecnie. Mamy pełne żołądki, ciepłe miejsce do spania i energię na seks. To właśnie są nasze marzenia.

– Tylko że mnie to nie wystarcza – powiedziała prawie szeptem. – Zupełnie nie wystarcza.

– Na razie musi. Ale nic nie trwa wiecznie. Zawsze się pojawiają jakieś nowe możliwości. I daję ci słowo, Surrey, że jeśli się nadarzy okazja, żeby uciec i odzyskać wolność, to chwycę ją i nigdy nie puszczę.

TYDZIEŃ DO EGZEKUCJI

NEWGATE, 11 STYCZNIA 1900 ROKU

Fakt, że Levine planuje złożyć apelację, napełnił mnie pewną dozą optymizmu. Wiedziałem, że sędziowie i lordowie należą do najbardziej skorumpowanych. Gdybym ich decyzją odzyskał wolność, mógłbym wyrównać stare rachunki. Snując takie rozważania, uprzytomniłem sobie, że od pierwszych godzin aresztowania praktycznie się nie ruszam, a przecież musiałem być sprawny, jeśli to wszystko miało się powieść.

Położyłem się na plecach na podłodze i powoli unosiłem tułów, napinając mięśnie brzucha, dopóki nie zaczęły boleć jak zbite prętami.

Potem przekręciłem się na brzuch i robiłem pompki tak długo, aż ramiona i dłonie odmówiły mi posłuszeństwa.

Wciąż byłem zlany potem, kiedy Johncock otworzył drzwi celi pilnowany przez dwóch swoich ludzi.

– No proszę, coś ty taki czerwony, Lynch? Zabawiałeś się sam ze sobą?

Szkoda mi było marnować oddech, żeby mu odpowiedzieć.

– Wielki detektyw, pan Sherlock Holmes we własnej osobie, przyszedł się z tobą zobaczyć.

– Jestem zajęty, ponieważ właśnie się pocę, i nie życzę sobie żadnych odwiedzin.

– Szumowiny nie mają nic do powiedzenia, Lynch. – Johncock otworzył drzwi, żeby wpuścić Holmesa. – Tylko się zachowuj z szacunkiem, Lynch, bo jak nie, to natychmiast będziesz miał do czynienia ze mną.

Wzruszyłem ramionami i usiadłem na podłodze obok żelaznej obręczy, do której były przymocowane łańcuchy krępujące mi nogi.

Holmes wszedł w cylindrze na głowie, ubrany w koszulę z białym kołnierzykiem, pod którym zawiązał brązowy jedwabny krawat, kraciastą marynarkę i dwurzędowy surdut. Cień, który rzucał na ścianę, był tak charakterystyczny, że rozpoznałbym go wszędzie na świecie.

Zdjął płaszcz, położył go na końcu mojej pryczy i nie pytając o pozwolenie, usiadł obok niego.

– Sprawa zakładu między mną a doktorem Watsonem jest nadal nierozwiązana – stwierdził, zdejmując skórzane rękawiczki. – Przyszedłem sprawdzić, który z nas jest bliższy zwycięstwa. – Zerknął na Johncocka. – Możecie nas, panowie, zostawić samych. Pan Lynch nie wyrządzi mi żadnej krzywdy.

– Czy jest pan pewien, panie Ho…

– Najzupełniej. Proszę się zająć swoimi obowiązkami.

Z ociąganiem Johncock wyszedł, zabierając ze sobą obydwu swoich ludzi.

Otarłem pot z czoła i osuszyłem twarz koszulą.

– Obawiam się, że niedługo będzie pan musiał zapłacić swojemu przyjacielowi dwadzieścia funtów, panie Holmes. Nie mam zamiaru zostawać świadkiem koronnym. Ani teraz, ani w przyszłości.

– To się jeszcze okaże. – Położył rękawiczki. – Przyszłość nigdy nie jest taka, jakiej się spodziewamy. Możemy być jej pewni dopiero wtedy, kiedy się zamieni w teraźniejszość, a potem wciśnie niby liść między karty księgi, która jest naszą przeszłością.

– Jak poetycko!

– Z każdym dniem przyszłość widzimy inaczej, dlatego to, co dziś wydaje się nieznośne albo niewyobrażalne, po jakimś czasie staje się zwykle całkiem do przyjęcia. Nadal wierzę, że moje dwadzieścia funtów jest bezpieczniejsze od pieniędzy postawionych przez doktora Watsona.

– Zna pan już moją odpowiedź, Holmes. Czy teraz mogę już zostać sam? Chciałbym wrócić do ćwiczeń.

Przyglądał mi się z zainteresowaniem.

– Prawnik postąpił nieuczciwie, rozbudzając pańskie oczekiwania. Świadkowie przekupieni za brudne pieniądze w żaden sposób nie wpłyną na opinię tego rządu.

– Kto powiedział panu o nowych świadkach?

– Pan.

– Niczego takiego nie mówiłem.

– Ależ, mój drogi, pan to wykrzyczał, nie tylko powiedział! Zachowuje się pan zupełnie inaczej niż podczas naszej poprzedniej rozmowy. Teraz pełno w panu wigoru, choć ostatnio nie dostrzegłem go wcale. Zresztą jaki byłby cel ćwiczeń fizycznych, gdyby nie zyskał pan nowej nadziei? W pańskiej sytuacji nadzieja może się pojawić tylko jako apelacja do sekretarza spraw wewnętrznych, a taka apelacja jest możliwa tylko po wskazaniu nowych świadków albo nowych dowodów. Obydwaj doskonale wiemy, że na tym etapie sprawy, na którym się pan znajduje obecnie, nowe zeznania po prostu muszą być kupione.

Jego dedukcyjne rozumowanie bardzo mi zaimponowało, słowem się jednak nie odezwałem.

Holmes podniósł się z pryczy, przeszedł kilka kroków do okna, po czym wrócił do mnie.

– Muszę przyznać, że pewne aspekty pańskiej sprawy budzą moje zainteresowanie, ale też niepokój.

Pohamowałem wybuch śmiechu.

– Otóż pańskie zainteresowanie i niepokój nie budzą ani mojego zainteresowania, ani zaniepokojenia. – Podniosłem głowę, żeby na niego spojrzeć. – Podobno jest pan zajętym człowiekiem, niech więc pan lepiej nie traci już czasu na mnie.

– Och, to nie jest stracony czas, w każdym razie jeszcze nie. Bo widzi pan, Lynch, ciekawi mnie, kto panu towarzyszył w tej złodziejskiej melinie na obrzeżach Southwark, kiedy zginął posterunkowy Jackson.

Znów spuściłem głowę.

– Wszystko, co chciałem na ten temat powiedzieć, zostało zapisane w protokole policyjnym.

– Czytałem ten protokół. Jest wyjątkowo lichy i nieudolny. Nie zawiera też żadnych nazwisk osób uczestniczących w opisywanym zdarzeniu, proszę mi więc powiedzieć, którzy członkowie tego gangu wplątali się w to zdarzenie razem z panem?

– Nie pamiętam nazwisk.

– A może nie chce pan ich pamiętać?

– Starannie dobieram słowa.

– Podobnie jak ja.

– Byli członkami gangu, z którym trzymałem.

– To wiem. Chuligani.

Nie potwierdziłem ani nie zaprzeczyłem.

Holmes znów zaczął chodzić.

– Patrick Hoolihan jest niemal tak samo skończonym idiotą jak jego niespełna rozumu kuzyn Andrew O'Connell, chociaż temu ostatniemu można wybaczyć, ponieważ natura rozdała mu naprawdę kiepskie karty.

Chciałem zapytać, co się teraz z nimi dzieje, ale nie przerwałem milczenia.

– Obydwaj są na wolności – powiedział cień przesuwający się obok mnie po podłodze. – Trzymają się razem już tak długo, że należałoby też skuć ich jednymi kajdankami. Ale, jak pan zapewne się domyśla, pozostałych członków dawnego gangu Hoolihana już z nim nie ma. – Cień trochę się zbliżył. – Kilku z nich zostało powieszonych, innych zabito na wolności, a jeszcze inni jakby się rozpłynęli.

Sięgnął do kieszeni po dokument opieczętowany czerwonym woskiem.

– To oficjalne potwierdzenie, że jeśli złoży pan obszerne i prawdziwe zeznania na temat działalności przestępczej, którą prowadził pan na zlecenie Jamesa Moriarty'ego, to nie zostanie pan stracony. Co więcej, jeśli pańskie świadectwo doprowadzi do skutecznego skazania Moriarty'ego, to zostanie pan ułaskawiony. – Doszedł do mnie i przytknął rulon do mojej piersi.

Odczekałem, aż dokument opadnie na podłogę.

– Ten dokument jest podpisany przez sir Matthew White'a Ridleya, ministra spraw wewnętrznych.

– Nawet gdyby podpisał go sam lord Salisbury, też leżałby na kamiennej podłodze, a moja odpowiedź brzmiałaby dokładnie tak samo.

– Z całym szacunkiem, ale może pan przecież zacząć od nowa. Osobiście dopilnowałbym, żeby znaleziono panu miejsce do życia poza zasięgiem macek tej ośmiornicy Moriarty'ego.

Nie ukrywam, że słowa Holmesa obudziły drzemiące we mnie wątpliwości. Korciło mnie, żeby przyjąć jego ofertę, skończyć z tą nieznośną frustracją wywołaną niemożnością ucieczki.

Sięgnąłem po pismo. Jego oczy rozbłysnęły zwycięsko i ta krótka chwila obrzydliwego triumfalizmu utwierdziła mnie w przekonaniu, że nie powinienem się poddawać. Jeszcze nie. Oddałem mu rulon.

– Moja odpowiedź brzmi: stanowcze nie, panie Holmes. Nie znam mocniejszych słów, którymi mógłbym uprzejmie wyrazić odmowę.

– Upór jest wadą, nie cnotą, Lynch. Powinien pan go pokonać.

– A pan powinien stąd wyjść, panie Holmes. Wyczerpał pan moją cierpliwość, a przecież dobrze pan wie, że pod maską kultury i uprzejmości kryje się okrutny morderca.

– Nie mam co do tego najmniejszych wątpliwości. Skoro tak, to już pójdę, proszę jednak pamiętać, że moja oferta jest ograniczona. Ma pan trzy dni z dzisiejszym, żeby ją przyjąć. Potem proszę ją traktować jako niebyłą.

– Chciałbym się załatwić, panie Holmes, chciałbym to zrobić w samotności, jeśli pan pozwoli.

Znów na mnie spojrzał, tym razem szukając oznak słabości, które pozwoliłyby mu kontynuować negocjacje.

Rozpiąłem spodnie i pozwoliłem im opaść.

– Jeśli pan chce, może pan zostawić tę ofertę. Papier, na którym ją sporządzono, wygląda na miękki i czysty, może więc jednak znajdę dla niego zastosowanie.

– Strażnik! – krzyknął Holmes. – Proszę mnie natychmiast wypuścić.

DERBYSHIRE, MAJ 1887 ROKU

Niewielka osada o nazwie Milldale leży na łuku rzeki Dove, nad którym wzniesiono przeprawę dla jucznych koni znaną jako Viator's Bridge. Ten kamienny most stał się sławny, ponieważ wspomniał o nim Izaak Walton w swoim słynnym podręczniku wędkarstwa, gdyż to właśnie tam mężczyźni zbierali się, żeby porozmawiać, zanim wyruszali na brzeg.

Ja jednak znałem go z innego powodu. Tuż obok za pieniądze przepowiadała przyszłość stara wiedźma. Wiele idących tamtędy do pracy dziewcząt kładło na jej pomarszczonej dłoni srebrną monetę w zamian za obietnicę spotkania wysokiego przystojnego bruneta, który się z nimi ożeni, albo przynajmniej za przepowiedzenie męża, który nie będzie ich bił.

Z braku lepszego zajęcia, aby zapełnić czas pewnego letniego popołudnia, dałem starej Cygance monetę i usiadłem naprzeciwko niej, żeby powróżyła mi z ręki. Ściągnęła brwi i mrużąc czarne oczy, przez dłuższy czas mówiła mi frazesy, zakończyła je jednak słowami, których nigdy nie zapomnę. Kiedy już miałem odchodzić, powiedziała:

– Wszyscy mamy ukryty zmysł, który może nas informować o nadarzających się okazjach i ostrzegać przed nachodzącymi niebezpieczeństwami. Dobrze byś zrobił, paniczu, gdybyś tego zmysłu słuchał.

Uśmiechnąłem się sceptycznie.

– Obawiam się, że nie mam takich mocy.

– Wszyscy je mamy, ale tylko garstka potrafi je rozpoznać i zrozumieć, jak z nich korzystać.

– Jak więc mam rozpoznać te moce?

– Widzimy dowód na ich istnienie, ilekroć ktoś stwierdza, że czuje w powietrzu zmiany, albo doskonale wie, że wszystko tak, a nie inaczej się skończy. Często też ludzie mówią, że mają złe przeczucia i spodziewają się czegoś złego.

– Z całą pewnością także mnie zdarzało się takie rzeczy mówić i żywić podobne przeczucia.

Wyglądała na zadowoloną z siebie.

– Używaj więc tych instynktów. Rozwijaj je jak mięśnie. Widzę w twoich oczach nerwowość. Wyglądasz mi na myśliwego.

– Czasem łowię ryby, czasem zwierzynę. Królika albo dwa – wyznałem.

Spojrzała na moje dłonie i jej twarz stężała.

– Myślę, że to coś więcej niż ptactwo i drobna zwierzyna.

Miałem już tego dość.

– Dobrego dnia życzę, do widzenia.

Wstała z miejsca i podbiegła do mnie.

– To pańskie pieniądze. Nie wezmę ich. – Wcisnęła mi w dłoń monety. – One mają na sobie krew. Nie chcę pańskich pieniędzy.

Nie przyjąłem pieniędzy z powrotem. Rzuciłem je na ziemię, a ona je tam zostawiła.

Kiedy odchodziłem, Cyganka krzyknęła za mną:

– Naucz się korzystać z tych zmysłów! Będziesz ich potrzebował, bo myśliwi są także zwierzyną.

O tej rozmowie przypomniałem sobie rok i dwa dni po pogrzebie Michaela Brannigana.

Na zlecenie brata Profesora, Jamesa, Surrey pojechała do Irlandii, żeby tam wspomóc niejakiego Morana, ekspułkownika, jednego z ludzi klanu Moriartych. Pod jej nieobecność przyszło mi się wybrać z Broganem Moriartym, Siriusem i lady Elizabeth na wyścigi do Epsom, gdzie czekało na ubicie kilka interesów – zgodnych i niezgodnych z prawem.

W przeddzień wyjazdu miałem wszystkie symptomy, o których mówiła Cyganka. Czułem w powietrzu jakąś zmianę. Jeżyły się włosy na moich ramionach. Byłem po prostu pewien, że w moim życiu wydarzy się coś zaskakującego.

Gotowałem się na czekające mnie zadania. Spakowałem torbę podróżną, jak zawsze wrzucając do niej strój na okazje wieczorowe i bardziej swobodne oraz zestaw, który pozwalał zabijać bez względu na okoliczności, w jakich przychodziło mi pracować. Pomyślałem także o czymś do czytania, żeby jakoś rozproszyć nudę wielogodzinnej podróży karetą i pociągiem.

Zaszedłem do biblioteki Moriarty'ego, zdjąłem z półki kilka książek, po czym zaniosłem je do stolika, żeby tam któreś z nich wybrać. Od śmierci Michaela czytałem naprawdę zachłannie. Obcowanie z literaturą pozwalało mi chyba odzyskać równowagę po brutalnych kontaktach z ciałami ludzi, których zabijałem, i forsownym wysiłku fizycznym, jakiego wymagało utrzymanie odpowiedniej kondycji.

Już miałem odłożyć książki, które odrzuciłem, kiedy drzwi się otworzyły i do biblioteki weszła Elizabeth. W tej samej chwili doświadczyłem wszystkich symptomów, o których wspominała stara Cyganka. Powietrze aż iskrzyło podnieceniem, odkąd Elizabeth na mnie spojrzała.

– Słyszałam, że jutro jedziemy razem do Epsom – powiedziała, podchodząc do mnie.

Patrząc na nią, dostrzegłem zakłopotanie, w które ją wprawiłem, kiedy w tym samym pomieszczeniu skradłem jej całusa.

– Też o tym słyszałem – odpowiedziałem w końcu. – Profesor poinformował mnie przy śniadaniu. – Gestem dłoni wskazałem książki leżące przede mną na stole. – Właśnie szukałem czegoś odpowiedniego na podróż.

Odłożyła książki, które przyniosła, i usiadła naprzeciwko mnie.

– Czy byłeś już kiedyś na wyścigach?

– Nie, jeszcze nie byłem.

– Och, przepadam za wyścigami! Uwielbiam modne kreacje i wielkie emocje towarzyszące wygranej! – Zaraz jednak dodała: – Ale nie okrucieństwo wobec koni.

– Wyścigi są aż takie okrutne?

– Nie bądź naiwny! Oczywiście, że tak! Smaganie pejczem, bicie piętami. Już samo to jest okrucieństwem. Do tego dochodzi ustawianie gonitwy, ponieważ oznacza podtruwanie albo ranienie zwierząt, żeby jedno wygrało, a inne nie. Podejrzewam, że wyścigi są bardziej okrutne niż boks, który kiedyś uprawiałeś.

– Nigdy się nad tym nie zastanawiałem.

– A powinieneś! – W końcu spojrzała na książkę, którą miałem przed sobą. – *Romeo i Julia*?

– Czytałem już kiedyś i przemyślałem tę książkę, ale teraz uznałem, że warto sięgnąć po nią jeszcze raz.

Wzięła tom do ręki i przerzuciła kilka kartek.

– Ponieważ ich historia tak bardzo ci się podobała?

– Czy może się nie podobać historia młodego mężczyzny, który podąża za swoją miłością?

– No właśnie, czy może? – uśmiechnęła się z fałszywą skromnością.

– I wolę Szekspirowską królową Mab od tej u Shelleya, chociaż jest trochę dwulicowa.

– Naprawdę? – Jej uśmiech stał się na tyle zalotny, że pomyślałem o słowach Cyganki, bym chwytał okazję, kiedy się nadarza.

– Wyglądasz dzisiaj bardzo pięknie. Zbyt pięknie, żeby siedzieć w zakurzonej bibliotece. Wybrałabyś się ze mną na spacer?

– Nie wybrałabym się – odpowiedziała ze swawolnym uśmiechem. – Ale chętnie posłucham, czym się różni Mab u Shelleya i Szekspira.

– Przecież dobrze wiesz czym.

– Ale chciałabym to usłyszeć od ciebie.

– Dobrze. Wydaje mi się, że Szekspirowska wróżka wypełnia ludzkie umysły nadzieją i marzeniami. Kochankom daje miłość. Wojakom wojaczkę. Jego Mab jest bardziej zmysłowa, ma więcej namiętności i odwagi niż cyniczna postać Shelleya.

– Czy ta bardziej zmysłowa Mab odwiedza cię we śnie?

– Co noc.

– I czym wypełniła twój uroczy umysł?

– Miłością i marzeniami, oczywiście.

– Nie podrzynaniem gardeł?

– Tylko miłością. Jedyną i czystą.

– Ależ, Simeonie, jesteś teraz żołnierzem, prawda? Najnowszym rekrutem Moriarty'ego. Dumnym wojownikiem w jego szeregach.

– Wykonuję jego polecenia, tak samo jak ty. Nie wynika stąd jednak, że marzę o życiu, które mi stworzył. Marzę tylko o tobie i doskonale o tym wiesz.

– A ty wiesz, że nie powinieneś o mnie marzyć. – Jej radość przygasła. Elizabeth wstała od stołu i poszła w stronę półek.

Zawołałem za nią:

– Czy tylko po to prowokujesz mnie do mówienia o moim uczuciu, żeby potem znów mnie odtrącić?

Przeglądała grzbiety książek.

– Może robię to dlatego, żeby odkryć twoje prawdziwe uczucia. – Odwróciła głowę od książek. – A może dlatego, że nie potrafię się powstrzymać.

Podniosłem się i podszedłem do niej.

– Myśli z tobą związane nie przychodzą do mnie tylko nocą. Towarzyszą mi także w ciągu dnia, w każdej chwili. Nie ma minuty w każdej kolejnej godzinie, żebym nie...

Przerwała mi, wyciągając ku mnie obydwie ręce, w których trzymała książkę.

– Weź tę!

Odruchowo zastosowałem się do jej słów.

– Jest o wiele lepsza od *Romea i Julii* – dodała, po czym ominęła mnie i ruszyła do drzwi.

– Elizabeth, zaczekaj!

Zatrzymała się, posyłając mi uśmiech.

– Przeczytaj tę książkę, Simeonie. Poznaj niebezpieczeństwa, które możesz na siebie sprowadzić, oddając się marzeniom i żywiąc nadzieję. Jeśli będziesz potrzebował pomocy w interpretacji jej treści, to chętnie porozmawiam o tym z tobą jutro w podróży. Gdybyś natomiast doszedł do wniosku, że nie możesz czekać do jutra, wtedy znajdziesz mnie w moim pokoju dziś wieczorem.

6 DNI DO EGZEKUCJI

NEWGATE, 12 STYCZNIA 1900 ROKU

Wczoraj optymizm pozbawił mnie rozsądku. Oślepiły mnie jaskrawe kolory stroju mojego adwokata oraz wiara, że mogę uniknąć stryczka, którą we mnie wzbudził. Ale nastał kolejny świt i brak dalszych wiadomości od pana Levine'a odwrócił mój nastrój: zacząłem się liczyć z najgorszym.

Zostały mi jeszcze dwa dni, po upływie których propozycja złożona przez Holmesa zniknie jak blade światło za moim malutkim okienkiem. A tylko ona dawała mi prawdziwą gwarancję, że zostanę uwolniony, tym samym zapewniając, że będę mógł dokonać zemsty, której żądza wręcz pożerała mnie żywcem. Coraz częściej ta myśl wydawała mi się wystarczającą rekompensatą za przehandlowanie tych nędznych resztek szacunku do siebie, które jeszcze zachowałem. Po raz nie wiem który błądziłem wzrokiem po ścianach mojej celi. Na niemal każdej cegle widniały wydrapane napisy: wiersze, modlitwy i prośby o łaskę zostawione przez moich poprzedników. Niewątpliwie wydrapane takim samym gwoździem jak ten, który podrzucono mi w kaplicy. Bóg widział, że mimo starań do niczego innego tego gwoździa użyć nie mogę, jak tylko do zostawienia kolejnego śladu na ścianie.

Większość tych napisów przeczytałem w ciągu pierwszej godziny mojego pobytu w tym zapomnianym przez Boga miejscu. Były przypisami do egzekucji tych, którzy je wyskrobywali. Ostatnim wysiłkiem, żeby pozostawić po sobie jakiś ślad w świecie, który chciał się ich pozbyć.

Teraz, kiedy zbliżał się mój koniec, stanąłem przed ścianą pełną inicjałów, kresek odliczających kolejne dni oraz błagań o wybaczenie, żeby wydrapać swój własny napis.

SL 1900...

Jakże niewiele mogłem po sobie zostawić!

Poprzedni wiek zaczął się od koni i wozów, a skończył na pociągach, tramwajach oraz automobilach. Maszyny zaczęły zastępować ludzi w wielu zawodach, a elektryczność wypierała gaz. Urodziłem się w świecie postępu dającego nowe możliwości, a zostanie po mnie tylko to, co włożą do grobu.

Pogrubiłem swoje inicjały i datę w nadziei, że przyniesie to jakąś twórczą myśl.

Nie przyniosło.

Gwóźdź zrobił się za to irytująco tępy. Postanowiłem go naostrzyć o ścianę przy oknie. Z całej siły przejechałem metalowym czubkiem na samym dole ściany, gdzie cegły łączyły się z podłogą, tuż przy krawędzi pryczy. Ale zamiast drapać o mur, gwóźdź zaczął się zapadać w zaprawie murarskiej, wydłubując małe kawałki gruzu.

Serce mi zamarło. Musiałem jakimś cudem ominąć to miejsce, kiedy cegła po cegle sprawdzałem stan murów mojej celi.

Spojrzałem na drzwi. Nasłuchiwałem, co robią strażnicy. Ponownie przeciągnąłem gwoździem pod najniższą cegłą. Zaprawa była spleśniała i miękka. Długie lata wilgoci i brudu wyżarły spojenie między cegłami a podłogą. Zacząłem drapać jeszcze energiczniej. Twardy metal rozbijał zaprawę na małe grudki, które potem wystarczyło wydłubać palcami. To samo się stało, kiedy spróbowałem usunąć zaprawę nad cegłą. Gwóźdź się zatapiał niczym nóż w zjełczałe masło. Przerwałem pracę i znów zacząłem nasłuchiwać. W korytarzu nie było żadnego klawisza. Zabrałem się więc do wydrapywania zaprawy wzdłuż pionowych krawędzi – z lewej, a następnie z prawej strony. Cegła się zachybotała. Wiedziałem, że usunięcie całego materiału to tylko kwestia czasu, a wtedy, wsuwając gwóźdź głęboko w powstałą szparę, zdołam podważyć cegłę, a potem wysunąć ją ze ściany.

Położyłem się na podłodze i spróbowałem obruszać cegłę, przesuwając ją w lewo i w prawo, w górę i w dół. Wsunęła się w ścianę, co było niebezpieczne, ponieważ groziło tym, że się cofnie zbyt głęboko i nie zdołam jej wydobyć, a pozostała po niej dziura będzie zbyt widoczna.

Z wielką ostrożnością przesunąłem cegłę z powrotem na miejsce, najpierw z lewej, a następnie z prawej strony, po czym zacząłem ją wyciągać. Chwilę później mogłem oprzeć palce na krawędziach i pociągnąć. Cegła wysunęła się ze ściany w całości.

Zamarłem ze zdumienia. Udało mi się wyjąć cegłę ze ściany mojej celi!

Cała reszta ścian pozostała nietknięta, ale ja miałem wrażenie, jakbym się włamał do sejfu, otwierając pancerne drzwi. Prostokątny otwór po cegle był mały. Ale był.

Za nim panowała absolutna ciemność. Przyłożyłem ucho najbliżej dziury, jak mogłem: wyraźnie usłyszałem odgłos wiatru. To mnie przekonało, że odkryłem komin zamurowany od dołu, ale chyba otwarty od góry. Oby!

Natychmiast przypomniałem sobie o Jacku Sheppardzie. Jedna z jego ucieczek odbyła się właśnie przez taki szyb.

Zaalarmowały mnie głośne kroki na korytarzu. Pośpiesznie wmiotłem kawałki zaprawy do czarnego otworu i wsunąłem cegłę na miejsce. Złapałem książkę i usiadłem na pryczy. Zabrzęczały klucze. Uświadomiłem sobie, że nadal trzymam w dłoni gwóźdź, i wetknąłem go do buta.

Drzwi się otworzyły. Klawisz, zasługujący bardziej na miano ohydnego wieprza, a nie człowieka, typ nazwiskiem Wallace, pocierał ozdobioną bokobrodami szczękę, wchodząc do celi.

– Wstań, Lynch.

Serce mi zamarło, kiedy wykonywałem jego polecenie.

Zerknął na moje stopy, żeby sprawdzić, czy łańcuchy na nogach są bezpiecznie przewleczone przez stalową obręcz w podłodze, rozejrzał się uważnie po celi, po czym oznajmił:

– Ojciec Deagan chce się z tobą zobaczyć. – Odsunął się na bok. – Proszę, niech ojciec wejdzie. Przykro mi, że jest ojciec narażony na smród w tej celi i kontakt z tym śmierdzielem.

Duchowny wszedł do pomieszczenia. Wyglądał starzej i słabiej, niż go zapamiętałem.

– Dziękuję panu – rzucił słabym głosem do klawisza. Zaraz potem przycisnął chusteczkę do ust, żeby stłumić kaszel, i dodał: – Może pan nas teraz zostawić.

Drzwi się zamknęły. Deagan odwrócił do mnie swoją zmęczoną twarz i uścisnął mi dłoń.

– Jak się czujesz, mój synu? Mam nadzieję, że jakoś się trzymasz, wspinając się na swoją Golgotę.

– Radzę sobie, proszę księdza. – Przesunąłem się, robiąc dla niego miejsce na pryczy. – Proszę usiąść. Naprawdę nie wygląda ksiądz dobrze.

– Przyznaję, że nie czuję się najlepiej, ale i tak dziękuję Bogu za to, że dał mi prawo głosić jego słowo oraz walczyć o nie. – Do skórzanej torby sięgnął po dwa modlitewniki i dwa różańce. Nie pytając, jeden podał mnie. – Pomyślałem, że razem trochę się pomodlimy. Nie moglibyśmy zrobić niczego wspanialszego, niczego lepszego. Wspólna modlitwa to przeżywany razem moment świętości.

– Ze wstydem przyznaję, że upłynęło wiele lat, odkąd ostatnio się modliłem. Tak wiele, że nie pamiętam, kiedy to było.

– Właśnie dlatego przyniosłem modlitewniki. – Zamknął moją dłoń na jednej z książek, po czym nie bez trudu spróbował się podnieść z pryczy. – Pomóż mi klęknąć, synu, bo przez tę wilgotną i przenikliwie zimną pogodę trochę mnie łamie w kościach.

– Oczywiście, proszę księdza.

Przytrzymałem go pod ramię, kiedy opuszczał się na twardą podłogę, po czym sam uklęknąłem obok. Przez chwilę z trudem łapał oddech i pozostawał w bezruchu, dopóki atak kaszlu nie ustąpił. Czekałem cierpliwie, aż odzyska siły, mając nadzieję, że jego choroba nie jest poważna. Zima to czas umierania. Zimową porą umiera jedna osoba na tydzień, a choroba zabiera zarówno przestępców, jak i strażników, bez żadnych uprzedzeń.

– Chcę ci oferować słowa pociechy, słowa hartu ducha – powiedział słabym głosem. – Wiarygodne słowa pochodzące z najbardziej wiarygodnej księgi ludzkości. – Podniósł różaniec, powiesił go sobie na szyi i pocałował mały czarny krucyfiks. – Pan jest moim pasterzem, nie brak mi niczego...

Słowa psalmu trafiły mi do serca i wywołały nadzieję, choć zacząłem się obawiać, że to fałszywa nadzieja. Czy morderca taki jak ja może przekroczyć dolinę śmierci, by wejść na zielone pastwiska niebios? Przecież byłem ucieleśnieniem zła, w dolinie śmierci musiał więc czekać na moją duszę sam diabeł.

Ksiądz Deagan dotknął mojej ręki, wyrywając mnie z tego zamyślenia i zachęcając do modlitwy. Odmówiliśmy cały różaniec, tę różaną koronę chrystocentrycznej chwały, przerywając tylko czasem, kiedy dyszał albo boleśnie kaszlał.

Skończyliśmy, a wtedy on spojrzał na mnie i rzekł:

– Powiedz mi, Simeonie, kiedy jesteś w tym stanie łaski, czy chciałbyś wyznać przed Bogiem swoje grzechy?

Twierdząca odpowiedź wydała mi się jedyną możliwą. Może stary duchowny był doskonałym sprzedawcą i wiedział, że skoro się zgodziłem przyklęknąć, żeby wspólnie z nim odmówić modlitwę, to zgodzę się też postawić ten ostatni krok. Oczywiście nie widziałem w tym niczego złego.

Złożyłem ręce.

– Pobłogosław mnie, ojcze, bo zgrzeszyłem. Ostatni raz przystępowałem do spowiedzi, kiedy byłem dzieckiem, niedługo przed pierwszą komunią.

– Rozumiem. Z czego chcesz się wyspowiadać? Mów tylko prawdę i całą prawdę, bo wyznajesz grzechy przed Bogiem, panem twojej duszy i całej wieczności.

Powiedziałem tylko prawdę i całą prawdę. Przez następne pół godziny, nie myśląc o kolanach tego biednego człowieka cierpiących na gołym kamieniu ani o jego chorobie, wyznawałem mu wszystkie grzechy. Powiedziałem o wszystkich kradzieżach, oszustwach, napadach i morderstwach, które potrafiłem sobie przypomnieć. Moje grzechy były tak liczne, a popełniałem je przez tak długi czas, że z pewnością o wielu zapomniałem. Nie wymieniałem nazwisk i starałem się nie mówić o zamieszanych w moje uczynki ludziach. Byłem pewien, że Bóg wie, kogo mam na myśli, a nie chciałem stawiać księdza Deagana w sytuacji, w której mógłby się pokusić o złamanie tajemnicy spowiedzi, tym samym narażając się na zemstę ludzi, którzy chcieliby go uciszyć.

Stary ksiądz słuchał moich grzechów z niebywałą cierpliwością, ani razu mnie nie napominając ani nie okazując jakiegokolwiek potępienia. To samo kapłańskie powołanie kazało mu jednak podjąć się próby wyplenienia całego zła, które tkwiło w mojej duszy.

– A co z ostatnim morderstwem, o które zostałeś oskarżony, mój synu? Wypierasz się go, a ja się obawiam, że twoją duszę splamił także ten śmiertelny grzech.

– Nie, proszę księdza, tego czynu nie popełniłem.

– Przysięgasz w obliczu Boga Wszechmogącego?

– Przysięgam. Sąd mógłby mnie słusznie skazać za wiele morderstw, które w życiu popełniłem, ale nie za to.

– Wyroki sądów ziemskich i sądu Chrystusowego są różne, Simeonie. Okłamywanie sądu ziemskiego może ci przynieść wolność, ale okłamywanie Chrystusa może się skończyć tylko wiekuistym potępieniem.

– Wiem o tym, proszę księdza. Przysięgam na moją duszę, że za ten potworny czyn winy nie ponoszę.

Uniósł dłoń, powstrzymując mnie przed dalszymi wyjaśnieniami.

– Pomówmy zatem o wyrzutach sumienia. Czy szczerze żałujesz wszystkich swoich grzechów? Czy okazujesz skruchę?

– Tak.

– Czy się wyrzekasz Szatana wraz z jego wyznawcami i wszystkimi jego uczynkami?

– Wyrzekam się.

– Czy jesteś gotowy na spotkanie z tym, który cię stworzył, żeby błagać Go o wybaczenie i zdać się na Jego łaskę?

– Jestem gotowy.

Otworzył mój modlitewnik.

– Wypowiedz te słowa na głos, proszę, i zrób to najszczerzej, z całego serca.

Spojrzałem na wskazany tekst. To był Akt Skruchy. Narosły we mnie olbrzymie emocje. Setki razy przepraszałem w moim życiu ludzi i prosiłem ich o wybaczenie, ale teraz miałem się zwracać do Boga. Dostałem ostatnią szansę, żeby Go przeprosić za to, że zmarnowałem życie, które mi dał.

Ze ściśniętym gardłem odczytałem tekst.

– Przebacz mi grzechy moje, o Panie, przebacz mi moje grzechy; grzechy mojej młodości, grzechy mojej dojrzałości, grzechy mojego ciała, grzechy mojej duszy, moje grzechy lenistwa, moje ciężkie grzechy dobrowolne, grzechy, które pamiętam, grzechy, których nie pamiętam, grzechy, które tak długo taiłem i które uszły mojej pamięci. Szczerze żałuję za każdy grzech, śmiertelny i powszedni, za wszystkie grzechy od mego dzieciństwa aż do obecnej godziny. Wiem, że moje grzechy zraniły Twoje czułe Serce, o mój Zbawicielu! Racz mnie uwolnić od więzów złego przez Twą tak gorzką Mękę, mój Odkupicielu. Amen.

Deagan wziął ode mnie modlitewnik i odpowiedział na moje wyznanie, kończąc je słowami nadziei, które każdy grzesznik tak bardzo chce usłyszeć.

– Bóg niech ci udzieli przebaczenia i pokoju przez posługę Kościoła. I ja odpuszczam tobie grzechy, w imię Ojca i Syna, i Ducha Świętego. Amen.

– Amen.

Ujął moje dłonie i rzekł:

– Muszę cię teraz zostawić, Simeonie, ale będę się modlił za twoją duszę. Ty także się módl. Módl się za swoją duszę do ostatniego oddechu, który przyjdzie ci wydać na tym świecie. Rób to, a opromieni cię chwała Boga i bramy Królestwa Niebios będą dla ciebie otwarte.

– Bardzo księdzu dziękuję.

– Pomóż mi wstać. – Wyciągnął rękę.

Kiedy ją ująłem, atak silnego kaszlu wstrząsnął całym jego ciałem tak gwałtownie, że poczułem się w obowiązku objąć go silniej i przytrzymać dłużej.

– Dobrze się ksiądz czuje?

– Nie, mój synu, obawiam się, że nie.

Chwycił go kolejny atak duszącego kaszlu tak silny, że skurczone mięśnie brzucha zgięły go wpół.

– Strażnik! Niech ktoś tu przyjdzie! Szybko!

Ledwie te słowa wyrwały się z moich ust, a ksiądz Deagan zachwiał się i upadł.

W zamku zgrzytnął klucz i do celi wpadł Wallace.

– Cofnij się! – wrzasnął. – Cofnij się do okna albo cię tam cofniemy pałkami!

– Pośpieszcie się! – ponaglałem. – Ksiądz Deagan zasłabł.

– Jeśli to jakaś sztuczka, Lynch, osobiście tak cię stłukę, że nie będziesz miał siły dojść do szubienicy!

Silnie dmuchnął w swój gwizdek.

Po niespełna minucie do celi wpadło sześciu klawiszów. Wzięli księdza na ręce, wynieśli na zewnątrz i zamknęli drzwi.

W celi zostały różańce, modlitewniki i skórzana torba. Instynktownie ją chwyciłem.

W środku znalazłem coś, co każdy więzień uznałby za prawdziwy skarb: fajkę, miękki skórzany kapciuch wypełniony tytoniem, purpurową jedwabną stułę, fiolkę wody święconej, drewniany krucyfiks wysoki na piętnaście, a szeroki na siedem centymetrów oraz małe lusterko oprawione w skórę. Byłby to dziwny zestaw dla kogoś takiego jak ja, ale wyobrażałem sobie, że w duchownym fachu to zestaw standardowy. Na samym dnie leżał komplet kluczy, zapewne do kościoła parafialnego, oraz wieczne pióro z szeroką stalówką.

Bez wahania wziąłem to, co uznałem za przydatne. Stuła mogła z powodzeniem zastąpić garotę, a krucyfiks, po odpowiednim naostrzeniu, świetnie posłużyć za sztylet. Paciorki różańca były nanizane na solidny sznurek, którym dałoby się związać coś lub kogoś.

Rzuciłem się za pryczę, wysunąłem obluzowaną cegłę, ukryłem za nią mój skarb i wetknąłem cegłę na miejsce. Wiedziałem, że lada moment przyjdą strażnicy. Uklęknąłem tyłem do drzwi i zacząłem się modlić. Nie za księdza Deagana, ale żeby podziękować Bogu za to, że klawisze mnie nie przyłapali.

Jak tylko przyjąłem tę pozycję, wrócił Wallace w towarzystwie jednego ze swoich kolegów i wyzywając mnie od najgorszych, wrzucili do torby rzeczy duchownego. Przed wyjściem któryś z nich ubliżył mi raz jeszcze i potraktował podeszwą buta między łopatki tak silnie, że się przewróciłem na ścianę.

Drzwi się zamknęły i usłyszałem, jak obydwaj wychodzą z korytarza. Kiedy odgłosy kroków ucichły, podziękowałem Bogu także za to, że pozwolił mi okraść swojego kapłana, choć podejrzewałem, że słowa wdzięczności powinienem raczej kierować do Szatana. Wstałem i wyjąłem z buta gwóźdź.

Podszedłem do drzwi, przez chwilę nasłuchiwałem, a potem zbliżyłem się do miejsca, na którym zostawiłem swoje inicjały i datę. Ksiądz Deagan przyszedł ocalić moją duszę. Udzielił mi rozgrzeszenia, a dosłownie w sekundę po jego omdleniu wróciłem do mojego prawdziwego ja. Wiedziałem już, co muszę napisać. Co będzie moim przesłaniem dla świata. Wydrapałem je głęboko na brudnych cegłach:

Choćbym chodził ciemną doliną,
Zła się nie ulęknę.
Bo zło to ja.

DERBYSHIRE, MAJ 1887 ROKU

Książka, którą dała mi Elizabeth, nosiła tytuł *Melmoth Wędrowiec* i wyszła spod pióra Charlesa Maturina. Była to opowieść o głupim i chciwym człowieku, który zaprzedał swoją duszę diabłu, a potem przemierzał Europę, sprowadzając na złą drogę innych, żeby znaleźć kogoś, kto uwolni go od tego ciężaru.

Do lektury powieści zasiadłem w moim pokoju, zastanawiając się nad zachowaniem Elizabeth względem mnie. Widziałem w jej twarzy, że chce, abym mówił z nią otwarcie, i byłem pewien, że moje słowa trafiły do jej serca.

Myśli i emocje aż się we mnie kotłowały.

Czy naprawdę chciała, żebym przyjął zaproszenie i wieczorem odwiedził ją w pokoju? Powiedziała, żebym przyszedł z książką, a ona mi ją objaśni. Czy jednak jej propozycja dotyczyła czegoś więcej niż tylko literatury?

Niepewności towarzyszyła wielka ekscytacja.

I poczucie winy.

Czułem się winny, ponieważ wobec niedawnego odnowienia związku z Surrey adorowanie Elizabeth byłoby z mojej strony wysoce niewłaściwe.

Najdroższa Elizabeth!

Czy naprawdę mnie sobie upodobała?

Znów mi się przypomniała Cyganka z Milldale i jej słowa o chwytaniu nadarzającej się okazji. Mój związek z Surrey musiał w końcu się rozpaść. Każde z nas stanowiło dla życia drugiego wyłącznie dodatek. Doszedłem do wniosku, że najlepszym rozwiązaniem dla obydwojga będzie uznać ten fakt i iść dalej własnymi drogami.

Po kolacji podjąłem tchórzliwą decyzję, że szklaneczka whisky albo dwie ułatwi mi decyzję. Przypuszczam, że tak właśnie się stało, ponieważ niedługo potem, na lekkim rauszu, stanąłem przed drzwiami sypialni Elizabeth.

Zanim podniosłem dłoń, żeby zapukać, odkaszlnąłem.

– To ja, Simeon. Nie przeszkadzam?

– Wejdź – powiedziała tonem podobnym do tego, którego używała podczas naszych lekcji.

Otworzyłem drzwi.

Ciepłe wnętrze oświetlały liczne świece. Pachniało woskiem i świeżymi różami. Zasłony były zaciągnięte. Elizabeth siedziała na krawędzi mosiężnego łóżka w białej bawełnianej koszuli nocnej. Czesała rozpuszczone włosy. Blask oświetlał każde pasemko i każde zdawało się zrobione ze złota. Wyglądała piękniej niż kiedykolwiek wcześniej.

Zrazu nie zdawałem sobie sprawy, że zwyczajnie się na nią gapię. Dopiero po chwili dotarło do mnie, jak niezręcznie wyglądam, stojąc tam z egzemplarzem *Melmotha Wędrowcy*.

– Wybacz, że przychodzę tak późno, ale mówiłaś, że mogę zajrzeć, jeśli się okaże, że potrzebuję pomocy.

– Owszem, mówiłam. – Oczami wskazała powieść, którą jak głupi trzymałem nadal w ręku. – Jeśli jednak mam zaspokoić tę twoją potrzebę, Simeonie, to musisz podejść bliżej.

Zbliżyłem się do niej, świadomy tylko skrzypienia ciemnych desek podłogowych pod moimi stopami, rytmicznego tykania małego zegara szafkowego i bicia własnego serca. Usiadłem przy niej i zacząłem nerwowo się rozglądać po ścianach, wyobrażając sobie, że zza drewnianej boazerii i cegieł patrzą na nas wścibskie oczy Profesora.

– Wybacz, ale się obawiam, że zza ściany podgląda nas teraz Moriarty.

Wyjęła książkę z moich rąk, dotknęła chłodną dłonią mojej twarzy i pocałowała mnie delikatnie.

– Nikogo tam nie ma, daję ci słowo. – Popchnęła mnie na łóżko. – Tak jak ja nie mam najmniejszych wątpliwości, że nikt cię nie widział po drodze do mnie, tak ty możesz być pewien, że zadbałam o to, aby nikt nie patrzył na nas tutaj.

Elizabeth zaczęła mnie rozbierać. Delikatny, ale namiętny pocałunek poprzedzał usunięcie każdej kolejnej części garderoby. Kiedy leżałem już całkiem nagi i bez tchu, stanęła w kręgu światła, żebym lepiej widział, jak zdejmuje koszulę nocną. Przysięgam, że obraz jej nagiego ciała w migotliwym, ciepłym blasku świec rozpalił we mnie tysiące ogni.

– Mój Boże, jak ja cię pragnę! – jęknąłem, nie przejmując się już tym, czy Moriarty podgląda nas zza ściany. – Jak ja cię bardzo pragnę!

– Wiem o tym – droczyła się. – Wiem o tym bardzo dobrze.

Cieniom na ścianie nasza miłość zagrała walca, który w jednej chwili wirował w zawrotnym tempie, a zaraz potem cudownie zwalniał. Pocałunek za pocałunkiem, minuta po minucie zapominałem o wszystkich problemach i zmartwieniach tego świata.

Zasnąłem z Elizabeth w ramionach, a moje szczęście się podwoiło, kiedy rano nadal trzymałem ją w swoich objęciach. Padało na nas pierwsze światło świtu, przy którym mogłem oglądać jej twarz, kiedy jeszcze spała. Była dobre dziesięć lat starsza od Surrey i miała zmarszczki wokół oczu w miejscach, gdzie skóra Surrey wciąż pozostawała gładka, ale dzięki tym zmarszczkom Elizabeth wyglądała jeszcze piękniej. Te maleńkie niedoskonałości czyniły ją wyjątkową. Sprawiały, że pragnąłem jej coraz bardziej.

Kiedy światło się nasiliło, jej rzęsy zatrzepotały jak skrzydła zmęczonego motyla. Patrzyłem, jak jej wzrok nabiera ostrości. Przypomniała sobie wydarzenia wczorajszego wieczoru, po czym uśmiechnęła się zaspana.

– Dobrze widzieć, że nadal tu jesteś.

– Oczywiście, że tu jestem! – Pogładziłem jej włosy. – Dlaczego miałoby mnie nie być? Wyglądasz tak pięknie, kiedy śpisz!

Z zażenowaniem przeczesała palcami włosy.

– Niestety wyglądam na swój wiek. Wiesz przecież, że jestem starsza od ciebie.

– Wyglądasz wspaniale. Lepiej niż ktokolwiek inny, kogo znam.

Z uśmiechem dotknęła mojej twarzy.

– Tak ci się wydaje, ponieważ bardzo długo na mnie polowałeś i jesteś upojony faktem, że zdobyłeś to, czego chciałeś. Kiedy łowieckie emocje opadną, szybko się znudzisz mną oraz moim leciwym wyglądem.

– „Wiek wszak miłości zniszczyć nie zdoła".

– Ha! Jeśli cytować Shelleya, to uczciwie, w całości. „Wiek wszak miłości zniszczyć nie zdoła, ale perfidia dobierze się do niej, nawet gdy w ciszy swojego alkierza Fancy ją będzie chciała osłonić". Perfidia, Simeonie. Perfidia.

Wiedziałem, co chce mi przekazać. Skoro z nią zdradziłem Surrey, to zapewne z czasem również jej okażę niewierność.

– Chcę tylko ciebie, Elizabeth. I zawsze będę cię chciał.

– Musisz więc to powiedzieć swojej drugiej kochance.

– Wiem, że muszę, i zrobię to, jak tylko Surrey wróci. A co z tobą i Profesorem?

Zmarszczyła brwi.

– Profesorem?

– Ty i on także jesteście kochankami, więc…

– Ależ zapewniam cię, że nie jesteśmy! – W jej głosie pobrzmiewało zdumienie. – Czy powiedziała ci to panna Breed?

Skinąłem głową.

– W takim razie ta mała wywłoka cię okłamała. Niewątpliwie po to, żeby cię zatrzymać dla siebie.

– Nie nazywaj jej w ten sposób.

– Jest gorsza od taniej dziwki. Sypia z mężczyznami, nie żeby dać im przyjemność, ale żeby zabrać życie. To sukkub!

– Czy to gorsze od twojej relacji z Moriartym? Bo chociaż tak gwałtownie zaprzeczasz, to przecież ewidentne, że coś was łączy.

Musiałem jej dopiec tą uwagą, bo zamilkła.

– Jeśli nie jesteście kochankami, to czym cię do siebie przywiązał?

Jej twarz się zmarszczyła.

Oparłem dłonie na jej ramionach.

– Możesz mi zaufać. Nigdy tego zaufania nie zawiodę. Wiesz, że tak jest.

Jej oczy się zaszkliły. Zamrugała powiekami, a po chwili po jej policzku popłynęła łza.

Wytarłem ją obydwiema dłońmi.

– Proszę, powiedz mi, co cię trapi tak bardzo, że na samą myśl zbiera ci się na płacz?

– Chodzi o mojego ojca. – Mówiła z wysiłkiem, jakby ledwie mogła unieść potworny ciężar swoich słów. – To przez niego tutaj jestem. Bo widzisz, podobnie jak ty, Surrey i Sirius, nie mogę zerwać więzów, które mnie łączą z Profesorem.

Spuściła głowę.

– Nie rozumiem. – Delikatnie chwyciłem ją za podbródek i uniosłem jej głowę tak, żeby widzieć oczy Elizabeth. – Jak się ma do tego twój ojciec?

– Na moją prośbę Moriarty go zabił. A dokładnie Michael.

– Nie wierzę, że to zrobiłaś!

– On mnie wykorzystywał, Simeonie. Zaczął to robić na długo przed śmiercią mojej matki, zanim jeszcze się stałam kobietą.

– Dobry Boże!

– Aż się okazało, że jestem brzemienna. Niech mi Bóg wybaczy, ale na szczęście dziecko urodziło się martwe.

Chciałem jakoś ją pocieszyć, ale mnie odepchnęła. Jakby potrzebowała przestrzeni, żeby powiedzieć coś więcej.

– Wtedy ojciec powiedział, że to moja wina. Że to przeze mnie robił te rzeczy. A potem stwierdził, że Bóg zabrał mi dziecko, ponieważ jestem grzeszna i skrzywdziłam zarówno swojego ojca na ziemi, jak i Ojca w niebie.

– Ojca? Ten wcielony diabeł nie miał prawa się nazywać twoim ojcem. Gdybym go znał, to sam bym go zabił!

– Dziękuję.

– Wybacz, że pytam, ale jak poznałaś Profesora i Michaela?

– Moriarty znał mnie, odkąd byłam dziewczynką. Regularnie odwiedzał firmę mojego ojca. Zawsze wtedy wspólnie spożywaliśmy obiad w naszym domu w Szkocji.

– Jaką działalnością zajmowała się ta firma?

– Przewozami morskimi. Importem i eksportem. W najlepszych czasach miała statki z załogami nie tylko w Szkocji, ale też w Anglii i prowadziła interesy na terenie Chin, Europy i Ameryki. Któregoś razu Moriarty przyjechał porozmawiać z moim ojcem, ale jego akurat nie było w domu. Zastał za to mnie prawie... – głos jej się załamał.

– Prawie co?

– Prawie martwą. Próbowałam z tym wszystkim skończyć, biorąc laudanum i podcinając sobie żyły.

– Dobry Boże!

– Moriarty i służąca znaleźli mnie nieprzytomną na szezlongu.

– Biedactwo.

– To Profesor mnie ratował, dopóki nie przyjechał lekarz, tak więc gdyby nie Moriarty, już bym nie żyła. Kiedy w kolejnym tygodniu przyjechał mnie odwiedzić, załamałam się i wyjawiłam mu, co ojciec ze mną robił.

– I wtedy Moriarty zaproponował pomoc? Ostateczne rozwiązanie twojego problemu?

– Zaproponował, ale nie od razu. Złożył mi tę propozycję ponad miesiąc później, kiedy się posprzeczali z moim ojcem. Profesor zapytał mnie wtedy, czy to prawda, że odziedziczę firmę, jeśli ojciec umrze. Odparłam, że tak, ale hipoteka domu jest poważnie obciążona w związku z długami zaciągniętymi na pokrycie kosztów działalności. Zaproponował, że każe zabić ojca, jeśli potem przepiszę firmę na niego.

– Niezła cena.

– Do dzisiaj ją płacę.

– A twój tytuł?

– Mój tytuł? – zaśmiała się ironicznie. – To się stało po śmierci ojca. Byłam przygnębiona i nieszczęśliwa. Dopiero co go pochowaliśmy i powiedziałam Profesorowi, że jestem najgorszą przedstawicielką ludzkiego gatunku i dlatego powinien był pozwolić mi umrzeć. A on, zamiast mnie potępić, zbeształ mnie za te słowa. Powiedział, że jestem prawdziwą damą. Wyobrażasz sobie? Nalegał, żebym pojechała z nim do Anglii, żeby zamieszkać u niego, dopóki nie odzyskam sił, a ja się na to zgodziłam. Od tamtej chwili, ilekroć komuś mnie przedstawiał, zawsze mówił: „Poznaj Elizabeth, lady Elizabeth".

– A nazwisko Audsley skąd się wzięło?

– To panieńskie nazwisko mojej matki, świeć, Panie, nad jej duszą.

– Teraz rozumiem! W tej sytuacji wrócę do dobrego zwyczaju zwracania się do ciebie per lady Elizabeth.

– Nie, Simeonie, nie wrócisz. – Uśmiechnęła się ciepło. – Czy mogę cię o coś prosić?

– Oczywiście!

– Nie gniewaj się, proszę, ale chciałabym teraz zostać sama. Powiedziałam więcej, niż zamierzałam. O sobie, o tym, co dobrego i złego wiąże mnie z Profesorem…

– Jak nas wszystkich – wpadłem jej w słowo.

– To prawda. Ale jestem zmęczona. Fizycznie i emocjonalnie wyczerpana. Czuję się bezbronna.

– Pozwól mi więc zostać i się tobą zaopiekować.

– Nie jesteśmy jeszcze ze sobą aż tak blisko. Może nigdy nie będziemy. Dlatego teraz już zbierz swoje rzeczy i wyjdź. Wczorajszy wieczór był pomyłką. Chciałabym, żeby żadne z nas nigdy o nim nie wspominało.

Odwróciła się tyłem do mnie. Przekonywałem, błagałem, żeby pozwoliła mi zostać i zaoferować jakąś pociechę, Elizabeth już się do mnie nie odezwała. Nie chciała nawet na mnie spojrzeć. Miałem wrażenie, że między nią a resztą świata wyrosła szklana tafla.

6 DNI DO EGZEKUCJI

NEWGATE, 12 STYCZNIA 1900 ROKU

THEODORE LEVINE w końcu się pojawił. Wyglądał tak samo dandysowato jak zawsze: fioletowy surdut, czarne bryczesy i zaskakująco wysoki cylinder, który teatralnym gestem zdjął z głowy, gromiąc wzrokiem strażnika ociągającego się z wyjściem z pokoju widzeń.

– Tajemnica, mój dobry człowieku! – huknął na klawisza. – Masz czelność snuć się tutaj jak smród po gaciach! Mój klient ma prawo do tajemnicy adwokackiej, a ja to prawo egzekwuję w jego imieniu, natychmiast więc się stąd zabieraj!

Levine ze zdumieniem popatrzył na dziurę w plecach munduru strażnika, a następnie czekał, aż zamkną się drzwi. Dopiero wtedy poświęcił mi pełną uwagę.

– Niejaki Arthur Cross złożył oficjalne zażalenie do komendanta policji, a godzinę temu zrezygnował z pracy w jej szeregach. Postąpił tak, ponieważ jest przekonany, że w innym wypadku jego skarga nie zostałaby rozpatrzona uczciwie, szybko i profesjonalnie.

– A jak to się ma do mnie?

– Już pana oświecam. Po zatrzymaniu przez policję został pan doprowadzony do aresztu, gdzie ciężko pobili pana policjanci, czy tak?

– Tak.

– Jednym z nich był posterunkowy Cross.

– Nie pamiętam żadnych nazwisk. Dlaczego jego zachowanie jest dla nas ważne?

– Nawet bardzo ważne, co z przyjemnością wyjaśnię, jeśli pan pozwoli. – Sięgnął do leżącej z boku teczki i wyciągnął jakiś dokument. – Mam tu złożone pod przysięgą zeznanie, z którego wynika, że wraz z kilkoma policjantami otrzymał polecenie, żeby pana pobić. – Levine wskazywał nazwiska policjantów. – O, proszę, tutaj, tutaj i tutaj.

– Rozumiem.

– Zamierzam wykorzystać fakt, że pana pobito, jako podstawę do apelacji. Dowiodę, że przez brutalność, z jaką pana potraktowano, nie mógł pan prawidłowo odpowiadać na zadawane pytania.

– Czy prokuratorzy nie będą twierdzili, że miałem taką możliwość, kiedy potem stanąłem przed sądem?

– Z pewnością, ale zamierzam udowodnić, że podczas procesu nadal się pan znajdował w stanie urazu psychicznego, ponieważ pobito pana w sposób, który uniemożliwił panu skuteczną obronę przed sądem.

– A mój adwokat?

Levine nieco się zmieszał.

– Musimy przyznać, że nie był pan właściwie reprezentowany przed sądem, a tamten prawnik nie posiada odpowiednich kompetencji. To akurat jest prawdą. Zwolniłem już tego lekkoducha i raz jeszcze najmocniej pana przepraszam za jego niedociągnięcia.

– Przyjmuję przeprosiny, ale zegara cofnąć się nie da.

– Próbujemy, panie Lynch, tylko tryby sprawiedliwości są zardzewiałe i oporne.

– Modlę się zatem, żeby pan je przyśpieszył, jeśli ma to mnie uwolnić. Tymczasem bardzo jestem ciekaw wieści ze świata za murami, panie Levine, przede wszystkim o naszym wspólnym pracodawcy oraz moich dawnych kolegach i współpracownikach.

– To całkowicie zrozumiałe – oznajmił, przyjmując bardziej oficjalną minę. – Niestety nie mogę otwarcie mówić o naszych pracodawcach w takim miejscu. Teraz nie jest też możliwe widzenie. Mam nadzieję, że okoliczności się zmienią, ale obecnie z powodów bezpieczeństwa to wykluczone. Raz jeszcze przekazuję panu wyrazy najgłębszego szacunku i najwyższej wdzięczności za pańską lojalność.

– Gdyby gładkich słów dało się użyć zamiast wytrycha do otwierania zamków, panie Levine, tobym się już przechadzał po centrum Londynu.

– Panie Lynch, ja tylko chcę panu przekazać...

– Proszę sobie darować kosztowne pochlebstwa. Co się dzieje z Surrey Breed? Ma pan jakieś wieści o niej?

– Niestety nie. Mimo szeroko zakrojonych poszukiwań nie trafiliśmy na żaden ślad panny Breed. Nikt jej nie widział od dnia, kiedy pana aresztowano.

Jego słowa mnie zasmuciły i napełniły najgorszymi obawami o Surrey. Levine wstał z taboretu i wsunął go pod stół.

– Jeśli nie ma pan do mnie żadnych innych pytań, to pójdę zająć się pańskimi sprawami.

– Więc będą to aż tak krótkie odwiedziny? – Poczułem rosnącą irytację. – Musi pan się lepiej postarać, żeby mnie stąd wydobyć, panie Levine! – Z bezsilnej złości uderzyłem pięścią w stół. – Te ręce muszą się zacisnąć na gardłach moich śmiertelnych wrogów, słyszy pan?

– Niechże pan trzyma nerwy na wodzy! – Adwokat zerknął na drzwi, do których ucho niewątpliwie przyciskał i jeden, i drugi strażnik. – Niestrudzenie pracuję nad pańskim uwolnieniem, panie Lynch. Mamy świadka, który złoży nowe zeznanie w sprawie morderstwa policjanta, mamy złożone pod przysięgą zeznanie posterunkowego Crossa, pozwalające nam podważyć drugi ze stawianych panu zarzutów morderstwa. A teraz będę musiał pana pożegnać, jeśli mam należycie zadbać o pańskie interesy. Jest bardzo wiele do zrobienia, a czasu ma pan coraz mniej.

GONITWA TRZYLATKÓW, EPSOM, MAJ 1887 ROKU

Podróż do Epsom tamtego dnia przed prawie trzynastu laty była po prostu okropna.

Elizabeth i ja ani minuty nie przebywaliśmy ze sobą sam na sam, przez co nie udało się uporać z niezręcznością, która wynikła po jej wyznaniu o długu wdzięczności wobec Moriarty'ego i wyproszeniu mnie z sypialni.

Moje zakłopotanie musiało być widoczne, ponieważ najpierw w pociągu po wyjeździe z Derby, a następnie kiedy dotarliśmy na miejsce, Profesor pytał, dlaczego jestem taki markotny i milczący. Zapewniałem go, że po prostu nie najlepiej się czuję, i wydawało mi się, że przyjął to wytłumaczenie. Wrażenie jednak było mylne. Kiedy szliśmy na tor wyścigowy, Moriarty wziął mnie na bok.

– Nie jestem głupcem, Simeonie, przestań więc mnie tak traktować. Owszem, przymykałem oko na twoją relację z panną Breed, ale nie mam najmniejszego zamiaru akceptować twoich zalotów do lady Elizabeth!

– To nie są…

– Milcz! Nie irytuj mnie jeszcze bardziej swoimi kiepskimi kłamstwami. Dla każdego, kto widział, jak przez ostatnich kilka godzin unikacie swojego wzroku i choćby słowa skierowanego do siebie nawzajem, jest absolutnie oczywiste, że coś między wami zaszło. Jeśli istotnie chodzi o to, czego się obawiam, to cała sprawa musi się zakończyć. Natychmiast! Zrozumiałeś?

– Z całym szacunkiem, panie Profesorze, żywię wyłącznie szlachetne uczucia względem lady…

– Na Boga, Simeonie! – Moriarty odepchnął mnie od siebie. Nigdy przedtem nie widziałem go tak rozwścieczonego. – Nie pytałem o twoje uczucia, bo są mi one doskonale obojętne. Pytałem, czy rozumiesz moje żądanie, żeby te zaloty zakończyć!

– Rozumiem pańskie żądanie – odpowiedziałem stanowczym głosem. – Ale nie jestem skłonny się do niego dostosować.

– Nie jesteś skłonny? – Jego dłonie zacisnęły się w pięści, wiedziałem jednak, że mnie nie uderzy. Charakter Moriarty'ego nie miał tej zaczepności, nadto znajdowaliśmy się w miejscu publicznym, nie mógł więc sobie pozwolić na utratę panowania nad sobą.

– To musi się zakończyć! Słyszałeś? Musi! I to natychmiast!

Dźgnął mnie palcem w pierś, po czym odszedł.

Elizabeth stała z przodu obok Siriusa. Czekali na nas, musieli więc wszystko widzieć. Moriarty podszedł do niej, coś powiedział, potem wziął ją pod rękę i najzwyczajniej pociągnął za sobą w tłum zebrany wokół toru. Zniknęli mi z oczu.

Podszedł do mnie Thackeray.

– Co się dzieje z Profesorem? Wyglądał, jakby nieźle się wściekł.

– Ma nie najlepszy humor – skłamałem. – Ostrzegał mnie, że dzisiaj nie może być mowy o żadnych potknięciach. Wygląda na to, że czekają nas naprawdę ważne spotkania.

Był chłodny, pochmurny poranek, ale amatorzy wyścigów najwyraźniej nie przestraszyli się pogody. Przyszło ich dziesiątki tysięcy, a hałas wywoływali tak ogłuszający, że ocalił mnie od dalszych pytań mojego przyjaciela z północy. Podnieceni ludzie szczelnie wypełniali padok i trybuny. Przy samej krawędzi toru dochodziło do przepychanek o miejsca z najlepszym widokiem. Przez gwar podnieconych głosów przebijały się donośne okrzyki bukmacherów, którzy niemal wszyscy chwiali się niepewnie na przenośnych drabinkach, trzymając w dłoniach wielkie tablice, na nich kredą wypisali swoje notowania.

Do Tattenham Corner docierały kolejki wąskotorowe. Niedaleko wagoników rozstawiło się wesołe miasteczko, gdzie swoje umiejętności prezentowali żonglerzy, magicy i wróżbiarze, a zwiedzający mogli rzucać kółkami do celu albo strącać ustawione na stojakach kokosy.

Niestety mieliśmy niewiele czasu na rozrywki. Przez większość dnia towarzyszyliśmy Profesorowi w spotkaniach z jego partnerami od interesów, którzy koordynowali wszelkiego rodzaju oszustwa podczas zakładów, nie tylko w Epsom, ale też w Chester, Aintree i Ascot. Nie było wśród nich przedstawicieli Chanów, ponieważ na mocy porozumienia zawartego w londyńskim domu Profesora Chińczycy się wycofali, przyjmując udział w zyskach jako cisi partnerzy.

Naszymi rozmówcami byli też trenerzy chętni podtruwać nie tylko własne konie, ale też cudze. Ubiliśmy interes z kilkoma dżokejami skłonnymi sprzedać gonitwę za niewiele więcej niż ich miesięczna pensja. Poznałem całą gamę brudnych sztuczek. Oszuści podkuwali konie ciasnymi podkowami, przed wyścigiem na miękkim torze rozgrzewali zwierzęta na twardym gruncie albo po prostu tuż przed startem poili je wiadrem wody.

Wszystko się sprzysięgło przeciwko mnie i Elizabeth, byśmy nie mogli spędzić nawet chwili tylko we dwoje. Potem jednak Profesor poszedł do loży honorowej, żeby się spotkać z kilkoma parlamentarzystami.

– Jak się czujesz? – zagadnąłem niepewnie.

Wzięła mnie pod rękę i przyśpieszyła kroku, zostawiając Siriusa i Thackeraya w tyle.

– Pytasz o to, czy nadal jestem zażenowana i zła na ciebie?

– Tak, chyba tak. A jesteś?

– Owszem. – Uśmiechnęła się łagodnie. – Ale nie tak bardzo jak wcześniej.

– Jestem ci wdzięczny i za to.

– Profesor bardzo się zdenerwował podczas rozmowy z tobą. Mówił, że jesteś arogancki.

– Powiedział mi, że sobie nie życzy, żebym się z tobą zadawał. Nazwał to flirtem.

– Wiem.

– Na co mu odpowiedziałem, że takiego rozkazu nie wypełnię.

– I to też wiem. Ale musisz go wypełnić, Simeonie. Moriarty ma do ciebie słabość, byłoby jednak głupotą doprowadzać go do ostateczności. Jak sam wiesz, Profesor lubi nad wszystkim panować. Nad wszystkim i wszystkimi.

– Jest więc naszym przeznaczeniem stać się jego niewolnikami? Wyrzec się wolnej woli? Prawa, by decydować o tym, co czujemy i do kogo?

– Ujmujesz to nieco melodramatycznie, ale tak właśnie jest. – Żeby zmienić temat podniosła kartkę z tabelą typów. – Czy poranne spotkania przyniosły rozstrzygnięcie, na którego konia powinnam postawić?

– Na pewno nie na faworyta, którym jest Baron. A jeśli masz dość odwagi w sercu, to zaryzykuj i postaw na nieznanego nikomu konia imieniem Symbol Radości.

– Wiesz, że mojemu sercu odwagi nie brakuje, to umysł zaleca mi ostrożność. Cóż w tym koniu takiego radosnego?

– Och, jest młody i prężny. Cechuje go wola walki i ma wiele siły w nogach.

– Spośród tych cech wola walki imponuje mi najbardziej – oznajmiła kokieteryjnie. – Powiedz mi coś więcej.

– To koń czystej krwi, a jego właścicielem jest niejaki George Baird, który używa także nazwiska Abington.

– Baird? Chyba coś o nim słyszałam.

– Zapewne tak. Pisały o nim gazety.

– Z jakiego powodu?

– Został zdyskwalifikowany, kiedy pracował jako dżokej, a także sądzony za napaść na policjanta. Wiem o nim sporo, ponieważ się angażował także w nielegalne walki pięściarskie. Bukmacherzy dużo płacą za jego konia, coś mi więc mówi, że warto na niego postawić.

Elizabeth otworzyła torebkę.

– Jakie są notowania?

Zerknąłem na tablicę za jej plecami.

– Obecnie jedenaście do jednego.

Wyjęła pokaźną kwotę dziesięciu funtów.

– Postaw więc na niego za mnie.

Wziąłem pieniądze, po czym wyszczerzyłem zęby w uśmiechu.

– Z przyjemnością obserwuję, że twój umysł potrafi być tak samo odważny jak twoje serce.

– Wszystko zależy od tego, o co walczy – odpowiedziała. Potem coś przykuło jej uwagę. – Spójrz tam, Simeonie! – Wskazała dłonią. – Przecież to książę Walii!

Podążyłem wzrokiem za jej palcem. Dostrzegłem go chwilę przedtem, nim zniknął w tłumie gapiów.

– Widziałem.

– Czyż to nie ekscytujące? Jesteśmy w towarzystwie tak wielu lordów, baronów, wicehrabiów i parów Anglii, jakbyśmy się znaleźli na przyjęciu w ogrodach królewskich.

Omiotłem wzrokiem tłum w poszukiwaniu utytułowanych wybrańców losu. Nowe cylindry i obficie zdobione kapelusze na bezkresnym morzu dobrze ubranego ziemiaństwa. Nie dało się odróżnić nadmiernie bogatych od jeszcze bardziej majętnych. Wszystkie panie nosiły piękne suknie dopasowane do spiętych gorsetami talii i głęboko wycięte na obfitych biustach, a długością dobrane tak, by rąbki się nie przydeptywały.

Elizabeth spojrzała na swój zegarek.

– Ojoj! Muszę już iść. Będę stała u boku Profesora, odgrywając rolę jego czułej kochanki.

Nieuchronne rozstanie mnie rozdrażniło.

– Nie wydaje mi się, żebyś do tej roli musiała się bardzo zmuszać!

– Nie bądź takim głupcem, Simeonie! Naprawdę nie zauważasz, że jego zainteresowanie moją osobą nie jest autentyczne? – Wstrzymała oddech, jakby zaskoczona własnymi słowami. – Zapomnij, proszę, że to powiedziałam. Tak tylko mi się wyrwało.

Ruszyła z miejsca, ale chwyciłem ją za ramię.

– Co chciałaś przez to powiedzieć?

Odtrąciła mnie.

Poszedłem za nią.

– Co miałaś na myśli, Elizabeth?

– Nic. – Odwróciła ode mnie głowę. – Zignoruj moje słowa.

W jednej chwili zrozumiałem wszystko.

– On nie lubi kobiet, tak? Profesor woli mężczyzn!

Elizabeth nie odpowiedziała. Milczała przez całą drogę do namiotu dla specjalnych gości. Przez całą drogę na spotkanie z człowiekiem, którego kochankę musiała tylko udawać.

Niedługo potem Symbol Radości wygrał gonitwę.

Jego właścicielowi przyniosło to pół tysiąca funtów, Elizabeth natomiast ponad sto. Będąc mniej skłonnym do ryzyka, a może po prostu bardziej sceptycznym, z własnych pieniędzy postawiłem tylko pięć funtów, ale i tak byłem szczęśliwy, że wygrałem ponad dziesięć razy więcej.

Chciałem to uczcić ze wszystkimi, ale Moriarty się uparł, że Elizabeth i Alex mają mu towarzyszyć podczas obiadu, który organizował na cześć zaprzyjaźnionych z rodziną polityków i ludzi interesu. Później planowali uczestniczyć w przyjęciu wydawanym przez księcia Walii. Moriarty uznał, że w tej sytuacji sam Sirius wystarczy jako ochrona i ja nie jestem mu potrzebny. Wiedziałem, że w ten sposób okazuje dezaprobatę dla uczuć, jakie żywiłem wobec Elizabeth.

Wieczór spędziłem więc samotnie w miejscowej gospodzie serwującej kiepskie posiłki i podłe piwo. Nastrój miałem melancholijny i nie mogłem się pozbyć poczucia, że jestem zwyczajną marionetką, bez przerwy sterowaną przez Moriarty'ego. Owszem, sznurek Profesora jest zdecydowanie lepszy od stryczka, który założyłby mi na szyję kat, ale jednak to sznurek.

Kiedy piwo uśmierzyło nieco ból, doszedłem do przekonania, że mój los nie jest aż taki zły i że brakuje mi tylko jednego: żeby kochać Elizabeth i być przez nią kochanym. Gdyby Profesor mi na to pozwolił, to zabiłbym jedną połowę świata dla niego, a drugą dla niej.

Następnego dnia od rana doskwierały mi kac oraz złość, że Moriarty, Alex i Elizabeth wyjechali już do Derbyshire, a ja mam wracać do domu z Siriusem, który nie należał do moich ulubionych towarzyszy podróży.

Prawie nie rozmawialiśmy po drodze, a to dało mi czas, żeby się zastanowić nad tym, dlaczego Profesor wyjechał przed nami. Zdecydował się na podróż bez ochrony, a robił to rzadko. Wynikało z tego, że Sirius miał za zadanie obstawiać mnie, a to znaczyło, że Moriarty czuje się niepewnie. Powodem tego niepokoju była najprawdopodobniej obawa, że Elizabeth powiedziała mi nie tylko o jego prawdziwej seksualności, ale też o roli, jaką odegrał w śmierci jej ojca.

Nawet Moriarty nie mógł mieć samych mocnych stron. Mój pierwszy mentor, Bosede, zawsze mi powtarzał, żeby szukać słabych punktów: „Każdy człowiek, nawet najpotężniejszy, ma swój słaby punkt. Będzie chciał go ukryć, podejmując najzuchwalsze działania, jeśli jednak odnajdziesz jego piętę achillesową, to przejmiesz kontrolę nie tylko nad nim, ale też nad swoim przeznaczeniem".

Nabrałem pewności, że właśnie znalazłem słaby punkt Profesora. Pokazując się z Elizabeth, mógł uchodzić za heteroseksualnego mężczyznę, nie było więc przeszkód, żeby prowadził interesy w konwencjonalnym społeczeństwie.

Długa podróż powrotna pozwoliła mi też przemyśleć inne aspekty sytuacji. Elizabeth zachowała się nietypowo, ujawniając mi sekrety Moriarty'ego oraz powierzając swoją własną tajemnicę. Zastanawiałem się, czy w ten sposób zachęcała mnie do działania, czy chciała się przekonać, że potrafię wykorzystać tę cenną informację przeciwko Profesorowi, żeby zyskać dla niej trochę więcej wolności.

Dzień już dobiegał końca, kiedy nasza kareta przetoczyła się przez bramę majątku Moriarty'ego. Pomogłem oporządzić konie, a potem moje ciało i umysł okazały się tak zmęczone, że nadawałem się tylko do łóżka.

Następnego ranka nie poszedłem do Profesora, lecz postanowiłem poszukać Alexandra. Wiedziałem, że cokolwiek mu powiem, w ciągu godziny trafi do Moriarty'ego.

Kiedy go znalazłem, był sam. W cieniu cisów pił herbatę, przeglądając „Timesa".

– Dzień dobry, Alexie – zawołałem przyjaźnie.

Spojrzał znad gazety i odniosłem wrażenie, że go mój widok ucieszył.

– Simeon! Jak się masz? Czy wczorajsza podróż upłynęła spokojnie?

– Dziękuję, mam się świetnie, a podróż całkiem się udała. Czy mogę usiąść i chwilę z tobą porozmawiać?

– Oczywiście, siadaj.

Obserwował mnie raczej podejrzliwie, kiedy sięgałem po krzesło, i miał rację, ponieważ jak tylko usiadłem, zadałem mu pytanie.

– Powiedz mi, proszę, jak prawo i społeczeństwo traktują pederastię.

– Pederastię? – Wyraźnie zaskoczony odłożył gazetę. – O rety, cóż za pytanie! Dlaczego chcesz wiedzieć?

– Z ciekawości.

– Niech się zastanowię. Hm. O homoseksualizmie raczej się obecnie nie mówi, choć niewątpliwie jest powszechny we wszystkich klasach społecznych.

– Ale utrzymywany w sekrecie?

– No cóż, w szesnastym wieku wprowadzono prawo, które karało śmiercią za pederastię. Dopiero w latach sześćdziesiątych zaprzestano egzekucji, obecnie zaś w parlamencie i Kościele są prowadzone intensywne prace nad prawodawstwem, które uzna za przestępstwo każdą formę kontaktów seksualnych między mężczyznami.

– A jakie jest twoje osobiste zdanie? W końcu patrzysz na to inaczej niż ja.

Wyraźnie go to ubodło.

– Chodzi ci o to, że jestem prawnikiem?

– O cóż innego mogłoby mi chodzić?

– W moim odczuciu takie prześladowanie jest odrażające, podobnie jak wszystkie inne formy uprzedzeń. – Zdjął kapelusz i otarł czoło. – Dzień jest piękny, ale zbyt gorący jak dla mnie, żeby długo siedzieć na zewnątrz. Chyba muszę pokuśtykać do domu, zanim mnie tu spalą na wiór. – Podniósł się i podenerwowanym głosem dodał: – Wybacz mi, Simeonie, ale już pójdę.

Patrzyłem, jak mimo swojego kalectwa chwiejnym krokiem przemierza trawnik niemal tak szybko, jak zrobiłbym to ja. W tym momencie wszystko stało się jasne, a ja odkryłem ostatni element całej układanki. Alexander i Moriarty byli kochankami. To dlatego Profesor tak bardzo mu ufał i tak wysoko go cenił!

– Zaczekaj! – krzyknąłem i puściłem się biegiem za młodym prawnikiem.

Alex zatrzymał się na ścieżce i odwrócił do mnie głowę. Na jego twarzy wyraźnie malowała się obawa, że chcę mu powiedzieć coś nieprzyjemnego.

Dobiegłem do niego.

– Powiedz Moriarty'emu, że ja wiem. Wiem wszystko o nim i o tobie. Możesz jednak być pewien, że nigdy żadnego z was nie zdradzę. Bo chcę tego samego, co wy dwaj. Chcę pełnej swobody w sprawach sercowych.

Odwrócił się, zamierzając odejść, ale położyłem dłoń na jego ramieniu, żeby go zatrzymać.

– Jeszcze jedno. Przekaż też, proszę, panu Profesorowi, że ma moje błogosławieństwo, aby się pokazywać w towarzystwie Elizabeth, kiedykolwiek będzie sobie tego życzył. I może mieć absolutną pewność, że moją relację z nią chcę zachować w takiej samej tajemnicy, w jakiej on utrzymuje swoją z tobą.

Po niespełna godzinie Moriarty wezwał mnie do swojego gabinetu.

Zapukałem do drzwi i niemal natychmiast usłyszałem donośne „Wejść!".

Przekręciłem gałkę. Moriarty siedział na obitym czerwoną skórą krześle za swoim biurkiem.

Spojrzał na mnie znad sterty dokumentów.

– Wejdź i usiądź – rzucił opryskliwie.

Kiedy zająłem krzesło naprzeciwko biurka, zauważyłem rumieniec na jego twarzy. Zakładałem, że to skutek irytacji wywołanej tym, co przekazał mu Alexander.

Przesunął po blacie biurka kopertę i zaczął bębnić o nią palcami lewej dłoni.

– W środku jest tysiąc funtów. Prawdziwa fortuna. Możesz ją wziąć, pod warunkiem że opuścisz ten dom i nas wszystkich, z lady Elizabeth włącznie. Gwarantuję ci, że wyjdziesz stąd bezpieczny i nigdy nie zobaczysz nikogo z nas ani nie będziesz przez nas nękany. Albo też – zaczął bębnić palcami prawej dłoni o blat biurka – możesz zostać z nami i udowodnić, że twoje uczucia względem niej są tak szlachetne, jak twierdzisz. Jeśli jednak nie są, to poniesiesz najsurowszą karę.

Uniósł obydwie dłonie, po czym znów oparł je o biurko.

– Co wybierzesz, Simeonie? Miłość czy pieniądze? Lojalność czy wolność?

Odpowiedziałem bez chwili wahania.

– Może pan zatrzymać te pieniądze. Nie kupi pan za nie ani mojego serca, ani serca Elizabeth.

– Dobrze się zastanów, Simeonie – warknął. – Nigdy więcej nie będziesz miał okazji, żeby bezkarnie opuścić ten dom i zrezygnować z życia, jakie w nim prowadzisz. Nigdy! Chyba to rozumiesz?

– Tak, rozumiem.

Jego złość zelżała. Westchnął głośno, a jego dłonie na biurku się uspokoiły.

– Niech więc tak będzie. Ponieważ jestem dżentelmenem, to dotrzymuję słowa. Możesz pójść za głosem uczucia do lady Elizabeth, a w zamian oczekuję, że dotrzymasz obietnicy złożonej Alexowi.

– Dotrzymam. Z radością też powtórzę to zobowiązanie wobec pana. – Wstałem z miejsca i odstawiłem swoje krzesło. – Ale mam jeden warunek, który muszę dodać. Jako dżentelmen nie może pan nas szpiegować. Wiem o perwersyjnych przyjemnościach, którym pan się oddaje za ukrytymi ścianami w całym domu.

– Mówisz o perwersyjnych przyjemnościach? – Znów rozgorzał jego gniew. – Ty kretynie! Wydaje ci się, że oglądam cię dla przyjemności?

– A niby po co? – broniłem swojego stanowiska. – Jaki inny powód mógłby pan mieć, żeby szpiegować mnie i Elizabeth, kiedy pierwszy raz się pocałowaliśmy? Wezwał pan nawet Siriusa i Surrey, żeby podglądali nas razem z panem.

– Zrobiłem to, ponieważ wtedy jeszcze nie mogłem być ciebie pewien, Simeonie. Wcześniej zabiłeś już człowieka, rzuciłeś się na Brannigana i co najmniej dziwnie zachowywałeś się wobec Elizabeth. Troszczyłem się więc o jej bezpieczeństwo, nic ponadto.

Po jego minie widziałem, że mówi prawdę, nie pozostało mi więc nic innego, jak tylko się wycofać.

– Wygłupiłem się. Przepraszam.

Pokręcił głową z politowaniem.

– Przyjmuję przeprosiny. I oczekuję, że od teraz ty będziesz strzegł jej bezpieczeństwa oraz dbał o jej interesy.

– Nie zawiodę pana.

– To dobrze. Jak się zdaje, w tej sprawie, podobnie jak w wielu innych, możemy polegać na wzajemnej dyskrecji.

Wyciągnął dłoń, a ja ją uścisnąłem. Jeśli Elizabeth rzeczywiście wmanewrowała mnie w tę konfrontację, to zrobiła to bardzo dobrze.

Moriarty mocno odwzajemnił uścisk dłoni, mierząc mnie przy tym swoim zimnym wzrokiem.

– Ja też mam jeden warunek.

– Mianowicie?

– Musisz otwarcie porozmawiać z kobietą, którą właśnie pogardziłeś. Byłbym w najwyższym stopniu niezadowolony, gdyby profesjonalizm Surrey jakkolwiek ucierpiał z powodu tego, jak ją potraktowałeś.

– Porozmawiam z nią jak najszybciej. Kiedy wraca?

– Wykonała zadanie, które powierzył jej mój brat, i wróciła dziś o świcie. Zapewne nadal odpoczywa.

– Mogę więc już pana zostawić i udać się prosto do niej?

– Możesz, Simeonie. Tylko dobrze to rozegraj. Surrey Breed jest naprawdę niebezpieczną młodą damą, postaraj się więc nie zrobić z niej wroga ani swojego, ani Elizabeth.

Zostawiłem Profesora i pełen determinacji udałem się do Surrey, nigdzie w domu jednak jej nie znalazłem. Nie było jej także w ogrodzie. Dopiero od służby dowiedziałem się, że Surrey poszła do kaplicy. Zastałem ją klęczącą przy grobie Brannigana, na którym właśnie położyła świeże kwiaty.

Słysząc moje kroki na żwirze, odwróciła głowę i natychmiast zauważyłem wielki siniak na prawej części jej twarzy.

– Wszystko w porządku? – zapytałem, przyśpieszając kroku.

Wstała z kolan. W jej oczach zakręciły się łzy. Oplotła mnie ramionami i powiedziała:

– Obejmij mnie. Obejmij mnie mocno i spraw, żebym znów się poczuła bezpieczna.

Uścisnąłem ją. Ująłem tył jej głowy w swoją dłoń i przytuliłem do siebie tak, jak lubiła najbardziej.

– Co się stało z twoją twarzą?

– Nic takiego. Człowiek, którego wczoraj zabiłam, mnie uderzył, to wszystko.

Czule przesunąłem dłonią po fioletowej skórze.

– Wyglądał zupełnie tak jak Michael. – Jej głos łamał się od emocji. – Był jego sobowtórem. Kiedy patrzyłam, jak się dusi od trucizny, którą mu podałam, widziałam tylko ból na twarzy Michaela. To nie on, a Michael błagał mnie o pomoc.

Przypomniałem sobie, co zobaczyłem w oczach starego zapaśnika tamtego dnia, kiedy musiałem zakończyć jego cierpienie.

– Co ten człowiek zrobił?

– Nie wiem. Ani Moriarty, ani ten jego cholerny pułkownik Moran mi tego nie powiedzieli. – Pokręciła głową. – Ale, prawdę mówiąc, dawno już przestałam zadawać takie pytania.

– Muszę ci o czymś powiedzieć, Surrey.

– Nie musisz. – Olbrzymi smutek zalał jej twarz. – Nie musisz niczego mi mówić, Simeonie. Już to wiem.

– Sirius? Czy on…

– Nie, on nie pisnął ani słowa. Ale twoje oczy cię zdradziły. Wszystko w nich zobaczyłam, kiedy tu do mnie podchodziłeś. Choć i tak niewiele było, to teraz nie ma już między nami nic, prawda?

– Przykro mi.

– Niepotrzebnie. – W jej głosie słyszałem zmęczenie. – Przecież twoje uczucia do niej nie są żadną niespodzianką. Od zawsze wiedziałam, że ten moment nadejdzie. Żałuję tylko, że nie byłeś ze mną naprawdę szczery.

– Zdaje mi się, że nie byłem szczery nawet sam ze sobą.

– Im dłużej będziesz wykonywał tę pracę, Simeonie, tym trudniej będzie ci przychodziła szczerość wobec kogokolwiek, zwłaszcza wobec siebie samego.

Położyłem dłoń na jej posiniaczonym policzku.

– Czy widział to lekarz?

– Lekarz nic mi nie pomoże.

Odwróciła się do mnie plecami i patrzyła na grób, który przyszła odwiedzić.

Dotknąłem jej ramienia.

– Przykro mi, Surrey. Naprawdę. Widzisz, ja…

– Nie! – Wyszarpnęła się. – Nic już nie mów, proszę.

– Zawsze będziesz mi droga. Mam nadzieję, że zostaniemy przyjaciółmi. Najlepszymi przyjaciółmi.

Z gorzkim śmiechem się do mnie odwróciła.

– Przyjaciółmi? – Na jej twarzy zdążyła się już pojawić maska obojętności. – Nie żadnym przyjacielem. Jesteś dla mnie trupem. Tak głęboko zakopanym w ziemi jak stary, dobry Michael.

CZĘŚĆ CZWARTA

Teraz umieram, choć ledwom się narodził,
Z pełnej klepsydry piach do cna już wyciekł,
Choć żyję jeszcze, zgasło już me życie.

Elegia, Chidiock Tichborne

CZTERDZIEŚCI RAZY ZMIENIAŁY się pory roku w Peak District, szybko i kolorowo jak pociągnięcia pędzla artysty po płótnie. Jesienne brązy przetykane złotem ustępowały miejsca zimowej czerni i bieli; wiosenne żółcie z ostrymi zieleniami przechodziły w błękity uzupełnione o dojrzałą, spokojną zieleń lata.

Mimo upływu pełnych dziesięciu lat krajobraz wokół domu wciąż wyglądał tak samo, moje życie natomiast zmieniło się nie do poznania – ja sam także. Z każdym kolejnym zabójstwem traciłem cząstkę człowieczeństwa. W mojej skórze zaczęło żyć dwóch różnych ludzi: kulturalny, uprzejmy i coraz lepiej wykształcony Simeon współistniał z brutalnym, dzikim i coraz bardziej bezwzględnym mordercą. Gdyby nie miłość do Elizabeth, gdyby nie szczęście, jakiego doznawałem, gdy to moje uczucie odwzajemniała, nikczemna i bestialska strona mojej osobowości z pewnością przejęłaby kontrolę nad moim zachowaniem. Elizabeth była moją ostoją, moją gwiazdą przewodnią.

Niespodziewanie narodziła się nam cudowna córeczka, której daliśmy na imię Molly. Nasza księżniczka miała po matce oczy i kolor włosów, te jednak skręcały się w loki, których Elizabeth nie miała i które żadną miarą nie dawały się wyprostować przy użyciu grzebienia czy szczotki.

Elizabeth twierdziła, że Molly odziedziczyła po mnie uśmiech i upór. Jednemu zaprzeczyć się nie dało: im częściej widziałem, jak moja córka się śmieje, tym częściej śmiałem się ja, a na widok mojego uśmiechu zawsze śmiała się ona.

Ku mojemu zaskoczeniu Profesor przyjął wiadomość o przyjściu na świat naszej córeczki z wielką życzliwością. Oczywiście nie pozwolił mi się ożenić z Elizabeth, bo potrzebował jej dla zachowania pozorów własnej heteroseksualności, ale podarował nam obojgu dom mieszkalny otoczony sporą połacią ziemi na terenie rodzinnej posiadłości Moriartych.

Zarówno on, jak i Alexander okazywali szczere uczucie do Molly, nie miałem więc najmniejszej wątpliwości, że jeśli nadal będę wykonywał swoje obowiązki najlepiej, jak potrafię, to mojej rodzinie nigdy niczego nie zabraknie.

Z Surrey było odwrotnie. Ostatecznie się ode mnie odsunęła po narodzinach mojej córki. Choć kiedyś łączyła nas przecież intymna zażyłość, teraz traktowaliśmy się z chłodnym profesjonalizmem. Profesor starał się w miarę możliwości przydzielać jej do współpracy Siriusa, mnie coraz częściej pozwalając pracować samemu. Taki układ odpowiadał wszystkim najbardziej.

Imperium Moriarty'ego rozrosło się na cały świat i światowego zasięgu nabrały także moje misje. Przyszło mi zabijać w Austrii, Szwajcarii, Francji, Holandii, Hiszpanii, Stanach Zjednoczonych, a nawet w Rosji. Wyglądało na to, że na nowym terenie zawsze trzeba było zamordować jednego, żeby cała reszta zadeklarowała lojalność i chciała się dzielić zyskami. Powierzane mi przez Moriarty'ego zadania były niebezpieczne, nie obyło się więc bez ran i obrażeń. Wiele razy miałem złamane palce czy żebra, poranioną albo posiniaczoną twarz i głowę, a nawet rany od kuli i noża. Broni palnej zaczęto używać coraz częściej i Elizabeth zamartwiała się o moje bezpieczeństwo. Narodziny córeczki zmieniły łączącą nas relację. Obydwoje tęskniliśmy do dnia, kiedy zabijanie się skończy, a ja zostanę najzwyklejszym kochającym ojcem.

Długo przekonywałem Moriarty'ego, żeby pozwolił mi robić coś innego, może nawet kierować którymś z jego przedsiębiorstw. Odparł, że z pewnością rozważy taką ewentualność, jeszcze jednak nie teraz. Nadal miał dla mnie dużo roboty w dotychczasowym sensie tego słowa.

Każde morderstwo było łatwiejsze od poprzedniego. Musiało być. Dotarłem do etapu, na którym wobec zabijanych ludzi nie czułem współczucia większego niż rzeźnik wobec kurcząt, krów, jeleni i owiec, których życie kończy. Tego właśnie uczył mnie Michael Brannigan: zabij, a potem jeszcze raz, i znowu. Zabijaj, a śmierć przestanie budzić w tobie jakiekolwiek emocje. To było jego motto. Moje także.

Aż do dnia, w którym śmierć przewróciła cały mój świat do góry nogami.

Dwa tygodnie po pierwszych urodzinach Molly wyrzynał się ząb i płakała do granic wytrzymałości. Zaraz potem biedna kruszynka dostała tak silnej biegunki, wymiotów i bólu brzuszka, że Elizabeth posłała po doktora Reussa. Medyk rozpoznał wirus żołądkowy najprawdopodobniej spowodowany niesterylnym smoczkiem na butelce do karmienia naszej córeczki, dodał jednak, że takie rzeczy się zdarzają często. Powiedział, że nie ma powodu do zmartwienia, zostawił dla Molly krople łagodzące gazy i pożegnał nas znacznie już spokojniejszych.

Następnego dnia nasz mały aniołek zmarł.

Nie mogłem uwierzyć w śmierć naszej córeczki, a Elizabeth w ogóle nie przyjmowała tego faktu do wiadomości. Tuliła Molly w ramionach i powtarzała, że to tylko sen. Musiałem siłą odebrać jej zwłoki, a potem utrzymać panowanie nad sobą, kiedy krzyczała wniebogłosy, bijąc mnie przy tym pięściami.

Moriarty pozwolił nam pochować Molly na cmentarzu przy rodzinnej kaplicy. Alexander zajął się pogrzebem i zadbał, żeby na grobie naszej córeczki stanęła rzeźba pięknego cherubina.

Tygodnie i miesiące, które nastąpiły potem, były najgorsze w moim życiu. Gorsze nawet od tych, które nastąpiły po stracie Philomeny na oddziale szpitalnym w przytułku. Elizabeth ciągle się obwiniała, była przybita i zamknięta w sobie. Całymi dniami siedziała w domu, przy zaciągniętych zasłonach tuląc do piersi którąś z maleńkich sukieneczek Molly. Nie mogłem w żaden sposób wyrwać jej ze stanu, w który wpadła.

Upłynął ponad rok od okresu żałoby, a Elizabeth nadal się ubierała na czarno.

– Zacznę się nosić inaczej, dopiero gdy przestanie mnie boleć serce – oznajmiła. – Bo dopiero wtedy uznam, że zyskaliśmy przebaczenie.

– Za co? – zapytałem. – Nie zrobiliśmy niczego złego. Przecież lekarz potwierdził, że to nie była nasza wina.

– Dobrze wiesz, Simeonie, że nie o to chodzi. To Bóg zabrał nam Molly. Zabrał za to, co ty robisz, i za to, na co zgodziłam się ja.

– Nieprawda!

– Czyżby? Nie powinnam była się z tobą wiązać!

– Nie mów tak!

– Taka jest prawda. Byłeś takim cudownym młodzieńcem, kiedy zawitałeś do tego domu. Trochę nieokrzesanym, ale pełnym słodkiej niewinności.

– Obydwoje jesteśmy starsi, kochanie.

– Starsi i bardziej zgorzkniali. Słodycz zniknęła, kiedy zabiłeś. Kiedy zamordowałeś tych dwóch ludzi, którzy zatrzymali waszą karetę.

Dostrzegłem trochę prawdy w jej słowach, ale się nie odezwałem.

– Od tamtego momentu z każdym kolejnym zabójstwem zmieniałeś się w coraz bardziej nieczułego, a nasze dusze stawały się mroczniejsze z każdą kroplą przelanej przez ciebie krwi.

– Robiłem, co musiałem. Moriarty mówi, że ci ludzie byli uosobieniem zła, zasługiwali więc na taki koniec. Jak twój ojciec.

Jej oczy rozgorzały złością.

– Oszukujesz samego siebie. Jak zawsze zresztą. Zabijasz, ponieważ tak się podoba Moriarty'emu, ponieważ nie miałeś rodziców i desperacko pragniesz akceptacji.

– To przez lekarstwo opowiadasz takie rzeczy. Musisz odpocząć.

– Odpocząć? – Spojrzała na mnie z pogardą. – Nie ma dla mnie odpoczynku, Simeonie. Dla ciebie też nie. Bóg nigdy nie da nam spocząć, nawet wtedy, gdy ubranych w żebracze łachmany pogrzebią nas w ziemi.

6 DNI DO EGZEKUCJI

NEWGATE, 12 STYCZNIA 1900 ROKU

W MOJEJ PRZEKLĘTEJ CELI tamte słowa Elizabeth brzmiały jeszcze groźniej. Miała rację: zmieniłem się i zabijałem, żeby zadowolić Moriarty'ego. Trzymał przecież w ręku moje życie – odkąd pierwszy raz zobaczyłem go w Manchesterze i zagroził, że odda mnie policji. To prawda, że jakaś część mojej dobroci, mojej delikatności znikała z każdym życiem, które komuś odbierałem. Wraz z upływem kolejnych dni w więzieniu coraz bardziej żałowałem, że moje własne losy nie potoczyły się mniej brutalną drogą. Z młodego Simeona, tego sprzed dnia, w którym przelał pierwszą krew, a potem bez wahania grzebał kolejne ofiary swoich rąk, została we mnie tylko żądza przetrwania i potrzeba ucieczki.

Przez całą upływającą noc obrabiałem ścianę za moim łóżkiem. Z całych sił przyciskałem mały, cienki srebrny gwóźdź, wydłubując zaprawę spomiędzy cegieł. Dopiero gdy całkiem poranił trzymające go dłonie, a zmęczone brakiem snu ciało i umysł zaczęły odmawiać posłuszeństwa, zaprzestałem wysiłków.

Kiedy kolor nieba za moim zakratowanym oknem z czerni przeszedł w szarość, mogłem ocenić efekty moich wysiłków. Udało mi się obruszać cegły na długości dobrych dwudziestu centymetrów do wysokości dwudziestu centymetrów nad podłogą, od rogu celi w kierunku drzwi, za pryczą. Jeden porządny kopniak z pewnością wepchnąłby cegły do środka.

Wiedziałem, że mam jeszcze przynajmniej godzinę, bo zimą świt przychodzi później. Ośmielony rezultatami, znów się zabrałem do pracy. Jedną po drugiej wyjąłem ze ściany dwa rzędy cegieł, ustawiając je obok siebie w taki sposób, żeby w razie potrzeby szybko wsunąć je z powrotem na miejsce.

Co kilka minut przerywałem, żeby nasłuchiwać, czy po korytarzu nie zaczęli się kręcić klawisze. Na szczęście nie dość, że w więzieniu brakowało pracowników, to jeszcze niewielu chciało stanąć ze mną twarzą w twarz. Byłem jednak narażony na wścibskich podglądaczy i przeprowadzane z zaskoczenia kontrole. Przy odrobinie szczęścia mogłem podsunąć pryczę bliżej ściany, zasłaniając w ten sposób część otworu, ale niestety nie cały. W kiepskim świetle celi mógłby umknąć pobieżnej inspekcji, ale nie regularnej rewizji.

Nerwowo pracowałem dalej. Po dziesięciu minutach usunąłem dość cegieł, by odkryć stalowe pręty wmurowane w podłogę za rozbieraną ścianą. Było ich dużo, jeden od drugiego w odległości nieco ponad dwudziestu centymetrów.

Było to chyba najgorsze możliwe utrudnienie. Pokonałem cegły, ale zatrzymały mnie stalowe pręty.

Już miałem wsunąć je z powrotem na miejsce, kiedy wpadł mi do głowy ciekawy pomysł. Przecież klawisze umieszczają pręty tylko w słabych punktach. Tylko w takich miejscach, które ich zdaniem dają więźniowi realną szansę ucieczki. Musiał to zatem być wyjątkowo słaby punkt, skoro się zdecydowali na zabezpieczenie.

Położyłem się na podłodze i zajrzałem w odkryty otwór. Był całkiem ciemny, wsunąłem więc rękę do środka i zacząłem obmacywać ściany. Mur był zimny i wilgotny, a czarny otwór wypełniał tłusty brud i znajomy zapach.

Sadza.

Cofnąłem rękę. Była czarna, śmierdziała spalonym węglem i drewnem. Z wrażenia serce mi zamarło. Moje nadzieje się ziściły. To był komin. Podniosłem się, cofnąłem kilka kroków i uważnie obejrzałem ścianę. Ani śladu szybu. Potem jednak sobie przypomniałem, że umieszczono mnie w tej śmierdzącej części więzienia ze względu na duże zagęszczenie osadzonych oraz na fakt, że wszystkie cele dla skazanych na śmierć były zapełnione. W romantycznym porywie pomyślałem, że to może być komin, przez który uciekł Jack Sheppard, a wtedy byłbym o włos od wolności.

Kształt pomieszczenia wyraźnie sugerował, że kiedyś było ono dwukrotnie większe. Sufit obejmował tylko połowę łuku: druga połowa musiała się mieścić za ścianą po mojej prawej stronie.

Stan zaprawy pozwolił mi oszacować, że podziału dokonano pięćdziesiąt albo więcej lat temu. O historii Newgate krążyło wiele opowieści. Więzienie wzniesiono w dwunastym wieku, potem się spaliło podczas wielkiego pożaru Londynu, zostało odbudowane w połowie osiemnastego wieku, a następnie znów stanęło w płomieniach podczas Rozruchów Gordona w 1780 roku i od tamtego czasu nieustannie przechodzi jakieś remonty. Z tego wszystkiego mogło wynikać, że budynek Newgate wcale nie jest tak świetnie zabezpieczony, jak się wydaje.

Usiadłem tak, żeby się zaprzeć nogami o dwa odkryte przed chwilą żelazne pręty, chwyciłem dłońmi jeden znajdujący się między nimi i pociągnąłem.

Dobrze się trzymał.

Pociągnąłem ponownie. Mocno. Z całych sił ruszałem metalowym prętem, aż w końcu zdołałem wytworzyć niewielką szparę między cegłą a metalem. Nabrałem przekonania, że po kilku godzinach pracy gwoździem powiększę ją, a wtedy silne szarpnięcie da mi szansę na usunięcie przeszkody.

Ale nie tego ranka.

Niebo za oknem zrobiło się jaśniejsze. Niewiele brakowało, żeby jego szarość zamieniła się w któryś z odcieni porannego błękitu.

Wsunąłem cegły na miejsce, potem kawałki gazety, których używałem na nocniku, zmoczyłem wodą i roztarłem nimi brud na pustych szczelinach.

Na pierwszy rzut oka wyglądało to na zaprawę murarską, ale nie przy dokładniejszych oględzinach. Jeśli miała to być moja droga do wolności, to musiałem podjąć tę ucieczkę w bardzo niedalekiej przyszłości.

DERBYSHIRE, LISTOPAD 1898 ROKU

Doktor Reuss stwierdził, że Elizabeth ma rozstrojone nerwy i przepisał jej lekką kurację opiumową, ale ona leki przyjmowała bardzo niechętnie, a kiedy już się godziła je brać, to była ospała i jeszcze bardziej płaczliwa.

Potrafiła całymi dniami milczeć i przez długie tygodnie nie wychodzić z naszego domku. Niemal co noc, kiedy się budziłem i nie było jej przy mnie, znajdowałem ją zapłakaną w dawnym pokoju Molly. Nie zwracała uwagi na to, że ją otulam kocem i leżę obok niej aż do rana. I każdy kolejny świt odnawiał moją nikłą nadzieję, że może wreszcie tego dnia przezwyciężymy kryzys.

Profesor często nas odwiedzał, za każdym razem próbując jakoś wyciągnąć Elizabeth z przygnębienia. Siadał na krześle przy niej, brał ją za rękę i wspominał to, co się wydarzyło, zanim w ich domu pojawiłem się ja.

Kiedy zawiodły wszystkie nalewki i toniki, Moriarty się uparł, że się nią zajmie osobiście, wykorzystując wiedzę frenologiczną do ujawnienia, w którym miejscu mózgu Elizabeth umiejscowiła się trapiąca ją depresja.

Kazał Elizabeth prosto usiąść na krześle, po czym przez niemal godzinę przeczesywał palcami jej włosy. Od czasu do czasu przerywał badanie, żeby zerknąć na rysunki przedstawiające czaszkę z zaznaczonymi obszarami, które nazywał ośrodkami mózgowymi. Szczegółowo wypytywał Elizabeth, co czuje, kiedy on uciska poszczególne obszary, oraz próbował różnej siły nacisku.

Kiedy skończył, wziął mnie na bok i nalegał, żebym trzy razy dziennie delikatnie masował górę oraz tył jej głowy, ponieważ pod tymi częściami czaszki są położone ośrodki samooceny, która jego zdaniem bardzo się Elizabeth obniżyła po śmierci Molly. Pokazał mi najistotniejsze punkty w okolicy samego czubka jej głowy, które nazwał „Chrzcielnicą Nadziei", i nalegał, żeby je uciskać od trzech do pięciu razy dziennie, regularnie.

Wytrwale wykonywałem jego polecenie i chociaż Elizabeth chyba czerpała z tego jakąś pociechę, to nie mógłbym z ręką na sercu zapewnić, że te masaże trwale wpłynęły na jej zachowanie.

Coraz częściej się zastanawiałem, czy w otaczającym nas mroku kiedykolwiek się pojawi choć promyk światła. Może ta powolna śmierć, która powoli zabierała Elizabeth, naprawdę była karą bożą za moje grzechy. Ale czy strata naszej słodkiej małej córeczki nie była wystarczającą odpłatą za życie, które odebrałem wszystkim tym brudnym i grzesznym ludziom?

Pochyliłem głowę, ponieważ wiedziałem, że nie była. Moja dusza cuchnęła piekielną siarką. Elizabeth była potępiona, i ja także. W szufladzie biurka stojącego w rogu naszego salonu leżał pistolet. Wyjąłem i położyłem go na stole obok szklaneczki whisky. Przez pełną godzinę i pół butelki ognistego trunku zastanawiałem się, czy nie zakończyć naszej żałosnej egzystencji. Zabrakło mi jednak odwagi i desperacji. Zamiast więc strzelić, upadłem na kolana i modliłem się do Boga, który nie miał żadnego powodu, żeby mnie wysłuchać.

5 DNI DO EGZEKUCJI

NEWGATE, 13 STYCZNIA 1900 ROKU

Przez cały ten długi i ponury dzień nie spuszczałem oczu z wąskiego pasemka światła, które padało na podłogę przez kraty w moim oknie. Nie mogłem się doczekać, kiedy zniknie. Noc oznaczała mniejszą liczbę klawiszów, osłonę ciemności i kolejną szansę, żeby wykorzystać mój cenny srebrzysty metal, by pokonać metalowe pręty osadzone w tym cholernym murze.

Dopiero późnym popołudniem słońce w końcu zaszło i światło, jak zawsze w mojej celi słabe i nijakie, zgasło. Niedługo potem przyniesiono na kolację suchy chleb, wodnistą potrawkę z mięsa i warzyw oraz zimną herbatę. Zjadłem szybko, po czym czekałem, aż klawisze zamkną celę na noc, z trudem znosząc wlekące się resztki dnia. W końcu w zamkach zazgrzytały klucze. Na korytarzach nawoływały się głosy. Klawisze kończyli swoje obowiązki, żeby zasiąść do wrzaskliwych karcianych rozgrywek albo głośnej paplaniny.

Nadszedł czas na mój ruch. Gorączkowo usuwałem prawdziwą zaprawę oraz imitację, którą wykonałem z mokrego papieru gazetowego. Wyjąłem wszystkie poluzowane cegły i tak jak poprzednio ułożyłem je wzdłuż ściany, żeby dały się szybko wsunąć na miejsce, gdyby zaszła taka potrzeba.

Siedząc na podłodze, chwyciłem odsłonięty metalowy pręt obiema rękami i opierając stopy na sąsiadujących prętach, pociągnąłem z siłą szarpiącego się osła. Miałem wrażenie, że jestem ludzką strzałą w naciągniętej kuszy.

Metalowe elementy ani drgnęły.

Ciągnąłem najsilniej, jak się dało. Krople potu skapywały mi z brwi. Naprężone ścięgna aż pulsowały w moich ramionach, ale żelazo nie chciało się oddzielić od kamienia. Doszedłem do wniosku, że w tej pozycji chwytam pręt za blisko podłogi, dlatego powinienem spróbować dalej, gdzie być może znajdę słaby punkt.

Nic to jednak nie dało. Pręty nadal trzymały mocno, za to ja traciłem siły.

Opadłem na kamienną podłogę i z wściekłością chwyciłem gwóźdź, drapiąc tam, gdzie metal łączył się z podłogą, po czym znów zacząłem szarpać. Wszystko na nic.

Wstałem, cofnąłem się tak daleko, jak tylko pozwolił mi na to łańcuch, podbiegłem do pręta z boku i ślizgiem opadając na podłogę, kopnąłem metal środkową częścią stopy.

Poczułem, że pręt trochę ustąpił, co mnie zachęciło, żeby powtórzyć atak. Metalowy element jeszcze trochę się poluzował, a po kilku kolejnych próbach zaczął wyraźnie grzechotać.

Usłyszałem szczęk klucza w zamku. Zamarłem.

Zza drzwi wrzasnął klawisz.

– Co to za hałasy? To ty tak walisz, Lynch?

Nie miałem czasu wsuwać cegieł na miejsce. Gdyby otworzył drzwi, byłoby po mnie.

– To ja. Jestem wściekły jak cholera i próbuję się wyładować. Otwórz te cholerne drzwi i chodź tutaj. Na takim więziennym gównie jak ty szybciej dam upust złości.

– Pierdol się, Lynch! Wszyscy wypijemy po kuflu piwa, kiedy kat założy ci w końcu pętlę na szyję.

Walnął pięścią w drzwi i odszedł.

W niemal całkowitym bezruchu słuchałem, jak stopniowo cichnie odgłos jego kroków w korytarzu. Dopiero kiedy nabrałem pewności, że sobie poszedł, zerknąłem na dopiero co obruszany pręt w dziurze w ścianie obok mnie.

Przez chwilę się zastanawiałem, czy klawisz wróci w towarzystwie kilku kolegów, żeby dać mi nauczkę, czy też będzie wolał trzymać się ode mnie z daleka, preferując święty spokój od interwencji mogącej się skończyć poważną kontuzją.

Obstawiłem to drugie.

Jeden z prętów wyraźnie się wygiął. Lepiej nawet, odłupał kawałek kamienia, w którym był zakotwiczony. Znów się zabrałem do pracy gwoździem. Wyskrobałem wokół nasady tyle, ile mogłem, i znów mocno szarpnąłem. W lewo i w prawo, do tyłu i do przodu. Odpadł kolejny kawałek kamienia.

Podekscytowany chwyciłem pręt i pociągnąłem do siebie. Podźwignąłem się na kolana i targnąłem ze wszystkich sił, które jeszcze mi zostały. Więcej już zrobić nie mogłem, usiadłem więc i patrzyłem na rezultat swoich wysiłków.

Osiągnąłem tyle, ile mogłem.

Wczołgałem się do otworu w ścianie, przekręciłem głowę i skuliłem ramiona.

Mieściłem się między prętami!

Z trudem, ale mogłem przejść na drugą stronę!

Pośpiesznie wycofałem się do celi i przy użyciu gwoździa rozkułem łańcuch krępujący moje nogi. Potem pochowałem po kieszeniach wszystko, co wyjąłem z torby księdza Deagana, i wróciłem do komina stojącego przede mną otworem.

Pokonałem i cegły, i żelazo. Słyszałem pogwizdujący wysoko wiatr. Gdzieś tam na górze, w ciemnościach nad moją głową, czekała wolność. Nigdy tak bardzo nie pragnąłem wdychać śmierdzącego, niezdrowego londyńskiego powietrza.

Znów się przecisnąłem między prętami, przystawiłem plecy do ściany, a następnie oparłem nogi o cegły naprzeciwko. Podpierając się rękami z boku, mogłem centymetr po centymetrze zmierzać do szczytu komina.

Zmęczony i zdyszany, zatrzymałem się na chwilę, żeby odpocząć. Poczułem deszcz na twarzy – cudowny, cudowny deszcz! Najpierw jedną kroplę, potem kolejną, a potem już całe mnóstwo. Wspaniała ulewa! Dała moim mięśniom siłę, bym mógł kontynuować wspinaczkę.

Postępy były powolne i kosztowały wiele bólu. Od czasu do czasu ręka albo noga się ślizgała na pokrytym sadzą murze, a ja zamierałem na chwilę ze strachu, że spadnę na beton i połamię sobie kręgosłup. Wspinaczka była ciężka, także dlatego że nie miałem już dawnej sprawności. Na więziennych pomyjach moje mięśnie osłabły. Im wyżej wchodziłem, tym bardziej opadałem z sił.

Dostrzegłem światło księżyca, poczułem wolne powietrze i jeszcze więcej tego niebiańskiego deszczu. Ale wszystko to docierało do mnie przez wąski otwór. Dopiero teraz zobaczyłem, że komin zatkano, zostawiając tylko niewielki prostokątny prześwit. Obmacałem go palcami. Miał jakieś sześćdziesiąt centymetrów długości, ale szerokość była ponad połowę mniejsza. Mogłem wystawić przez niego rękę, ale to wszystko.

Po mniej więcej minucie moje palce znalazły stabilny punkt zaczepienia i mogłem szarpnąć zamykającą światło komina płytę.

Ani drgnęła.

Chwyciłem uparty kamień obydwiema rękami, silnie zacisnąłem dłonie, oderwałem stopy od ściany komina i zawisnąłem, brawurowo się bujając.

Nawet cały mój ciężar nie poruszył płyty. Ustabilizowałem się i wróciłem do bezpieczniejszej pozycji z plecami opartymi o jedną ścianę, a nogami o cegły naprzeciwko. Spróbowałem wypchnąć kamienną płytę, ale bez rezultatu. Wyczerpałem wszystkie siły i więcej już zrobić nie mogłem. Z ciężkim sercem i zmęczonymi kończynami zszedłem na sam dół.

Mokry i wyczerpany włożyłem cegły na miejsce jak najstaranniej. Zużyłem resztkę gazet, żeby zamaskować szczeliny po wydłubanej zaprawie. Zapiąłem łańcuchy na nogach, po czym poszedłem umyć twarz, ręce i włosy, ale woda w miednicy natychmiast zrobiła się czarna jak smoła.

Dopiero wtedy uświadomiłem sobie, że nie tylko cały jestem pokryty sadzą, ale też nią śmierdzę. Zapach wniknął we wszystkie pory ciała. Miałem ją nawet w oczach. Jej smak czułem w gardle. Nawet najgłupszy klawisz poczułby ode mnie odór, którym przesiąknąłem w kominie. Pewnie się unosił w całej celi. A najście klawiszów było tylko kwestią czasu, bo nie miałem wątpliwości, że wyczują zapach sadzy na korytarzu i jak psy trafią po nim do mnie.

Aż mnie ścisnęło w żołądku na myśl o laniu, które mi zafundują, a radości, jaką będą mieć z odkrycia próby ucieczki, nie chciałem sobie nawet wyobrażać.

Doszedłem do wniosku, że mam tylko jedno wyjście: muszę zrobić coś naprawdę szokującego, żeby odwrócić uwagę służby więziennej, tym samym dając sobie jeszcze jedną szansę, żeby się wspiąć na szczyt tego komina.

DERBYSHIRE, JESIEŃ 1899 ROKU

Boże Narodzenie, a po nim pierwsze miesiące 1899 roku upłynęły ponuro, bez żadnej zmiany w nastroju Elizabeth. Wiosna i lato także nie przyniosły poprawy. Zrezygnowała jedynie z czarnych strojów, zamieniając je na szarości, mimo to jej melancholia jeszcze wzrosła i czasem wydawała się gorsza niż w tygodniach bezpośrednio po śmierci Molly.

Moriarty i Alexander uznali, że jak co roku spędzą trochę czasu w swoim nowojorskim domu i nadchodzi ostatni moment, żeby wyjechać przed nadejściem zimy. Tę podróż odbywali jak zawsze liniami White Star z Liverpoolu, tym razem jednak przygotowaniom do wyjazdu towarzyszyło wielkie podniecenie, ponieważ jakiś nowy statek miał dopłynąć do Ameryki w niecałe sześć dni.

Jak zawsze ochraniał ich w podróży Sirius, co oznaczało, że Surrey i ja mieliśmy się zajmować wszelkimi pilnymi sprawami, które mogłyby się pojawić w Wielkiej Brytanii oraz w Europie. Po śmierci mojej córeczki i wywołanej przez nią depresji Elizabeth znów się trochę zbliżyłem z moją byłą kochanką. Oczywiście było to zbliżenie w sensie przyjacielskim, i żadnym innym. Najwyraźniej czas wyleczył rany, jakie Surrey odniosła na samym końcu naszego związku, i teraz zajmowała się ona nawet Elizabeth, ilekroć musiałem się udać w podróż służbową. Ze smutkiem przyjąłem informację, że niedługo po wyjeździe Moriarty'ego do Nowego Jorku Surrey musi opuścić Derbyshire, ponieważ ma do wykonania zadanie na samej północy Anglii, które zatrzyma ją poza domem nawet przez miesiąc. W kolejnym tygodniu przypadała druga rocznica śmierci Molly, niepokoiłem się więc o emocjonalny stan Elizabeth w tym czasie.

Moje obawy niestety nie okazały się płonne. Kiedy nadszedł ten straszny moment, Elizabeth płakała przez cały dzień. Odezwała się tylko raz, nad grobem naszej córeczki, który odwiedziliśmy wspólnie. Jej słowa dotknęły mnie do żywego: „Ja ci wybaczam, Simeonie, ale dobry Bóg może tego nie zrobić nigdy".

Tamtej nocy leżeliśmy w łóżku i chociaż trzymałem ją w objęciach, to doskonale wiedziałem, że jej serce i umysł są zupełnie gdzie indziej: przy zimnej płycie grobu naszej córeczki.

Kiedy świt rozgrzał okna naszego domku, zakończyliśmy bezsenną noc, wstając z łóżka i idąc do kuchni, gdzie mogłem zaparzyć herbaty i nabrać siły na nowy dzień. Ogień dawno wygasł, Elizabeth okryła więc ramiona kocem, żeby się chronić przed chłodem. Siedziała na krześle przy stole, podczas gdy ja próbowałem ożywić palenisko przy użyciu szczap, papieru i węgla.

Zanim pomieszczenie trochę się nagrzało, a ja zaparzyłem herbatę, Elizabeth już smacznie spała. Postawiłem dzbanek obok niej na stole, pocałowałem ją delikatnie i wyszedłem się przejść po ogrodzie, żeby oczyścić głowę.

Nasze życie nie mogło tak dalej wyglądać. Sam zaczynałem mieć coraz czarniejsze myśli. Psy depresji zwietrzyły moją słabość i były gotowe zapędzić mnie do takiej samej czarnej dziury, w jaką wpadła już Elizabeth.

Szukając męskiego towarzystwa, odwiedziłem w wozowni Thackeraya. Wiedziałem, że mój umysł nie potrafi bez reszty się skupić na więcej niż jednej rzeczy, z przyjemnością więc zaproponowałem mu pomoc przy naprawie pękniętego podwozia jednego z pojazdów. Nawet mnie zainteresowały jego opowieści o koniach, które tylko dlatego oddychają przez nos, że mają za duże pyski, by przez cały czas trzymać je otwarte.

– Wiesz, ile by było zamieszania? – dopytywał się z rozbawieniem. – Koński pysk ma taką wielkość, że ptak by się do niego zmieścił, gdyby koń był na tyle głupi, żeby biegać z otwartym pyskiem i łbem podniesionym do góry.

– A ptak na tyle nierozsądny, żeby do jego pyska wlecieć – uzupełniłem.

Śmialiśmy się i żartowaliśmy przy pracy przez dobrą godzinę, zanim nadszedł czas na przerwę na papierosa przed budynkiem. Podpalałem właśnie skręta, kiedy na szczycie trawiastego pagórka zauważyłem jakąś kobietę. W oczy rzucał się tylko połyskujący fioletowy płaszcz i czepek z tego samego materiału.

Dopiero po chwili ją poznałem.

To była Elizabeth.

Serce zabiło mi szybciej, kiedy się do nas zbliżała.

– Kochanie…

– Nic nie mów, proszę. – Podniosła dłoń, żeby powstrzymać moją wylewność. – Czas, żebyśmy zaczęli od początku – oznajmiła z determinacją i zaraz dodała słabszym już głosem: – W każdym razie ja jestem gotowa taką próbę podjąć.

– To cudownie! – Z całych sił się hamowałem, żeby jej nie objąć. – Wybieram się później do Matlock. Może będziesz chciała mi towarzyszyć.

– Może. Ale nie pośpieszaj mnie, Simeonie. Pozwól mi to zrobić w moim własnym tempie.

Odwróciła się prędko, żebym nie widział napięcia na jej twarzy, i ku mojej wielkiej uldze poszła w stronę wschodniego brzegu jeziora, a nie do kaplicy czy z powrotem do domu.

– Lady Elizabeth wygląda znacznie lepiej – zauważył Thackeray.

– O, tak – zgodziłem się radośnie. – To prawda!

– Skończymy naprawę powozu razem czy już nie?

– Oczywiście, że tak! Przyniosłeś mi szczęście.

Mieliśmy właśnie wrócić do powozowni, kiedy zatrzymał nas widok dziwnego pojazdu, który wtaczał się na drogę. Obydwaj podnieśliśmy dłonie, żeby osłonić oczy od słońca, i patrzyliśmy, mrużąc powieki.

– Cóż to jest, u diabła? – zapytałem.

– Automobil! – odpowiedział podekscytowany Thackeray.

Słyszałem o automobilach i wiedziałem, że wiele ich zaczęło jeździć po Londynie, nigdy jednak żadnego nie widziałem, że o przejażdżce nie wspomnę.

– Szybki jest, skurczybyk – dodał. – Wyciąga piętnaście, a nawet dwadzieścia kilometrów na godzinę!

Obydwaj obserwowaliśmy, jak za nadjeżdżającym szybko automobilem unosi się kurz. Odkryty pojazd prowadził mężczyzna w czarnym uniformie i czapce. Przystanął całkiem niedaleko nas. Dopiero wtedy zauważyliśmy pozostałych: jednego z przodu i dwóch z tyłu.

– Ale jaja! – wykrzyknął Thackeray, przekrzykując hałas silnika. – Przecież to sam Diabeł!

– Kto to jest „sam Diabeł"?

Zakrył usta dłonią, ponieważ mężczyzna w czapce wyłączył pojazd i silnik terkotał coraz ciszej.

– Jak to kto? James, brat Profesora. Straszna świnia. Ja stąd idę. Temu bydlakowi lepiej w drogę nie wchodzić.

O Jamesie słyszałem wiele od Surrey, znacznie mniej o zadaniach, które dla niego wykonywała, jego samego nigdy jednak nie widziałem.

Z automobilu wysiedli kierowca oraz wysoki, dobrze zbudowany mężczyzna po trzydziestce. Przeszli do tyłu, gdzie dołączył do nich młodszy, gładko ogolony, który jak się okazało, kiedy wysiadł, miał dobre dwa metry wzrostu.

Na końcu pojawił się sam James Moriarty. Najniższy, ale też przyciągający największą uwagę z nich czterech. Miał szerokie bary, gęstą rudą brodę i szczeciniaste włosy. Zanim odszedł na krok od swojego bezkonnego powozu, jego ciemne oczy omiotły całą okolicę, wychwytując wszystkie detale.

Kiedy jego wzrok padł na mnie po raz drugi, krzyknął:

– Ty tam, chodź tutaj!

Upłynęło wiele czasu, odkąd ktokolwiek potraktował mnie jak pachołka. Wolnym krokiem ruszyłem w tamtą stronę.

Moriarty rozpiął tweedową marynarkę. Złoty zegarek błysnął w słońcu, kiedy podniósł go do oczu.

– Pośpiesz się albo każę moim ludziom wykopać dół i żywcem zasypać cię tam, gdzie stoisz.

Zacząłem iść jeszcze wolniej, zyskując w ten sposób czas, żeby ocenić potencjalnych przeciwników. Kierowca nie stanowił zagrożenia, ale pozostali trzej już tak. Wysoki młodziak na pewno miał krzepę, ale też był głupi. Jego starszy kolega natomiast należał do zupełnie innej kategorii. Trzymał się prosto jak struna, dlatego uznałem, że to żołnierz, o którym wspominała mi Surrey – pułkownik Sebastian Moran, weteran kilku kampanii zamorskich i główny ochroniarz Jamesa Moriarty'ego.

Wreszcie i on sam. Chociaż nie był już pierwszej młodości, to zachował sprawność i krzepę. Wskazał na mnie palcem, kiedy się do niego zbliżałem.

– Ty jesteś Simeon, prawda?

– Prawda.

– Tak myślałem. – Uśmiechnął się, zadowolony z własnej błyskotliwości. – Brat mi mówił, że emanujesz nieposłuszeństwem, i to właśnie robisz.

– Profesora nie ma, panie Moriarty.

– Wiem. Właśnie dlatego ja tutaj jestem. – Jego wzrok na chwilę się ode mnie oderwał, żeby sprawdzić, co się dzieje z lewej i z prawej, po czym znów mnie odnalazł. – Chodź ze mną. Mam sprawę, którą powinniśmy omówić na osobności.

Kiedy weszliśmy do środka, sam Diabeł, jak go nazwał Thackeray, ruszył korytarzem do zachodniego skrzydła, a tam prosto do gabinetu, zachowując się tak, jakby był u siebie w domu.

W gabinecie unosił się ostry zapach pasty do podłogi, co musiało mu się nie spodobać, ponieważ natychmiast uchylił okno.

– Zamknij drzwi – rzucił do mnie.

Wykonałem polecenie, a kiedy się odwróciłem, Moriarty stał przy biurku, opierając obydwie dłonie o krawędź blatu. Na jego twarzy malowało się zakłopotanie.

– Brogan i ten jego zniewieściały kompan padli ofiarą napadu w Nowym Jorku. Zaatakowano ich w domu i zostawiono, żeby się wykrwawili.

– Mój Boże! Kto ich zabił?

– Nie słuchałeś uważnie. Powiedziałem, że ich zostawiono, żeby się wykrwawili. To nie znaczy, że zostali zabici. Obydwaj leżą w szpitalu i stracili dużo krwi.

Skrzywiłem się na myśl o ranach, które odnieśli Alex i Profesor.

– Naprawdę bardzo mi przykro, że...

– Daruj sobie słowa. Oczekuję od ciebie działań, nie współczucia. Za nowojorskim napadem kryje się Lee Chan. Zdaje się, że przejął całkowitą kontrolę nad działaniami rodziny, bo w zeszłym tygodniu zmarł jego dziadek.

Nie mogłem powstrzymać się od pytań.

– W jaki sposób ludzie Chanów dostali się do Profesora i Alexa? Przecież był z nimi Sirius. I chyba mieli też jakąś dodatkową ochronę na miejscu?

– Owszem, był z nimi Sirius, domu pilnowali też miejscowi ludzie, ale widocznie nie było ich wystarczająco wielu albo nie mieli dostatecznych umiejętności. Sześciu naszych ochroniarzy zostało zabitych, kiedy nocą sforsowano zabezpieczenia wokół domu. Zamordowano też trzech nieuzbrojonych służących, a kilku innych pracowników obsługi poważnie raniono. – Wziął długi, powolny wdech, żeby się uspokoić. – Najgorszy jest w tym wszystkim fakt, że Chanowie najprawdopodobniej przekupili Siriusa, który im ten atak ułatwił.

– Sirius? – Byłem zdumiony. – Nie mogę w to uwierzyć, że...

– Musisz w to uwierzyć. Odkryłem jego zdradę, kiedy Chińczycy przy wsparciu swoich brytyjskich gangów niemal z dnia na dzień przejęli kontrolę nad sporą liczbą naszych syndykatów bukmacherskich oraz interesów na wyścigach. Moi ludzie pojmali szefa jednej z grup, które im służą, a ten po torturach, dodam, że takich naprawdę porządnych, się wygadał. Wydał Siriusa, żeby ratować swoje nędzne życie.

– I co teraz? Jak rozumieć pańską wizytę i co należy teraz zrobić?

– Z zemstą nie można się śpieszyć. – Obszedł biurko i usiadł w krześle Profesora. – Na razie muszę przejąć kontrolę nad wszystkimi naszymi sprawami i rozważnie działać w imieniu mojego brata.

Z domu w Nowym Jorku zrabowano wiele wartościowych przedmiotów i mam podstawy przypuszczać, że Chan będzie też chciał się dobrać do bezcennych dzieł sztuki, kosztowności i rzeźb zgromadzonych pod tym dachem.

– Przypuszczam, że właśnie w tej sprawie mogę być pomocny?

– Niczego nie przypuszczaj. Nie masz ani dość inteligencji, ani doświadczenia, żeby to robić. Wezwałem już pilnie pannę Breed, bo planuję pewne zadanie dla was obydwojga. Coś na miarę waszych niezaprzeczalnych talentów.

5 DNI DO EGZEKUCJI

NEWGATE, 13 STYCZNIA 1900 ROKU

KLAWISZ, KTÓRY OTWORZYŁ drzwi, miał niewiele ponad dwadzieścia lat.

Kiedy zobaczył, jak stoję, bezczelnie się na niego gapiąc, omal nie zwymiotował ze strachu i odrazy. Nie byłem widokiem dla kogoś o słabych nerwach. Natychmiast zamknął z powrotem drzwi i zagwizdał po pomoc.

Przygotowany na najgorsze czekałem pokryty własnymi ekskrementami. Wiadra na odchody nie opróżniano przez ostatnią dobę, miałem więc czym wysmarować moje ubranie, włosy, dłonie, a nawet twarz.

Nie wątpiłem, że strażnicy uznają to za okazanie im lekceważenia, mnie tymczasem chodziło o to, żeby w ten ekstremalny sposób odwrócić ich uwagę od sadzy i brudu z komina.

Zatupotały kamasze, otworzyły się drzwi i wpadli strażnicy. Szarpiąc za łańcuch, przewrócili mnie na podłogę, po czym przyciągnęli bliżej siebie i wylewali na mnie kolejne wiadra wody. Z trudem łapałem oddech. Rozcieńczone ekskrementy zalewały mi oczy i usta, oślepiając mnie i dławiąc.

Wyszorowali mnie szczotkami do podłogi na długich kijach, a potem jedną z nich przycisnęli mi do gardła, podczas gdy młody klawisz ściągał ze mnie ubranie, które potem wyrzucił na korytarz, z trudem powstrzymując odruch wymiotny. Na końcu mnie kopnął, jakby się dopiero uczył swojego zawodu, praktykując u bardziej doświadczonych specjalistów od prześladowania więźniów.

Pozostali pokrzykiwaniem wyrazili swoją aprobatę, po czym zaczęli szorować moje nagie ciało, obracając mną jak świniakiem na rożnie. Znów polała się na mnie lodowata woda. Kilka metalowych wiader uderzyło mnie w potylicę.

Młody klawisz, chwytając mnie za podbródek, uniósł moją głowę, żeby sprawdzić, czy jeszcze żyję, po czym zaraz ją puścił, przez co moja twarz opadła na ubrudzoną fekaliami podłogę jak upuszczone jajko. Posypały się obelgi.

– Jebana fleja!

– Obrzydliwy knur!

– Jesteś gorszy od zwierzęcia, Lynch!

Potem krzyki osłabły, wreszcie całkiem ustały i zapanowała cisza. Podniosłem głowę.

Nade mną stał Johncock.

Dźwignąłem się na kolana i zwymiotowałem wodą.

Kopnięciem przewrócił mnie na podłogę, po czym na mnie splunął. Znów się uniosłem. Musiałem zwymiotować, albobym się udławił.

Johncock przydepnął dłonie, którymi się podparłem, i zmiażdżył podeszwą kostki.

Zaciskałem zęby z bólu, dopóki nie przestał.

– Ostrzegałem cię, Lynch. Ostrzegałem cię na samym początku twojego pobytu w tym więzieniu, co się stanie, jeśli przekroczysz granicę, którą ci wyznaczam.

Cofnął nogę i z całej siły kopnął mnie w głowę.

Nie czułem bólu. Świat zawirował, a w uszach i mózgu rozległo się bzyczenie miliona pszczół.

Zatonąłem w błogiej czerni.

DERBYSHIRE, LISTOPAD 1899 ROKU

Po moim pierwszym spotkaniu z Jamesem Moriartym nastąpiły dni pełne napięcia i zmartwień. Z informacji wynikało, że Chanowie mają przewagę liczebną, której nie zawahają się wykorzystać w najbrutalniejszy sposób.

I wykorzystali.

Kolejny tydzień był krwawą łaźnią. Rodzina Moriartych niemal całkowicie straciła kontrolę nad zakładami na wyścigach. Dla tych, którzy służyli rodzinie, to musiała być przykra porażka, ponieważ zamiast ich wesprzeć, James wycofał swoich ludzi, tym samym pozwalając, żeby najsłabsze owce w stadzie zostały rozszarpane przez najbrutalniejsze wilki Chana.

Potem stało się coś jeszcze gorszego. Dziesięć dni po nowojorskiej napaści wskutek odniesionych wtedy ran zmarł Alexander Rathbone.

Wieść o tym, że uprzejmy i dobry Amerykanin odszedł, błyskawicznie rozeszła się po domu w Derbyshire. Wszyscy straciliśmy ducha. Surrey zarządziła żałobę: nakazała zaciągnąć zasłony i przywdziać czerń, co wszyscy uczynili nie tylko dla okazania szacunku, ale też z autentycznego żalu po zmarłym. Ze złamanym sercem patrzyłem, jak Elizabeth odkłada kolorowe stroje, by znów sięgnąć po żałobne.

Następnego dnia wszyscy udaliśmy się do londyńskiego domu Profesora w Primrose Hill, zostawiając rezydencję w Dovedale pod opieką zaskakująco dużej liczby ludzi, których skądś zorganizował James Moriarty.

Tamtej nocy podczas kilku starannie zaplanowanych ataków brat Profesora wykorzystał swoich najlepszych żołnierzy, których wycofał z dotychczasowej walki, by w kilku równolegle prowadzonych bitwach zniszczyli niemal wszystkie związane z Chanami firmy żeglugi transportowej.

Budynki spalono doszczętnie, a magazyny splądrowano. Główne postaci w strukturach chińskiej organizacji zostały zamordowane, a ich ciała wrzucono do Tamizy albo do Irwell. Tuż przed świtem policjanci opłacani przez rodzinę Moriartych najechali na domy i fabryki East Endu i aresztowali całe wielopokoleniowe rodziny Chińczyków, które przebywały w Londynie nielegalnie. Dwóch kuzynów Lee Chana zatrzymano w pralni, będącej przykrywką dla dystrybucji narkotyków.

Komunikat był oczywisty: odpowiedzią na przemoc ze strony Chanów oraz wtrącanie się przez nich do cudzych interesów będzie jeszcze większa przemoc wobec nich i jeszcze większa strata finansowa dla nich.

Wtedy James uznał, że nadszedł odpowiedni moment na osobisty list do Lee Chana. Zaproponował w nim, żeby się powstrzymać od dalszej przemocy i zorganizować spotkanie na neutralnym gruncie celem omówienia warunków pokoju.

– To dobry moment, żeby wrócić do normalnego sposobu prowadzenia interesów – powiedział nam. – Mądre głowy wiedzą, kiedy polać koniak, zamiast rozlewać krew.

Nikogo chyba nie zaskoczył fakt, że oferta zawieszenia broni spotkała się ze sceptycznym przyjęciem. Chan odpisał, że gotów się zgodzić na spotkanie, jeśli zostanie zorganizowane we wskazanym przez niego miejscu, a Elizabeth trafi na ten czas pod kuratelę jego ludzi, żeby wykluczyć podstęp.

O żądaniu Chana dowiedziałem się, idąc z Moriartym do powozowni w londyńskiej rezydencji Profesora.

– To niedorzeczność! – oburzyłem się. – On chyba nie myśli, że wystawi ją pan na takie niebezpieczeństwo, zwłaszcza bez wymiany za jego żonę!

– Owszem, myśli i mimo moich protestów nie zamierza w tej kwestii ustępować. Jeśli mamy zawrzeć pokój, to muszę się na to zgodzić. Czas i miejsce spotkania zostały już ustalone.

Chwyciłem go za ramię.

– Musi się pan nad tym jeszcze raz zastanowić!

Spojrzał wymownie na moją rękę.

– Ja nie muszę niczego, ty natomiast musisz pamiętać, gdzie jest twoje miejsce.

Cofnąłem dłoń.

– Niech więc pan się zgodzi, żebym ją chronił.

Westchnął poirytowany.

– To nie jest twoja rola. Dziś wieczorem będziesz towarzyszył mnie, Moranowi oraz jego asystentowi Frederickowi na miejscu spotkania. Oni dwaj są moimi najbardziej zaufanymi ludźmi, a tobie najbardziej ufa Brogan.

– Kto będzie dbał o bezpieczeństwo Elizabeth?

Oparł dłoń na mosiężnej gałce czarnej laski, którą miał przy sobie, i znużonym głosem odparł:

– Zajmie się nią panna Breed. Thackeray zawiezie je na miejsce i też będzie pod ręką, żeby zapewnić im bezpieczny powrót. Ludzie

Chana uznają, że Breed jest pokojówką Elizabeth, i to będzie nasza przewaga. Moran wyśle też swoich ludzi w bezpośrednie sąsiedztwo, żeby się kręcili po ulicach i mogli interweniować w razie potrzeby.

– Proszę wybaczyć moją impertynencję, ale nie zadowalają mnie te ustalenia. Byłbym o wiele szczęśliwszy, gdyby...

– Do jasnej cholery! Ani twoje szczęście, ani zadowolenie nic dla mnie nie znaczą. Zrozum, że Chanowie nie dopuszczają możliwości negocjacji w sprawie tego spotkania, a my musimy sprawiać wrażenie, że im ustępujemy. A teraz się pośpieszmy. – Wskazał laską na powozy. – Nie pojedziemy benzem, ponieważ nie chcemy niepotrzebnie zwracać na siebie uwagi. Twoje obowiązki wyjaśnię ci po drodze.

– Nie.

– Słucham?

– Powiedziałem nie. Nigdzie nie jadę, dopóki nie porozmawiam z Elizabeth. Zdaje pan sobie sprawę, co ona przeżyła? Co my obydwoje przeżyliśmy?

– Doskonale o tym wiem. Ale teraz muszę się troszczyć o tych, którym mogę ocalić życie, a nie przejmować tymi, którzy już je stracili.

Przełknąłem wściekłość i ruszyłem w stronę domu.

Moriarty krzyknął za moimi plecami:

– Ona i Breed już wyjechały.

Stanąłem jak wryty. Czy to wszystko mogło się wydarzyć za moimi plecami? Tak szybko? Tak gładko i nieodwracalnie?

Cofnąłem się do niego.

– Przypuszczam, że pod wielką presją.

Zmrużył oczy.

– Elizabeth doskonale wie, jak bardzo jest istotna w całej tej sprawie ze względu na to, że uchodzi za osobę bliską mojemu bratu, i przyjęła swoje obowiązki z całkowitym zrozumieniem. Przewidziała także twoją przesadną troskę o nią, a nawet gniew i protest na granicy zuchwałości.

– Wini mnie pan za to?

– Wybaczam ci. Ale tylko dlatego, że kieruje tobą uczucie i lojalność wobec niej. Dziś wieczorem ciebie i twojej lojalności potrzebuje moja rodzina. Nie wystawiaj dłużej na próbę mojej cierpliwości, Simeonie, proszę. Musimy już jechać.

Wiedziałem, że nie mam wyboru, udałem się więc do karety.

Kiedy wsiedli Moriarty, ten młody dureń Frederick, a po nim stary Moran, smagnięcie batem obudziło konie do życia i ruszyliśmy na południowy wschód Londynu, gdzie miało dojść do umówionego spotkania. Poinformowano mnie, że odbędzie się ono w dużym domu mieszczącym się pośrodku szeregowej zabudowy Harley Street, należącym do zaprzyjaźnionego z Chanami chirurga od Świętego Bartłomieja. Po drodze poznałem szczegóły planu Jamesa. Oznajmił, że spotka się z Chanem w cztery oczy, a potem obie strony się udadzą do osobnych pokoi, żeby przedyskutować swoje stanowisko, wtedy uzbrojeni w pistolety, noże oraz żelazne pręty ludzie Moriarty'ego przedostaną się do środka przez strych wspólny dla całego szeregu budynków.

– Zabiją wszystkich szefów gangu Lee Chana oraz jego samego. Gdy odetniemy wszystkie głowy, to hydra padnie.

– A jeśli pańscy ludzie nie zdołają się dostać na strych?

– Oni już tam są. Kiedy Chan podał miejsce spotkania, zapłaciliśmy za dostęp do strychu właścicielowi jednego z sąsiednich domów. Chińczyk ma oczywiście swoje patrole na tej ulicy, ale rzucają się w oczy jak kaczka na wodzie, a mieszkańcy nie darzą ich sympatią. Dwudziestu ludzi czeka na stanowisku.

– Gdzie w tym czasie będzie Elizabeth?

– Razem z panną Breed są przetrzymywane w Clerkenwell, kilka kilometrów od Harley Street, należy się jednak liczyć z tym, że je stamtąd zabiorą. Dlatego rozstawiłem na ulicy swoich ludzi, którzy w razie czego pojadą za nimi.

Niewiele było do dodania. My trzej mieliśmy ochraniać Moriarty'ego, bo oczywiście jego życie i bezpieczeństwo stanowiło dla niego najwyższy priorytet. Tak więc tego wieczoru zabijać nie musiałem, co bardzo mi odpowiadało.

Londyńskie domy podskakiwały za oknami karety. Dostrzegłem czarny automobil prowadzony przez młodego mężczyznę w kaszkiecie. Pojazd przemknął obok z prędkością dwukrotnie większą od naszej, robiąc przy tym tyle hałasu, że wystraszone zwierzęta zaczęły się szarpać.

Na jakiś czas zatrzymały nas konne tramwaje rywalizujące o miejsce na ciasnym zakręcie ulicy. Nasz woźnica głośno zaklął, komentując stan londyńskich dróg, po czym niechętnie cofnął karetę, żeby jeden z nich przepuścić.

Reszta podróży upłynęła względnie szybko i bez żadnych incydentów, kiedy jednak dojeżdżaliśmy na miejsce, nasiliły się we mnie złe przeczucia.

Przypomniałem sobie słowa starej Cyganki o przeczuwaniu nadchodzącego niebezpieczeństwa.

Nigdy przedtem nie miałem tak wyraźnego przekonania, że stanie się coś złego.

LONDYN, LISTOPAD 1899 ROKU

DOM PRZY HARLEY Street miał biały front i cztery piętra, a stał za czarnym metalowym płotem z ostrymi kolcami pilnowany przez gargulce oraz silnie umięśnionych mężczyzn.

Wewnątrz imponował dostatkiem. Wyłożony szarym marmurem hol prowadził do wspaniałych dębowych schodów rozdzielających się na dwie przeciwległe galerie, z których przechodziło się do pokoi oraz na wyższe piętra.

Korytarz, którym szliśmy, zdobiła kolekcja antycznych rzeźb przedstawiających nagie ludzkie postacie. Ich wartość musiała znacznie przekraczać poziom dochodów lekarza. Albo właściciel pochodził z niewyobrażalnie bogatej rodziny, albo – co bardziej prawdopodobne – zgromadził swoje bogactwa, pomagając Chanom w przestępczych przedsięwzięciach.

Zaprowadzono nas wszystkich czterech do wielkiego salonu oświetlonego wspaniałym żyrandolem. Nad marmurowym kominkiem wisiało ukośnie olbrzymie lustro w złotych ramach. Nie służyło wyłącznie dekoracji. Dzięki niemu każdy, kto siedział przy kominku, mógł obserwować, co się dzieje w całym pomieszczeniu.

Sceny polowań oraz idylliczne oczerety na pokrywających ściany olejnych obrazach tworzyły malownicze tło dla dwóch foteli i dużych sof z kontrastującym czerwono-kremowym obiciem.

Po kilku minutach otworzyły się drzwi. Do salonu wszedł Lee Chan otoczony swoimi ochroniarzami. Z szacunku dla dziadka był ubrany na czarno, jego ludzie także.

Chan lekko się ukłonił Moriarty'emu, który strojem nie manifestował żałoby. Ani po Alexie, ani po starym Chanie.

James nieco niezręcznie odwzajemnił powitanie Chana, po czym, ku mojemu zaskoczeniu, odezwał się do niego płynną chińszczyzną. Chan odpowiedział coś szorstko.

Nie wymieniając nawet uścisku dłoni, usiedli w fotelach przy kominku. Obydwaj raz po raz zerkali w lustro nad swoimi głowami, w którym widzieli nas: dwie obserwujące się nawzajem grupki.

Chan mówił, a Moriarty słuchał, nie poruszając się. Nawet nie mrugnął powieką. W pewnym momencie zauważyłem, że ukradkiem bierze głębszy oddech, żeby trochę się uspokoić. Wyczuwałem jego wściekłość. Patrzyłem, jak dłoń, której Chan nie widział, zaciska w pięść, aż bieleją kostki, by następnie powoli wyprostować palce.

Chan kończył i Moriarty mu odpowiadał. Żaden nie przerywał drugiemu. W ten sposób rozmawiali przez kolejną godzinę.

W końcu Moriarty wstał z miejsca. Chińczyk też się podniósł. Skłonił się i wyprowadził swoich ludzi z salonu.

Moriarty podszedł do okna, żeby na chwilę rozsunąć kotarę – na ten sygnał ludzie czekający przed domem mieli przystąpić do działania.

– Zabarykadujcie wejście – rozkazał naszej trójce. – Przepchnijcie pod drzwi wszystkie meble i bądźcie gotowi na piekło, które za chwilę się tutaj rozpęta.

Wykonaliśmy jego polecenie najszybciej i najciszej, jak się dało. Nie było wątpliwości, że kiedy ludzie Moriarty'ego zejdą ze strychu i zacznie się bitwa, Chińczycy zapragną naszej krwi.

Potem tylko czekaliśmy. Bardzo chciałem, żeby to wszystko już się skończyło. Pobiegłbym do Elizabeth i być może wykorzystalibyśmy całe to zamieszanie, żeby zniknąć i zacząć gdzieś wszystko od nowa. Może nie było jeszcze za późno, żebyśmy się stali normalnymi ludźmi.

Za zamkniętymi drzwiami rozległ się hałas. Chińczycy krzyczeli ze złością i zaskoczeniem. Zaczął się atak, a z nim istna kakofonia: podniesione głosy, wystrzały broni palnej, łamane drewno, rozbijane szkło. Potem znów wystrzały. Zawodzenie. Krzyki. Jęki bólu.

– Wychodzimy! – zarządził Moriarty.

Moran podprowadził go do okna. Próbował je otworzyć, ale było zablokowane.

– Musimy uciekać! – wrzeszczał Moriarty. – Zaraz przyjedzie policja. Nie mogą mnie tu zastać!

– Wybijemy szybę – stwierdził Moran. – Frederick, użyj jednego z krzeseł.

Głupkowaty osiłek podniósł mebel, jakby nic nie ważył, i cisnął w okno.

Kopnięciami Moran usunął pozostałe w ramie kawałki szkła. Moriarty zdjął marynarkę i zasłonił głowę, prawdopodobnie chcąc uniknąć rozpoznania, po czym zniknął za rozbitym oknem. Moran wyszedł zaraz za nim.

Z ulicy także dobiegały odgłosy walki. Prawdopodobnie ludzie Moriarty'ego zaatakowali wartowników, których musiał zostawić za sobą Chan.

Frederick gapił się na mnie, jakby zapomniał, co ma robić, i potrzebował instrukcji.

– Pośpiesz się – ponaglałem. – Teraz nasza kolej. Uciekamy.

Postawił krok w stronę okna, a ja zacząłem się zastanawiać, czy nie jest za duży, żeby się w nim zmieścić.

– Wychodź! Dasz radę!

Wtem wielki osiłek chwycił mnie za gardło.

Byłem zbyt zaskoczony, żeby zareagować. Jego kciuki wbijały się w moją szyję. Miałem wrażenie, że jego paznokcie lada moment przebiją mi skórę. Ocaliły mnie lata ćwiczeń. Zamiast próbować oderwać jego olbrzymie łapy od swojej szyi, chwyciłem go za ramiona, mocno wpijając palce w materiał rękawów marynarki, i rzuciłem się w dół między jego nogi.

Puścił mnie, próbując odzyskać równowagę, ale runął twarzą do przodu na rozbite szkło okna.

Przekręciłem się na brzuch, podniosłem się na nogi i rzuciłem do okna. Trzymałem ręce na parapecie, kiedy mnie chwycił i wciągnął z powrotem do środka. Znów próbował mnie dusić. Ten wielki imbecyl najwyraźniej się uparł, żeby mnie zabić. Uskoczyłem, zanim mnie złapał, i lewym prostym z całej siły trafiłem go w brzuch. Ze świstem złapał powietrze ustami i zgiął się wpół.

Poprawiłem prawą ręką. Zaszkliły mu się oczy, zachwiał się w lewą stronę i runął. Zanim jego ciało upadło na podłogę, już wyskakiwałem na ulicę.

Po Moranie i Moriartym nie został nawet ślad. Odjechali, ale ulica nie była pusta. Odgłosy walki brzmiały tak, jakby ktoś otworzył bramy piekieł. Zewsząd nadjeżdżały wozy policyjne. Nie miałem wyboru, musiałem pobiec prosto na nie.

Z pojazdów wysypali się funkcjonariusze. Odgłosy gwizdków przecinały nocne powietrze. Jakiś gliniarz chwycił mnie, kiedy przechodziłem obok niego.

Uderzyłem go dłonią w pierś i odepchnąłem od siebie jak napastnika w rugby.

Jego kolega już się zamachnął, żeby zdzielić mnie w głowę pałką. Zablokowałem ją lewym ramieniem, równocześnie uderzając go prawą pięścią. Pobiegłem do końca ulicy, a tam skręciłem do części miasta, którą znałem bardzo dobrze. Labirynt uliczek i przejść między ogrodzeniami ciągnął się na południe od dawnych budynków templariuszy aż do targu mięsnego. Zwolniłem do szybkiego marszu i zniknąłem w mrocznym przejściu. Ciemność śmierdziała moczem i dżinem. Nie byłem sam. Słyszałem innych. Rejestrowałem ich zapach. Wyczuwałem obecność. Włosy zjeżyły mi się na karku.

W mroku siedziało kilkanaście chudych jak szkielety kobiet i mężczyzn. Londyńscy bezdomni chronili się tu przed zimnem. Sięgnąłem do kieszeni, wyjąłem garść drobnych i upuściłem na ziemię. Rozsypały się z brzękiem.

– To dużo pieniędzy. Gdyby ktoś pytał, to mnie tu nie było.

Rzucili się po monety, a ja zniknąłem za nimi.

Zostało mi jeszcze dość pieniędzy, żeby do Clerkenwell jechać dorożką. Droga była niedługa, a ja przez cały czas się modliłem, żeby to właśnie tam pojechali Moriarty z Moranem, bo jeśli tak, to z pewnością zadbali już o bezpieczeństwo Elizabeth i Surrey.

Pięć minut później zobaczyłem ich karetę stojącą na rogu ulicy. Zaalarmował mnie fakt, że nigdzie nie dostrzegłem ludzi, których Moriarty obiecał zostawić dla ochrony obydwu pań.

Zapłaciłem za kurs i ruszyłem w kierunku jedynego domu, w którym paliły się wszystkie światła. Zasłony w oknach były zaciągnięte, widziałem więc tylko zarysy sylwetek w salonie na parterze, ale wzrost i postura nie zostawiały wątpliwości: to byli Moran i Moriarty.

Podbiegłem do drzwi frontowych, otworzyłem je i zamarłem.

Drewniana podłoga holu była czerwona od krwi. Krew spływała po ścianach i klamce przede mną.

– Elizabeth!

Wbiegłem do salonu. Moriarty i Moran byli w rogu. Obydwaj klęczeli pochyleni nad czymś. Odwrócili głowy w moją stronę. Odniosłem wrażenie, że mój widok ich zaskoczył.

– Simeonie… – zaczął Moriarty niepokojąco delikatnie, podnosząc się z klęczek. – Bardzo ci współczuję, mój chłopcze.

Nie rozumiałem, o co mu chodzi. Dopiero po chwili mój wzrok powędrował w miejsce, w które się wpatrywał Moran, i zobaczyłem to, co wcześniej zakrywały ich plecy. W kącie pokoju przed nimi siedziała Elizabeth w oceanie krwi. Miała przecięte gardło i głowę odchyloną do tyłu. Otwarta rana obscenicznie ukazywała wnętrze jej szyi, czerwień gardła i nasadę języka.

Podbiegłem do niej i upadłem na kolana.

Śmierć pobieliła jej oczy.

– Moje kochanie! Mój aniele! – Podniosłem jej głowę, zamykając tę ziejącą ranę na szyi. Oszalałe myśli kazały mi dojść do wniosku, że swoją obecnością zdołam jakoś ją ocalić. Że wystarczy mój dotyk, moja miłość. Przytknąłem policzek do jej twarzy. – Moja najsłodsza! – Była zimna jak lód. – Moja najukochańsza lady Elizabeth!

Moriarty delikatnie szarpnął mnie za ramię.

– Trzeba ją tu zostawić, a my musimy już jechać.

Nie mogłem tego zrobić. Straciłem zdolność myślenia, a moje nogi nie chciały odejść od tej, którą kochałem najbardziej.

– Uspokój się, człowieku! – Moran próbował wyrwać Elizabeth z moich ramion.

– Spierdalaj! – wykrzyknąłem dzikim głosem. – Jeszcze raz jej dotkniesz, a cię zabiję!

Cofnął się o krok i chwycił ramię Moriarty'ego.

– Nie ma sensu go namawiać. Musimy iść – stwierdził, po czym obydwaj wyszli, nie odzywając się już ani słowem.

Usiadłem oparty plecami o ścianę i posadziłem Elizabeth tuż przy sobie. Kiedy ją przenosiłem, westchnęła. Wiedziałem, że to tylko powietrze uciekające z jej martwych płuc, ale to złudzenie wystarczyło, żebym kompletnie się załamał. Objąłem ją i wybuchnąłem płaczem. Łkałem jak dziecko, trzymając ją tuż przy sobie. Jej głowa bezwładnie opadła na moją pierś i czułem na twarzy jej miękkie włosy, jak tysiące razy wcześniej.

Na podłodze salonu pojawił się długi chudy cień. Za nim następny i jeszcze jeden. Zebrał się w końcu mały oddział, który ruszył prosto na mnie.

– Jezusie, Mario i Józefie święty! – wykrzyknął jakiś zachrypnięty stary głos. – Co tu się dzieje, na litość boską?

– Wygląda na to, że doszło do awantury, panie sierżancie – odpowiedział mu młody męski głos. – I ten tam ją zabił.

Wyraźnie słyszałem, co mówią, wiedziałem, kim są i co zaraz zrobią. Nawet na chwilę jednak nie oderwałem wzroku od kobiety, którą tuliłem w ramionach. W tamtym momencie cała reszta nie miała znaczenia. Wszystko, co się dla mnie liczyło, umarło razem z Elizabeth.

Czterech krzepkich mężczyzn rzuciło się na mnie, żeby mnie oddzielić od mojej ukochanej, wyrywając ją z moich zakrwawionych ramion. A kiedy im się to w końcu udało, złamałem kilka szczęk i kilka kości, próbując znów się do niej dostać.

Rzucili mnie do wozu policyjnego, a kiedy wyłem z bólu, biciem zmusili do najokrutniejszej w moim życiu ciszy. Potem zakuli mnie w kajdany i dostarczyli na posterunek, gdzie natychmiast trafiłem do celi i nowa grupa policjantów pobiła mnie po raz kolejny.

W ciągu nocy drzwi celi otwierały się kilka razy i słyszałem wokół siebie jakieś głosy, tupot stóp. Przynajmniej raz próbowano mnie posadzić i doprowadzić do przytomności, ale wszystkie te wysiłki zakończyły się tylko kolejną serią przekleństw i trzaśnięciem drzwiami. Kiedy zapadałem w sen, wiedziałem tylko jedno: Elizabeth była martwa, a mnie uznawano za jej mordercę.

4 DNI DO EGZEKUCJI

NEWGATE, 14 STYCZNIA 1900 ROKU

KOLEJNA NOC W WIĘZIENIU upłynęła, zanim zdołałem otworzyć oczy. Boleśnie odczuwałem konsekwencje ostatniego pobicia i próbowałem odtworzyć to, co się wydarzyło po tym, kiedy straciłem przytomność.

Johncock posłał po lekarza więziennego. Przyniesiono mi nowy koc i świeże ubranie. Więźniowie funkcyjni, utyskując, wytarli mnie do sucha ręcznikami, a lekarz nałożył balsam w tych miejscach, w których twarde włosie szczotek poraniło moją skórę. Zabandażował moją głowę i żebra, po czym dał mi do picia coś, co uśmierzyło ból, a teraz sprawiało, że czułem, jakby w moim żołądku wytopiono żelazo. Niepewnie obmacałem palcami całe ciało. Rany mogły być gorsze, i to znacznie. Próbując się skupić mimo bólu, uzmysłowiłem sobie, że kiedy leżałem nieprzytomny, upłynął termin oferty ułaskawienia złożonej mi przez Sherlocka Holmesa. Zniknęła jedyna gwarancja, że ocalę głowę od szubienicy. Cała moja przyszłość i moje życie zależały albo od powodzenia apelacji złożonej do ministerstwa przez mojego prawnika, albo od sprawności moich własnych rąk, które być może zdołają usunąć kamienną płytę blokującą wyjście z komina. Postanowiłem, że podwoję wysiłki, by ten kamień stamtąd wyjąć, najpierw jednak musiałem wyzdrowieć. Choć trochę się zregenerować. Odzyskać siły.

Wkrótce po czymś, co teoretycznie miało być śniadaniem, zostałem wyprowadzony na Dziedziniec Kamieni i zostawiony samemu sobie w mętnym świetle mroźnego zimowego poranka. Zimny wiatr smagał mnie, kiedy tym razem z własnej woli zacząłem chodzić w kółko, pokonując ból każdego kroku. Musiałem się ruszać. Odzyskać sprawność. Pęcherze na stopach jeszcze się dobrze nie zagoiły po poprzednim maratonie. Miałem świadomość, że jeśli nie ucieknę z tego więzienia, to już się zagoić nie zdążą. Szedłem więc bezczelnie i wyzywająco. Rezygnacja z tego spaceru oznaczałaby odrzucenie chęci ucieczki, a tego nie zamierzałem zrobić, dopóki kat nie wydusi ze mnie ostatniego oddechu.

Z każdym krokiem dotkliwszy stawał się niewidoczny ciężar, który w tym momencie przygniatał mnie bardziej niż kiedykolwiek wcześniej w całym moim życiu.

Poczucie winy.

Kiedy się wlokłem wzdłuż wysokich murów, przygniatało mnie tak samo bezlitośnie jak kamienie, którymi w przeszłości wymuszano zeznania od więźniów na tym właśnie dziedzińcu. Wina narastająca przez lata zaczynała mnie miażdżyć. Usprawiedliwienia, które sobie wymyślałem dla kolejnych morderstw, z dnia na dzień znikały. Nieważkie cienie, którymi kiedyś były dla mnie moje ofiary, teraz stawały się ciężarem ponad siły.

Śmierć Elizabeth także mnie dręczyła. Obwiniałem się za nią. Moim obowiązkiem było chronić i kochać Elizabeth, dlatego nie powinienem był towarzyszyć Moriarty'emu i Moranowi podczas spotkania z Chanem przy Harley Street. Trzeba było jechać do Clerkenwell i strzec mojego kochanego anioła!

Z powodu aresztowania nie mogłem widzieć, jak składają ją do grobu. Nie rzuciłem na jej trumnę garści ziemi, nie położyłem kwiatów na kamiennej płycie. Ostatnim wspomnieniem był więc widok zakrwawionej Elizabeth z niemal odciętą głową w moich ramionach.

Pogrzebem zajęli się prawnicy Jamesa Moriarty'ego, którzy dopilnowali, żeby Elizabeth spoczęła przy rodzinnej kaplicy w Dovedale. Działali dyskretnie, milczenie grabarza kupując groźbą i gotówką.

Przyśpieszyłem kroku, chcąc rozgrzać bolące mięśnie i zesztywniałe stawy, żeby trochę się wzmocniły. Chciałem też, aby ból i wysiłek choć na chwilę oderwały moje myśli od wydarzeń tamtego feralnego wieczoru. Ale nie mogłem przestać się nad nimi zastanawiać. Dręczyło mnie zbyt wiele pytań, na które nie znałem odpowiedzi.

Dlaczego ten młody tępak Frederick rzucił się na mnie, kiedy Moriarty i Moran uciekli przez okno?

Początkowo myślałem, że z powodu naprawdę niskiej inteligencji zareagował jak przestraszony pies, który w chwili przerażenia jest gotów pogryźć swojego pana. Teraz jednak zacząłem się zastanawiać, czy może Frederick otrzymał rozkaz, żeby mnie zabić.

Mogłoby to się wydawać niedorzeczne, ale wykluczone nie było. James Moriarty nie ukrywał swojej niechęci do Alexa. Lekceważąco wyraził się o nim per „zniewieściały kompan Brogana" i nie przywdział żałoby, kiedy do domu dotarła wieść o śmierci tak lubianego przez wszystkich prawnika, co oznaczało jeszcze większe lekceważenie. Dlatego przyszło mi na myśl, że James mógł zaplanować śmierć zarówno Elizabeth, jak i moją. Pozbyłby się w ten sposób świadków odmiennej orientacji seksualnej brata, mogąc winą za ich śmierć obarczyć rodzinę Chanów.

Mnożyły się też pytania w związku z Surrey. Gdzie była w chwili zamordowania Elizabeth i dlaczego nie odwiedziła mnie w więzieniu ani nie dała o sobie znać, odkąd zniknęła?

Czy przyczyniła się jakoś do zamordowania Elizabeth, wierząc, że w ten sposób otworzy sobie drogę do mojego serca?

Nie mogłem w coś takiego uwierzyć.

Bardziej prawdopodobny wydawał mi się scenariusz, w którym James ją odesłał, zlecając inne zadanie i zapewniając, że Elizabeth jest bezpieczna z nim i Moranem. Surrey pracowała dla niego już wcześniej, na pewno więc wykonałaby jego polecenie. Taki rozwój wydarzeń tłumaczyłby, dlaczego dowiedziawszy się o konsekwencjach pozostawienia Elizabeth bez opieki, Surrey była albo zbyt zawstydzona, albo zbyt przerażona, żeby wyjść z ukrycia i odwiedzić mnie w więzieniu.

Zatrzymałem się przed wejściem na Dziedziniec Kamieni, chuchnąłem w skostniałe dłonie, żeby choć trochę je rozgrzać, i próbowałem na wszystkie te pytania sobie odpowiedzieć.

Prawdopodobnie żadna z ogarniających mnie wątpliwości nie miała uzasadnienia, a tylko ja sam siebie doprowadzałem do obłędu. Zapewne było tak, że kipiący żądzą zemsty Chan zaplanował śmierć Elizabeth, żeby zranić i poniżyć rodzinę Moriartych, a Surrey została wywieziona i zabita przez Chińczyków, ponieważ próbowała się temu przeciwstawić. W to właśnie wierzyłem od pierwszych dni po aresztowaniu. Dlatego tak bardzo chciałem uciec z więzienia i odebrać życie jeszcze co najmniej jednemu człowiekowi, zanim sam umrę.

Drzwi na dziedziniec się otworzyły. Stanął w nich Huntley i natychmiast ruszył w moim kierunku. Miał na sobie długą marynarkę, ale i tak klepał się dłońmi po ramionach, żeby odpędzić chłód.

– To, co się stało, było niewłaściwe, Lynch. Nie powinni byli pana bić. Z całą pewnością nie powinni.

– Czy po to pan tu przyszedł? Żeby przyjąć ode mnie pisemne zeznanie przeciwko kolegom z pracy?

– Dobrze pan wie, że nie. Ale złożyłem oficjalną skargę do przełożonych, tylko że oni nie potrafią chyba zapanować nad Johncockiem. Ten człowiek to istny żywioł w murach tego więzienia. – Podszedł bliżej, zniżając głos. – Prawdę mówiąc, chcę z panem porozmawiać o czymś innym.

– Niech więc pan mówi.

– Chodzi o księdza Deagana. Wiem, jak bardzo się do siebie zbliżyliście, dlatego uznałem, że mógł pan się zastanawiać nad jego zdrowiem po tym, jak zemdlał w pańskiej celi. Diecezja kontaktowała się z władzami więzienia, stąd wiem, że leży przykuty do łóżka.

– Co mu dolega?

– Tego nie wiem. Miejmy nadzieję, że to nie grypa więzienna. W każdym razie nie jest w stanie wykonywać swoich obowiązków, ale prosił o przekazanie, że choć ze wszystkich sił walczy z chorobą i będzie się starał przyjść, to jednak nie może zagwarantować, że stanie przy panu podczas... – Zawahał się. – Podczas ostatnich chwil.

– Ostatnich chwil? Pańska delikatność mnie bawi. Niechże pan nazywa rzeczy po imieniu! To się nazywa egzekucja, proszę pana. I proszę przekazać księdzu Deaganowi moje życzenia szybkiego powrotu do zdrowia oraz moją szczerą nadzieję, że nie zapadł na suchoty.

– Diecezja tego się właśnie obawia. Przesłali zapytanie, czy życzy pan sobie odwiedzin innego księdza.

– Nie.

– Ma pan takie prawo.

– Prawo? Nie wiedziałem, że mam jakieś prawa – stwierdziłem sarkastycznie i natychmiast tego pożałowałem. – Przepraszam. Nie zasługuje pan na moją żółć. Nie ma potrzeby wzywać innego księdza. Pojednałem się ze Stwórcą, o ile oczywiście o pojednaniu może być mowa w wypadku takiego człowieka jak ja.

LONDYN, LISTOPAD 1899 ROKU

Z NASTANIEM NOWEGO DNIA pojawili się nowi policjanci, żeby mnie obudzić, skopać i oskarżyć o wydarzenia poprzedniego dnia. Ale przynajmniej pozwolili mi się umyć w zimnej wodzie i skorzystać z ubikacji, choć w łańcuchach, zanim zaprowadzili mnie do pozbawionego okien pomieszczenia na tyłach posterunku.

Siedząc na zbitej z surowych desek ławce, miałem po jednej i po drugiej stronie umundurowanego policjanta. Miejsce naprzeciwko przy chwiejnym stoliku zajął ubrany po cywilnemu, mniej więcej pięć lat starszy ode mnie mężczyzna, który wyglądał mi na kierującego całym przedsięwzięciem, ponieważ oczy wszystkich były zwrócone na niego.

Miał niedogolone policzki i podkrążone oczy. Brązowy garnitur, który na siebie włożył, już dawno stracił swą świetność.

– Nazywam się Mather – oznajmił uprzejmym głosem. – Inspektor Felix Mather z wydziału przestępstw Scotland Yardu.

Uśmiechnął się, a ja odniosłem wrażenie, że ta oficjalna prezentacja dała mu powód do dumy.

– Jak pan się nazywa? – dodał po chwili.

– Terry Perch – skłamałem.

Otworzył notatnik leżący przed nim na stole i trzymając w gotowości pióro, zadał kolejne pytanie.

– Terry jak Terence oraz Perch jak dzielnica Londynu, czy tak?

– Tak.

– Lubię być precyzyjny. – Zanotował coś, po czym spojrzał na mnie poważnie. – Czy jest pan uczciwym człowiekiem, panie Perch? Takim, który szanuje policję i nie okłamuje jej funkcjonariuszy?

– Tak, proszę pana. Jestem takim właśnie człowiekiem.

– Proszę zatem opisać mi okoliczności, w jakich wczoraj doszło do sytuacji, że znalazł się pan w objęciach z martwą kobietą tam, gdzie pana aresztowano. Jak to się stało, że ona miała poderżnięte gardło, a pan był cały w jej krwi.

– To moja kuzynka, proszę pana. Niejaka panna Elizabeth MacIntosh.

Jego pióro powędrowało nad notatnik.

– Jak to się pisze? Przez duże em, ce czy duże em, potem a i ce, a następnie od dużej litery?

– To drugie, panie inspektorze.

– Dziękuję, panie Perch. Proszę kontynuować.

– Byliśmy umówieni na spotkanie z nią i jej znajomym w Clerkenwell, a kiedy przyszedłem na miejsce, usłyszałem jej krzyk dobiegający z pobliskiego domu. Pobiegłem tam i zastałem ją w tym okropnym stanie.

Mather znów coś zanotował.

– Gdzie pan był wcześniej?

Nie miałem na to gotowej odpowiedzi i wyczułem, że moje wahanie budzi jego podejrzenia.

– Proszę mi wybaczyć, panie inspektorze, ale zostałem pobity i boli mnie głowa. Z tego powodu nie pamiętam dokładnie wszystkiego, co się wydarzyło tamtego wieczoru. Zdaje się, że odwiedziłem gospodę. Tak, byłem w gospodzie, ponieważ szukałem tam moich znajomych.

– W której gospodzie?

– W Piwnej Kadzi przy Saffron Hill.

Uniósł brwi.

– Ależ wszyscy wiedzą, że tam się spotykają złodzieje! Nigdy bym nie pomyślał, że taki uczciwy człowiek jak pan bywa w miejscu, gdzie alibi jest tak samo słabe jak piwo przy barze.

– W przyszłości będę się od tego miejsca trzymał z daleka.

– Och, jestem całkowicie pewien, że pana noga nigdy już tam nie postanie. – Ton jego głosu wyraźnie sugerował, że chodzi mu o brak możliwości, a nie brak chęci. Zaczął bębnić po stole palcami prawej ręki, po chwili dodał perkusję lewej, a potem przez dobre dziesięć sekund przyglądał się swoim dłoniom. Wreszcie podniósł wzrok i posłał mi uśmiech, który najwyraźniej był jego znakiem rozpoznawczym. – Proszę pana, jestem cierpliwym człowiekiem. I bardzo spokojnym. Rozumiem emocje ludzi zamieszanych w śmierć i morderstwo, rozumiem też konflikt między duszą a nogami. Dusza chce być czysta. Nieskalana. Coś takiego może się zdarzyć tylko na spowiedzi. A nogi? Cóż, nogi są inne. Chcą biegać. Korci je, żeby uciekać, unieść pana jak najdalej od przykrości, które czyhają w takim miejscu jak policyjny posterunek. – Przez chwilę znów bębnił palcami. – To pańska ostatnia szansa, żeby się oczyścić, proszę pana, żeby ocalić duszę. – Odwrócił wzrok, wziął głęboki oddech, po czym niespodziewanie walnął pięścią w stół tak silnie, że nawet policjanci siedzący obok mnie podskoczyli. – Do jasnej cholery! Zabił ją pan, prawda? Podciął pan gardło tej biednej kobiecie!

Poczułem gwałtowne bicie serca. Nie ze strachu przed nim, ale z rozpaczy. Nie odezwałem się, tylko przecząco pokręciłem głową.

Mather patrzył na mnie wściekłym wzrokiem.

– Na Boga, człowieku, będzie pan wisiał za to, co pan zrobił. Niech pan teraz wyzna swoje winy i ma to już za sobą.

– Przysięgam na moją duszę, nigdy w życiu nie skrzywdziłem tej kobiety!

Inspektor skinął na muskularnego posterunkowego i wstał z miejsca.

– Trzymajcie go! – polecił policjantom, którzy siedzieli po mojej lewej i prawej.

Wykonali jego polecenie, a wtedy posterunkowy uderzył mnie pięścią w twarz. Jak na takiego dużego mięśniaka cios był słaby. Za drugim razem poszło mu znacznie lepiej. Kiedy wrócił na swoje miejsce, wyplułem ząb.

– Jesteś mordercą – stwierdził Mather. – Dlatego trafisz na szubienicę. – Odwrócił się i sięgnął do notesu po złożoną na pół kartkę papieru. Powoli i starannie ją rozprostowywał. – Nie nazywasz się Terry Perch. Twoje prawdziwe nazwisko brzmi Simeon Lynch i jesteś poszukiwany za zamordowanie funkcjonariusza policji metropolitalnej Thomasa Jacksona z posterunku w Southwark.

Odwrócił kartkę tak, żebym mógł ją zobaczyć.

Wpatrywałem się w list gończy. Pod wielkimi literami POSZUKIWANY ZA MORDERSTWO widniało moje zdjęcie z czasów młodości. Rozpoznałem je od razu. Zostało zrobione w przytułku po jednym z pojedynków bokserskich, kiedy wygrałem lokalne zawody.

– Byłem tam, Lynch – dodał Mather. – W tym domu, gdzie przy pomocy dwóch innych łobuzów od Patricka Hoolihana zabiłeś mojego kolegę. Zaczynałem wtedy służbę jako młody posterunkowy i nigdy nie zapomnę przerażenia na widok ciała Jacksona i noża, którym przebiłeś jego szyję.

Wziął kartkę i ponownie ją złożył.

– Przeanalizowałem każde morderstwo popełnione w Londynie od tamtej pory. Siedziałem twarzą w twarz z każdym zbrodniarzem w tym kraju aresztowanym za poderżnięcie gardła. Wiedziałem, że w końcu wypłyniesz. Wyjdziesz z ukrycia niczym glista z ziemi. Po wielu latach, ale cię dopadłem. Na gorącym uczynku, Lynch.

CZĘŚĆ PIĄTA

Że na śmierć skazanym na nic już ten świat,
Na szyję wam stryczek założy jutro kat.
Za grzechy żałujcie, oczyśćcie sumienie,
Byście nie trafili w piekielne płomienie.
W modlitwie czuwajcie, bo tuż brzask dnia tego,
Kiedy was zawiodą przed tron Najwyższego,
A gdy u Sepulchry dzwony się puszczą w tan,
Oby swoją łaskę okazał wam nasz Pan.

Pieśń skandowana przez heroldów w noc
poprzedzającą publiczną egzekucję

3 DNI DO EGZEKUCJI

Bębniłem palcami po stole, do którego zostałem przykuty. Levine się spóźniał. Zostało mi sześćdziesiąt godzin życia, a on miał czelność się spóźniać!

Kiedy wreszcie go przyprowadzili, ku mojemu zaskoczeniu nie był sam. Towarzyszył mu jakiś obdarty kancelista – ponura przygarbiona postać przykryta obszarpaną peleryną, skrywająca twarz pod kapturem. Do piersi przyciskał stertę dokumentów oraz cienką skórzaną teczkę na dokumenty.

– Na Boga, co się panu stało? – zapytał Levine, widząc, że znów jestem zabandażowany.

– Przytrafiło mi się coś przykrego. Coś wyjątkowo przykrego.

– Bardzo pana boli?

– Bardzo, a dyskomfort się nasila z każdą sekundą oczekiwania na informację, po co pan i pański człowiek tu dzisiaj przyszliście.

Kancelista zsunął z głowy kaptur i natychmiast go rozpoznałem. Jak mógłbym nie rozpoznać człowieka, którego tak dobrze znałem! Przez głowę przebiegły mi setki myśli, zanim zdołałem się odezwać.

– Profesor!

Byłem zaskoczony, że tylko to jedno słowo się wyrwało z moich ust, zamiast jakiegoś eleganckiego albo emocjonalnego powitania. Ale nie, tylko na tyle potrafiłem się zdobyć.

– Dobry Boże! Myślałem, że nigdy już pana nie zobaczę!

– Przyjechałem, jak tylko pozwoliły mi na to zdrowie, koleje i statki – odparł napiętym głosem.

Niezgrabnie się podniosłem.

– Usiądź! Proszę cię, usiądź, drogi chłopcze. – Zdublował polecenie machnięciem prawej dłoni. – Wyglądasz naprawdę okropnie.

– Zwykłe draśnięcia – kłamałem nonszalancko. – Michael regularnie dawał mi gorszy wycisk od tego, co potrafią tutejsi amatorzy. – Kiedy usiadłem, zauważyłem świeżą ranę na jego policzku biegnącą od skroni. Wyglądała na oparzenie. – Co pan ma na twarzy?

– To? – Dotknął świeżej blizny. – To sprawka Siriusa. Strzelił do Alexandra i do mnie, a potem podpalił pomieszczenie, w którym nas zostawił.

– Sirius to zrobił?

– Niestety tak.

– Słyszałem o jego zdradzie od pańskiego brata, ale nadal nie potrafię w nią uwierzyć.

– Dość o nim. Nie jest wart naszej uwagi. Nie umiem wyrazić, jak bardzo mi przykro, że się widzimy w takich okropnych okolicznościach. Przyjmij wyrazy najgłębszego współczucia z powodu śmierci Elizabeth. Wiesz, że darzyłem ją uczuciem tak samo szczerym jak twoje.

– Wiem. I wiem także, że ona miała dla pana najcieplejsze uczucia, co było powodem, dla którego zrobiła to, czego tamtej nocy oczekiwał od niej pański brat James.

Unikał mojego wzroku. Niewątpliwie czuł, że częściowo odpowiedzialność za jej śmierć ponosi jego rodzina.

Przypomniałem sobie o manierach i zaraz dodałem:

– Proszę przyjąć moje kondolencje z powodu śmierci Alexa. Był wspaniałym człowiekiem, a przez wszystkie te lata nabrałem dla niego wielkiego szacunku i poczułem ogromny podziw.

– Dziękuję.

Levine wyczuł, że wymiana uprzejmości między mną a Profesorem się skończyła, zakasłał i przeszedł do pilniejszych spraw.

– Rozumiem, że pan oczekuje na dobre wiadomości, Simeonie, obawiam się jednak, że dzisiaj ich panu nie przynoszę. Minister spraw wewnętrznych odrzucił wniosek o apelację.

Poczułem się, jakbym dostał pięścią między oczy.

– A przecież był pan taki pewien sukcesu!

Levine miał w palcach skraj swojej marynarki.

– Minister stwierdził, że nie ma dostatecznych podstaw do wznowienia postępowania.

Wtrącił się Moriarty.

– Ten policjant, z którym się dogadaliśmy, niejaki Cross, gdzieś zniknął.

– Zniknął?

– Niestety – potwierdził Levine. – W tej sytuacji dysponujemy tylko jego oświadczeniem, które niestety nie wystarczy.

– Nie wystarczy? Przecież podpisane oświadczenie też jest dowodem w sprawie.

– Dowodem tak, ale nieprzekonywającym. Bez obecności świadka, który potwierdziłby swoje słowa i w razie potrzeby mógł odpowiedzieć na pytania, taki dokument nie wystarczy.

– Gdzie się podział ten cały Cross, do jasnej cholery? Nie mógł tak po prostu zniknąć!

– Nie wiemy – odpowiedział Levine. – Znaleźliśmy mu bezpieczne schronienie w Marylebone. Niestety albo nasi ludzie, którzy go pilnowali, podeszli do swoich obowiązków zbyt nonszalancko, albo Cross ich przechytrzył. W każdym razie kiedy zajrzeli do niego wczoraj, już go nie było.

– Mój Boże! – Byłem przybity. – Może przebywa gdzieś w okolicy? Upił się w taniej gospodzie albo stracił poczucie czasu w ramionach jakiejś laleczki?

– Myślę, że jednak nie – stwierdził Moriarty. – Albo dopadli go ludzie Chana, albo się dowiedział, że planują to zrobić. Ku wielkiemu niezadowoleniu mojego brata Lee Chan zachował życie, Simeonie, i pragnie śmierci nas wszystkich, z tobą włącznie.

– A ja niczego nie pragnę mocniej, niż go zabić. Na jego śmierci zależy mi bardziej niż na ocaleniu własnego życia. Dotychczas jakoś funkcjonowałem dzięki myśli, że uda mi się stąd wydostać i zabić tego bydlaka. Ale wygląda na to, że wszystko stracone.

Usiadłem, nawet nie próbując ukryć mojej desperacji.

– Ależ skąd! – Levine starał się brzmieć optymistycznie. – Przez dwadzieścia cztery godziny wiele może się wydarzyć i jestem pewien, że znajdziemy naszego świadka i przekonamy go, żeby przemówił na pańską korzyść.

– Naprawdę? – zapytałem sarkastycznie. – A czy postawiłby pan na to swoje własne życie?

– Nie – odpowiedział za niego Moriarty. – Nie jest pewien i nie założyłby się o swoje własne życie. – Profesor zerknął na prawnika. – Musimy mówić mu prawdę, Levine. A prawda jest taka, Simeonie, że nie mamy pojęcia, gdzie zniknął Cross, ale nie przestaniemy go szukać do… do ostatniej chwili.

– Chce pan powiedzieć do samej egzekucji?

Żaden z nich nie zaprzeczył. Spojrzałem na Levine'a.

– Trzeba mi było przyjąć ofertę ułaskawienia Sherlocka Holmesa.

– W zamian zażądał zeznań przeciwko mnie? – zapytał Profesor.

– Pośrednio – potwierdził Levine. – Jak pan wie, tego okropnego człowieka prześladuje obsesyjne pragnienie zrujnowania pańskiego brata.

– Zawsze tak było! – Profesor pochylił się nad stołem i oparł dłoń na moim ramieniu. – Musisz przyjąć tę ofertę, Simeonie. Daję ci moje błogosławieństwo.

– Oferta Holmesa wygasła – odparłem. – Wczoraj upłynął ostateczny termin jej przyjęcia.

– Bzdura! – żachnął się Moriarty. – Nie ma ostatecznych terminów. Holmes tylko blefował. Powiadom go, że obciążysz mnie swoimi zeznaniami, a przybiegnie z papierem i atramentem szybciej, niż strażnik zdoła otworzyć drzwi twojej celi.

Nie wiedziałem, czy słowa Moriarty'ego brać poważnie.

– Z zaskoczeniem przyjmuję takie słowa z pańskich ust. Gdybym tak zrobił, konsekwencje dla pana samego i rodziny byłyby naprawdę poważne. Wtedy to pan i James bylibyście kandydatami na szubienicę.

– Masz rację. To prawda. Ale moglibyśmy jakoś się przygotować na taką ewentualność. – Zerknął na prawnika. – Pan Levine jest bez wątpienia bardziej skuteczny w wyszukiwaniu luk i kruczków prawnych oraz najrozmaitszych uników, niżbyś mógł sądzić po swojej sprawie. Bardzo mi brakuje Alexa! On z pewnością podsunąłby jakieś rozwiązania w tej koszmarnej sytuacji.

Nie wiedziałem, co myśleć. Czy śmierć, o którą Profesor się otarł w Ameryce, mogła go zmienić aż tak bardzo? Czy po stracie Alexa załamał się tak samo jak ja, kiedy straciłem Elizabeth?

– Jeśli pan chce, skontaktuję się z Holmesem w pańskim imieniu. – Levine spojrzał na Moriarty'ego, który ze smutkiem skinął przyzwalająco głową, po czym dodał: – Najpierw jednak powinien pan poznać pewne fakty, które Profesor życzy sobie przekazać osobiście.

Moriarty podrapał się po brodzie, a potem zaplótł palce. Spojrzał na mnie i w jego oczach dostrzegłem coś, czego nigdy wcześniej w nich nie widziałem: niepewność.

– Levine ma rację, jest coś, co chcę ci powiedzieć. – Zrobił minę, jakby się na siebie zezłościł. – Nie, to nieprawda. Jest coś, co muszę ci powiedzieć. Prawdę mówiąc, powinienem był porozmawiać o tym z tobą wiele lat temu, kiedy się spotkaliśmy.

Wyraźnie się wahał. Z jego słów nic nie wynikało. Obserwował swoje dłonie, a pauza przedłużała się w nieskończoność. Wreszcie podniósł głowę, a w jego oczach pojawił się błysk dawnego zdecydowania.

– Jestem twoim ojcem, Simeonie. A ty jesteś moim jedynym dzieckiem. Moim synem i dziedzicem.

– Co takiego?

Wyraźnie słyszałem jego słowa, musiałem jednak się upewnić, że dobrze je rozumiem.

– Jesteś moim synem.

Poczułem zimny dreszcz.

Levine podniósł się z krzesła.

– Zostawię panów samych. – Położył dłoń na ramieniu Moriarty'ego, chcąc dodać mu otuchy, po czym podszedł do drzwi i walnął w nie pięścią, żeby strażnicy go wypuścili.

Profesor patrzył na mnie, czekając na jakąś reakcję, ale ja nie potrafiłem zareagować. Siedziałem tylko w milczeniu, wpatrując się w niego i szukając słów, które nie chciały dać się znaleźć.

– To prawda. Przysięgam.

Moriarty sięgnął do mnie nad stołem, ale cofnąłem dłoń.

– Jak to możliwe? – Starannie dobierałem słowa. – Chodzi mi o waszą przyjaźń z Alexandrem. O pańską prawdziwą naturę.

Na jego twarzy odmalowało się zmęczenie.

– Wszystko się wydarzyło za moich młodych lat. Wtedy jeszcze nie miałem tak jasnego obrazu tego, kim jestem naprawdę.

– Nie rozumiem.

– W takim razie muszę zacząć od początku. Dorastałem i osiągnąłem wiek męski w zupełnie innych czasach. Świat był wtedy całkowicie inny. Mój ojciec uznał, że unikanie towarzystwa płci przeciwnej wynika z nieśmiałości, i doszedł do wniosku, że usługi kobiety lekkich obyczajów pomogą mi tę nieśmiałość pokonać i zrobią ze mnie prawdziwego mężczyznę, jak to określił.

– I co? – Poczułem narastającą złość. – Czy to ma znaczyć, że moja matka była tą kobietą lekkich obyczajów?

– Tak, właśnie to ma znaczyć. Miała na imię Alice. Alice Armer.

– Alice? – powtórzyłem za nim, ponieważ nigdy nie słyszałem imienia mojej prawdziwej matki.

– Została wybrana specjalnie dla mnie. – Mówił z goryczą w głosie. – Ojciec opowiadał, że odwiedził najlepsze burdele w Mayfair, żeby znaleźć, jak się wyraził, nową dziewczynę, która jeszcze nie została zepsuta. Nie żałował pieniędzy.

– Nie wierzę. – Pokręciłem głową. – To nie ma sensu. Jakim cudem niezepsuta dziewczyna miałaby trafić do burdelu?

– Jej ojciec uciekł z inną kobietą, a matka zmarła na gorączkę, czego skutkiem Alice trafiła w orbitę rujnujących wpływów londyńskich burdelmam. Była elegancka, zagubiona i urzekająca, co one wykorzystały bezlitośnie.

Nie przeczę, że ten opis mnie zaintrygował. Pytania o matkę zawsze tłumiłem w sobie, jak tylko się pojawiały, dlatego jej portret naszkicowany takimi słowami trochę mnie wzruszył.

– Nie okłamuję cię, Simeonie. W twoich żyłach płynie moja krew.

– Skąd niby o tym wiadomo? Prostytutki mają wielu klientów.

– Simeonie, ja…

– Nie ma zatem wątpliwości, że wielu równie godnych mężczyzn może sobie rościć prawo do bycia moim ojcem!

Profesor pozwolił, żeby mój gniew trochę opadł.

– Podnosisz rozsądny argument i mam na niego rozsądną odpowiedź, choć nie jest ona przyjemna. Bo widzisz, mój ojciec nie chciał, żebym się zaraził chorobą weneryczną. Najbardziej się bał syfilisu, ponieważ jeden z naszych bliskich krewnych od niego oszalał. Alice była więc nie tylko wybrana specjalnie dla mnie, ale też zachowana wyłącznie do mojego użytku.

– Co to znaczy?

– Ojciec zapłacił za wyłączność jej burdelowi. A było to miejsce, które sam często odwiedzał i do którego posyłał wielu ważnych klientów. Prowadząca go kobieta nie odważyłaby się oszukać mojego ojca. – Na chwilę przerwał, dotykając dłonią rany na policzku. – Nie miałem pojęcia, że twoja matka zaszła w ciążę, Simeonie. Musisz w to uwierzyć. Dowiedziałem się o wszystkim długo po tym, jak umarła, wydając cię na świat.

– Tak? Ciekawe dlaczego. Przecież wszystko to się odbyło na oczach gawiedzi, o ile mi wiadomo.

– To prawda, że poród był publiczny. – Potrzebował chwili, żeby się uspokoić, po czym kontynuował. – Po pięciu, może sześciu miesiącach ojciec przestał mnie zabierać na spotkania z Alice. Nie zastanawiałem się dlaczego. Z ulgą odebrałem fakt, że ani ona, ani ja nie musimy się już męczyć. Doszedłem do wniosku, że ojciec nie chce ponosić dalszych kosztów, uznawszy, że dość już się nauczyłem. – Spuścił wzrok na swoje dłonie. – Dopiero później, wiele lat później odkryłem, że moje wizyty się skończyły, ponieważ Alice zaszła w ciążę i w konsekwencji została wyrzucona na bruk.

Chociaż rzadko myślałem o swojej biologicznej matce, to targały mną teraz silne emocje.

– Wyrzucili ją za to, że była ciężarna? Pozbyli się kobiety, która nosiła w łonie dziecko i nie miała dachu nad głową?

– Tak. – Podniósł głowę. – Właśnie tak się stało. Nie wiedziałem jednak o tym. Uwierz mi, Simeonie, że wtedy nie miałem o tym pojęcia.

– Naprawdę nie wiem, czy mogę wierzyć choć w jedno słowo, które dziś usłyszałem.

– Mówię prawdę. Wiele lat upłynęło, zanim ta wiadomość do mnie dotarła.

– W jaki sposób?

– Wybrałem się do Westminsteru na przyjęcie urodzinowe pewnego polityka. Właścicielka domu publicznego, w którym pracowała Alice, także tam gościła, ponieważ dzięki niej znalazło się na przyjęciu kilka młodych dziewcząt do towarzystwa. Rozpoznałem ją i podszedłem, kiedy była sama. Rozmawialiśmy przy tartinkach…

– Przy tartinkach? Jak miło!

– Wtedy powiedziała mi prawdę. Alice zmarła przy porodzie, a ty trafiłeś do piekarza i jego żony.

– Dzięki Bogu! To o niebo lepiej niż trafić do pana i pańskiego diabelnego ojca!

– Odnalazłem Lynchów, a raczej miejsce, gdzie mieszkali. Piekarnia zamieniła się w pasmanterię, Cyril nie żył, a ty z Philomeną trafiliście do przytułku, w którym następnie ona zmarła.

Poczułem, jak znów wraca do mnie przeszłość, choć już przecież zwinąłem ją w ciasny kłębek niczym kawał niepotrzebnego sznurka i odłożyłem w najdalsze zakamarki pamięci. Moriarty boleśnie ją teraz rozwijał.

– Kiedy potem...

– Dosyć! Dosyć już tego, proszę. – Westchnąłem. – Więcej już chyba nie zniosę. To nie jest ani miejsce, ani czas, żebym się o takich rzeczach dowiadywał.

– Więc mi wierzysz?

Nie odpowiedziałem. W moich myślach dźwięczały bolesne pytania, które powinienem teraz zadać. Patrzyłem na Moriarty'ego, szukając fizycznych cech, które ponad wszelką wątpliwość potwierdziłyby, że jestem jego dzieckiem, że jestem synem tego potwora. Obydwaj mieliśmy ciemne oczy. Byliśmy podobnego wzrostu i budowy ciała. Ale bez zarostu jego twarz nie przypominałaby mojej.

Nie! Postanowiłem się nie godzić na to, żeby taka była prawda.

– Dlaczego teraz? Dlaczego muszę się o tym dowiadywać w takich koszmarnych okolicznościach?

– Bo mają cię powiesić – odpowiedział drżącym głosem. – Bo człowiek nie powinien iść na śmierć, nie znając prawdy o swoich narodzinach.

Za kilkadziesiąt godzin szubienica miała zakończyć moje pełne kłamstw życie. Od kołyski do progu śmierci pełne kłamstw i mordów. Takie właśnie było.

– To wszystko gówno prawda! Zebrał pan te wszystkie półprawdy z jakiegoś powodu, którego nie chcę się nawet domyślać!

Zapanowała niezręczna cisza.

Przerwał ją w końcu Moriarty.

– W głębi serca wiesz, że to prawda, Simeonie. Inaczej po co bym cię wyłuskał ze złodziejskiej meliny w Manchesterze? W jaki sposób bym cię tam odnalazł?

– Przez boks. Mówił pan przecież, że na którymś meczu…

– Tylko się zastanów, co mówisz, Simeonie! – Teraz w jego głosie pobrzmiewało szyderstwo. – Naprawdę wierzysz, że otworzyłbym mój dom i wpuściłbym do mojego życia młodego złodzieja, który przy okazji nieźle się zapowiadał jako bokser?

W mojej pamięci kłębiły się wspomnienia. Pomyślałem o pierwszych dniach pobytu w Derbyshire. Sirius zadał mi wtedy trzy pytania: „Nie wiesz, po co tu trafiłeś, Lynch? Kim jest Moriarty? Dlaczego akurat ty zostałeś wybrany?".

Wybrany.

Uderzyło mnie wtedy to słowo. Doszedłem do wniosku, że przyczyną wyboru była moja naturalna skłonność do agresji. Zawsze jednak się zastanawiałem, jak i dlaczego ten wybór nastąpił.

Odezwało się kolejne echo przeszłości – rozmowa z Sebastianem po pogrzebie Michaela. Żyd powiedział mi wtedy, że on oraz pozostali adiutanci dostali „informację o chłopaku z Londynu, na którym wyjątkowo zależy Profesorowi".

Wyjątkowo zależy.

Kolejne słowa, które teraz nabierały głębszego znaczenia.

Moriarty oparł się o więzienny stół.

– Pamiętasz nasze pierwsze spotkanie, kiedy chciałeś mnie okłamać na temat swojej tożsamości? Powiedziałem ci wtedy tak: „Dobrze wiem, kim jesteś, młody człowieku. Lepiej nawet niż ty sam". Przypominasz sobie te słowa, Simeonie?

Pamiętałem je dokładnie, ale przecząco pokręciłem głową.

– Niczego takiego sobie nie przypominam.

– Ale sobie przypomnisz. Odnajdziesz w pamięci jeszcze wiele sytuacji, które kiedyś nie miały sensu, a teraz go nabierają. Potwierdzą, że taka jest prawda.

– Prawda jest taka, że teraz to nie ma najmniejszego znaczenia. Jak sam pan elokwentnie powiedział, mają mnie powiesić. Skończy się więc moje życie bez względu na to, co o nim wiem.

– Jeszcze możesz się uratować, Simeonie. – Znów sięgnął ręką nad stołem w moją stronę, a ja ponownie cofnąłem dłonie.

– Jestem już stary. Mój czas prawie dobiegł końca, a teraz zależy mi tylko na tobie. Wierzyłem, że Levine cię z tego wyciągnie, ale w tym cholernym rządzie najwyraźniej jest jakaś nowa siła, której nie potrafię przezwyciężyć. – W jego oczach pojawił się niemal namacalny smutek. – Gdyby się udało, powiedziałbym ci prawdę. Pokazałbym ci twoje dziedzictwo i przygotował cię, żebyś je po mnie objął, kiedy nadejdzie dzień mojej śmierci. Wszystkie te bogactwa ciągle mogą być twoje, Simeonie, ale żeby po nie sięgnąć, musisz zeznać przeciwko mnie. – Uśmiechnął się z rezygnacją. – Jeśli ja sam pójdę do Holmesa, to z twojego uwolnienia nici. Dopilnuje wtedy, żebym zawisł obok ciebie razem z twoim wujem. To byłaby jego największa nagroda.

– Holmes jest głupcem.

– Nie, mój synu. To jedyne, kim nie jest. Sherlocka Holmesa głupcem nazwać nie można. Ale ty nim będziesz, jeśli nie przyjmiesz jego oferty. Opowiedz mu swoją historię, a on wyjedna dla ciebie ułaskawienie. Zyskasz życie, a przy odrobinie szczęścia także niezłą fortunę.

Z Moriartym rozmawialiśmy jeszcze przez kilka godzin – nie tylko o mojej matce, choć naprawdę niewiele mógł mi o niej opowiedzieć, ale też o Alexie, którego nazwał „niekoronowanym księciem", oraz o tym, jak zdrajca Sirius wkradł się w jego łaski i życie.

Tak jak Surrey, Gunn był dzieckiem byłego członka Trójcy – płatnego zabójcy, który własną krwią przypieczętował przysięgę na wierność rodzinie Moriartych oraz dochowanie jej sekretów.

– Jego ojciec był człowiekiem honorowym i ze wszech miar godnym zaufania. Zabijał w służbie rodziny. Sirius trafił do nas jako nastolatek, kiedy jego matka odebrała sobie życie. – Moriarty położył dłoń na piersi. – Jego zdrada boli mnie najbardziej w sercu. To ból znacznie dotkliwszy niż blizny, które widać na twarzy. – Zrobił pauzę, po czym dodał: – Powinienem był to przewidzieć. Od Judasza do Brutusa, zdrajcy niszczyli imperia oraz ich władców. I wszyscy budzą odrazę.

– Dlaczego to zrobił?

– Sirius najwyraźniej widział się jako mój następca i dziedzic. Zapewne tak by się postrzegał, gdyby któregoś razu nie podsłuchał, jak omawiam z Alexandrem swój testament. Do tamtego momentu ciebie postrzegał przede wszystkim jako zapełnienie wakatu po Michaelu. Stało się to dwa tygodnie przed ostatnim wyjazdem do Ameryki, co pamiętam dokładnie, ponieważ Sirius mnie w tej sprawie wypytywał i przyznał się wtedy, że podsłuchał, o czym dyskutuję z Alexandrem, kiedy chciał zapukać do mojego gabinetu. Z perspektywy czasu sądzę, że właśnie wtedy powziął zamiar zdrady.

Siedzący po przeciwległej stronie stołu Profesor wyglądał, jakby za chwilę miał zemdleć.

– Problemy ze zdrowiem? – zapytałem.

– Nie czuję się najlepiej. Ogień ugotował mi płuca, poparzył też większość powierzchni ciała. Łatwo się męczę.

– Proszę więc wracać do domu, trochę się przespać i odpocząć. Może się uda wrócić jutro.

Nie sprzeciwiał się. Ze smutkiem skinął tylko głową, po czym powoli wstał, noga za nogą podszedł do drzwi i zapukał po strażnika. Rozstaliśmy się w emocjonalnym rozchwianiu. Czas, który spędziliśmy teraz razem, był o wiele za krótki, żeby bękart mógł choćby pomyśleć o wszystkich pytaniach, które chciałby zadać człowiekowi deklarującemu się jako jego ojciec.

Po wyjściu Profesora odprowadzono mnie z powrotem do celi, gdzie zostałem z tym dylematem sam. Moriarty chciał, żeby Levine w moim imieniu się skontaktował z Holmesem. Powiedziałem mu, żeby jeszcze zaczekał, bo muszę całą sprawę przemyśleć. Nie chodziło mi jednak o to, że miałem jakiekolwiek wątpliwości. Jak mógłbym posłać na szubienicę Profesora i jego brata, przy okazji ściągając kłopoty na wszystkich ludzi, którzy przez cały ten czas współpracowali z rodziną? Nie, tego zrobić bym nie mógł.

Ale prześladowały mnie wątpliwości i popadałem w paranoję. Czy Moriarty kłamał, przyznając się do ojcostwa? Zorganizował mistrzowską manipulację, żeby ratować swoją skórę i fortunę? Przez długie lata naszej znajomości Profesor stosował na mnie najróżniejsze sztuczki. Byłoby więc go na to stać, żeby teraz mnie uciszyć poprzez największą formę emocjonalnego szantażu, jaką tylko zdołał wymyślić.

Możliwe też, że sugestia, żebym się skontaktował z Holmesem, była inteligentnym blefem. Czy Moriarty od początku wiedział, że Levine nie ma szansy mnie stąd wydostać, i uplótł tę pajęczynę kłamstw, żeby mnie w nią złapać i zatrzymać?

Odrzuciłem tę myśl. Kiedy Moriarty wyznał, że jest moim ojcem, natychmiast zobaczyłem w nim siebie. To dlatego jego wzrok tak mnie fascynował. Jego oczy były lustrem mnie samego. Jego głos brzmiał

jak mój, tylko dojrzalej i głębiej. Szerokie bary i sposób, w jaki się nosił – wszystko niczym moja własna sylwetka. Im dłużej analizowałem
podobieństwa między nami, tym bardziej dochodziłem do wniosku,
jak wielkim jestem głupcem, że ich nie zauważyłem wcześniej. Mój
Boże, dla wszystkich innych to musiało być oczywiste!

Byłem synem Brogana Moriarty'ego.

Nie dało się temu zaprzeczyć.

Nazwisko Lynch, szczodrze mi podarowane, zanim się nauczyłem
je wymawiać, było największym kłamstwem mojego życia. Nigdy na
nie nie zasługiwałem, ani na nie, ani na nieposzlakowaną reputację,
jaką się cieszyli dobry piekarz i jego anielska żona. Równie boleśnie
zdawałem sobie sprawę z faktu, że nie powinienem kalać tego nazwiska pętlą, którą kat założy mi na szyję, nim przez zapadnię przelecę
do historii jako Lynch.

Nazywałem się Moriarty.

Żyłem i zabijałem jako Moriarty. A jeśli już musiałem wejść na
ten drewniany podest i stanąć na tej zapadni, to powinienem umrzeć
jako Moriarty właśnie.

Zwinąłem się w kłębek na pryczy z myślami wirującymi jak rój
szerszeni rozdrażnionych wetkniętymi do gniazda patykami. Najbardziej bolesne były myśli o mojej matce.

Alice.

Już w dzieciństwie zmusiłem się, żeby o niej nie myśleć. Skutecznie wymazałem ją ze świadomości. Teraz widziałem ją tak, jak ją opisał
Moriarty. Młoda. Piękna. Bezbronna. Nie umiałem sobie wyobrazić
jej twarzy. Nie miałem przecież żadnego wzorca. Jedynym obrazem,
który przychodził mi na myśl, był portret sylwetkowy otrzymany od
Philomeny Lynch, kiedy razem trafiliśmy do przytułku.

Wciąż miałem ten mały portret. Wyblakły i pognieciony po trzech
z górą dziesięcioleciach przenoszenia z miejsca na miejsce i z kieszeni
do kieszeni. Nigdzie się bez niego nie ruszałem. Nosiłem go na sercu, kiedy pierwszy raz odebrałem życie człowiekowi. Kiedy się narodziła i zmarła moja córeczka. Kiedy klęczałem przy zwłokach kobiety, którą kochałem. Udało mi się go zachować po aresztowaniu, a po
przekroczeniu bram tego więzienia portret sylwetkowy i ubranie na
grzbiecie były jedynym, co mi zostało.

Sięgnąłem pod pryczę, żeby wysunąć go z miejsca, gdzie rama łączyła się z nogą. Przez chwilę trzymałem portret tak, żeby widzieć kobiecy profil, i wyobrażałem sobie, że moja matka miała rudoblond włosy jak Elizabeth i wielkie niebieskie oczy jak Molly. Ucałowałem wycinany portret, przycisnąłem go do serca, po czym z powrotem wsunąłem na miejsce.

Musiałem uciec!

Wspiąć się na samą górę tego cholernego komina i usunąć z jego wylotu tę kamienną płytę, choćby zębami, jeśli będzie trzeba! To była moja jedyna szansa. Za wszelką cenę musiałem ją wykorzystać, a potem odnaleźć szczątki biednej Alice i pogrzebać je z należnym szacunkiem. Odwiedziłbym też grób Elizabeth i modlił się o wybaczenie.

A potem znalazłbym Lee Chana.

Znalazłbym go i, Bóg mi świadkiem, zabił własnymi rękami. Ale jego bym nie pochował. Wypatroszyłbym go jak rybę i zostawił nad Tamizą, żeby najgorsze ziemskie stworzenia mogły sobie pocztować.

W ciągu kolejnych godzin moja wściekłość i chłodna zimowa pogoda zupełnie się odmieniły. Deszcz tłukł w okno mojej celi, zmywając rzeźby zostawione w rogach przez szron.

Elizabeth uwielbiała deszcz. Lubiła spacerować, kiedy padał. Albo siadywała na ławeczce przy brzegu jeziora w majątku Moriarty'ego, z fascynacją obserwując kropelki tańczące na powierzchni wody. Czasem zwracała twarz ku niebu, zamykała oczy i łapała krople otwartymi ustami. Potem tę twarz całowałem, kiedy była jeszcze mokra i chłodna. Miała w sobie tyle życia, ile tylko można sobie wyobrazić.

Zanim nasze życie spowiła czerń żałoby, siadywaliśmy przy kominku w naszym domu. Któregoś razu Elizabeth stwierdziła, że nauczy Molly tańczyć w deszczu – także dlatego, że pełen hipokryzji ojciec Szkot również za to ją strofował. Wtedy przed kominkiem postanowiła, że nauczy naszą córeczkę szalonego celtyckiego tańca, podczas którego rozpryska wszystkie kałuże na otaczających nas olbrzymich łąkach. Jakże bardzo wtedy chciałem to zobaczyć! Jakże teraz bardzo tęskniłem za nimi obydwiema!

Po wysłuchaniu wyroku skazującego stłamsiłem w sobie smutek, teraz jednak znów się uwolnił, a jego długie szpony próbowały chwycić moją duszę, by ściągnąć ją w odmęty desperacji i rezygnacji.

Dziś, jutro – a potem będę martwy. I żaden sprawiedliwy Bóg nie połączy mnie z moją żoną ani córeczką, ponieważ one z pewnością trafiły do nieba, a ja pójdę prosto w piekielny ogień.

Dochodziło południe. Wiedziałem, że powieszą mnie pojutrze o świcie. Zostało mi więc dwanaście godzin dzisiejszego dnia, dwadzieścia cztery jutrzejszego i może sześć ostatniego dnia życia. Czterdzieści dwie godziny.

A przecież postanowiłem tego nie robić: nie odliczać godzin, bo wynikało z tego tylko przyśpieszone bicie serca i gonitwa myśli. Nic jednak nie mogłem na to poradzić. Choć bardzo się starałem, nie umiałem zatrzymać wewnętrznego zegara, i ten wybijał w mojej głowie godziny tak głośno jak Big Ben.

Ktoś walnął w drzwi, potem usłyszałem szczęk klucza w zamku i znajomą komendę:

– Cofnij się do ściany pod oknem!

Do celi wpadł Johncock w towarzystwie Huntleya i dwóch starszych klawiszy.

– Wielki dzień coraz bliżej, Lynch! – Szczęśliwszego Johncocka jeszcze nie widziałem. – Całkiem blisko, bliziutko nawet.

Nie odpowiedziałem. Jego słowne prowokacje już dawno przestały na mnie działać.

– Muszę powiedzieć, że naprawdę nie mogę się doczekać, kiedy cię tam zaprowadzę. – Wyszczerzył zęby w szerokim uśmiechu. – Będę tak dumny jak ojciec, kiedy prowadzi córkę do ołtarza.

Rozległ się głośny grzmot i jeden z klawiszy omal nie upadł. Zaspany oparł się o drzwi celi, sądząc, że są zamknięte, podczas gdy były jeszcze lekko uchylone. W rezultacie drzwi zamknęły się z wielkim hukiem.

– Ty kretynie! – wrzasnął na niego Johncock. – Stój prosto, człowieku! Powinieneś zdawać sobie sprawę, że…

Jego słowa zagłuszył kolejny hałas – głośne dudnienie. Rzędy cegieł w rogu celi wypadły na podłogę, poruszone wibracją po trzaśnięciu drzwiami.

Oczy Johncocka zrobiły się tak wielkie jak ślepia wystraszonego jelenia.

– No, no – mruknął podekscytowany. – Co my tu mamy?

Postanowiłem udawać zaskoczonego.

Johncock pochylił się, żeby rozgarnąć dłonią gruz i kurz. Jego palce wychwyciły kilka kawałków papieru, które wcisnąłem między cegły. Najpierw nie był pewien, czym są. Potem zrozumiał. Odwrócił się i posłał mi uśmiech.

– Sprytnie, Lynch. Nawet bardzo. Ale na nieszczęście dla ciebie nie dość sprytnie. – Spojrzał na swoich ludzi. – Ruszcie się. Zanurkujcie do nory tego diabła i sprawdźcie, co kombinował.

Dwaj klawisze rzucili się na podłogę. Zaczęli przekładać cegły. Było tylko kwestią czasu, kiedy znajdą moje ukryte skarby.

– Mam! – Głupek, który trzasnął drzwiami, wynurzył się zza pryczy z krucyfiksem księdza Deagana.

– Jest jeszcze coś! – krzyknął jego kolega podnieconym głosem niczym poszukiwacz skarbów. – To chyba jakieś sukno.

Podniósł się, trzymając w dłoni stułę i różaniec.

– Coś jeszcze, Lynch?

– Tak, proszę pana – odparłem ze skruchą. – Ukrywają się tam jeszcze dwie zakonnice oraz chór chłopięcy. Nie dawali mi spać po nocach.

Uderzył mnie. Solidny prawy sierpowy trafił mnie prosto w usta. Splunąłem krwią. Uderzył ponownie. Od poranionych już poprzednio warg oderwały się kawałki ciała. Poczułem je na języku i znów splunąłem.

– Zabierz go stąd! – powiedział do Huntleya.

– Brakuje cel. Gdzie mam go umieścić?

Johncock patrzył na niego z wściekłością.

– Wszystko mi jedno! – wrzasnął. – Bylebym nie usłyszał o nim do dnia, kiedy nadejdzie czas, żeby go zawlec na szubienicę, bo wtedy z przyjemnością popatrzę, jak się szarpie i płacze. Ja muszę się zobaczyć z dozorcą więzienia, żeby postanowić, co zrobić z tą kreaturą.

A więc Johncock odzyskał nade mną kontrolę. Egzekucja była coraz bliżej, nadszedł więc czas jego władzy absolutnej.

Huntley polecił pozostałym usunąć gruz, po czym zakuł mnie w kajdany do transportu i wyprowadził na korytarz.

– Niezłego bałaganu pan tam narobił, Lynch. Omal się pan nie stał drugim Jackiem Sheppardem, prawda?

– Próbowałem z całych sił, panie Huntley. – Spojrzałem mu prosto w oczy – Gdyby pan mi podrzucił większy gwóźdź, to może poszłoby mi lepiej.

Stanął jak wryty.

– Jaki znowu gwóźdź? Ja nikomu żadnego gwoździa nie podrzucałem!

Tak kategoryczna odpowiedź mnie zaskoczyła. Byłem pewien, że to on się wcielił w rolę mojego dostawcy.

Podniosłem prawą dłoń.

– Chodziło oczywiście o Pana w niebiosach, który niestety żadnego gwoździa mi nie zesłał.

Huntley więcej się nie odezwał. Przeprowadził mnie przez furtkę do kolejnego korytarza. Wyszliśmy ze skrzydła dla oczekujących na śmierć i znaleźliśmy się w części więzienia przeznaczonej dla skazanych za lżejsze przestępstwa. Huntley otworzył jakieś drzwi.

– Niech pan wejdzie do środka. Może pan tu wypłukać usta. Wrócę, jak się wyjaśni sprawa celi.

Wszedłem, a on zamknął za mną drzwi. Pomieszczenie było wąskie, śmierdziało gównem oraz kiepskim tytoniem. Na wbitych w ścianę kołkach wisiały czapki i płaszcze strażników. Po jednej stronie miałem rząd popękanych, brudnych umywalek, po drugiej zaś ubikacje – niektóre zasłonięte poobijanymi zielonymi drzwiami, a niektóre nie.

Wypłukałem usta i splunąłem do zlewu. Skorzystałem z ubikacji, a potem szybko sprawdziłem okna. Były małe, zakratowane i umieszczone wyżej niż okno w mojej celi.

W końcu Huntley otworzył drzwi, żeby mnie zawołać.

– Niech się pan pośpieszy, Lynch. Znalazłem miejsce, żeby pana umieścić.

Szliśmy w milczeniu korytarzem. Zatrzymał się, otworzył drzwi po prawej i wepchnął mnie do środka.

– Mówiłem wam, chłopcy, że będziecie mieli gościa. Teraz go przyprowadziłem.

Przed sobą miałem czterech mężczyzn.

Dwóch szczupłych i młodych miało śniadą cerę, trzeci był duży i łysy, a czwarty stał plecami do mnie, wpatrując się w okno. Był przeciętnego wzrostu i średniej budowy ciała, z kruczoczarnymi włosami lekko przerzedzającymi się już na czubku.

Kiedy się do mnie odwrócił, zobaczyłem, że to Chińczyk.

– Mój kuzyn Lee życzy ci śmierci – powiedział, zaciskając połamane zęby. – Ja też życzę ci śmierci, bo zabiłeś mojego przyjaciela Lina.

– Nie wydaje mi się – odparłem spokojnie. – W moim życiu zabiłem wielu ludzi, ale żaden nie był twojej rasy.

– W twojej celi go zabiłeś.

– Ach, teraz pamiętam. – Skinąłem głową, kpiąco udając szacunek. – Moje kondolencje. Jeśli dobrze sobie przypominam, to próbował mnie zamordować we śnie. Może więc się od ciebie dowiem, jak wszedł do środka?

Chińczyk się uśmiechnął.

– Pan Boardman też chce, żebyś zdechł.

– No tak, to oczywiste.

Miałem więc rację. W celi był też wtedy klawisz. Nie miało sensu mówić Chińczykowi, że to klawisz zabił jego przyjaciela, raniąc go w pierś, podczas gdy ja tylko podduszałem go łańcuchem.

Łysy mężczyzna z trzaskiem wyłamał sobie palce i wstał. Miał dobrze ponad metr osiemdziesiąt wzrostu i silne mięśnie. Odezwał się z przerażająco znajomym akcentem.

– To przez ciebie młody pan Chan uderzył mojego kolegę przed domem w Londynie, pamiętasz?

– Nie jestem pewien, czy dobrze pamiętam. To był taki tępy buc z Birmingham?

Dwaj młodzi zeskoczyli na podłogę z górnej pryczy, na której siedzieli razem.

Chińczyk spojrzał na nich, a potem się roześmiał.

– Bez nerwów, panie Lynch. Oni akurat nie chcą pana zabić, ale trupa chętnie wyruchają.

– To naprawdę wielka pociecha – odparłem.

Łysy zaatakował. Wyciągnął rękę, żeby swoimi serdelkowatymi palcami chwycić mnie za ubranie na piersi. I to był błąd. Lewą pięścią uderzyłem go w gardło, trzymając między palcami gwóźdź, który przełożyłem do ręki w łazience dla klawiszów w nadziei, że uda mi się uciec przez okno. Łysy krzyknął i splunął krwią. Powoli się dławił, robiąc coraz większe oczy.

Wyszarpnąłem gwóźdź, po czym przeniosłem uwagę na Chińczyka. Tym razem to ja popełniłem błąd, ponieważ łysy się zachwiał i upadł na mnie. Straciliśmy równowagę, a jego wielkie ramiona zaplotły się dookoła mojej piersi jak dwa bliźniacze węże. Kolana się pod nim ugięły, ale nie rozluźnił uścisku ramion. Uderzyłem o krawędź pryczy, a zaraz potem upadłem na plecy, przygnieciony ciężarem martwego łysego osiłka.

Czyjaś stopa przydepnęła moją wyciągniętą dłoń tak silnie, że wypuściłem spomiędzy palców zakrwawiony gwóźdź. W moim polu widzenia pojawił się Chińczyk. W jego prawej dłoni błysnęło ostrze – prowizoryczny nóż wykonany z ukradzionego gdzieś kawałka metalu.

– To za Lee! – wykrzyknął, a jego ręka się podniosła i zaczęła opadać.

Szykowałem się na śmierć. Metalowy bolec utkwiłby w mojej głowie albo szyi, gdyby z impetem nie otworzyły się drzwi celi, silnie trafiając Chińczyka w ramię. Uderzenie go przewróciło. Wrzeszcząc głośno, kilkoma kopnięciami klawisze utorowali sobie przejście.

Ktoś oderwał ode mnie martwego osiłka. Krew z jego gardła zalała mi twarz.

Podniosłem się na kolana, po czym otarłem oczy kciukami.

Gapił się na mnie Johncock.

– Na Boga, Lynch, czy ty naprawdę nie możesz się trzymać z dala od kłopotów? – Pomógł mi stanąć. – Wygląda na to, że najbezpieczniejszym miejscem będzie dla ciebie szubienica.

– Dziękuję – powiedziałem.

– Nie dziękuj mi. Życzę ci śmierci tak samo szczerze jak Huntley. Z tym, że ja wolę poczekać, aż się to stanie zgodnie z prawem.

Huntley? Tak często miałem go za przyjaciela, że do głowy by mi nie przyszło doszukiwać się w nim wroga.

Johncock odwrócił się do swoich ludzi.

– Zabierzcie stąd Lyncha, niech się doprowadzi do porządku i zadbajcie o jego bezpieczeństwo.

„Doprowadzanie się do porządku" w pojęciu klawiszy oznaczało wydanie mi nowego zestawu więziennych ciuchów, kostki mydła karbolowego oraz wiadra wody. Potem wyprowadzili mnie na Dziedziniec Kamieni.

Mimo zimna rozebrałem się do naga, zmyłem z siebie krew birminghamczyka i włożyłem zniszczone ubranie.

Zabiłem po raz kolejny.

Tym razem nie planowałem odbierać nikomu życia i tego nie chciałem, ale jednak znów to zrobiłem. Wyglądało na to, że jestem skazany na mordowanie, dopóki sam Bóg nie unieruchomi mojej ręki, pozwalając grabarzom przysypać mnie grubą warstwą ziemi.

Zaprowadzono mnie z powrotem do budynku i przykuto do ściany na korytarzu, gdzie dobrą godzinę czekałem, aż znajdą dla mnie nową celę. W końcu się okazało, że przejdę do celi po człowieku, który właśnie zmarł na grypę więzienną. Dostałem kolejne wiadro wody, kolejną porcję mydła karbolowego i polecenie, żeby wyszorować wnętrze.

Podłogi i ściany były jeszcze mokre, kiedy przyszedł Johncock. Tym razem kazał swoim ludziom poczekać na zewnątrz.

– Urządziłeś się już, Lynch?

Nie odpowiedziałem. Nie przyszedł po to, żeby sprawdzać, czy jest mi wygodnie.

– Wyświadczyłeś nam wszystkim prawdziwą przysługę. – Zaśmiał się triumfująco. – Dzięki tobie pozbyliśmy się z naszego koszyka jednego zepsutego jabłka, bardzo zepsutego.

– Chodzi o Huntleya?

– Tak, o niego chodzi.

– Mogę zapytać, jakim cudem tak bardzo dopisało mi szczęście, że trafił pan do tej celi akurat w tamtej chwili?

– Oczy i uszy, Lynch. Mam je w każdym korytarzu na terenie Newgate. Prędzej czy później zawsze się dowiem o wszystkim, co się tu wydarzyło. – Na pochyłej podłodze pod ścianą zebrała się woda. Johncock wdepnął w nią, po czym z wyraźną satysfakcją odbił podeszwę kamasza na suchym fragmencie kamienia obok. – Od pierwszego dnia, kiedy się tu pojawiłeś, były na ciebie zlecenia, Lynch.

– Celowo użył pan liczby mnogiej?

– Oczywiście, że tak. Cały tabun Anglików, Irlandczyków, londyńczyków, mieszkańców północy kraju oraz różnej maści obcokrajowcy chętnie wrzuciliby cię do trumny. Na szczęście tylko kilku z tych diabłów ma w Newgate na tyle możliwości, żeby swoje życzenie zamienić w czyn. Kazałem ich wszystkich obserwować. Kiedy się pojawił Huntley, kazałem też przyglądać się jemu.

– A Huntleyowi dlaczego?

– Taki wymuskany i ładniutki, cały wytworny i kulturalny, prawda? Zbyt piękny, żeby był prawdziwy. Skorumpowanego typa poznam na kilometr. Kiedy wieczorem kończył zmianę, to się przebierał w takie ciuchy i chodził do takich miejsc, na które nawet samego dozorcę więzienia nie byłoby stać.

– Czyli miał pan oko na Huntleya i najbardziej niebezpiecznych więźniów?

– Miałem. Te dwie młode cioty w celi Chińczyka też mi donoszą. Wrzucałem ich do kilku cel, zanim ustaliłem, że to Sun Shi ma na ciebie zlecenie. Gdybyś wyszedł na spacerniak za pierwszym razem, kiedy chciał tego Huntley, nadziałbyś się tam na któryś z jego noży. Ocaliłeś skórę tylko dlatego, że ci chłopcy dali mi cynk. Wtedy też się potwierdziły moje podejrzenia wobec Huntleya.

– Panie Johncock, sam wielki Sherlock Holmes mógłby się od pana uczyć.

– Moim zdaniem on wcale nie jest taki wielki. – Z dumą uderzył się w pierś. – Czy umiałby zarządzać tym więzieniem przez miesiąc? Albo chociaż przez dzień? Nie sądzę. Ja jestem tu dwadzieścia lat i nie mam na koncie ani jednego potknięcia!

– A Boardman?

– Co Boardman? – zapytał ze zdziwioną miną.

– Ten pański wielki tępy klawisz, który zadźgał Chińczyka w mojej celi, kiedy chciał wykończyć mnie.

– Skąd o tym wiesz?

– Sun Shi mi powiedział. Zapytałem go wprost, jak jego przyjaciel się dostał do mojej celi.

– To sobie z nim porozmawiam i jeśli masz rację, Boardman dostanie za swoje.

– Co dalej z Huntleyem?

– Aresztowała go policja. Chociaż to nie twoja sprawa, to ci powiem, że dostanie karę, na jaką zasłużył. Boardman też, jeśli był w tę sprawę zamieszany.

– A ten łysy z Birmingham, którego zabiłem?

– Wygląda na to, że moglibyśmy postawić cię przed sądem i skazać na szubienicę za zabójstwo. – Spojrzał na mnie szelmowsko, powściągając rozbawienie. – Ale też mogę oszczędzić sobie mnóstwa papierów i uznać, że to była obrona własna. Moja decyzja znajdzie potwierdzenie, kiedy postawimy Huntleya i Sun Shi przed sądem.

Znów zamoczył nogę w kałuży, po czym tupnął obok niej i powoli podniósł stopę, odsłaniając wyraźny zarys podeszwy na suchym kamieniu.

– Tobias Johncock zawsze zostawia swój ślad. Każdego dnia, w ten czy inny sposób, musi odcisnąć swoje piętno.

2 DNI DO EGZEKUCJI

NEWGATE, 16 STYCZNIA 1900 ROKU

NASTĘPNEGO RANKA, JAK tylko zabrano miskę po brei, którą nazywano śniadaniem, odkryłem, że lokalizacja mojej nowej celi była dla klawiszów raczej niedogodna. Mieli stąd dalej do pokoju przygotowań, w którym przed powieszeniem wiąże się skazanemu ręce wzdłuż tułowia, żeby lepiej spadał podczas egzekucji. Klawisze lubią, jak wszystko jest proste i łatwe, a dłuższe przejście dawało mi większą szansę na stoczenie ostatniej walki o życie.

Kiedy przyszli Levine i Moriarty, na spotkanie z nimi zaprowadzono mnie do bezpiecznego pomieszczenia przy sali widzeń. Mój adwokat był ubrany skromniej niż zwykle: pod garnitur z szarego welwetu włożył jasną koszulę z żabotem i zielony jedwabny krawat. Moriarty znów przyszedł w przebraniu kancelisty.

Wiedzieli już o próbie zamachu na moje życie i mimo tego, że niedługo miałem zawisnąć, okazywali wielką troskę o mój stan.

– Mam nadzieję, że nie doznał pan kolejnych obrażeń – stwierdził adwokat. – Odkąd pan tu trafił, spotykają pana same potworności.

– Zamknij się, Levine! – warknął Moriarty. – Twój brak wyczucia jest żenujący. – Spojrzał na mnie. – Dopadnę tego całego Huntleya i masz moje słowo, że dostanie za swoje.

– On się nie liczy. Mocodawcą był Chan i to jego trzeba dopaść.

– Jesteś pewien, że on za tym stał?

– Celą rządził Chińczyk nazwiskiem Sun Shi, który twierdził, że jest kuzynem Lee Chana.

– Po tej stronie piekła nie spotkają się już nigdy – obiecał Moriarty.

Wyraźnie zdenerwowany naszą wymianą zdań Levine skorzystał ze sposobności, żeby zmienić temat.

– Przejdźmy do spraw prawnych, panowie, bo czas jest kwestią zasadniczą. Wobec odrzucenia apelacji przez ministra wystąpiliśmy z petycją o ułaskawienie do Korony. – Pokazał mi dokument podpisany przez królewskiego sekretarza. – Niestety Jej Wysokość nie jest skłonna interweniować w pańskiej sprawie.

Sięgnąłem po pismo, ale nawet nie rzuciłem na nie okiem.

– Wczoraj mi pan oznajmił, że zginął świadek w sprawie, a minister odrzucił apelację. Czy dobrze wnioskuję, że stanęliśmy na końcu drogi prawnej i mam się szykować na najgorsze?

– Przykro mi – stwierdził Moriarty. – Rzeczywiście skończyły się nam możliwości. Zostaje tylko propozycja, którą przedstawił Sherlock Holmes.

Odłożyłem pismo o ułaskawienie.

– Przyjęcie propozycji Holmesa nie wchodzi w grę.

– Więc już pan zdecydował? – Levine brzmiał nieco zbyt entuzjastycznie jak na mój gust.

– Owszem. – Westchnienie, które mi się wyrwało, było najlepszym dowodem, jak bardzo mnie to wszystko wyczerpało. Mój duch już umarł. Wola przeżycia się zużyła. – Jestem winny śmierci posterunkowego Jacksona i tylko Bóg wie ilu jeszcze innych. Nie będę więc ratował własnej głowy, oddając katu głowy innych.

Moriarty mówił łagodnie i powoli.

– Mój synu, postanowiłeś postąpić odważnie i szlachetnie, ale błagam cię, żebyś tego nie robił. Jesteś na tyle młody, by zacząć wszystko od początku, znaleźć nową miłość i założyć nową rodzinę.

Pokręciłem głową.

– Ze wszystkich ludzi na świecie ty wiesz najlepiej, że w moim życiu miałem tylko jedną miłość. Kochałem piękną kobietę, która dała mi śliczną córeczkę. Nie chcę nikogo więcej. Ich nie da się zastąpić.

– Rozumiem twoją stratę i twoje uczucia. – Oczy zaszły mu łzami i jestem pewien, że w tym momencie pomyślał o Alexandrze. – Ale chętnie oddam własne życie, by ocalić twoje.

– Na tym by się nie skończyło – przypomniałem mu. – Holmes chce głowy twojego brata, ale na nim też nie poprzestanie. Zagrożony byłby każdy, kto należy do rodzinnego imperium.

Cisza, która zapadła po moich słowach, zdawała się zamykać dyskusję na ten temat. Została mi do wyjaśnienia jeszcze jedna sprawa.

– Co z Surrey? Czy są jakieś wieści na jej temat?

Profesor wziął głęboki oddech.

– Nie ma. Rozmawiałem o tym także z Jamesem. Ani on, ani Moran nie widzieli Surrey po tym, jak wyjechała z domu razem z Elizabeth.

– Czyli Chan zabił także ją?

– Na to wygląda.

– Już za sam ten błąd zasługuję na szubienicę! Gdybym pojechał za Elizabeth, dzisiaj żyłyby i ona, i Surrey, a ja nie siedziałbym w tym potwornym miejscu.

Walnąłem pięścią w stół, z całych sił się powstrzymując, żeby nie ryknąć z wściekłości, która we mnie narastała.

Moriarty delikatnie położył dłonie na moich pobielałych kostkach.

– Nie torturuj się wyrzutami sumienia. Winę za to ponosi wyłącznie Chan. Nie ty, nie ja ani nie James. – Widząc, że nadal jestem bliski wybuchu, dodał: – Ty i ja nie różnimy się tak bardzo. Jest we mnie ten sam gniew i skłonność do przemocy, tylko ja nauczyłem się trochę lepiej je ukrywać. Ja także straciłem matkę. Odeszła, kiedy ledwie skończyłem dziesięć lat, i okropnie za nią tęskniłem. Działalność, którą rozpocząłem w Ameryce, miała przede wszystkim uczcić jej pamięć. I przyznaję, że każdy powrót na amerykańską ziemię uświadamiał mi dobitnie, jak bardzo byłem do matki przywiązany.

Wzdrygnął się, a ja nie potrafiłem stwierdzić, czy powodem były bolesne wspomnienia, czy ból odniesionych ran. Po chwili kontynuował:

– Synowie, którzy wcześnie tracą matki, albo odnoszą wielki sukces, albo cierpią wielką biedę.

Od tamtego momentu nasze nastroje posępniały coraz bardziej, a ja coraz wyraźniej czułem, że chcę zostać sam, żeby się uporać z własnymi uczuciami i potwornością tego, co mnie jeszcze czekało.

– Nie gniewaj się, proszę, ale muszę teraz wrócić do celi i odpocząć.

Moriarty był rozczarowany.

– Chcę zebrać myśli – wyjaśniłem. – Pogodzić się z moim losem i jakoś pojednać ze Stwórcą.

– Rozumiem. W takim razie Levine i ja już cię zostawimy. – Zmusił się do uśmiechu, wstając z krzesła. – Ale przyjdziemy jutro i…

– Nie! – uciąłem. – Przepraszam, chciałem powiedzieć „dziękuję". Obawiam się, że teraz twoja obecność może raczej osłabić moją odwagę, niż ją wzmocnić. Nie chcę dawać satysfakcji tym, którzy założą mi pętlę na szyję.

Moja obcesowość chyba sprawiła mu ból.

– Nie chcesz mnie już więcej widzieć?

– Nie po tej stronie murów Newgate. – Wstałem z krzesła i spojrzałem na adwokata. – Dobrego dnia, panie Levine. Szkoda, że pańskie umiejętności okazały się mniej atrakcyjne od pańskiej garderoby, ale i tak panu dziękuję.

Zareagował eleganckim skinieniem głowy.

– Będę się za pana modlił.

Moriarty był bliski łez, kiedy wyciągał dłoń na pożegnanie. Uścisnąłem ją mocno, po czym się objęliśmy, rozumiejąc, że to nasze ostatnie spotkanie. W naszych żyłach płynęła ta sama krew. Uścisk dłoni nas połączył. Spojrzałem mu prosto w oczy.

– Zrobisz coś dla mnie?

– Wszystko, co w mojej mocy.

– Odbierz życie Lee Chanowi. To moja ostatnia wola, ojcze. Odbierz mu życie. Zabij go za to, co mi zrobił. Za twojego syna, za Elizabeth i za Molly.

1 DZIEŃ DO EGZEKUCJI

NEWGATE, 17 STYCZNIA 1900 ROKU

WIDZIAŁEM ICH WSZYSTKICH ostatniej nocy. Nie rodzinę ani tych nielicznych, których nazywałem moimi przyjaciółmi. Nawiedziły mnie twarze wszystkich moich ofiar. Wyłoniły się z czarnych zakamarków mojego umysłu. Najpierw tylko cienie, a potem sylwetki, te w końcu się stawały ojcami i synami, braćmi i kochankami. Przyszli wszyscy, których uśmierciłem, jakby chcieli się policzyć. Wyraźnie widziałem ich twarze. Usta wzywające pomocy bezskutecznie chwytały powietrze albo pluły krwią. Oczy, które wyrażały zaskoczenie, prosiły o litość albo tylko robiły się szkliste. Żałowałem, że wszystkich ich zabiłem: jakiekolwiek popełnili przestępstwa, powinni dalej chodzić po tej ziemi.

Nie otwierałem oczu, dopóki twarze moich ofiar znów się nie zamieniły w to, czym dzięki mnie uczyniła je śmierć – cieniami w mrocznych zakamarkach pamięci.

Ich wizyta wpędziła mnie w podły nastrój, który jeszcze się utrzymywał, kiedy do celi wszedł Johncock. Zastał mnie siedzącego na pryczy.

– Pan Sherlock Holmes czeka przy bramie więzienia i chce się z tobą zobaczyć.

– Nie. – Pokręciłem głową. – Nie mam na niego dość siły. Niech pan mu ode mnie powie, że się fatygował na darmo.

– Nie jestem twoim chłopcem na posyłki, Lynch, a po drugie: pan Holmes przewidział, że odpowiesz w taki sposób. – Johncock wyjął coś z kieszeni. – Powiedział mi, że zmienisz zdanie, jak ci dam tę kartkę.

– Wątpię.

Wziąłem kartkę, rozłożyłem i przeczytałem. Serce zabiło mi mocniej. Treść była krótka, ale tak bardzo zaskakująca, że musiałem przeczytać ją ponownie, zanim udzieliłem odpowiedzi.

– Pan Holmes miał rację. Zmieniłem zdanie i teraz chcę się z nim zobaczyć.

Do spotkania doszło mniej więcej dziesięć minut później w mojej celi. Jeden z ludzi Johncocka niechętnie przyniósł dwa drewniane krzesła, po czym wyszedł, zostawiając nas samych.

Holmes miał na sobie brązowy tweedowy szynel i gruby wełniany szalik w kontrastującym jasnokremowym kolorze. Skrzywił się, czując smród panujący w celi, i przytknął do nosa szalik, żeby się przed nim chronić.

– Powietrze tu wyjątkowo cuchnące – utyskiwał. – Takie rzeczy naprawdę powinny być zakazane.

– Co to ma znaczyć? – zapytałem, podnosząc otrzymaną od niego notkę.

– Sądziłem, że to oczywiste. – Usiadł na krześle, rozchylając płaszcz. – Był pan na tyle głupi, żeby się przyznać do morderstwa, którego pan nie popełnił, a ja potrafię tę pańską głupotę udowodnić.

– Z całym szacunkiem, panie Holmes, ale jak miałby pan dowieść, że było inaczej? Możliwe, że umknęło to pańskiej legendarnej wnikliwości, ale ja byłem na miejscu śmierci posterunkowego Jacksona, a pan nie. To ja wbiłem nóż w jego gardło. Ja obserwowałem, jak jego nogi podskakują w konwulsjach, a na usta wypływa piana. Krótko mówiąc, byłem świadkiem jego śmierci.

– Z tak postawioną sprawą nie będę się spierać. Poza dyskusją pozostaje fakt, że ów policjant zginął, nadto całkowicie się zgadzam ze stwierdzeniem, że był pan świadkiem jego śmierci. To jednak nie pan go zabił.

– Na jakiej podstawie może pan tak twierdzić?

– Czy pamięta pan nasze pierwsze spotkanie w murach tego więzienia? Poprosiłem wtedy, żeby pan wyliczył ludzi, którzy byli z panem w tę fatalną noc, a pan nie chciał tego zrobić.

– Pamiętam.

– Otóż oszczędziłby mi pan wiele czasu i wysiłku, okazując wtedy większą chęć do współpracy. Tak czy owak, zrobiłem to, w czym jestem najlepszy: przeanalizowałem wypadki na miejscu zbrodni. Dokładnie zbadałem cały dom w Southwark, a szczególnie miejsce, gdzie doszło do morderstwa. Co więcej, odtworzyłem relacjonowane przez pana wydarzenia. Sztuka dedukcji pozwala spojrzeć na sytuację pod zupełnie innym kątem, obiektywnym i wnikliwym okiem obserwatora pozbawionego emocji, poczucia winy i wypaczonych wspomnień. Omal nie odchodziłem od zmysłów.

– Proszę mi więc powiedzieć, do jakich przypuszczeń doprowadziła pana ta słynna dedukcja, na litość boską, żebym mógł w spokoju czekać na śmierć!

– Ależ, proszę pana! Tu nie ma mowy o jakichkolwiek przypuszczeniach – rzucił obrażonym tonem. – Towarzyszyli panu wtedy bracia Charles i James Connorowie. Wypaczone poczucie lojalności każe panu bronić ich pamięci mimo dzielących was wcześniej różnic, a mówię o pamięci, ponieważ nie żyją obydwaj.

– Skąd pan zna ich nazwisko?

– Kwerenda w publicznym archiwum doprowadziła mnie do londyńskiego przytułku, w którym wszyscy trzej przebywaliście, a nieprzyjemna wymiana zdań z dyrektorem tego przybytku, niejakim panem Beamishem, oraz o wiele bardziej interesująca rozmowa z panem Bangurą, pańskim byłym trenerem bokserskim, pozwoliła mi zdobyć wszystkie potrzebne informacje o panu, bliźniakach Connorach i waszej wspólnej ucieczce z przytułku.

– Jak udało się panu umieścić nas wszystkich trzech w domu Patricka Hoolihana w Southwark?

– Och, to wymagało nawet mniej wysiłku. Zwłoki Charlesa Connora zostały znalezione obok ciała posterunkowego Jacksona. Było niemal niewyobrażalne, żeby bracia, którzy w pańskim towarzystwie uciekli z przytułku, potem się rozeszli. Stąd wniosek, że James Connor musiał być w pokoju, w którym dokonali żywota jego brat oraz posterunkowy Jackson.

Przypomniałem sobie wcześniejsze słowa Holmesa.

– Powiedział pan, że obaj bracia nie żyją.

– Owszem. Charles, jak pan zapewne wie, umarł z powodu rany kłutej brzucha, której doznał podczas szamotaniny z policją. Na jego ciele stwierdzono także obrażenia zgodne ze śladami uderzeń pałką policyjną...

– A Jimmy?

– Tu właśnie leży klucz do pańskiej niewinności w tej sprawie. James Connor zbiegł z miejsca zdarzenia, prawdopodobnie dlatego, że zobaczył na podłodze martwego brata i martwego policjanta.

– Ja także stamtąd uciekłem.

– To prawda. Ale nie razem z nim, mam rację?

– Tak.

– I później pan go już nie widział?

– Nie.

– A szkoda, bo gdybyście się spotkali, wtedy może by się pan dowiedział, że ludźmi kierują nawyki, co się sprawdza zwłaszcza w przypadku zabójców.

– Intryguje mnie pan, panie Holmes.

– Dokładniej rzecz ujmując, ludzie, którzy zabili kogoś nożem, później zwykle zadają śmierć za pomocą tego właśnie narzędzia. Morderstwo jest nawykiem, a z mojego doświadczenia wynika, że mordercy mają swoje ulubione sposoby zabijania i zwykle się ich trzymają.

Był to dla mnie temat niewygodny. Holmes miał rację. Ja także miałem swoje ulubione techniki: ilekroć mogłem, od noża wolałem własne ręce.

– Nadal nie rozumiem pańskiej tezy.

– Zapewne dlatego, że jeszcze jej nie przedstawiłem. Stosując moją teorię o nawykowym modus operandi, odkryłem jeszcze dwa morderstwa, których ofiara zginęła przygwożdżona do podłogi nożem wbitym w krtań. Jedną z nich był właściciel lombardu w Sheffield, drugą pewien jubiler z Leeds.

– Stąd wniosek, że ta praktyka była częstsza, niż pan zakładał?

– Nie. – Chyba był rozdrażniony. – Wręcz przeciwnie. Obydwie zbrodnie popełnił ten sam człowiek. Dziesięć lat temu James Arthur Connor został stracony w Yorkshire. Zawisł na szubienicy w Armley po procesie, w którym skazano go za obydwa wspomniane przed chwilą zabójstwa.

– Panie, świeć nad jego duszą! Nie wiedziałem, że Jimmy nie żyje, a już na pewno, że go powiesili. Smuci mnie ta wiadomość.

– A nie powinna – stwierdził Holmes radośnie. – Według kilku wiarygodnych świadków w ostatnim słowie przed egzekucją James

Connor stwierdził: „Niech mi Bóg wybaczy! Zabiłem jeszcze jednego człowieka. Gliniarza w Londynie".

Nadal nie chciałem zaakceptować implikacji tego, co mówił mi Holmes.

– Ale nie zabił. Chyba że chodziło mu o innego policjanta niż ten, którego zabiłem ja.

– A niechże to, człowieku! Rozum panu odjęło? Pański przyjaciel uciekł z Londynu po śmierci Jacksona. Nigdzie miejsca nie zagrzał, wyjąwszy więzienia w Stafford, Stoke i Kirkdale. Co więcej, powiedział trzem innym więźniom w Armley, wszyscy trzej nadal są tam zamknięci, że omal go nie złapano za zabicie policjanta, który wykończył jego brata.

Poczułem zimny dreszcz. Wiedziałem, że Jimmy bez wahania zabiłby każdego, kto wyrządził krzywdę Charliemu. Holmes miał rację, mówiąc o braterskiej miłości. Mój umysł przywoływał wspomnienia tamtej nocy. Przebłyski faktów, żarzące się jak węgle w ogniu, który już dawno uznałem za wygasły.

Próbowałem jednak podważyć teorię detektywa.

– Faktycznie jednak to ja walczyłem z Jacksonem, a nie Jimmy, panie Holmes. Nóż należał do policjanta, nie do nas. Wyjął go i ugodził Charliego. Wtedy go uderzyłem i chwyciłem za nadgarstek. Walczyliśmy, jeden drugiemu chcąc wyrwać nóż, szamocząc się po całym pokoju. Jimmy mocował się z jakimś innym gliną, a potem wszyscy wpadliśmy na siebie. Przewróciliśmy się jak idioci, a kiedy się podniosłem i rozejrzałem dookoła, zobaczyłem nóż wbity w gardło Jacksona.

– Otóż to! – Holmes machał palcem tuż przed moim nosem. – Widział pan nóż! Czy jednak pamięta pan, jak go pan chwycił? Odwrócił ostrzem do dołu? Ustawił się bezpośrednio nad zamordowanym i zadał cios z taką siłą, że ostrze przebiło kilka warstw jego ciała, że przekłuło mięśnie i znajdujące się w szyi organy, by przygwoździć go do ziemi?

– Nie, tego nie pamiętam.

– Tak właśnie myślałem. Jak więc mogło się to stać?

– Przypuszczałem, że przewróciliśmy się, a waga tych, którzy upadli na nas, przebiła nóż przez jego ciało.

– Przypuszczał pan? – Pierwsze słowo wypowiedział przeciągle z wielkim sarkazmem. – Pańskie przypuszczenie jest kompletną bzdurą. W najlepszym wypadku coś takiego byłoby wysoce nieprawdopodobne, zważywszy jednak na fakt, że James Connor przyznał się do zamordowania policjanta, który wykończył jego brata, to całkowicie wykluczone.

Holmes wstał i odsunął się od krzesła.

– Oto co się wydarzyło. Connor zobaczył, że posterunkowy Jackson ugodził nożem jego brata, podczas gdy, jak pan się wyraził, walczył z jakimś innym gliną. Później ustaliłem, mężczyzna ten nazywa się Benjamin Crowther. A więc James Connor i Crowther popchnęli pana na Jacksona, przez co wszyscy czterej przewróciliście się na podłogę. Crowther upadł twarzą na nogi Jacksona. Pan leżał na boku odwrócony tyłem do reszty i był pan lekko ogłuszony. Wyszarpnął się pan spod ciał, wstał z podłogi i zobaczył pan najpierw martwego Charlesa Connora, a potem nóż wbity w szyję policjanta. I wtedy wysnuł pan swoje przypuszczenie i uznał własną winę. Czy mam rację?

– Tak, właśnie w ten sposób zapamiętałem tamte wydarzenia.

Holmes kontynuował z ożywieniem:

– Tymczasem kiedy jeszcze leżał pan ogłuszony, James Connor wstał, zauważył upuszczony nóż i skoczył po niego.

Holmes złożył dłonie i zaplótł palce, jakby trzymał nóż ostrzem w dół.

– Był rozwścieczony. Zobaczył mordercę brata przygniecionego ciałem Crowthera i uderzył. – Holmes opadł na kolana, uniósł wyimaginowany nóż i z całej siły się zamachnął. – Connor wbił ostrze w gardło posterunkowego Jacksona. Uderzył oburącz, co dało dość siły, żeby metal przekłuł krtań i dotarł do desek podłogi.

Detektyw podniósł się, otrzepał kurz z kolan, po czym znów usiadł na krześle.

– Odwiedziłem nie tylko miejsce zbrodni, ale też biuro koronera, gdzie uważnie się zapoznałem z rysunkami wykonanymi przez lekarza oraz policjantów dokonujących oględzin zaraz po zdarzeniu. Konsultowałem się z najtęższymi umysłami na Harley Street i wszyscy eksperci potwierdzają, że śmiertelna rana Jacksona została zadana w sposób, który opisałem przed chwilą, a tylko James Connor miał szansę to zrobić. Moi eksperci potwierdzają też, że nie mógł pan zadać śmiertelnego ciosu, tylko upadając na zmarłego, ani nie mógł się do jego śmierci przyczynić nikt, kto się przewrócił na pana. – Spojrzał na mnie poważnym wzrokiem. – Krótko mówiąc, Lynch, jest pan niewinny. Przynajmniej jeśli idzie o to morderstwo.

Siedziałem zaszokowany. Całe moje życie mogło się potoczyć inaczej – całkowicie inaczej. Gdybym wiedział, uciekając wtedy z szeregowca w Southwark, że to nie ja jestem odpowiedzialny za śmierć policjanta, z pewnością nie posłuchałbym Moriarty'ego wtedy w Manchesterze, a przede wszystkim nie zgodziłbym się dla niego zabijać.

– Jestem wdzięczny za te informacje, panie Holmes, muszę jednak się przyznać do pewnej konsternacji, jeśli idzie o cel, dla którego zadał pan sobie tyle trudu z mojego powodu.

– Odpowiedź jest prosta. Pańska relacja o tym, jak zabił pan Jacksona, nie miała sensu, ja natomiast hołduję zasadzie, że jeśli zeznanie nie ma sensu, to albo jest kłamstwem, albo pomyłką. Bo widzi pan, Lynch, z zadowoleniem przyjmuję wyrok, który posyła na szubienicę człowieka za morderstwo, które popełnił. Powiem więcej, z wielkim zadowoleniem przyjmuję taki wyrok. Martwi mnie jednak, jeśli ktoś ma wisieć za zbrodnię, choć się jej nie dopuścił. To zaburza cały nasz system wymiaru sprawiedliwości.

– Przedstawi pan zatem swoje dowody ministrowi?

– Już to zrobiłem.

– I co?

– Drogi panie, czyby pan nadal siedział w więzieniu, gdybym odniósł sukces?

– Ale przecież miał pan ekspertów.

– Ich opinie odrzucono jako spekulacje. Prawda jest taka, że został zabity policjant i kogoś trzeba za to powiesić. Równie dobrze może to być pan. No i oczywiście jest drugie morderstwo, za które został pan skazany. To zdecydowanie nie ułatwia sprawy.

– Elizabeth MacIntosh. Wierzy pan, że ją zabiłem?

– Nie, nie wierzę. Niczego pan na tym nie zyskał. Jest pan człowiekiem inteligentnym, gdyby więc chciał pan ją zabić, to wybrałby pan lepszy czas i miejsce. Nie mogę jednak udowodnić pańskiej niewinności, jeśli do tego prowadziło pańskie pytanie.

Faktycznie, o to mi chodziło.

– W takim razie pana rozczaruję. Najpierw myślałem, że coś wyniknie z faktu, że zbrodnię tę popełnił praworęczny morderca, zadając cios, kiedy trzymał ofiarę przed sobą, zdawało mi się bowiem, że pan jest leworęczny. Po uważniejszej obserwacji stwierdziłem jednak, że należy pan do osób oburęcznych. To rzadkość, w pana przypadku dodatkowo bardzo niefortunna, ponieważ oznacza, że mógł pan podciąć jej gardło. Wyjął z kieszeni fajkę i uważnie obejrzał, ale nie zapalił.

– Miałem nadzieję, że coś udowodnię, analizując sposób, w jaki zabrudziła się krwią pańska koszula i kamizelka. Zabójca musiał oczywiście być zakrwawiony, ale zważywszy na jego pozycję względem ofiary, miałby na ubraniu miejsca niezakrwawione tam, gdzie ciało panny MacIntosh przylegało do niego, kiedy zadawał śmiertelny cios.

– Policja miała moje ubranie.

– Wiem, bo pytałem o nie. Kiedy zapadł wyrok skazujący, pozbyli się dowodów w sprawie. Nie byłem zaskoczony, słysząc, że nigdzie nie odnotowano, co dokładnie się stało z pańskimi rzeczami.

– Wydaje się więc, że wszystkie pańskie wysiłki poszły na marne, panie Holmes. Za przestępstwa, których nie popełniłem, kat powiesi mnie z takim samym skutkiem jak za te, których się dopuściłem.

– Proszę więc zeznać przeciwko Moriartym. I Jamesowi, i Broganowi. Niech pan zacznie od nowa.

Po raz pierwszy wymienił obydwu braci, a ja nie umiałem powstrzymać zaskoczenia.

Holmesa to raczej ubawiło.

– Proszę mi tylko nie mówić, że pańskim zdaniem nie miałem pojęcia o roli, jaką naprawdę odgrywa Brogan w tej rodzinie!

Nie odezwałem się. Lojalność nadal działała u mnie instynktownie.

– Już od dłuższego czasu wiem, że to on dzierży prawdziwą władzę, ale było mi po prostu wygodniej nie poświęcać mu publicznie tyle uwagi, ile poświęcałem jego bratu. Wystarczy ujawnić, że się zna czyjeś sekrety, a ten ktoś odpowiednio zmienia swoje plany. Jeśli jednak będzie myślał, że udało mu się wszystkich oszukać, to straci przewagę. Nie mam żadnych złudzeń. To James jest płomieniem, do którego lgną ćmy. Brogan jest świecznikiem, a pan, panie Lynch, może mi pomóc spalić ich imperium.

Wiedziałem, że nie będzie odwrotu. Odpowiedź, której za chwilę udzielę, przypieczętuje los albo mój, albo mojego ojca i wuja. Moje serce waliło jak oszalałe. Zaschło mi w ustach.

Czy Holmes kłamał?

Powiązanie mnie z braćmi Connorami nie wymagało od niego wielkiego wysiłku, czy jednak cała reszta była prawdą? Czy Jimmy naprawdę zabił Jacksona? Czy minister naprawdę odrzucił starania Holmesa? A może Holmes nigdy z nim nie rozmawiał, ponieważ nie chciał, żebym odzyskał wolność, skoro nie godzę się wydać Moriarty'ego i jego rodziny?

Mój skołatany umysł podpowiedział mi też alternatywny scenariusz, jeszcze bardziej niepokojący: czy mój ojciec także wiedział, że nie ja zabiłem Jacksona?

Przyznał się przecież, że przeprowadził niemal kryminalistyczną analizę mojego dzieciństwa i młodości. Czy więc odkrył to samo, co Holmes, ale mimo to postraszył mnie szubienicą, żeby utrzymać nade mną przewagę, żeby mną manipulować i podstępem zmusić do zabijania dla niego, w ten sposób czyniąc ze mnie swojego krwawego spadkobiercę?

– Niech pan zrobi coś dobrego ze swoim życiem, Lynch – namawiał Holmes, widząc moją wewnętrzną walkę. – Niech pan skorzysta z ostatniej szansy, żeby nie iść do grobu z tak potwornie splamioną duszą.

Zamknąłem oczy. Mój umysł nie chciał się uspokoić. Krew tętniła w skroniach. Tą krwią przypieczętowałem przecież przysięgę. To była krew mojej rodziny. Przyłożyłem dłoń do czoła. Poczułem skraplający się na nim pot. Nie miałem w głowie ani jednej klarownej myśli. Wszystkie były sparaliżowane.

Otworzyłem oczy i spojrzałem Holmesowi prosto w twarz.

– Moja odpowiedź jest niezmienna, panie Holmes. Skończyłem z dotychczasowym życiem. Nie chcę więcej mieć na sumieniu czyjejkolwiek duszy. Nie chcę przedwcześnie posyłać do grobu ani złych, ani dobrych ludzi. A teraz proszę mnie zostawić. Niech pan wraca do domu i naszykuje dwadzieścia funtów, które jest pan winien swojemu przyjacielowi.

DZIEŃ EGZEKUCJI

Przez kraty celi słuchałem dzwonów wybijających północ. Siłą woli próbowałem uciszyć te spiżowe nuty w pół brzmienia, zatrzymać świat w bezruchu, ale minuty ostatniego dnia mojego życia nie chciały zwolnić.

Cisza, która potem nastąpiła, wyznaczyła początek końca, zawiodła mnie pod bramy, przez które czułem płomienie i swąd siarki. To były moje ostatnie godziny.

Nawet zjełczały odór więzienia zrobił się wyjątkowy. Zamykając usta, wdychałem go przez nos, a potem powoli wypuszczałem powietrze, po raz pierwszy zdając sobie sprawę, jak cudownym narkotykiem jest tlen. Łapczywie chwytałem oddech za oddechem i przysięgam, że moje serce biło coraz szybciej i dostałem zawrotów głowy.

Cieszyłem się pełnią życia. Oprócz morderstwa doświadczyłem tego, czego pragną wszyscy ludzie. Zjechałem kawał świata. Kochałem i byłem kochany. Zostałem ojcem.

Philomena, Elizabeth i maleńka Molly dały mi tyle radości! Zawładnęły moim sercem i potrafiły z całej mojej niegodziwości wyrzeźbić coś, co przypominało dobrego człowieka. Cyril Lynch podarował mi swoje nazwisko i nauczył mnie, jak być przyzwoitym. Gdyby żyła Molly, wychowywałbym ją tak samo godnie, jak on próbował wychowywać mnie. Molly wyrosłaby na dobrą dziewczynę. Na wskroś dobrą.

Potem w moim życiu pojawił się Brogan Moriarty, mój ojciec. Przyjął mnie pod swój dach. Karmił mnie. Odział i wykształcił. Łożył na mnie. Dał mi szansę zdobyć fortunę, spotkać kobietę, którą pokochałem, i zostać ojcem najcudowniejszego dziecka.

Nauczył mnie też mordować. Po to, żebym go chronił i mógł się stać taki jak on, a w końcu też odziedziczyć jedno z największych przestępczych imperiów w całej Anglii. Choć były to czyny niewybaczalne, to przecież popełnił je mój ojciec. W moich żyłach płynęła jego krew. Pojawił się też w moim życiu jego młody kochanek, ale zapoczątkowała je moja biologiczna matka Alice. Kobieta, której zaszkodziłem najbardziej ze wszystkich, choć nigdy jej nie poznałem. Na pewno jednak byłbym szczęśliwy, gdyby wychowywała mnie ona. Może gdyby przeżyła moje odrażające narodziny, to nasze życie wyglądałoby inaczej.

Uśmiałem się ze swoich myśli. Wychodziło na to, że życie to gdybanie do bólu.

Księżyc przesunął się delikatnym łukiem po zakratowanym oknie mojej celi, rzucając srebrzyste cienie na kamienną podłogę. Przyklęknąłem, zanurzyłem w nich dłonie i obserwowałem magiczną poświatę na mojej skórze. Obmyła mi ręce. Uwolniła od krwi, która je plamiła.

Spojrzałem na sylwetkę za moimi plecami: klęczący potwór próbował chwycić w dłonie coś, czego nie ma. To był mój cień. Cień, w który się zamieniałem z człowieka.

Stałem pośrodku celi, kiedy boleśnie zdałem sobie sprawę z tego, że nigdy więcej nie zobaczę wspaniałości światła księżyca. Powieszą mnie, zanim słońce wespnie się najwyżej, by potem powoli schodzić na zachód. Do wszy gnieżdżących się na mojej głowie miały niebawem dołączyć muchy i robaki czekające już w ziemi.

Nadal stałem w miejscu, kiedy do celi wszedł klawisz. Ten sam poczciwiec, który spokojnie opowiadał mi o egzekucji Louise Masset, a potem stwierdził, że na koniec odnalazła spokój.

– Pan Johncock polecił mi zapytać, czy masz jakieś ostatnie życzenie.

Zaśmiałem się.

– Chciałbym zostać uwolniony i napluć w gębę temu staremu zrzędzie, zanim w podskokach wybiegnę na miasto.

Uśmiech uniósł kąciki jego ust.

– Może coś specjalnego z kuchni?

Znów się zaśmiałem.

– Specjalnego? Specjalnie przygotowany przez nich posiłek zabiłby mnie, zanim dotrę na szubienicę.

– To może kufel piwa albo szklaneczka dżinu, żeby uspokoić nerwy?

– Doskwierają mi nie nerwy, lecz żal, na który piwo ani dżin nie pomogą.

– Jak uważasz. Czy chcesz sporządzić testament?

– Nie. Zostawiam po sobie tyle, ile miałem, kiedy przychodziłem na świat. Uprzedzę kolejne pytanie: nie, nie chcę napisać żadnego ostatniego listu. – Znów utkwiłem wzrok w kawałku nieba za kratami. – Powiedz mi, co się dokładnie stanie, kiedy opuszczę tę celę po raz ostatni.

Wziął głęboki wdech.

– Wszystko pójdzie szybko.

– Opowiedz.

– Pojawi się oddział egzekucyjny. Zostaniesz zabrany do pokoju przygotowań, gdzie asystent pana Warbircka odpowiednio zwiąże ci ramiona. Potem bez łańcuchów na nogach przeprowadzą cię na szubienicę, wprowadzą po schodach, założą ci kaptur i ustawią na zapadni, a wtedy kat założy ci pętlę i zawiśniesz.

Spojrzałem na niego.

– Więc to pójdzie tak szybko?

– Tak, kilka minut i będzie po wszystkim.

– Obyś miał rację.

– Ojciec Deagan potwierdził, że przyjdzie, ale ze względu na zły stan zdrowia chciałby zabrać ze sobą jeszcze jednego księdza i pyta, czy się na to zgadzasz.

– Oczywiście, chociaż wolałbym, żeby się nie fatygował. Jego dobre zdrowie jest ważniejsze od mojej złej śmierci.

– Mamy informację, że już jest w drodze.

– To dobry człowiek i jestem mu za to wdzięczny.

Klawisz spojrzał na okno. Nastawał świt.

– Muszę przekazać twoje słowa panu Johncockowi. Czy chcesz jeszcze coś dodać?

– Nie, nie chcę.

– W takim razie będę się za ciebie modlił, Simeonie Lynchu. Oby trudne chwile, które cię czekają, upłynęły jak najszybciej.

– Dziękuję.

Odwrócił się i wyszedł, zamykając za sobą drzwi z pełną szacunku delikatnością. Zapewne kierowała nim dobroć, która w tym więzieniu była prawdziwą rzadkością.

Znów zostałem sam. Wsunąłem rękę do kieszeni i wyjąłem stamtąd pomięty, wyblakły portret, który dała mi Philomena. Teraz znaczył dla mnie więcej niż kiedykolwiek przedtem. Ucałowałem zniszczony wizerunek i przycisnąłem go do serca.

– Wybacz mi wszystko, co zrobiłem i czego zaniechałem, bo przez całe moje życie sprawiałem zawód tobie i Cyrilowi.

Ponownie ucałowałem wizerunek, po czym wsunąłem go w szczelinę między cegłami wysoko na ścianie. Ani Philomena, ani Alice nie pójdą ze mną na szubienicę.

Spojrzenie za okno upewniło mnie, że u bram więzienia stanął świt.

Zgrzyt klucza w zamku mnie przeraził: nadszedł czas.

Drzwi się otworzyły i stanął w nich Johncock.

– Jestem gotowy – oznajmiłem, biorąc głęboki oddech i wyciągając obie dłonie przed siebie.

Johncock spojrzał na ludzi, którzy z nim przyszli.

– Zabierzcie go do pokoju przygotowań. Czeka na nas solidne śniadanie, panowie, dlatego załatwmy się z tym ścierwem jak najszybciej.

Czteroosobowy oddział szybko zaprowadził mnie do pomieszczenia, zajęło to góra dwadzieścia sekund. Serce waliło mi jak oszalałe. Pomyślałem, że umrę, zanim dojdę do tej szubienicy.

W małym pokoju było kilku innych ludzi, zapewne pomocników Warbricka. Na półce naprzeciwko mnie leżały zwoje lin, sterty wypranych ubrań, ręczników i prześcieradeł.

Nie prześcieradeł. Całunów.

Potem zobaczyłem luźny bawełniany kaptur, który się nakłada na głowę skazańca. Na moją głowę.

Wciąż się gapiłem na tę potworną część garderoby, kiedy jeden z ludzi Warbricka wykręcił mi ręce za plecami. Nie opierałem się. Poczułem zimną stal i niemal natychmiast szczęknął zamek kajdanków.

Coś się nie zgadzało.

Ze wszystkich dotychczasowych zapowiedzi wynikało, że ręce przywiążą mi po bokach.

Johncock stanął przede mną, szeroko się uśmiechając.

– Zostało nam jeszcze trochę czasu, Lynch. Musimy go dobrze wykorzystać.

Uderzył mnie pięścią w brzuch.

Cios całkowicie mnie zaskoczył, przez co był jeszcze bardziej bolesny. Stojący z boku klawisz uderzył mnie prawym prostym, który omal nie złamał mi kości policzkowej. Inny chwycił mnie za włosy i szarpnął do tyłu.

Johncock znów uderzył. Raz. Drugi. Trzeci.

Ciosy powaliły mnie na kolana, a ból żołądka był tak wielki, że nie mogłem oddychać.

Johncock pochylił się, żeby unieść moją głowę.

– Powiemy światu, że płakałeś jak ostatni tchórz, Lynch. Że broniłeś się jak panienka i błagałeś, żeby cię nie prowadzić na szubienicę. Że zabrakło ci jaj, żeby z godnością przyjąć karę.

Spróbowałem się podnieść, żeby walczyć, ale ciężkie buciory spadły na moje żebra. Opadłem na podłogę. Jakiś obcas wylądował na moich plecach u nasady kręgosłupa. Miałem wrażenie, że stalowe czubki butów miażdżą moje kości. Wyprostowali mnie, obrócili na plecy i kopali od goleni po ramiona.

Ręce miałem skute za plecami, nie mogłem więc się bronić. Kamasze waliły we mnie niczym młoty rozłupujące kamień.

Ogarnęła mnie ciemność. Umierałem. Bóg okazał mi łaskę, chroniąc przed poniżającą śmiercią na szubienicy. Wyznaczył mi koniec tutaj, w odosobnieniu. Miałem skończyć otulony miękką ciemnością, która mnie ogarnęła.

Obudziłem się półprzytomny. Oślepiony krwią zalewającą mi oczy. Potworny ból rozsadzał mi głowę. Nie mogąc wstać, uderzałem ramionami o kamienną podłogę i próbowałem się czołgać.

Podniosły mnie czyjeś silne dłonie. Postawiły na nogach, poniosły do przodu.

Przez mgłę zobaczyłem jakieś pomieszczenie.

Rzędy ławek od lewej do prawej. Pomyślałem, że jestem w kościele. Miałem przed sobą jakieś dziwne twarze. Wszystkie zwrócone do góry.

Na szubienicę.

Po lewej stała wysoka platforma. To nie był kościół ani senny koszmar. Czułem zapachy. Słyszałem głosy. Szepty.

Ogarnęła mnie panika.

Ktoś odwrócił mnie od ławek. Nagle miałem przed oczami ceglaną ścianę. Otoczyli mnie ludzie Warbricka. Wepchnęli mi coś do ust. Poczułem smak tkaniny.

Zawiązali knebel wokół głowy. Próbowałem go wypluć. Instynkt przetrwania pozostał mi do końca.

Kaptur.

Wsunęli mi na głowę ten okropny kaptur. Działali ze sprawnością i szybkością najlepszych kieszonkowców. Chciałem podnieść ręce, ale coś je powstrzymywało. Nie lina, jak oczekiwałem, i nie kajdanki, którymi skuli mnie poprzednio.

Miałem na sobie kaftan bezpieczeństwa!

Musieli mi go włożyć, kiedy byłem nieprzytomny. Johncock prowadził mnie na szubienicę niczym wariata. Zrobił ze mnie skończonego idiotę!

Chciałem krzyczeć, ale knebel tłumił mój głos.

Odebrano mi całą godność. Odebrano mi nawet prawo do ostatniego słowa. Nie mogłem nawet powiedzieć, że żałuję.

Z trudem oddychałem.

Moje stopy stuknęły o drewniany stopień. Silne ręce uniosły mnie, pomagając mi pokonać najpierw ten, a potem kolejne. Czułem, jak serce uderza o żebra, jakby chciało się spomiędzy nich wyrwać.

Pod moimi stopami skrzypnęło drewno.

Próbowałem odwlec tę ostatnią chwilę. Szarpnąłem do tyłu. Na nic. Moje palce ledwie dotykały desek platformy. Ktoś się odezwał. Słaby, zachrypnięty głos księdza Deagana odmówił jakąś modlitwę, którą zakończył niskim i poważnym „Amen".

Cisza.

Odezwał się Johncock.

– Czy skazany chce coś powiedzieć przed wykonaniem wyroku?

Stojący za mną człowiek szarpnął knebel, mocniej wciskając go w moje usta. Nie mogłem wydać z siebie żadnego dźwięku, ani nawet skinąć głową. Słowa, które chciałem wypowiedzieć, nie padły.

– Nie chce – oznajmił.

Czyjeś dłonie wygładziły kaptur. Potem dotknęły mojego gardła. Poczułem, jak pętla przechodzi wokół czubka mojej głowy. Ociera się o czoło. Zaczepia o uszy.

Opada na szyję.

Zaciska się.

Umysł automatycznie podrzucił modlitwę: Ojcze nasz, któryś jest w niebie, święć się imię…

Rozległ się huk głośny jak wystrzał.

Otworzyła się zapadnia.

Stopy straciły podparcie.

Opadłem.

Szarpnięcie. Poczułem, jak lina ciągnie moje ciało. Ból ścisnął mi gardło. Moje ciało podskoczyło. Widzom wyrwały się okrzyki przerażenia.

Potem nic.

Byłem pewien, że umarłem.

Ale straciłem tę pewność, kiedy usłyszałem jakieś szepty.

Sznur nie skręcił mi karku. Ale wisiałem. Lekko się huśtając na boki. Stryczek zaciskał się wokół mojego niezłamanego karku, powoli mnie dusząc. Nie mogłem oddychać.

Prychnąłem. Rozbujałem się w lewo i w prawo. Do przodu i do tyłu. Mój kręgosłup strzelał, reagując piekącym bólem.

Lina okazała się zbyt krótka. Czyli miałem zginąć, powoli się dusząc.

Wierzgnąłem nogami. Więc tak wygląda taniec wisielca na linie! Zaczęło się. Poczułem, że tracę przytomność.

Ogarnął mnie mrok. Dobry Boże, nareszcie koniec!

Bujanie liny słabło, aż wreszcie niemal ustało. Trzaski kręgosłupa i skrzypienie desek zamieniały się w coraz odleglejszy szum.

Lina znieruchomiała. Obróciłem się powoli, odchodząc w nicość. Ustał oddech. Ustały myśli. Ustał ból.

Ustało moje życie.

Było po mnie.

DZIEŃ PO EGZEKUCJI

LONDYN, 19 STYCZNIA 1900 ROKU

Świadkiem wykonania wyroku śmierci przez powieszenie był między innymi pan Christopher Ellis Ackborne, wieloletni reporter „London Evening Standard", który zrelacjonował przebieg zdarzenia w numerze datowanym na kolejny dzień. W swoim tekście służalczo wychwalał przebieg egzekucji oraz funkcjonariuszy, którzy ją przeprowadzili.

Zastępca dozorcy więzienia Newgate pan Tobias Johncock, poprzednio w służbie Straży Królewskiej, z godną najwyższego uznania starannością zadbał, aby egzekucja bezdusznego mordercy Simeona Lyncha przebiegła nie tylko z wojskową precyzją, ale też z poszanowaniem dla sprawiedliwości i należytym miłosierdziem, choć przecież wieszano prawdziwą bestię skazaną za brutalny mord na pannie Elizabeth MacIntosh z Derbyshire oraz zabicie funkcjonariusza londyńskiej policji posterunkowego Thomasa J. Jacksona.

Skazanego trzeba było przed egzekucją skrępować kaftanem, po tym jak brutalnie zaatakował kilku strażników więziennych, utrudniając im wykonanie czynności służbowych. Samo powieszenie przebiegło bez zakłóceń. Zgon stwierdził lekarz z Ministerstwa Spraw Wewnętrznych w obecności przedstawiciela biura koronera, po czym ciało mordercy zostało zgodnie z przepisami odwiezione i natychmiast pochowane na terenie więzienia

Newgate w niechlubnym miejscu znanym jako Ale-
ja Skazańców.

Pan Ackborne cieszył się renomą dobrego dziennikarza, dlatego
też wykształceni czytelnicy jego gazety niewątpliwie uznali tę relację
za prawdziwą i dokładną. Bo rzeczywiście pan Ackborne nie miał
najmniejszego powodu, żeby wątpić, że starannie i precyzyjnie opisał to, czego był świadkiem.

Popełnił jednak w swoim sprawozdaniu poważne błędy, może
nawet najpoważniejsze, jakich kiedykolwiek dopuścił się dziennikarz.
Tyle tylko, że nigdy się o nich nie dowie ani nie będzie niczego po-
dejrzewał. Jego czytelnicy też nie.

Tylko Johncock i jego grupa specjalna oraz garstka wyjątkowo
dyskretnych ludzi będą znali prawdę.

Aby to wszystko zrozumieć, musimy się cofnąć do pełnych napięcia minut poprzedzających egzekucję, kiedy świadkowie i strażnicy
zebrali się pod szubienicą.

Zasady przyzwoitości zawsze nakazywały, aby ogrodzona przestrzeń pod zapadnią – wypełniona sianem studnia, do której opada
ciało i gdzie potem się je bada – była zasłonięta czarną tkaniną, która
ma chronić świadków przed drastycznym widokiem. Ma to swoje uzasadnienie, ponieważ często egzekucja nie przebiega tak, jak powinna.
Bywało, że kat musiał pośpiesznie zbiegać z podestu i ciągnąć skazanego za nogi, żeby przyśpieszyć jego śmierć. Niektórzy kaci wspinali
się ponoć na plecy albo ramiona wisielca, żeby ciężar ich ciała pomógł go wykończyć. To nie jest widok odpowiedni dla publiczności.

Jak całe rzesze nieszczęśników przede mną przeleciałem przez
zapadnię szczerze przekonany, że umieram. I zawisłem na tej linie,
naprawdę.

Ale nie za szyję. Bez mojej wiedzy pętla, którą przełożono mi
przez głowę, została za pomocą wyjątkowo mocnego drutu przymo-
cowana do metalowego gorsetu, który ukryto pod kaftanem bezpieczeństwa. W rezultacie siły wywołane po zatrzymaniu spadku ciała
rozłożyły się pod pachami i wzdłuż tułowia, nie działając na szyję.
Czułem, że się duszę, ponieważ gorset ściskał mi żebra, ale też w wyniku paniki. Okazuje się, że w pokoju przygotowań pobito mnie po

to, żebym stracił przytomność, bo wtedy strażnicy mogli swobodnie dopasować gorset, a następnie ukryć go pod nowym ubraniem.

Ogłuszony i zdezorientowany trafiłem potem przed oczy publiczności, której pokazano moją twarz, żeby mogła potwierdzić tożsamość, a następnie zaświadczyć o mojej śmierci. Zostałem zakneblowany, zanim nałożono mi kaptur, żebym nie krzyczał, bo w ten sposób mógłbym nieświadomie uniemożliwić dokonanie oszustwa. Kiedy przeleciałem przez zapadnię, poczułem gwałtowne szarpnięcie i zaczęło mną kołysać. Byłem pewien, że się duszę. Przez upadek oraz wahadłowy ruch na linie, a także wskutek braku tlenu, którego dopływ ograniczał nie tylko knebel, ale i ucisk metalowego gorsetu, naprawdę się dusiłem i naprawdę myślałem, że umieram.

Za parawanem z czarnego materiału ktoś chwycił mnie za nogi. Ale podniósł je, a nie pociągnął w dół. Wtedy jednak byłem już nieprzytomny, bo gwałtowna praca serca, słaby dopływ tlenu i przede wszystkim szok sprawiły, że straciłem świadomość. Nie wiem więc, w jaki sposób odcięto mnie ze stryczka i zdjęto ze mnie gorset.

Następnie przyłożono mi do ust oraz nosa tkaninę nasączoną chloroformem, żebym przypadkiem nie spróbował zepsuć przedstawienia, i dopiero wtedy rozsunięto czarną kurtynę, a świadkowie zobaczyli leżące bez życia ciało.

Jak tylko przerażone oczy publiczności się odwróciły, przeniesiono mnie na wózek, który przede mną przewoził zwłoki Louise Masset, a następnie zabrano poza zasięg wzroku zebranych. Mój specjalnie dobrany oddział egzekucyjny powoli wiózł mnie na więzienny cmentarz, dbając o to, żeby po drodze mijać jak największą liczbę klawiszów, którzy mogliby potem z wielkim przekonaniem świadczyć, że po egzekucji widzieli moje zwłoki. Strażnicy zabrali mnie do świeżo wykopanej mogiły i stanęli nade mną z szacunkiem, który postronnemu obserwatorowi musiał się wydawać elementem ceremonii pogrzebowej. Tymczasem zamiast mnie zasypać ziemią, mężczyźni podali mi sole trzeźwiące. Kiedy oprzytomniałem, przerażony i słaby, związali mnie, nakazując milczeć.

Nie potrafię opisać szoku, który przeżyłem po odzyskaniu przytomności, kiedy myślałem, że obudzono mnie po śmierci. Ludzki umysł jest najwspanialszym narzędziem, przysięgam jednak, że przez tę chwilę, kiedy trzymano mnie nad wykopanym grobem, byłem bliski szaleństwa. Gdyby nie zakryto mi ust i nie unieruchomiono kończyn, z pewnością dostałbym ataku histerii.

Kiedy stojący nade mną ludzie przekonali mnie, że nie jestem w piekle ani nic mi nie grozi, włożyli mi na głowę siwą perukę, do której dodali brodę, wąsy oraz okulary. Workowate więzienne ubranie razem z gorsetem wylądowały w grobie, który następnie powoli zasypywano. Mnie tymczasem ubrano w koszulę, krawat i elegancki czarny garnitur. Stroju dopełniły surdut i melonik, a po dziesięciu minutach razem z moimi towarzyszami przekroczyłem bramy więzienia.

Na zewnątrz właśnie się rozchodził tłum gapiów, którzy czuli jakiś niezdrowy przymus, żeby się zebrać przed więzieniem, choć przecież nie mogli obejrzeć egzekucji. Hordy powracających do zwyczajności swojej egzystencji potrącały nas i przepychały się wszędzie dookoła. Ten zgiełk był dla mnie przerażający, ponieważ moje zmysły nadzwyczajnie się wyostrzyły. Czułem kształt bruku pod stopami. Nieustannie atakowały mnie zapachy i dźwięki Londynu. Węgiel, smoła, mgła. Turkot powozów, wrzask sprzedawców, trzask batów strzelających na mroźnym powietrzu.

Po jednej i po drugiej stronie miałem dwóch mężczyzn, którzy niemal siłą doprowadzili mnie do czekającej niedaleko karety. Mój wzrok padł na kobietę stojącą samotnie na rogu ulicy, którą mijaliśmy. Drobna. Ciemnowłosa. Niemal chłopięca.

Surrey.

Tak bardzo przypominała wyglądem moją dawną kochankę, że nie mogłem uwierzyć, iż oczy mogły mnie mylić.

Zwolniłem, próbując odwrócić głowę. Chciałem raz jeszcze na nią spojrzeć.

– Nie patrz za siebie! – polecił jeden z mężczyzn. – Wejdź do karety i milcz. Nie odzywaj się ani teraz, ani podczas podróży. Później będzie dość czasu, żeby porozmawiać.

Zrobiłem, jak kazał. Ludzie, którzy potrafią ocalić życie skazańca, któremu kat założył już pętlę na szyję, mogą też mu to życie odebrać.

Nigdy przedtem podróż karetą nie dała mi takiej przyjemności. Z niebiańską rozkoszą patrzyłem, jak po każdym kolejnym zakręcie znikają za nami ohydne mury więzienia Newgate, z którego właśnie uchodziłem żywy. Rozsiadłem się i westchnąłem głęboko. Światło dnia wydawało się zaskakująco jasne, zimowe powietrze ożywczo świeże. Niebo zrobiło się gładkie jak platyna. Nad głowami płonęło słońce, które obdzielało nas wszystkich ciepłem samego Boga. Żyłem. Nie wiedziałem dlaczego, ale byłem żywy. Podróż się przeciągała. Potworność wcześniejszych doświadczeń i powolne kołysanie wepchnęły mnie w objęcia niespokojnego snu. Być może do tych koszmarów przyczynił się także chloroform, ale wyraźnie widziałem zwoje liny, czułem, jak spadam, a potem wiszę na szubienicy.

– Obudź się!

Ktoś potrząsnął moim ramieniem. Kareta się zatrzymała. Jakiś mężczyzna stał przy otwartych drzwiach. Proste plecy. Twarz pozbawiona wyrazu. Oczy, które patrzyły na mnie tylko przez chwilę, ponieważ od razu zauważały wszystko.

– Wysiadaj! – polecił.

Kiedy wstałem, zaraz się okazało, że ledwie się trzymam na nogach z powodu zesztywniałych ścięgien, bolącego kręgosłupa oraz zaczynających się robić na całym ciele siniaków.

Rozejrzałem się. Staliśmy przed wejściem do przyjemnej wiejskiej rezydencji. Wysokie drzewa stały niczym szpaler wartowników po obydwu stronach żwirowanego podjazdu. Spojrzałem za siebie. Właśnie zamykano żelazną bramę. Obok niej wartownicy w zimowych płaszczach przytupywali, żeby odpędzić chłód.

– Wchodzimy!

Znów poczułem na ramieniu silną dłoń. Powlokłem się więc w kierunku wysokiego łuku i czarnych drzwi znajdujących się pod nim.

Przed sobą i z tyłu miałem eskortę, w sumie czterech mężczyzn. Pomogli mi pokonać schody. Przypomniałem sobie, z jakim trudem wkraczałem na stopnie szubienicy, i się wzdrygnąłem.

Wewnątrz pachniało pastą do drewnianych podłóg, polerką do srebra i węglem z kominka. Z zimnego marmurowego holu zabrano mnie do dużego wyłożonego dębem pokoju z ogniem buzującym w kominku. Trzech mężczyzn skupiło się przy palenisku, ogrzewając dłonie podczas rozmowy. Wszyscy stali tyłem do mnie.

– Simeon Lynch, proszę pana – zaanonsował mnie właściciel skłonnych do popychania dłoni.

Jeden z mężczyzn się odwrócił.

Nie znałem go.

Był słusznego wzrostu i tęgi, miał wysokie czoło i pięćdziesiąt kilka lat. Uśmiechnął się szeroko, oglądając mnie od stóp do głów.

– Ojej, panie Lynch, naprawdę wygląda pan jak wracający z wojny weteran. Ale powiedziałbym, że i tak jest pan w całkiem niezłej formie, biorąc pod uwagę to, co przewidziała dla pana na dzisiaj Prokuratura Koronna. – Podszedł bliżej i wyciągnął rękę. – Mam na imię Mycroft. Mycroft Holmes.

Jeden z pozostałych dwóch mężczyzn także się odwrócił i bez większego zaskoczenia stwierdziłem, że to Sherlock Holmes.

– Jesteście panowie braćmi?

– Mówiłem ci, że nie grzeszy inteligencją – stwierdził detektyw, który, niewątpliwie zważywszy na historię naszych kontaktów, nie podał mi ręki.

– Musisz wziąć poprawkę na sytuację, Sherlocku. Koniecznie musisz. – Mycroft oglądał mnie niczym arystokrata poroże jelenia przygotowane właśnie do powieszenia w dworku myśliwskim. – Bóg i rząd zrobili wiele, żeby się pan tu dzisiaj znalazł, panie Lynch. Wyjątkowo wiele.

Kiedy przemówił trzeci mężczyzna, jego głos wydał mi się znajomy.

– Albowiem większe błogosławieństwa spłyną na tych, którzy zgrzeszyli i żałowali za grzechy, niż na tych, którzy nie zgrzeszyli nigdy.

– Ksiądz Deagan?

– Ernest Braithwaite, do usług. – Stuknął obcasami i skłonił głowę. – Księża kapelani to tylko mała część mojego szerokiego repertuaru.

– Wygląda pan mniej pobożnie, ale za to znacznie zdrowiej, niż kiedy ostatnio pana widziałem.

– Udawałem chorobę, żeby wprowadzić do więzienia kolejnego agenta, który miał mi pomagać w pańskiej ucieczce. Ozdrowienie należy przypisać usunięciu naprawdę dobrego teatralnego makijażu.

– Ernest pracuje dla mnie – wyjaśnił Mycroft. – Odnosił spore sukcesy na scenie, zanim go zwerbowałem. Proszę usiąść, bo zaraz pan się przewróci, Lynch. Wiele w tym pokoju cennych ozdób i nie chciałbym, żeby któraś się rozbiła.

Usiedliśmy wszyscy i natychmiast poczułem ciepło bijące od strzelającego ognia. Wyciągnąłem ręce ku płomieniom, żeby doznać choć trochę ulgi. Wszystkie oczy zwrócone były na mnie i poczułem się zmuszony przerwać przedłużającą się ciszę.

– Spodziewałem się przebywać teraz w znacznie gorętszym miejscu niż to – zażartowałem, po czym zrwóciłem się do Mycrofta: – Jestem panu wdzięczny za życie. Ale jeśli je pan ocalił z tego samego powodu, dla którego ułaskawienie proponował mi pański brat, to może pan równie dobrze wezwać swoich ludzi i kazać im dokończyć dzieła, które rano rozpoczęto w Newgate.

– Nie, nie, nie! – Machnął ręką. – Mojego brata oślepia obsesja na punkcie Moriartych. Dla mnie są tylko płotkami. Przynętą w świecie rekinów. Sherlock twierdzi, że zabił pan wielu ludzi, ale nie tych dwoje, za których skazano pana na szubienicę. Czy to prawda?

Nie zareagowałem.

– Dobry Boże, niech pan nie będzie taki nieśmiały! – zażądał Mycroft z irytacją w głosie. – Wyspowiadał się pan tu obecnemu Braithwaite'owi, może więc pan szczerze rozmawiać także ze mną.

– Skoro tak, to musi pan wiedzieć, że ich nie zabiłem. Mam na rękach dużo krwi, ale nie przelałem ani kropli z żył tych, za których zabicie mnie skazano.

– I powieszono! – uzupełnił Mycroft ironicznie. – Kiedy usłyszałem od Sherlocka, że nie zdradza pan pracodawców nawet w obliczu śmierci, bardzo się panem zainteresowałem. Uzgodniłem z moim bratem, że będzie mógł wykorzystać pana do swoich celów, jeśli zdoła zwrócić pana przeciwko braciom Moriartym, jeśli jednak mu się nie powiedzie, to dostanę pana ja. – Uśmiechnął się do mnie, taksując mnie wzrokiem jak cenne trofeum. – I oto pan jest. Wygrałem. Zwycięstwo należy do mnie, a najsłynniejszy i najsmutniejszy w całym kraju detektyw właśnie przełyka porażkę.

– Muszę to znosić? – Sherlock uderzył dłońmi w poręcze swojego fotela i gotów był wyjść.

– Wytrzymaj jeszcze chwilę, drogi bracie. Pomóż mi udowodnić panu Lynchowi, jak wiele nam zawdzięcza.

– Naprawdę, Mycrofcie?

– Wyświadcz mi te przysługę.

Sherlock westchnął.

– Dobrze więc. Gwóźdź dotarł do pana dzięki mnie.

– Dzięki panu?

– Willy Watkins, ten stary więzień funkcyjny, pracował kiedyś dla mnie, oczywiście zanim został aresztowany za paserstwo. Będąc w pańskiej celi, doszedłem do wniosku, a właściwie wywąchałem, że usunięcie części podłogi pod pryczą da panu szansę ucieczki.

– Nie przyszło mi do głowy, żeby ruszać podłogę.

– Tak, wiem. Doszedł pan do głupiego wniosku, żeby rozebrać całą ścianę, zamiast naruszyć mały kawałek tego, co miał pan pod stopami.

Mycroft zachichotał.

– Mieliśmy nadzieję, że sam pan zdoła się stamtąd wydostać – dodał Braithwaite. – To dlatego zemdlałem po pańskim jakże cennym *mea culpa*, dając panu okazję kradzieży kilku drobiazgów z mojej torby.

Pokręciłem głową.

– Skoro naprawdę chcieliście pomóc mi w ucieczce, powinniście byli jakoś mi podrzucić zestaw kluczy.

– Wtedy by pana złapano – stwierdził Sherlock. – Omawialiśmy to z Johncockiem. W ten sposób nigdy nie zdołałby pan uciec z Newgate.

– Johncock jest jednym z pańskich ludzi?

– Od czasu, kiedy służył w wojsku. Bywa nieco obcesowy, ale zawsze można na nim polegać.

– Obcesowy? Ten cholerny typ omal nie pobił mnie na śmierć. I to kilka razy.

Oczy Mycrofta pojaśniały, a po jego ustach przebiegł uśmiech.

– Tak, naszego przyjaciela ze służby więziennej bardzo zaskoczył fakt, że zwracamy się do niego w pańskiej sprawie, ujawniając nasze przekonanie, że Huntley zamierza ułatwić dokonanie na panu morderstwa. Z wielką radością przyjął jednak możliwość dyskredytacji kolegi poprzez złapanie go na gorącym uczynku.

– Och, w to nie wątpię.

– Nasz drogi Johncock nie darzył pana przesadną sympatią – kontynuował Sherlock. – W rozmowie ze mną przyznał, że nie może się doczekać, aż pan zawiśnie. Mordercy niewinnych kobiet i sumiennych policjantów nie cieszą się popularnością w więzieniu.

– Wie pan, że nie zabiłem ani jej, ani jego.

– Owszem, od wczoraj wie o tym także Johncock – odparł Sherlock. – Powiedziałem już panu, kto zabił posterunkowego Jacksona, może więc teraz powinienem panu ujawnić tożsamość mordercy Lizzy MacIntosh, lepiej znanej panu jako Elizabeth Audsley.

– I owszem, mamy świadomość, że była to matka pańskiej zmarłej córeczki – uzupełnił Mycroft.

– Wiem już, kto ją zabił – stwierdziłem gorzko. – To bydlę Lee Chan i jego zbiry.

Sherlock skinął głową.

– Chan niewątpliwie wydał rozkaz. Tak jak polecił zabić w więzieniu pana. Ale to nie on przystawił nóż do gardła pańskiej ukochanej.

– Więc kto?

– Jeden z pracowników Brogana Moriarty'ego. Osoba, która zwróciła się przeciwko niemu w zamian za ofertę wielkiego bogactwa i nowego życia z dala od Moriartych.

Skinąłem głową. To miało sens.

– Wiem, o kogo panu chodzi. To był Sirius Gunn.

– Nie, nie on. Gunn nie opuścił terytorium Ameryki i nadal jest na wolności. Według Agencji Pinkertona jedzie teraz do Bostonu. To nie był on.

– Więc kto?

– Wczoraj wieczorem odwiedziłem miejsce, w którym często się relaksuję. Zdaje się, że kiedyś szedł pan tam za mną. Mieści się w sercu chińskiej dzielnicy, dokąd chodzę po pewne lekarstwa oraz środki pozwalające mi się odprężyć. Z wiarygodnego azjatyckiego źródła otrzymałem tam informację, że pańska ukochana zginęła z ręki panny Surrey Breed.

– Nie! – Aż mnie zmroziło. – Myli się pan. To nie może być prawda.

– Przyznaję, że nie mam na to żadnych innych dowodów, ale źródło, od którego pozyskałem tę informację, w przeszłości zawsze było wiarygodne.

Przypomniałem sobie kobietę, którą widziałem niedaleko Newgate. Tę, którą najpierw wziąłem za Surrey Breed, a następnie uznałem za jej sobowtóra.

Czy naprawdę żyła?

Czy moja dawna kochanka, moja pierwsza kochanka, przyszła pod więzienie, żeby być świadkiem, jak mnie wieszają? Żeby zyskać pewność, że nie uciekłem przed stryczkiem, a więc nigdy jej nie zagrożę?

Poczułem, jak narasta we mnie gniew.

Kiedy się nad tym zastanawiałem, dostrzegłem możliwość, że Surrey zdradziła mniej więcej w tym samym czasie co Sirius, ale nas nie opuściła, pozostając w gnieździe niczym jadowita żmija.

Przypomniałem sobie, jak leżeliśmy kiedyś w łóżku i zaproponowała mi, żebyśmy razem uciekli. Stwierdziłem, że przed Moriartym nie uciekniemy nigdy i że nie wolno nam marzyć o lepszym życiu. Odpowiedziała mi na to, że jej taka egzystencja nie wystarcza.

Dlaczego jednak w końcu się zwróciła przeciwko jemu i mnie? Bo nienawidziła Elizabeth? Była o nią zazdrosna? Chciała mnie zranić w odwecie za to, że nie wybrałem jej? Bardziej niż ktokolwiek inny rozumiałem, że za każdym morderstwem kryje się wiele powodów.

Spojrzałem na Sherlocka.

– Z taką wiedzą nie mógł pan powstrzymać mojej egzekucji?

– Wiedza nie jest dowodem, panie Lynch – odpowiedział tonem, jakby rozmawiał z głupkiem. – Nie miałem dość czasu, żeby zebrać jakiekolwiek wiarygodne dowody.

– Ale też nie było takiej potrzeby – uzupełnił Mycroft. – A przynajmniej ja takiej potrzeby nie miałem. Ponieważ wierzyłem, że o wiele lepiej dla pana i dla nas będzie, jeśli wszyscy zobaczą, jak ginie pan na szubienicy. Rozumie pan to, prawda? Skoro dla świata jest pan martwy, to może pan swobodnie się po świecie poruszać. Jest pan jak duch – stwierdził triumfująco. – Śmiertelnie niebezpieczny duch.

– Wcielenie demona boogeymana – wtrącił Braithwaite.

Było dla mnie oczywiste, że ocalili mnie ze względu na jakieś plany, które wobec mnie mieli.

– Czego więc oczekujecie ode mnie, panowie? Po co zadawaliście sobie aż tyle trudu?

– Zostawię was teraz – oznajmił Sherlock, wstając z fotela i skinieniem głowy żegnając brata. – Wiesz, że nie chcę w tym uczestniczyć.

– Jak sobie życzysz.

Detektyw pożegnał się z nami.

– Proszę tylko nie zapomnieć o dwudziestu funtach dla doktora Watsona! – krzyknąłem za nim.

Zwolnił, jakby chciał przystanąć, ale w końcu wyszedł bez słowa.

Mycroft podźwignął swoją potężną postać z fotela i cicho jęknął, kiedy się pochylał, żeby odsunąć sprzed kominka mosiężny ekran, który przysłaniał dogasający ogień. Wziął żelazny pogrzebacz i rozgarniał żar, dopóki nie rozbłysnął żywszym płomieniem.

– Sądziłem, że to, o co pana prosimy – zrobił pauzę, po czym się poprawił – a raczej to, czego od pana żądamy, jest oczywiste. Brytyjski rząd chce, żeby robił pan dla niego to, w czym jest pan najlepszy, Lynch, a tak się składa, że najlepiej pan umie zabijać: regularnie, dyskretnie i bezkarnie.

– Mam zabijać w imię królowej i kraju?

Nie mogłem przeoczyć ironii losu, który po raz kolejny zmuszał mnie do najgorszej służby, nie dając żadnego wyboru.

– Tak, ma pan służyć rodakom, a to zadanie wyjątkowo szlachetne. Od razu jednak muszę wyraźnie podkreślić, że jeśli zostanie pan złapany, to królowa i rząd zaprzeczą nawet temu, że pan istnieje, o przyznaniu się do korzystania z pańskich usług mowy zatem być nie może. Gdyby zaś przyszło panu do głowy pisnąć choć słowem o pełnionej służbie, to ci sami ludzie, którzy tak sprawnie odcięli pana ze stryczka w Newgate, jeszcze sprawniej poślą pana na samo dno Tamizy.

– Co do tego nie mam wątpliwości. – Postanowiłem skusić los. – A jakie będzie moje wynagrodzenie za tę zaszczytną służbę?

– Sugeruje pan, że ocalenie życia to za mało? – Zaśmiał się, odstawił pogrzebacz i dosypał z wiaderka węgla do ognia. – Powiedzmy, że otrzyma pan bardziej niż odpowiednie zakwaterowanie, wyżywienie i obsługę. Im lepiej będzie pan dla nas pracował, tym wyższy stanie się standard pańskiego życia. Czy to panu odpowiada?

– Podejrzewam, że niewiele mam tu do powiedzenia.

– I słusznie! Już zaczyna pan rozumieć. – Odstawił wiaderko z węglem, stanął prosto i otrzepał dłonie. – Mam też dla pana nieco osobistej motywacji. Coś, co wprawi pana w odpowiedni stan ducha i postawi na właściwym torze. Braithwaite, niech pan poda Lynchowi dokumenty, proszę!

Jego podwładny podszedł do mnie, żeby mi wręczyć dwie kartki papieru. Na żadnej nie było nagłówka ani opisu – tylko adresy, większość w Londynie, choć część na kontynencie, a obok nich daty i godziny. Odwróciłem kartki, żeby sprawdzić, czy zawierają coś oprócz tego, ale druga strona była pusta.

– Co to ma być? – Wzruszyłem ramionami. – I co mam z tym zrobić?

– To pańskie pierwsze zadanie – odpowiedział Mycroft. – Pierwsze z wielu, mam nadzieję.

Machnąłem kartkami.

– To musi mi pan dać więcej niż tylko to. Potrzebuję nazwisk tych ludzi, opisów, profili…

Mycroft uciszył mnie gestem dłoni.

– Wszystko to już pan zna. Na kartkach ma pan adresy miejsc, w których regularnie bywają Lee Chan, Sirius Gunn i Surrey Breed.

Odjęło mi dech.

– Chan oraz jego chińscy kuzyni – kontynuował Mycroft – należą do tajnego stowarzyszenia o nazwie Pięść w Imię Sprawiedliwości i Pokoju. Nazywamy ich bokserami, ponieważ są wyjątkowo brutalni i stosują śmiertelne ciosy pięścią. Wywodzą się z powstańców walczących na gruzach upadających Chin, ale rosną w siłę zarówno w rodzinnym kraju, jak i poza nim. Musimy wykorzenić bokserów, pozbyć się ich z Londynu, dopóki jeszcze potrafimy sobie z nimi poradzić. Krótko mówiąc, panie Lynch, chcemy, żeby pan zabił Chana, i to jak najszybciej.

– Z przyjemnością – odpowiedziałem. – To moje największe marzenie. Poszedłbym na koniec świata, żeby zabić tego łajdaka. Dlaczego jednak nie zrobił pan tego dotychczas? Korzysta pan z usług wielu bardzo zdolnych ludzi, jak miałem okazję się przekonać dzisiaj o świcie.

– Nie możemy się do niego zbliżyć. Ale jestem pewien, że pan bez większego wysiłku znajdzie sposób, żeby przeniknąć do jego otoczenia.

– Na przykład jaki?

– To zostawiam pańskiej wyobraźni, ale mógłby pan na przykład skontaktować się z Gunnem, choćby przesyłając mu wiadomość, że pan żyje i zamierza go dopaść, a wtedy może pan być całkowicie pewien, że Gunn szybciej niż Antoniusz do Kleopatry pobiegnie prosto do Chana, tym samym dając panu szansę, żeby zabić ich obydwu. – Uniósł brew. – Potrafię sobie wyobrazić, że przy tej okazji spotka pan na swojej drodze pannę Breed, co pozwoli panu dopełnić zemsty.

– Mój Boże, wcale nie jest pan lepszy od Moriartych.

– Przeciwnie, jestem od nich o niebo lepszy. W końcu od dzisiaj to dla mnie pracuje najskuteczniejszy zabójca w Londynie, a nie dla nich. – Wyszczerzył zęby w szerokim uśmiechu. – Teraz musimy zadbać, żeby dostał pan coś do jedzenia i trochę odpoczął, panie Lynch. Czeka pana dużo pracy.

PODZIĘKOWANIA

Ogromne podziękowania należą się mojemu mądremu agentowi Luigiemu Bonomiemu, niezwykle zachęcającej mnie do pracy redaktorce Jade Chandler i jej wspaniałym współpracownikom z Little, Brown: Edowi Woodowi, Celine Kelly, Nico Taylorowi, Iainowi Huntowi, Sarah Shea i Stephanie Melrose.

Wdzięczny jestem również Sophie Hutton-Squire za jej doskonałą korektę ostatecznej wersji książki oraz dr Mary Shannon za jej wielką pomoc podczas zgłębiania przeze mnie tajników epoki wiktoriańskiej – wszystkie nieścisłości, jakie być może pojawiły się w książce, wynikły wyłącznie z mojego niedopatrzenia.

I jak zwykle dziękuję Scary Jackowi oraz jego zespołowi z CBW – bez nich nie zdołałbym nad wszystkim zapanować.

Największe podziękowania kieruję do Donny i Billy'ego za zapewnienie mi potrzebnych podczas pisania tej książki czasu i miejsca oraz za wyrozumiałość.